U0541182

"广西优势特色学科·中国语言文学"经费资助成果
"广西2011协同创新中心·桂学研究"经费资助成果

中古乐府广义

胡大雷 ◎ 著

中国社会科学出版社

图书在版编目（CIP）数据

中古乐府广义/胡大雷著. —北京：中国社会科学出版社，2018.11
ISBN 978-7-5203-0768-0

Ⅰ.①中… Ⅱ.①胡… Ⅲ.①乐府诗—诗歌研究—中国—古代 Ⅳ.①I207.226

中国版本图书馆 CIP 数据核字（2017）第 173977 号

出 版 人	赵剑英
责任编辑	郭晓鸿
特约编辑	席建海
责任校对	李　莉
责任印制	戴　宽

出　　版	中国社会科学出版社
社　　址	北京鼓楼西大街甲 158 号
邮　　编	100720
网　　址	http://www.csspw.cn
发 行 部	010-84083685
门 市 部	010-84029450
经　　销	新华书店及其他书店
印　　刷	北京明恒达印务有限公司
装　　订	廊坊市广阳区广增装订厂
版　　次	2018 年 11 月第 1 版
印　　次	2018 年 11 月第 1 次印刷
开　　本	710×1000　1/16
印　　张	25
插　　页	2
字　　数	301 千字
定　　价	108.00 元

凡购买中国社会科学出版社图书，如有质量问题请与本社营销中心联系调换
电话：010-84083683
版权所有　侵权必究

前　言

　　笔者初涉乐府学研究，是在写硕士学位论文时。笔者的硕士论文是研究鲍照诗歌的艺术风格的。鲍照以乐府诗出名，读鲍照的乐府诗，笔者感到其就是与同时代人的五言诗不同，或在风格上，或在写实的角度上，等等。这就使笔者懂得了一个道理，乐府诗与五言诗不仅是名称的不同，而且在许多方面都是不同的，甚至可以说是两种诗。后研读曹植诗，才知道文人乐府诗与乐府民歌又有许多不同，文人乐府诗既在乐府民歌的基础上创作，又对其有所改进与发展。后做《文选》诗的研究，《文选》诗除"乐府类"专录乐府诗外，还有"郊庙""军戎""杂歌""挽歌"诸类收录有乐府诗，才知道乐府诗的分类各有不同。后做宫体诗研究，本认为南朝乐府多叙写男女之情，于是印象中有宫体诗来自民歌的说法，但当专攻宫体诗时发现南朝乐府与宫体诗，题材固然都为叙写男女之间，不过叙写的方式、对象、语言、风格都不同，这就破除了陈说。上述就是笔者的乐府研究的基本经历，都是从文人五言诗研究入手的，进而带出对乐府诗的研究。本无意于专门研究乐府作品，却有了本书中所辑乐府诗研究成果。

　　因此，当说本书的乐府诗研究是由其他研究对象带出来时，也就是说敝人的乐府诗研究不专门、不专业，即讨论到什么地方算什么地方，并不系统，也不全面。所以，本书名为"中古乐府广义"，一称"中古"，指所论一般局限于汉、魏晋南北朝、隋初唐；二称"广义"，是说本人的研究涉及面更广一点。首都师范大学吴相洲君提出乐府学研究的文献、音乐、文学三个层面及题名、曲调、本事、体式、风格五个要素者，本人的研究或已在其笼括之中，或有溢出者亦是随性、随缘而作，写到什么算什么。

本书分为五大部分。

第一章讨论"中古乐府学"的理统问题。先探讨乐府作品的原生态问题，即乐府歌词与音乐、舞蹈成三位一体时的情况是怎样的。"原生态"三字，作为追究乐府作品最早的、最完整的意义而言，或可成为本书研究的宗旨，故将其列入"理统"之中。此部分还探讨正史"乐志"的乐府论述，尤其是沈约《宋书·乐志》的乐府论述，充分显示出沈约建立"中古乐府学"的努力。

第二章讨论乐府诗人。此处选取中古时期优秀的乐府诗人曹植、傅玄、鲍照、沈约，因其乐府作品各有特色，且这些特点又是与乐府的本色相关的，故从某些特殊的角度探讨他们的乐府诗创作本色。

第三章探讨某些乐府歌辞的本事，分别从"相和歌辞""鼓吹曲辞""舞曲曲辞""杂曲歌辞"中选取某些作品，探讨其原始意味及其以后的发展。

第四章探讨乐府歌辞的分类问题，并结合《文选》所录乐府诗的类别与其进行比较，探讨古人对乐府诗分类的某些思路。

第五章探讨乐府与宫体诗之间的影响与反影响，即所谓互动，探讨乐府与宫体诗之间的某些纠结，如民间作品的本色特点与文人诗作的异同，以及在乐府诗这个基础上《玉台新咏》作品的某些特点。

目　录

第一章　"乐府学"理统 ······ 1
第一节　论中古乐府歌辞的原生态状况 ······ 2
第二节　"中古乐府学"的建立 ······ 31

第二章　乐府诗人本色 ······ 51
第一节　建安诗人对乐府民歌的改制与曹植的贡献 ······ 51
第二节　西晋乐府新气象与傅玄的乐府诗创作 ······ 65
第三节　鲍照"俊逸"：乐府七言体对风格的推动力 ······ 84
第四节　沈约与乐府诗风的雅化 ······ 103

第三章　乐府歌辞探故 ······ 119
第一节　舞曲曲辞"雅舞"——从武力崇尚到武功表演 ······ 119
第二节　中古"从军"诗作的叙写模式 ······ 141
第三节　鼓吹曲——中古纪实性战争诗 ······ 164
第四节　《公无渡河》的早期影响与原型 ······ 196

第五节　曹植《野田黄雀行》本事说 …………………………… 209
第六节　《白马篇》：侠文化的转向 ……………………………… 212
第七节　《王昭君》与和亲中的个人命运 ………………………… 228

第四章　乐府类次与《文选》 …………………………………… 246
第一节　"乐府"与诗体名 ………………………………………… 247
第二节　《文选》诗乐府类 ………………………………………… 253
第三节　《文选》诗郊庙类 ………………………………………… 268
第四节　《文选》诗挽歌类 ………………………………………… 276
第五节　《文选》诗杂歌类 ………………………………………… 289

第五章　乐府与宫体诗推原 ……………………………………… 296
第一节　汉乐府民歌妇女形象
　　　　——从汉代的采风政策与董仲舒家庭观考察 ………… 296
第二节　南朝乐府与宫体诗 ………………………………………… 308
第三节　《玉台新咏》所录《燕歌行》考述 ……………………… 334
第四节　注重典故与场面化叙写
　　　　——论北朝乐府描摹女性之作 ………………………… 350
第五节　宫体诗写作模式新趋向 …………………………………… 366
第六节　唐初乐府宫体诗的新变 …………………………………… 377

本书篇章来源说明 ………………………………………………… 389
主要引用书目 ……………………………………………………… 392

第一章 "乐府学"理统

理统,即理论体系。称理论体系为"统"有两个含义:一是具有统摄性,能够把某门学问的方方面面都归拢、统一在自己旗下;二是强调其正统性,在较长的历史阶段中形成并为人们所认可或应用,具有了正统地位。每门学问都讲究自己的理论体系,如晋僧支遁《〈大小品对比要钞〉序》称:"巧辞伪辩,以为经体,虽文藻清逸,而理统乖宗。是以先哲出经,以梵为本。"① 就是说学问虽然也在乎"巧辞""文藻"之类,但绝对应该是以"理统"为先的。

就乐府歌辞而言,其形成时是一个什么样子,是怎样的状态?即对其原生态状况的探讨,虽然在本章中这只体现为进行一种课题,但其作为一种观念应该体现在本书的整体研究上。

"乐府学"一词古已有之,唐权德舆《右谏议大夫韦君集序》云:"初,君(韦渠牟)年十一,尝赋《铜雀台》绝句,右拾遗李白见而大骇,因授以古乐府之学。"② 清方成培《香研居词麈》云:"自五言

---

① 《全晋文》卷157,严可均校辑《全上古三代秦汉三国六朝文》,中华书局1958年影印本,第2367页下。

② 董诰等编:《全唐文》,中华书局1983年版,第5000页。

变为近体，乐府之学几绝。"① 近年来，吴相洲君力倡建构乐府学，既然"乐府"旧已有"学"，那么，其所力倡者，乃建构"新乐府学"。其称，古有乐府之学，并提出乐府学研究的文献、音乐、文学三个层面及题名、曲调、本事、体式、风格五个要素，等等。② 吴君继古启新，居功至伟。本书称为"乐府学广义"，即对"乐府学"的探讨，是贯穿于本书始终的；"中古乐府学"，至沈约而集大成，一滴水中见大海，从沈约的"乐府学"理论，亦可见"中古乐府学"理统是如何建立起来的。

第一节 论中古乐府歌辞的原生态状况

乐府歌辞的原生态状况，即乐府歌辞在形成时是一个什么样子。远古时代，诗、舞、乐三位一体，如《吕氏春秋·古乐》载：

> 昔葛天氏之乐，三人操牛尾，投足以歌八阕：一曰"载民"，二曰"玄鸟"，三曰"遂草木"，四曰"奋五谷"，五曰"敬天常"，六曰"建帝功"，七曰"依地德"，八曰"总禽兽之极"。③

"投足"就是舞蹈的姿态，"歌八阕"，有"乐"有"诗"。又，

---

① 江顺诒：《词学集成》卷1引，唐圭璋《词话丛编》，中华书局1986年版，第3221页。
② 吴相洲：《关于建构乐府学的思考》，《乐府学》第1辑，学苑出版社2006年版，第1—12页。
③ 吕不韦著，高诱注：《吕氏春秋》，诸子百家丛书，上海古籍出版社1989年影印本，第43页上。另本作"总万物之极"。

第一章 "乐府学"理论

《宋书·乐志三》：

> 《但歌》四曲，出自汉世。无弦节，作伎，最先一人倡，三人和。魏武帝尤好之。时有宋容华者，清彻好声，善倡此曲，当时特妙。①

既有"作伎"又有"倡（唱）"，那应该是既化妆或为舞蹈又演唱的。

"诗"渐分为两途：一是脱离了舞、乐；二是仍与舞、乐或只与乐共生存同命运，后者就是所谓乐府歌辞。对乐府歌辞而言，刘勰《文心雕龙》视其与"诗"不同而为另一体，他认为的乐府歌辞应该是以音乐为主的；而萧统《文选》视其为"诗"之一体，他认为的乐府歌辞应该是以文字为主的乐府歌辞。因此，反思我们的讨论乐府歌辞，既要讨论乐府歌辞的文字本身，更要把乐府歌辞与其音乐性结合在一起讨论，因为，无论如何，与其他文体或与诗相比，乐府歌辞的特殊性就在于其音乐性；相较于脱离了舞、乐的单纯的文字作品"诗"，虽然也有乐府歌辞渐渐脱离了舞、乐而独立生存，但是，与舞、乐二者共生存同命运是其原生态生存状况。《汉书·艺文志》云：

> 自孝武立乐府而采歌谣，于是有代赵之讴，秦楚之风，皆感于哀乐，缘事而发，亦可以观风俗，知薄厚云。②

乐府歌辞多"因事制歌"，历来研究乐府歌辞者，无不探寻其本事，因为那是其原生态。乐府歌辞的音乐性，或由歌辞作者实施，或由乐工实施，因为乐工承担着对要演奏的歌诗进行适应演唱的改编，

---

① 沈约：《宋书》，中华书局1974年版，第603页。
② 班固：《汉书》，中华书局1962年版，第1756页。

因此，乐府歌辞原生态的产生，还在于乐工的参与。而从另一方面讲，文人创作诗歌，一旦进入乐工的演奏，其原生态状况就被改变了，这就使乐奏辞与原生态的本辞有所不同。乐府歌辞的原生态状况涉及面比较广，由于乐、舞难以存世，而歌辞凭借文字的记载而易于流传，因此，我们看到的乐府歌辞往往是独立生存的，但不可忘记它们本来是与乐、舞相配合的；反过来讲，探讨乐府歌辞的原生态，除了讨论歌辞本身，还应该主要从乐、舞入手来进行。本书择其要者述论于下。

一 乐府歌辞的音乐性构成

乐府歌辞的音乐性表现在其具有音乐性结构，《乐府诗集·相和歌辞一》解题：

> 凡诸调歌词，并以一章为一解。……又诸调曲皆有辞、有声，而大曲又有艳，有趋，有乱。辞者其歌诗也，声者若"羊吾夷""伊那何"之类也，艳在曲之前，趋与乱在曲之后，亦犹吴声西曲前有和，后有送也。①

这里点出了解、辞、声、艳、趋、乱、正曲、和、送等。解是音乐性的段落标志；辞为歌辞；声是乐声标注；艳、趋、乱、和、送，或仅是器乐演奏，但大多数情况是有配辞的，这些配辞与正曲一起构成形式完整的乐府歌辞。这样的乐府歌辞的各个部分，在内容上有时是相互配合的，如《妇病行》古辞：

> 妇病连年累岁，传呼丈人前一言。
> 当言未及得言，不知泪下一何翩翩。

---

① 郭茂倩编：《乐府诗集》，中华书局1979年版，第376—377页。

"属累君两三孤子,莫我儿饥且寒,

有过慎莫笪笞,行当折摇,思复念之。"

乱曰:抱时无衣,襦复无里。闭门塞牖舍,孤儿到市,道逢亲交,泣坐不能起。从乞求与孤买饵,对交啼泣泪不可止。"我欲不伤悲不能已。"探怀中钱持授,交入门,见孤儿啼索其母抱,徘徊空舍中,行复尔耳,弃置勿复道!①

前述"妇病"托嘱,"乱曰"则述妇逝后丈人所见孤儿情况。又如,《孤儿行》古辞的"乱曰":

里中一何诮,愿欲寄尺书,将与地下父母,兄嫂难与久居。②

前述孤儿遭遇,"乱曰"则是总控诉。但很多情况下,艳、趋、乱及正曲在内容上并非一气呵成,只因为是乐曲,这些内容才凑在一起,如曹操《步出夏门行》有"艳"③:

云行雨步,超越九江之皋。临观异同,心意怀游豫,不知当复何从。经过至我碣石,心惆怅我东海。④

那么,这里的"艳"与以下的《观沧海》《冬十月》《土不同》《龟虽寿》的内容是各自独立的,最多只能说是一种铺垫。又如,《宋书·乐志三》之大曲:

---

① 郭茂倩编:《乐府诗集》,中华书局1979年版,第566页。
② 同上书,第567页。
③ 《乐府诗集·舞曲歌辞三》有《碣石篇》,郭茂倩云:"按《相和大曲》,《步出夏门行》亦有《碣石篇》,与此并同,但曲前更有艳尔。"(郭茂倩编:《乐府诗集》,中华书局1979年版,第791页)
④ 郭茂倩编:《乐府诗集》,中华书局1979年版,第545页。

中古乐府广义

《白鹄》《艳歌何尝》（一曰《飞鹄行》）古词（四解）：

飞来双白鹄，乃从西北来。

十十五五，罗列成行。（一解）

妻卒被病，行不能相随。

五里一反顾，六里一裴回。（二解）

吾欲衔汝去，口噤不能开；

吾欲负汝去，毛羽何摧颓。（三解）

乐哉新相知，忧来生别离。

躇踌顾群侣，泪下不自知。（四解）

念与君离别，气结不能言。

各各重自爱，道远归还难。

妾当守空房，闭门下重关。

若生当相见，亡者会黄泉。

今日乐相乐，延年万岁期。（"念与"下为趋曲，前有艳）①

"趋"与正曲本来不是在一起的，所以沈约有注。正因为它们是由音乐上的关系连配在一起的，故内容上有所出入，前四解述双白鹄中雌病雄别而泪下，趋则述人间夫妻的离别哀伤。但是，之所以又连配在一起，又因为它们的内容有相关性。另外，末两句显得很奇怪，这种情况怎么又"今日乐相乐，延年万岁期"呢？萧涤非云："汉魏乐府，结尾多作祝颂语，往往与上文略不相属，此盖为当时听乐者设，与古诗不同，不可连上文串讲也。"② 这两句原来是与全曲不相干的套话，是不能与全曲连在一起分析的。又如曹操有《步出夏门行》，其

---

① 沈约：《宋书》，中华书局1974年版，第618—619页。
② 萧涤非：《汉魏六朝乐府文学史》，人民文学出版社1984年版，第85—86页。

歌四章：一曰《观沧海》，二曰《冬十月》，三曰《土不同》，四曰《龟虽寿》，末尾都有"幸甚至哉，歌以咏志"①，与全诗意义无涉。有些甚至乐曲也非同一系统，如前述《白鹄》的"'念与'下为趋曲"，就应该是不属于瑟调曲而截取其他曲调而成。

因此，我们在阅读欣赏乐府歌辞时，尤其要注意各个部分的相辅相成，如《乐府诗集》所载《西乌夜飞》解题：

> 《古今乐录》曰："《西乌夜飞》者，宋元徽五年，荆州刺史沈攸之所作也。攸之举兵发荆州，东下，未败之前，思归京师，所以歌。和云：'白日落西山，还去来。'送声云：'折翅乌，飞何处，被弹归。'"②

共录曲五首，每首五言四句。那么，第一首在演唱时候就应该是这样的：

> 白日落西山，还去来。
> 日从东方出，团团鸡子黄。
> 夫归恩情重，怜欢故在傍。
> 折翅乌，飞何处，被弹归。

而不简单是"日从东方出"四句。

由此，我们也理解许多乐府诗是拼凑而成，拿我们最熟悉的《木兰诗》来说，南朝梁横吹曲《折杨柳》曰：

> 门前一株枣，岁岁不知老。

---

① 郭茂倩编：《乐府诗集》，中华书局1979年版，第545页。
② 同上书，第722页。

> 阿婆不嫁女,那得孙儿抱。
> 唧唧复唧唧,女子临窗织。
> 不闻机杼声,只闻女叹息。①

那么,北朝民歌《木兰诗》前四句"唧唧复唧唧,木兰当户织。不闻机杼声,唯闻女叹息"②,只是《木兰诗》形成时期的借用,并非恰好可以解释木兰的"当户织"的身份。而有些乐府歌辞本来就是两首诗合成的,因为乐曲的缘故合成了,就不能分开来分析了。例如,现有一版本的《乐府诗集》所载《长歌行》古辞:

> 仙人骑白鹿,发短耳何长。
> 导我上太华,揽芝获赤幢。
> 来到主人门,奉药一玉箱。
> 主人服此药,身体一日康。
> 强发白更黑,延年寿命长。
> 岩岩山上亭,皎皎云间星。
> 远望使心思,游子恋所生。
> 驱车出北门,遥观洛阳城。
> 凯风吹长棘,夭夭枝叶倾。
> 黄鸟飞相追,咬咬弄音声。
> 伫立望西河,泣下沾罗缨。③

于是,南宋严羽有所考证,其《沧浪诗话·考证》云:

---

① 郭茂倩编:《乐府诗集》,中华书局1979年版,第1317页。
② 同上书,第373页。
③ 郭茂倩编:《乐府诗集》卷30,《中华再造善本》,据中国国家图书馆藏元至正元年集庆路儒学刻明修本影印,北京图书馆出版社2006年版,第3页B面。

《文选》长歌行，只有一首《青青园中葵》者。郭茂倩《乐府》有两篇，次一首乃《仙人骑白鹿》者。《仙人骑白鹿》之篇，予疑此词"茖茖山上亭"以下，其义不同，当又别是一首，郭茂倩不能辨也。①

实际上，乐府歌辞就是时而拼凑、时而合并的，《乐府诗集》明末冯班校南京国子监重印至正本校记已云：

此本二诗乐工合之以协歌之声耳。严沧浪不读宋、齐诸书乐志，疑为两篇，不知乐府多自如此也。②

余冠英《乐府歌辞的拼凑和分割》论之甚详③。而现通行本《乐府诗集》所载，是从"延年寿命长"后切断分为两首的④。

二 本辞与乐奏辞的差异

乐府歌辞合乐演唱的情况，有时因为时代不同而演唱的歌辞不同，有时乐工要改动诗人的诗以合乐；《乐府诗集》所载相和歌辞，往往标明"魏乐所奏""晋乐所奏""魏晋乐所奏""本辞"以说明，我们可以从中看到后起者与原生态有什么不同及其原因。

《乐府诗集》录《东门行》，其古辞为：

出东门，不顾归。
来入门，怅欲悲。

---

① 严羽著，郭绍虞校释：《沧浪诗话校释》，人民文学出版社1983年版，第210页。
② 参阅孙尚勇《乐府文学文献研究》所引并论述，人民文学出版社2007年版，第403页。
③ 余冠英：《古代文学杂论》，中华书局1987年版，第148—157页。
④ 郭茂倩编：《乐府诗集》，中华书局1979年版，第442—443页。

盎中无斗储，还视桁上无悬衣。（一解）

拔剑出门去，儿女牵衣啼。

他家但愿富贵，贱妾与君共铺糜。（二解）共铺糜，上用沧浪天故，下为黄口小儿。

今时清廉，难犯教言，君复自爱莫为非。（三解）

今时清廉，难犯教言，君复自爱，莫为非。

行！吾去为迟，平慎行，望君归。（四解）（右一曲，晋乐所奏）

出东门，不顾归。来入门，怅欲悲。

盎中无斗米储，还视架上无悬衣。

拔剑东门去，舍中儿母牵衣啼。

他家但愿富贵，贱妾与君共铺糜。

上用沧浪天故，下当用此黄口儿。

今非。咄！行！吾去为迟，白发时下难久居。（右一曲，本辞）[1]

"本辞"还具有民间采集而来时的意味，反抗性很强；而其"晋乐所奏"是官府演奏时的版本，改"今非，咄"为"今时清廉，难犯教言，君复自爱，莫为非"，且重复；且丈夫语"白发时下难久居"与妇人语"平慎行，望君归"，自可看出不同意识。

又如，《乐府诗集》录曹操《短歌行》有二首：

对酒当歌，人生几何？
譬如朝露，去日苦多。（一解）

---

[1] 郭茂倩编：《乐府诗集》，中华书局1979年版，第550页。

慨当以慷，忧思难忘。

以何解愁，唯有杜康。（二解）

青青子衿，悠悠我心。

但为君故，沉吟至今。（三解）

明明如月，何时可掇？

忧从中来，不可断绝。（四解）

呦呦鹿鸣，食野之苹。

我有嘉宾，鼓瑟吹笙。（五解）

山不厌高，水不厌深。

周公吐哺，天下归心。（六解）（右一曲，晋乐所奏）

对酒当歌，人生几何？

譬如朝露，去日苦多。

慨当以慷，忧思难忘。

何以解忧，唯有杜康。

青青子衿，悠悠我心。

呦呦鹿鸣，食野之苹。

我有嘉宾，鼓瑟吹笙。

明明如月，何时可掇？

忧从中来，不可断绝。

越陌度阡，枉用相存。

契阔谈䜩，心念旧恩。

月明星稀，乌鹊南飞。

绕树三匝，何枝可依？

山不厌高，海不厌深。

11

周公吐哺，天下归心。（右一曲，本辞）①

"晋乐所奏"比"本辞"少"越陌度阡，枉用相存。契阔谈宴，心念旧恩。月明星稀，乌鹊南飞。绕树三匝，何枝可依"八句，且将"明明如月"四句提至"呦呦鹿鸣"前。又有曹操《苦寒行》，乐奏辞将本辞每四句作一解，凡六解，前五解首二句皆重复后八字，第六解的十字皆重复。于是，孙尚勇认为：

《短歌行·对酒》和《苦寒行》的本辞是魏武帝原创，而乐奏辞则不能用以说明他的诗歌成就。②

据此，我们就知曹操《短歌行》"周西伯昌"，仅录了"晋乐所奏"，那一定是经过乐工加工的，不能认为纯粹是曹操作品。

又，《乐府诗集》录《西门行》古辞二首：

一

出西门，步念之。
今日不作乐，当待何时？（一解）
夫为乐，为乐当及时。
何能坐愁怫郁，当复待来兹。（二解）
饮醇酒，炙肥牛。
请呼心所欢，可用解愁忧。（三解）
人生不满百，常怀千岁忧。
昼短而夜长，何不秉烛游。（四解）
自非仙人王子乔，计会寿命难与期。（五解）
人寿非金石，年命安可期？

---

① 郭茂倩编：《乐府诗集》，中华书局1979年版，第447页。
② 孙尚勇：《乐府文学文献研究》，人民文学出版社2007年版，第232页。

贪财爱惜费，但为后世嗤。（六解）（右一曲，晋乐所奏）

二

出西门，步念之.

今日不作乐，当待何时？

逮为乐，逮为乐，当及时。

何能愁怫郁，当复待来兹。

酿美酒，炙肥牛.

请呼心所欢，可用解忧愁。

人生不满百，常怀千岁忧。

昼短苦夜长，何不秉烛游。

游行去去如云除，弊车羸马为自储。（右一曲，本辞）①

"晋乐所奏"或为了协和曲辞，或为了强调内容表达，增加了许多内容，我们鉴赏时不可不细加辨析。

三 乐府歌辞的音乐性背景

乐府歌辞与诗的最大不同，就是其音乐性。虽然乐府歌辞现在也是不能演唱的，但是我们稍稍努力一下，其部分音乐性还是可以复原的，以下尝试从三个方面之。

其一，由音乐性考辨乐府作品的内涵。例如，乐府歌辞音乐性的题目自然应该有音乐性的内涵，元稹《乐府古题序》：

《诗》讫于周，《离骚》讫于楚。是后诗之流为二十四名：赋、颂、铭、赞、文、诔、箴、诗、行、咏、吟、题、怨、叹、

---

① 郭茂倩编：《乐府诗集》，中华书局1979年版，第549页。

章、篇、操、引、谣、讴、歌、曲、词、调，皆诗人六义之余。而作者之旨，由"操"而下八名，皆起于郊祭、军宾、吉凶、苦乐之际。在音声者，因声以度词，审调以节唱，句度短长之数，声韵平上之差，莫不由之准度。而又别其在琴瑟者为操、引，采民氓者为讴、谣，备曲度者总得谓之歌、曲、词、调，斯皆由乐以定词，非选调以配乐也。由"诗"而下九名，皆属事而作，虽题号不同，而悉谓之为"诗"可也。后之审乐者，往往采取其词，度为歌曲，盖选词以配乐，非由乐以定词也。而纂撰者由"诗"而下十七名，尽编为"乐"录"乐府"等题。①

而一些有音乐性的内涵的题目自然又会有情感性的因素，如《乐府诗集》的《长歌行》解题：

> 崔豹《古今注》曰："长歌、短歌，言人寿命长短，各有定分，不可妄求。"按《古诗》云"长歌正激烈"，魏文帝《燕歌行》云"短歌微吟不能长"，晋傅玄《艳歌行》云"咄来长歌续短歌"，然则歌声有长短，非言寿命也。②

又如，《文选》录陆机《吴趋行》，李善注曰：

> 崔豹《古今注》曰：吴趋曲，吴人以歌其地也。③

乐府歌辞的题目标明地名的，大多是地方土风；当其具有地方音乐特色时，这种地方音乐特色对作品风格的影响是不言而喻的。

---

① 郭绍虞编：《中国历代文论选》第二册，上海古籍出版社1979年版，第110—111页。
② 郭茂倩编：《乐府诗集》，中华书局1979年版，第442页。
③ 萧统撰，李善注：《文选》，中华书局1977年影印本，第398页下。

第一章 "乐府学"理论

而且，依什么乐器创作，乐府歌辞的意味会有所改变，如杨恽《报孙会宗书》：

> 家本秦也，能为秦声。妇，赵女也，雅善鼓瑟。奴婢歌者数人，酒后耳热，仰天拊缶而呼乌乌。其诗曰："田彼南山，芜秽不治，种一顷豆，落而为萁。人生行乐耳，须富贵何时！"

颜师古注引应劭曰："缶，瓦器也；秦人击之以节歌。"[①] 缶，瓦质的打击乐器。那么，用缶做伴奏乐器的作品应该是怎样一种风格，自然读者有自己的理解。又如，《乐府诗集》马援《武溪深行》解题：

> 一曰《武陵深行》。崔豹《古今注》曰："《武溪深》，马援南征之所作也。援门生爰寄生善吹笛，援作歌，令寄生吹笛以和之。名曰'武溪深'。"
> 滔滔武溪一何深！
> 鸟飞不度，兽不敢临。
> 嗟哉武溪多毒淫！[②]

马融《长笛赋序》云：

> 独卧郿平阳邬中，有雒客舍逆旅，吹笛，为《气出》《精列》《相和》。融去京师逾年，暂闻，甚悲而乐之。[③]

向秀《思旧赋》有"听鸣笛之慷慨兮，妙声绝而复寻"[④] 之句。《武溪深行》曲调已失，但通过此曲是用笛伴奏，也能探求其些许情

[①] 班固：《汉书》，中华书局1962年版，第2896页。
[②] 郭茂倩编：《乐府诗集》，中华书局1979年版，第1048页。
[③] 萧统撰，李善注：《文选》，中华书局1977年影印本，第249页下。
[④] 同上书，第230页上。

感因素。《乐府诗集·郊庙歌辞二》谢庄《宋明堂歌》解题：

> 《南齐书·乐志》曰："明堂祠五帝。汉郊祀歌皆四言，宋孝武使谢庄造辞。庄依五行数，木数用三，火数用七，土数用五，金数用九，水数用六。……又纳音数，一言得土，三言得火，五言得水，七言得金，九言得木……"①

那么依"纳音数"而言，《宋明堂歌》中的《歌白帝》就应该是九言诗，而不能像现在断为四言、五言。②

《乐府诗集·鼓吹曲辞》解题称"鼓吹曲，一曰短箫铙歌"，又引刘瓛定军礼云：

> 鼓吹，未知其始也，汉班壹雄朔野而有之矣。鸣笳以和箫声，非八音也。骚人曰"鸣篪吹竽"是也。③

八音，是我国古代对乐器的统称，通常为金、石、丝、竹、匏、土、革、木八种不同材质所制。《宋书·谢灵运传》泛指音乐则称"夫五色相宣，八音协畅，由乎玄黄律吕，各适物宜"④，鼓吹曲的"非八音"，当然不是雅乐了。

其二，乐府歌辞因曲、舞的妙绝而流行。例如，《文士传》曰：

> 太祖雅闻（阮）瑀名，辟之，不应，连见逼促，乃逃入山中。太祖使人焚山，得瑀，送至，召入。太祖时征长安，大延宾

---

① 郭茂倩编：《乐府诗集》，中华书局 1979 年版，第 15 页。
② 孙尚勇有详细论证，见其《乐府文学文献研究》（人民文学出版社 2007 年版），第 370—372 页。
③ 郭茂倩编：《乐府诗集》，中华书局 1979 年版，第 223 页。
④ 沈约：《宋书》，中华书局 1974 年版，第 1779 页。

客，怒瑀不与语，使就技人列。瑀善解音，能鼓琴，遂抚弦而歌，因造歌曲曰："奕奕天门开，大魏应期运。青盖巡九州，在东西人怨。士为知己死，女为悦者玩。恩义苟敷畅，他人焉能乱？"为曲既捷，音声殊妙，当时冠坐，太祖大悦。①

阮瑀此歌因"音声殊妙"而受到赞赏，并非因其歌辞本身。又有因舞而出名者，《乐府诗集·舞曲歌辞二》王粲《魏俞儿舞歌》解题引《晋书·乐志》曰：

（賨人）其俗喜歌舞，高帝乐其猛锐，数观其舞，曰："武王伐纣歌也。"后使乐人习之。阆中有渝水，因其所居，故曰《巴渝舞》。舞曲有《矛渝》《弩渝》《安台》《行辞》，本歌曲四篇。其辞既古，莫能晓其句度。②

那么，因舞的妙绝而流行，歌后来竟"莫能晓其句度"，于是王粲再作。《乐府诗集·舞曲歌辞二》之《晋杯槃舞歌》解题：

《宋书·乐志》曰："《槃舞》，汉曲也。张衡《舞赋》云：'历七槃而纵蹑。'王粲《七释》云：'七槃陈于广庭。'颜延之云：'递间关于槃扇。'鲍照云：'七槃起长袖。'皆以七槃为舞也。《搜神记》云：'晋太康中，天下为《晋世宁舞》，矜手以接杯槃而反覆之。'此则汉世唯有《柈舞》，而晋加之以杯，反覆之也。"《五行志》曰："其歌云：'晋世宁，舞杯盘。'言接杯盘于手上而反覆之，至危也。杯盘者，酒食之器也，而名曰'晋世宁

---

① 见《三国志·魏书·王卫二刘传》裴松之注引。裴松之又称，此作或为伪托，但此处只证人们欣赏者乃阮瑀之"音声"。（陈寿：《三国志》，中华书局1959年版，第600页）

② 郭茂倩编：《乐府诗集》，中华书局1979年版，第767页。

17

者'，言晋世之士，偷苟于酒食之间，而其知不及远。晋世之宁，犹杯盘之在手也。"《唐书·乐志》曰："汉有《盘舞》，晋世谓之《杯盘舞》。乐府诗云：'妍袖陵七盘。'言舞用盘七枚也。"①

显然，《晋杯槃舞歌》是以舞为主的，歌辞多讲解舞的跳法。

其三，音乐的评价与歌辞的评价属于两个系统。《文心雕龙·乐府》：

> 至于魏之三祖，气爽才丽，宰割辞调，音靡节平。观其"北上"众引，"秋风"列篇，或述酣宴，或伤羁戍，志不出于淫荡，辞不离于哀思。虽三调之正声，实《韶》《夏》之郑曲也。②

对三曹乐府作品持批评态度。而《文心雕龙·明诗》：

> 并怜风月，狎池苑，述恩荣，叙酣宴；慷慨以任气，磊落以使才；造怀指事，不求纤密之巧；驱辞逐貌，唯取昭晰之能。③

《文心雕龙·时序》：

> 傲雅觞豆之前，雍容衽席之上，洒笔以成酣歌，和墨以藉谈笑。观其时文，雅好慷慨，良由世积乱离，风衰俗怨，并志深而笔长，故梗概而多气也。④

则对三曹诗作的评价应该包括对乐府作品的评价持褒扬态度。杨明指出，这是音乐的评价与文学的评价的不同。⑤

由此，我们想到对刘邦《大风歌》的把握。《史记·高祖本

---

① 郭茂倩编：《乐府诗集》，中华书局1979年版，第809页。
② 刘勰著，詹锳义证：《文心雕龙义证》，上海古籍出版社1989年版，第243页。
③ 同上书，第196页。
④ 同上书，第1692—1694页。
⑤ 杨明：《释〈文心雕龙·乐府〉中的几个问题》，《文学遗产》2000年第1期。

纪》载：

> 高祖还归，过沛，留。置酒沛官，悉召故人父老子弟纵酒，发沛中儿得百二十人，教之歌。酒酣，高祖击筑，自为歌诗曰："大风起兮云飞扬，威加海内兮归故乡，安得猛士兮守四方！"令儿皆和习之。高祖乃起舞，慷慨伤怀，泣数行下。①

有乐有舞又击筑，还有演唱者的情感投入，这是原生态的，依此我们对《大风歌》自有把握。而《汉书·礼乐志》载：

> 初，高祖既定天下，过沛，与故人父老相乐，醉酒欢哀，作"风起"之诗，令沛中僮儿百二十人习而歌之。至孝惠时，以沛官为原庙，皆令歌儿习吹以相和，常以百二十人为员。②

如果我们在高祖祠庙中听到《大风歌》，其演唱起来的具体情况自然与高祖原唱是不一样的，我们的感觉也更是不一样的。

四　原型的追寻

《汉书·艺文志》称"代赵之讴，秦楚之风"这些民间乐府作品"皆感于哀乐，缘事而发"③，这是说每首作品都有一个小小的叙事。此后有乐府研究者明确提出乐府的"因事制哥（歌）"，如《宋书·乐一》：

> 《六变》诸曲，皆因事制哥（歌）。④

---

① 司马迁：《史记》，中华书局1982年版，第389页。
② 班固：《汉书》，中华书局1962年版，第1045页。
③ 同上书，第1756页。
④ 沈约：《宋书》，中华书局1974年版，第550页。

中古乐府广义

《唐子西文录》载：

> 古乐府命题皆有主意，后之人用乐府为题者，直当代其人而措词，如《公无渡河》，须作"妻止其夫之词"。①

于是，"凡歌辞考之与事不合者，但因其声而作歌尔"②。王运熙说："至于现存歌辞内容往往与本事不合，则是因为现存歌辞不一定是原作，它们只在声调上与原作保持联系。"③

因此，乐府歌辞的原生态又是与本事分不开的，这里对原型的追寻，主要是讲对这些叙事以及叙事中的人物的探讨。吴兢《乐府古题要解·序》：

> 乐府之兴，肇于汉魏。历代文士，篇咏实繁。或不睹于本章，便断题取义。赠夫利涉，则述《公无渡河》；庆彼载诞，乃引《乌生八九子》；赋雉斑者，但美绣颈锦臆；歌天马者，唯叙骄驰乱蹋。类皆若兹，不可胜载。递相祖习，积用为常，欲令后生，何以取正？④

这是批评乐府歌辞创作"不睹于本章，便断题取义"的现象，于是吴兢要撰写《乐府古题要解》。我们可以举出乐府歌辞原型的几个例子。比如，《乐府诗集·相和歌辞》的《箜篌引》，一曰《公无渡河》，其解题曰"朝鲜津卒霍里子高妻丽玉所作"⑤，《公无渡河》的人物原型，或

---

① 何文焕：《历代诗话》，中华书局 1981 年版，第 443 页。
② 郭茂倩编：《乐府诗集》，《黄昙子歌》题解，中华书局 1979 年版，第 1219 页。
③ 《吴声西曲杂考》，王运熙：《乐府诗述论》，上海古籍出版社 1996 年版，第 43 页。
④ 丁福保辑：《历代诗话续编》，中华书局 1983 年版，第 24 页。
⑤ 郭茂倩编：《乐府诗集》，中华书局 1979 年版，第 377 页。

应从本事中所说的"朝鲜"谈起①。又如,曹植《野田黄雀行》,从吴均《续齐谐记》所载《黄雀报恩》谈起,其称杨修的祖上于黄雀有恩,黄雀有报恩之举,给《野田黄雀行》更增添了几许意味。

但乐府古题题旨的转换也是常见的事,《乐府诗集》卷十六《巫山高》解题:

> 《乐府解题》曰:"古词言,江淮水深,无梁可度,临水远望,思归而已。若齐王融'想像巫山高',梁范云'巫山高不极'。杂以阳台神女之事,无复远望思归之意也。"②

即是一例。

五 乐府的原始观念

傅毅《舞赋》载:"郑卫之乐,所以娱密坐、接欢欣也。余日怡荡,非以风民也,其何害哉?"③ 这是说音乐作品,即使郑卫之乐只具有愉悦于人的性质,但起码是无害的。《三国志·魏书·鲍勋传》记载曹丕关于乐府作品具有观赏性质的一段话:

> 文帝受禅,勋每陈"今之所急,唯在军农,宽惠百姓。台榭苑囿,宜以为后。"文帝将出游猎,勋停车上疏曰:"臣闻五帝三王,靡不明本立教,以孝治天下。陛下仁圣恻隐,有同古烈。臣冀当继踪前代,令万世可则也。如何在谅暗之中,修驰骋之事乎!臣冒死以闻,唯陛下察焉。"帝手毁其表而竞行猎,中道顿息,问侍臣曰:"猎之为乐,何如八音也?"侍中

---

① 详见本书第二章第四节。
② 郭茂倩编:《乐府诗集》,中华书局1979年版,第228页。
③ 萧统撰,李善注:《文选》,中华书局1977年影印本,第247页上。

刘晔对曰："猎胜于乐。"勋抗辞曰："夫乐，上通神明，下和人理，隆治致化，万邦咸乂。移风易俗，莫善于乐。况猎，暴华盖于原野，伤生育之至理，栉风沐雨，不以时隙哉？昔鲁隐观渔于棠，《春秋》讥之。虽陛下以为务，愚臣所不愿也。"因奏："刘晔佞谀不忠，阿顺陛下过戏之言。昔梁丘据取媚于遄台，晔之谓也。请有司议罪以清皇庙。"帝怒作色，罢还，即出勋为右中郎将。①

萧涤非先生说：这就是曹丕的时代乐府观念的改变，"文帝视乐府，实与田猎游戏之事无异"，"以八音但为耳目之观好"，② 曹丕视乐府作品为一种供人观赏的审美对象。

蔡邕《礼乐志》："汉乐四品……三曰黄门鼓吹，天子所以宴乐群臣。"③ 崔豹《古今注》："汉乐有黄门鼓吹，天子所以宴乐群臣也。短箫铙歌，鼓吹之一章尔，亦以赐有功诸侯。"④《汉铙歌》诗中谈到宴会上的作品是为了使人欢悦的，其辞曰："将进酒，乘大白。辨加哉，诗审搏。放故歌，心所作。同阴气，诗悉索。使禹良工，观者苦。""辨加"即"驾辨"，古歌名。"诗审搏""诗悉索"言诗歌的繁盛衰微。"苦"，快也，即欢悦。乐府诗就有在宴饮聚会上提供什么对象给人观赏者。

《荀子·乐论》称"夫乐者，乐也"，讲到诗乐的娱乐于人的性质，如前述乐府有宴乐群臣之职。诗乐的娱乐于人，也与上古祭祀娱神有很大关系。王逸《九歌注》曰："《九歌》者，屈原之所作也。昔楚国南郢之邑，沅湘之间，其俗信鬼而好祠，其词必作歌乐舞鼓，以

---

① 陈寿：《三国志》，中华书局1959年版，第385页。
② 萧涤非：《汉魏六朝乐府文学史》，人民文学出版社1984年版，第123—124页。
③ 范晔：《后汉书·礼仪志》刘昭注引，中华书局1965年版，第3131—3132页。
④ 郭茂倩编：《乐府诗集》，中华书局1979年版，第224页。

乐诸神。"应劭《风俗通义》"城阳景王祠"条："自琅琊、青州六郡及渤海都邑、乡亭、聚落皆为立祠，造饰五二千石车，商人次第为之，立服带绶，备置官属，烹杀讴歌，纷藉连日。"《毛诗序》所谓"动天地，感鬼神，莫近于诗"，从娱神到娱人，当不是万里之遥。

西汉宫廷乐官有太乐、乐府二署，《汉书·百官公卿表》载："奉常（太常——引者注），秦官掌宗庙礼仪"，属官有太乐令丞。少府，"掌山海池泽之税，以给供养"，属官有乐府令丞。《后汉书·百官志》载：少府，"掌中服御诸物，衣服宝物珍膳之属"。所以，刘永济说："二官判然不同，盖郊庙之乐，旧隶太乐。乐府所掌，不过供奉帝王之物，侪于衣服、宝物、珍膳之次而已。与武帝以俳优蓄皋、朔之事，同出帝王夸侈荒淫之心。"这也就是乐府诗的性质与作用之一，即作为审美对象供人观赏。虽然有"罢乐府"之举，只留下从事郊祀、宴飨的人员，但以乐府诗为审美对象的风气丝毫不减，《汉书·礼乐志》载：

> 是时（指成帝年间——引者注），郑声尤甚。黄门名倡丙强、景武之属富显于世，贵戚五侯，定陵、富平外戚之家淫侈过度，至与人主争女乐。哀帝自为定陶王时疾之，又性不好音，及即位，下诏曰："惟世俗奢泰文巧，而郑卫之声兴。夫奢泰则下不孙而国贫，文巧则趋末背本者众，郑、卫之声兴则淫辟之化流，而欲黎庶敦朴家给，犹浊其源而求其清流，岂不难哉！孔子不云乎？'放郑声，郑声淫。'其罢乐府官。郊祭乐及古兵法武乐，在经非郑、卫之乐者，条奏，别属他官。"……然百姓渐渍日久，又不制雅乐有以相变，豪富吏民湛沔自若，陵夷坏于王莽。①

---

① 班固：《汉书》，中华书局1962年版，第1072—1074页。

至班固时,"郑卫之声"扩大到雅乐,《汉书·礼乐志》载:"今汉郊庙诗歌,未有祖宗之事,八音调均,又不协于钟律,而内有掖庭材人,外有上林乐府,皆以郑声施于朝廷。"①

故讨论乐府作品,一方面要注意所谓"自孝武立乐府而采歌谣,于是有代赵之讴,秦楚之风,皆感于哀乐,缘事而发,亦可以观风俗,知薄厚云"②;另一方面也要看到,当时人们又多视其为娱乐人的观赏之物。

六 音乐:在合唱中展示巨大的力量
——乐府作品原生态举隅之一

"歌"本为个体抒发情感,《韩非子·外储说左上》称传说中的歌:"昔者舜鼓五弦之琴,歌《南风》之诗而天下治。"③《文心雕龙·乐府》称最早的歌:

> 至于涂山歌于"候人",始为南音;有娀谣乎"飞燕",始为北声。④

《文心雕龙》称其源于《吕氏春秋·音初》:

> 禹行功,见涂山之女。禹未之遇而巡省南土。涂山氏之女乃令其妾候禹于涂山之阳。女乃作歌,歌曰"候人兮猗",实始作为南音。
>
> 有娀氏有二佚女,为之九成之台,饮食必以鼓。帝令燕往视

---

① 班固:《汉书》,中华书局1962年版,第1071页。
② 班固:《汉书·艺文志》,中华书局1962年版,第1756页。
③ 陈奇猷校注:《韩非子集释》,上海人民出版社1974年版,第622页。
④ 刘勰撰,詹锳义证:《文心雕龙义证》,上海古籍出版社1989年版,第223页。

之，鸣若嗌嗌。二女爱而争搏之，覆以玉筐。少选，发而视之，燕遗二卵，北飞，遂不反。二女作歌一终，曰"燕燕往飞"，实始作为北音。①

最早的歌，是在生活中即兴而随机的创作。

歌虽然强调其抒发内心，所谓"直言不足以申意，故长歌之，教令歌咏其诗之义以长其言"②；但只有"听"才能产生效果，《礼记·乐记》所谓"乐在宗庙之中，君臣上下同听之，则莫不和敬；在族长乡里之中，长幼同听之，则莫不和顺；在闺门之内，父子兄弟同听之，则莫不和亲"③。"乐"的作用在于"同听"。在现实生活中，人们非常关注"歌"发生场景中的听众的多少，《列子·汤问》载，韩娥"因曼声哀哭，一里老幼悲愁，垂涕相对，三日不食"，韩娥"复为曼声长歌，一里老幼喜跃抃舞，弗能自禁，忘向之悲也"④。这是称赏韩娥的歌能打动所有的人。又如，宋玉《对楚王问》载：

> 客有歌于郢中者，其始曰《下里巴人》，国中属而和者数千人。其为《阳阿》《薤露》，国中属而和者数百人。其为《阳春白雪》，国中属而和者不过数十人。引商刻羽，杂以流徵，国中属而和者不过数人而已。⑤

歌有"和者"，"和者"这样的听众越多，当然是传播效果越好。这里

---

① 吕不韦著，高诱注：《吕氏春秋》，诸子百家丛书，上海古籍出版社1989年影印本，第48—49页。
② 《尚书·舜典》"诗言志，歌永言"孔颖达《正义》语。《尚书正义》，《十三经注疏》，上海古籍出版社1997年影印本，第131页。
③ 《礼记正义》，《十三经注疏》，上海古籍出版社1997年影印本，第1545页。
④ 杨伯峻：《列子集释》，中华书局1979年版，第178页。
⑤ 萧统撰，李善注：《文选》，中华书局1977年影印本，第628页。

还特别指出"歌"自身具备怎样的条件，自然会获得怎样数量的听众。

在现实生活中，"歌"的巨大力量体现在集体咏唱上，如《左传》宣公二年：

> 宋城，华元为植，巡功。城者讴曰："睅其目，皤其腹，弃甲而复。于思于思，弃甲复来。"使其骖乘谓之曰："牛则有皮，犀兕尚多，弃甲则那？"役人曰："从其有皮，丹漆若何？"华元曰："去之，夫其口众我寡。"①

修筑城墙者集体咏唱，对歌人少的一方以"其口众我寡"败下场来。"歌"的巨大力量又体现在集体演唱的震撼人心上，《左传》襄公十七年（前556）载，子罕为民请命，请求停止筑台，筑城墙者咏歌他的行为，讴曰："泽门之皙，实兴我役。邑中之黔，实慰我心。"子罕制止道：如此大型咏歌会影响人心，小小的宋国承受不起。②

以集体咏唱呈现"歌"的巨大力量，并以之震撼人心而取得战争的胜利，这就是垓下之战的数十万人大合唱，甚至比《上林赋》所谓"奏陶唐氏之舞，听葛天氏之歌，千人唱，万人和，山陵为之震动，川谷为之荡波"的场面还要宏大得多，③《史记·项羽本纪》：

> 项王军壁垓下，兵少食尽，汉军及诸侯兵围之数重。夜闻汉军四面皆楚歌，项王乃大惊曰："汉皆已得楚乎？是何楚人之多也！"④

传说中有称是张良用计，但《史记》中实际并无记载，或认为可

---

① 《春秋左传正义》，《十三经注疏》，上海古籍出版社1997年影印本，第1866页。
② 同上书，第1964页。
③ 萧统撰，李善注：《文选》，中华书局1977年影印本，第128页。
④ 司马迁：《史记》，中华书局1982年版，第333页。

能是同为楚人出身的刘邦部队看到数年征战而胜利在望，自发地唱起楚歌。不管是什么说法，总之都是汉军高唱楚歌瓦解了楚兵的斗志。《史记·高祖本纪》又载：

  高祖还归，过沛，留。置酒沛宫，悉召故人父老子弟纵酒，发沛中儿得百二十人，教之歌。酒酣，高祖击筑，自为歌诗曰："大风起兮云飞扬，威加海内兮归故乡，安得猛士兮守四方！"令儿皆和习之。①

是刘邦深晓大合唱的历史作用，遂安排以大合唱来扩大自己诗作的威力。而历史上的多少例子也说明，危急或高兴时刻以大合唱来鼓动人心，其传播效应是无可比拟的。

七　风谣：以明天会发生什么来引导受众
——乐府作品原生态举隅之二

风谣、谣俗、谣言、歌谣、童谣等，重心在"谣"。歌唱而不用乐器伴奏称"谣"，主要指民间流行的歌谣。《国语·晋语六》云："辨祅祥于谣。"②"谣"的功能就在于人们用以"辨祅祥"，具有新闻性，其在传播上的特性，就是具有最大的传播面与拥有最广泛的群众。因此，统治阶层常常极为关注讴谣，用以察民意、辨祅祥。例如，《汉书·韩延寿传》载，韩延寿任颍川郡时考察"政教善恶"，"乃历召郡中长老为乡里所信向者数十人，设酒具食，亲与相对，接以礼意，人人问以谣俗，民所疾苦"。颜师古注："谣俗，谓闾里歌谣，政教善恶

---

① 司马迁：《史记》，中华书局1982年版，第389页。
② 徐元诰撰，王树民、沈长云点校：《国语集解》，中华书局2002年版，第388页。

也。"① 到东汉，官员奏事要有"谣言"为依据，如《后汉书·蔡邕传》载，蔡邕上封事有"令三公谣言奏事"之语。②"歌谣"成为官员政绩的依据之一，如《后汉书·方术列传》载："和帝即位，分遣使者，皆微服单行，各至州县，观采风谣。"③《后汉书·循吏列传》载，"光武长于民间，颇达情伪"，"广求民瘼，观纳风谣"，甚至"亟以谣言单辞"而更换地方长官。④《后汉书·刘陶传》载："光和五年，诏公卿以谣言举刺史、二千石为民蠹害者"（李贤注云："谣言谓听百姓风谣善恶而黜陟之也"）"由是诸坐谣言征者悉拜议郎。"⑤

不可把讴谣简单地视作民间自发产生的，如《列子·仲尼》载：

尧乃微服游于康衢，闻儿童谣曰："立我蒸民，莫匪尔极。不识不知，顺帝之则。"尧喜问曰："谁教尔为此言？"童儿曰："我闻之大夫。"问大夫，大夫曰："古诗也。"⑥

从这个传说，可知童谣是人们有意识所造。汉末就有人假造歌谣来伪托民意。例如，《汉书·王莽传》载，元始四年（4）春，"遣大司徒司直陈崇等八人分行天下，览观风俗"⑦，元始五年（5）秋，"风俗使者八人还，言天下风俗齐同，诈为郡国造歌谣，颂功德，凡三万言"⑧，粉饰太平以讨好王莽。

讴谣本为"饥者歌其食，劳者歌其事""感于哀乐，缘事而发"

---

① 班固：《汉书》，中华书局1962年版，第3210—3211页。
② 范晔：《后汉书》，中华书局1965年版，第1996页。
③ 同上书，第2717页。
④ 同上书，第2457页。
⑤ 同上书，第1851页。
⑥ 杨伯峻：《列子集释》，中华书局1979年版，第143—144页。
⑦ 班固：《汉书》，中华书局1962年版，第4066页。
⑧ 同上书，第4076页。

的当前性、新闻性的吟咏,但两汉时讴谣往往有预示前景的内容,如《后汉书·五行志》:

> 桓帝之末,京都童谣曰:"茅田一顷中有井,四方纤纤不可整。嚼复嚼,今年尚可后年铙。"……"茅田一顷"者,言群贤众多也。"中有井"者,言虽厄穷,不失其法度也。"四方纤纤不可整"者,言奸慝大炽,不可整理。"嚼复嚼"者,京都饮酒相强之辞也。言食肉者鄙,不恤王政,徒耽宴饮歌呼而已也。"今年尚可"者,言但禁锢也。"后年铙"者,陈、窦被诛,天下大坏。①

预示天下将要大乱。又如,《后汉书·五行志》:

> 灵帝中平中,京都歌曰:"承乐世董逃,游四郭董逃,蒙天恩董逃,带金紫董逃,行谢恩董逃,整车骑董逃,垂欲发董逃,与中辞董逃,出西门董逃,瞻宫殿董逃,望京城董逃,日夜绝董逃,心摧伤董逃。"案"董"谓董卓也,言虽跋扈,纵其残暴,终归逃窜,至于灭族也。②

后汉游童所作歌谣,其中"董逃",本只以声为用而并无实义,反董人士巧妙地解说合乐的象声词"董逃"来称董卓最终要逃亡,董卓神经过敏,"以《董逃》之歌,主为己发,太禁绝之"③,或"改《董逃》为'董安'"④。或禁止它,或要改变其合乐的声词。《后汉书·五行志》载:

---

① 范晔:《后汉书》,中华书局1965年版,第3283页。
② 同上书,第3284页。
③ 《风俗通》,郭茂倩编《乐府诗集》引,中华书局1979年版,第505页。
④ 杨阜:《董卓传》,郭茂倩编《乐府诗集》引,中华书局1979年版,第505页。

> 献帝践祚之初，京都童谣曰："千里草，何青青。十日卜，不得生。"案"千里草"为董，"十日卜"为卓。凡别字之体，皆从上起，左右离合，无有从下发端者也。今二字如此者，天意若曰：卓自下摩上，以臣陵君也。青青者，暴盛之貌也。不得生者，亦旋破亡。①

这应该是反董人士所作，用以预示董卓的败亡。

如果讴谣不仅仅是预示，而且有前瞻性诉求、实现性愿景的内容，则极大增强了其传递效应。因为从信息接受心理讲，说出受众的当前需求与潜在需求，才能打动受众、引导受众。与吟诵或批评官员过去政绩的歌谣相比，吟诵未来更有威力。这是利用人们对未来会发生什么的关注，有意识地引导舆论，以发动群众，由此实现了传播的最高目标——听众的参与。

在动乱时代将起风云之时，这样的歌谣传递出的政治信息更有力量，对局势推波助澜。例如，"楚虽三户，亡秦必楚"：一来表达楚的复仇决心；二来预示秦必灭亡，增强了人们反抗暴政的信心。又如，《史记·陈涉世家》载：

> 乃丹书帛曰"陈胜王"，置人所罾鱼腹中。卒买鱼烹食，得鱼腹中书，固以怪之矣。又间令吴广之次所旁丛祠中，夜篝火，狐鸣呼曰："大楚兴，陈胜王。"卒皆夜惊恐。旦日，卒中往往语，皆指目陈胜。②

如此谣谚宣告了天命，人们正是在"大楚兴，陈胜王"的谣谚中

---

① 范晔：《后汉书》，中华书局1965年版，第3285页。
② 司马迁：《史记》，中华书局1982年版，第1950页。

走向起义。又如，东汉末年黄巾起义时，张角造出"苍天已死，黄天当立。岁在甲子，天下大吉"①的民谣，号集民众，迎接造反，给民众胜利的希望。

第二节 "中古乐府学"的建立

一 正史的"乐府学"

乐府最初始于秦代，到汉时沿用了秦时的名称。汉武帝时正式设立乐府机构，用来训练乐工、收集编纂各地民间音乐、整理改编与制定乐谱、创作音乐、进行演唱及演奏等。司马迁撰《史记》，正是乐府机构正式成立并展开活动之时，故《史记·乐书》的笔墨多集中于古代音乐理论的叙说，对汉代乐府的情况，只有"高祖过沛诗三侯之章，令小儿歌之""至今上即位，作十九章，令侍中李延年次序其声""汉家常以正月上辛祠太一甘泉""使僮男僮女七十人俱歌，春歌《青阳》，夏歌《朱明》，秋歌《西皞》，冬歌《玄冥》""又尝得神马渥洼水中，复次以为《太一之歌》"以及"后伐大宛得千里马，马名蒲梢，次作以为歌"的叙说②，以及在人物传记中收录一些诗歌。

班固《汉书》改"书"为"志"，其对乐府的论述集中在《礼乐志》。《礼乐志》中先述"礼文"之事，后称"乐者，圣人之所乐也，而可以善民心。其感人深，其移风易俗易，故先王著其教焉"③，展开

---

① 范晔：《后汉书》，中华书局1965年版，第2299页。
② 司马迁：《史记》，中华书局1982年版，第1177—1178页。
③ 班固：《汉书》，中华书局1962年版，第1036页。

对"乐"的论述。其述说乐府机构的体制，有两段话给后世留下深刻印象。一是：

> （武帝）乃立乐府，采诗夜诵，有赵、代、秦、楚之讴。以李延年为协律都尉，多举司马相如等数十人造为诗赋，略论律吕，以合八音之调，作十九章之歌。①

其中，包括乐府的"采诗"工作与"造为诗赋"工作。

二是哀帝即位后的下诏罢乐府官行动，丞相孔光、大司空何武上奏中提出哪些可罢、哪些不可罢，给后世留下了乐府机构的编制情况②。《礼乐志》还述说了汉代的乐府歌词的创作情况，先述汉志"宗庙之乐"，述及乐舞及高祖唐山夫人所作《房中祠乐》《郊祀歌》十九章，并录歌词。

《后汉书》《三国志》《晋书》等，或无乐志，或较沈约《宋书》为晚出。沈约《宋书》，其《乐志》系统阐述乐府问题，加上沈约在其他诗文中阐述、讨论乐府的言论也不少，完成了述说乐府之大成，或者可以说是建立并完善了"中古乐府学"。以下一是探讨沈约"乐府学"系统有哪些创制；二是探讨沈约的"乐府学"理论观念；三是探讨沈约在乐府诗的雅乐创作上开创的一些新风气。

二　沈约在"乐府学"上的创制

所谓"乐府学"，是指对有关乐府方方面面的成系统的叙述，其中的关键是叙述有关"乐"的哪些方面以及对乐府作品如何进行整理性著录。就传统来说，这应该是历代《乐志》的任务，涉及历代《乐志》如

---

① 班固：《汉书》，中华书局1962年版，第1045页。
② 同上书，第1072—1074页。

何撰录的问题。沈约的"乐府学",主要体现在其所撰《宋书·乐志》中。沈约之前,有《史记·乐书》与《汉书·礼乐志》。《史记·乐书》先述乐之"补短移化,助流政教"及郑卫之曲兴起的情况,又述秦及汉高祖、汉武帝的乐事,都非常简短;以下则全录《礼记·乐记》一文,不涉汉代乐府情况;作品只录《太一之歌》《郊祀天马歌》,且为节录。《汉书·礼乐志》的述乐部分,先述乐的作用及汉代以前的作乐情况,继述汉代作乐的情况,然后全录《安世房中歌》十七章、《郊祀歌》十九章,汉代其他乐府作品不载,所谓"其余巡狩福应之事,不序郊庙,故弗论";也未录《汉书·艺文志》所称西汉乐府机关所采民间讴谣的歌辞。然后,述"是时,郑声尤盛"的情况,列出汉哀帝时孔光、何武奏罢乐府人员 400 余人,可见宫廷俗乐盛况。

《宋书·乐志》共四卷,第一卷述历代音乐,主要是郊庙乐及朝享乐之类雅乐,几句话带过先秦后,便述汉至宋的情况。接着述俗乐,先是述"徒歌"的兴起及至晋、宋以来的发展状况,又述杂舞曲,最后述八音乐器。后三卷著录乐章,前一卷录郊庙乐及朝享乐,有魏、晋、宋三代歌辞;中一卷录汉、魏相和歌辞,其中的清商三调歌辞,均注明解数;最后一卷录汉、魏、晋、宋的杂舞曲辞及鼓吹铙歌。《宋书·乐志》著录乐府歌辞,不仅注意朝廷雅乐,还特别注重民间讴谣。《汉书·艺文志》提到有 138 首西汉乐府民歌,却不曾记载在其内容,而《宋书·乐志》则录"汉世街陌谣讴"[①]。

沈约作《宋书·乐志》是有的放矢的,这个"的"就是《汉书·礼乐志》。在《宋书·志序》中,沈约批评"班氏所述,止抄举《乐记》;马彪《后书》,又不备续",批评前代《乐志》不述"八音众

[①] 沈约:《宋书》,中华书局 1974 年版,第 549 页。

器",不述"讴谣之节";又从理念上强调,"郊庙乐章,每随世改,雅声旧典,咸有遗文",那么撰作《乐志》就要历代都述,又说历代"乐府铙歌"应"先训以义";总的来说,就是"自郊庙以下,非淫哇之辞,并皆详载"。① 以下从四个方面具体述之。

其一,礼、乐分离的叙述。《汉书·礼乐志》称:

> 乐以治内而为同,礼以修外而为异;同则和亲,异则畏敬;和亲则无怨,畏敬则不争。揖让而天下治者,礼乐之谓也。二者并行,合为一体。②

故《汉书》的《礼乐志》为"礼乐"合述,即在观念与实践上都有"乐"服务于"礼"的意思。《后汉书》只有《礼仪志》而无《乐志》,《宋书》则有《礼志》《乐志》两部分,明显的意味就是,礼为礼,乐为乐,乐并非时时处处都要依附于礼。

其二,明明白白的雅乐、俗乐分述。雅乐是朝廷制作时就"被之弦管",《汉书·礼乐志》云:

> 王者未作乐之时,因先王之乐以教化百姓,说(悦)乐其俗,然后改作,以章功德。③

其论"乐"之起源,先是有"先王之乐",既而是"王者作乐"。而俗乐,则是"始皆徒歌,既而被之弦管"的④,《宋书·乐志》雅乐、俗乐分述,于是,就有对"徒歌(歌)"历史的叙述:

---

① 沈约:《宋书》,中华书局1974年版,第204页。
② 班固:《汉书》,中华书局1962年版,第1028页。
③ 同上书,第1038页。
④ 沈约:《宋书》,中华书局1974年版,第550页。

第一章 "乐府学"理统

昔有娀氏有二女,居九成之台。天帝使燕夜往,二女覆以玉筐,既而发视之。燕遗二卵,五色,北飞不反。二女作歌,始为北音。禹省南土,涂山之女令其妾候禹于嵞山之阳,女乃作歌,始为南音。夏侯孔甲田于东阳萯山,天大风晦冥,迷入民室。主人方乳,或曰:"后来是良日也,必大吉。"或曰:"不胜之子,必有殃。"后乃取以归,曰:"以为余子,谁敢殃之?"后析橑,斧破断其足。孔甲曰:"呜呼!有命矣。"乃作《破斧》之歌,始为东音。周昭王南征,殒于汉中,王右辛余靡长且多力,振王北济。周公乃封之西翟,徙宅西河,追思故处作歌,始为。此盖四方之哥也。①

此处叙说了北音、南音、东音、西音这"四方之歌"的起始情况,虽说是远古时期的传说,但成为世所公认。《宋书·乐志》又接着叙述:

黄帝、帝尧之世,王化下洽,民乐无事,故因击壤之欢,庆云之瑞,民因以作哥。其后《风》衰《雅》缺,而妖淫靡漫之声起。周衰,有秦青者,善讴,而薛谈学讴于秦青,未穷青之伎而辞归。青饯之于郊,乃抚节悲歌,声震林木,响遏行云。薛谈遂留不去,以卒其业。又有韩娥者,东之齐,至雍门,匮粮,乃鬻哥假食,既而去,余响绕梁,三日不绝。左右谓其人不去也。过逆旅,逆旅人辱之,韩娥因曼声哀哭,一里老幼,悲愁垂涕相对,三日不食。遽而追之,韩娥还,复为曼声长哥,一里老幼,喜跃抃舞,不能自禁,亡向之悲也。乃厚赂遗之。故雍门之人善哥哭,效韩娥之遗声。卫人王豹处淇川,善讴,河西之民皆化之。齐人

---

① 沈约:《宋书》,中华书局1974年版,第548—549页。

绵驹居高唐，善哥，齐之右地，亦传其业。前汉有虞公者，善哥，能令梁上尘起。若斯之类，并徒哥也。①

这里的传说，已经由讲述人类自身的远古故事，转化为对"歌"的艺术感染力的叙说，表明随着时代的发展，人们对"歌"的关注点的转移。所谓"徒哥（歌）"，即无乐器伴奏的歌。《尔雅·释乐》："徒吹谓之和，徒歌谓之谣。"②沈约此处讲的是"徒歌"的发展史，也是民歌的兴起及发展史，而沈约在《宋书·谢灵运传》中叙述的，所谓"三变"云云，主要是文人诗歌发展史。

古代诗作入乐有三种途径：一是《宋书·乐志一》所称的"始皆徒歌，既而被之管弦"。徒歌不"被之管弦"是会很快消亡的，如《宋书·乐志三》载：

《但歌》四曲，出自汉世。无弦节，作伎，最先一人倡，三人和。魏武帝尤好之。时有宋容华者，清澈好声，善倡此曲，当时特妙。自晋以来，不复传，遂绝。③

"但"，与"徒"同义，都是"只""仅仅"的意思。二是依曲调填词，《宋书·乐志一》所称"又有因弦管金石，造哥以被之，魏世三调哥词之类是也"。④ 三是先有文字再配曲，《汉书·礼乐志》所称"多举司马相如等数十人造为诗赋，略论律吕，以合八音之调，作十九章之歌"之类。⑤ 此三种情况，《汉书·礼乐志》只阐述并载录先

---

① 沈约：《宋书》，中华书局1974年版，第548—549页。
② 《尔雅注疏》，《十三经注疏》，上海古籍出版社1997年影印本，第2602页上。
③ 沈约：《宋书》，中华书局1974年版，第603页。
④ 同上书，第550页。
⑤ 班固：《汉书》，中华书局1962年版，第1045页。

有文字再配曲的《安世房中歌》17章、《郊祀歌》19章，而未提及徒歌。

其三，著录作品注重历代并追溯"古辞"。我们平常说，《汉书·礼乐志》只录郊庙乐章，而《宋书·乐志》所录很注重民间作品，其著录"汉世街陌谣讴"，即《宋书·乐志三》所录"相和"中的注明为"古词"的作品，如《江南可采莲》《东光乎》《鸡鸣高树巅》《乌生八九子》《平陵东》；所录"清调"注明为"古词"者有《上谒》；所录"大曲"注明为"古词"者有《东门》《罗敷》《西门》《默默》《白鹄》《何尝》《为乐》《洛阳行》《白头吟》等。其实，这就是《宋书·乐志》著录作品追溯源头及对民间作品的注重，其云：

> 凡乐章古词，今之存者，并汉世街陌谣讴，《江南可采莲》《乌生》《十五》①《白头吟》之属是也。②

所录或古词，或为有主名的作品，当为有古词则录古词，无古词则录有主名者。

《宋书》录郊庙乐及朝享乐，有魏、晋、宋三代歌辞；录相和歌辞有汉、魏作品，录杂舞曲辞及鼓吹铙歌有汉、魏、晋、宋作品。著录作品注重一曲多题。例如，《陌上桑》《善哉行》都录有多题；但又不是模拟之作。

其四，载录乐府作品的本事或缘起。例如，述"吴哥（歌）杂

---

① 中华书局整理本《宋书》注曰："'乌生十五'各本并作'乌生十五子'。按《乐府诗集》二六引《永嘉伎录》，《相和》有十五曲，六曰《十五》，十二曰《乌生》。盖《乌生》与《十五》，自是二曲。《乌生》古辞云'乌生八九子'。《宋书·乐志》以《乌生》《十五》二曲骈连之，后人又误加'子'字，合'乌生十五子'为一曲，今订正。"（沈约：《宋书》，中华书局1974年版，第561页）那么，《宋书·乐一》在载录作品时的所举例子，其后录作品时尚有遗漏未录其辞者乎？

② 沈约：《宋书》，中华书局1974年版，第549页。

曲"《子夜歌》的本事：

> 《子夜歌》者，有女子名子夜，造此声。晋孝武太元中，琅邪王轲之家有鬼歌《子夜》。殷允为豫章时，豫章侨人庾僧度亦有鬼哥《子夜》。殷允为豫章，亦是太元中，则子夜是此时以前人也。①

以下依次述《凤将雏哥》《前溪哥》《阿子哥》《欢闻哥》《团扇哥》《都护歌》《懊憹歌》《中朝曲》《六变》诸曲、《长史变》《读曲哥》的本事。那么有一个问题就是：《宋书·乐志》载录本事或缘起是否举例性质？没有本事者是否就不著录？这种载录本事的做法，当取自后汉蔡邕《琴操》，《琴操》的作法，就是一一载录依附那些琴曲的故事。沈约是看过《琴操》的，其述《公莫舞》就说到"按《琴操》有《公莫渡河曲》"云云。②又是继晋崔豹《古今注》音乐一门专述乐府歌曲本事及缘起而来。

另外，《宋书·乐志》又著录一些舞曲的本事，所谓"所起"或前人关于其"所起"的一些说法，如《鞞舞》《杯槃舞》《公莫舞》《拂舞》《白纻舞》。

以上就是沈约《宋书·乐志》体现出来的"乐府学"体系及长于前人之处。沈约建立"乐府学"即"撰为乐书"的动议后来还提出过。《隋书·音乐志上》载，梁武帝思弘古乐，天监元年（502）下诏访百僚，于是，散骑常侍、尚书仆射沈约奏答，③此即《答诏访古乐》：

> 窃以秦代灭学，《乐经》残亡。至于汉武帝时，河间献王与毛生等，共采《周官》及诸子言乐事者，以作《乐记》。其内史

---

① 沈约：《宋书》，中华书局1974年版，第549页。
② 同上书，第551页。
③ 魏徵等：《隋书》，中华书局1973年版，第67—68页。

丞王定,传授常山王禹。刘向校书,得《乐记》二十三篇,与禹不同。向《别录》,有《乐歌诗》四篇、《赵氏雅琴》七篇、《师氏雅琴》八篇、《龙氏雅琴》六百篇,唯此而已。《晋中经簿》,无复乐书,《别录》所载,已复亡逸。案汉初典章灭绝,诸儒捃拾沟渠墙壁之间,得片简遗文,与礼事相关者,即编次以为礼,皆非圣人之言。《月令》取《吕氏春秋》,《中庸》《表记》《防记》《缁衣》,皆取《子思子》,《乐记》取《公孙尼子》,《檀弓》残杂,又非方幅典诰之书也。礼既是行己经邦之切,故前儒不得不补缀以备事用。乐书事大而用缓,自非逢钦明之主,制作之君,不见详议。汉氏以来,主非钦明,乐既非人臣急事,故言者寡。陛下以至圣之德,应乐推之符,实宜作乐崇德,殷荐上帝。而乐书沦亡,寻案无所。宜选诸生,分令寻讨经史百家,凡乐事无大小,皆别纂录。乃委一旧学,撰为乐书,以起千载绝文,以定大梁之乐。使《五英》怀惭,《六茎》兴愧。[①]

先述汉代所存"乐"学文献情况,又以"礼"学文献的整理情况来讲"乐"学文献情况的整理,即"分令寻讨经史百家,凡乐事无大小,皆别纂录"以"撰为乐书",其目的应该有二:一是"起千载绝文"的文献整理;二是"定大梁之乐"的现实的"乐"的应用。

三 沈约的乐府学理论

王鸣盛《十七史商榷》卷五十六《南史合宋齐梁陈书四》称"《宋志》详述前代":

[①] 陈庆元:《沈约集校笺》,浙江古籍出版社1995年版,第67—68页。

从来史家作志之体，唯详当代，前事但于每志叙首略述，以为缘起而已。惟沈约《宋书·志》述魏、晋甚详，殆意以补之，犹唐作《隋书》，并南北朝制度皆收入《志》也。①

以上所谓沈约的"乐府学"体系，表面上看是充分展示了沈约的"详述前代"，而实质上则是沈约乐府理论的实践。沈约的乐府理论，除了深切的历史感外，还有哪些呢？以下从五个方面试论之。

其一，充分肯定"歌"的地位。"始皆徒哥，既而被之弦管"与"又有因弦管金石，造哥以被之"，何者为先？《宋书·乐志》称：

> 民之生，莫有知其始也。含灵抱智，以生天地之间。夫喜怒哀乐之情，好得恶失之性，不学而能，不知所以然而然者也。怒则争斗，喜则咏哥。夫哥者，固乐之始也。②

《宋书·谢灵运传》也说：

> 史臣曰：民秉天地之灵，含五常之德。刚柔迭用，喜愠分情。夫志动于中，则歌咏外发；六义所因，四始攸系；升降讴谣，纷披风什。虽虞夏以前，遗文不睹，禀气怀灵，理无或异。然则歌咏所兴，宜自生民始也。③

因此，沈约认为，"乐"之史，首先应该是"徒歌"的发展历史，其次又是由"徒歌"而至"乐"乃至文人乐府创作以及广义的文人诗歌，沈约在《宋书·谢灵运传》中也肯定了文人诗歌的源头是民歌。

沈约在其乐府创作中也常常提到当时民歌的各种场合的演唱、运

---

① 王鸣盛：《十七史商榷》卷56，中国书店1987年版，第1页。
② 沈约：《宋书》，中华书局1974年版，第548页。
③ 同上书，第1778页。

用，如其《江南曲》中云"棹歌发江潭，采莲渡湘南"。① 其《乐未央》云：

> 亿舜日，万尧年。
> 咏《湛露》，歌《采莲》。
> 愿杂百和气，宛转金炉前。②

一是说自己作南方乐曲；一是说在正式场合的演唱民歌。这些都可视为对民歌地位的崇尚。

但是，沈约《宋书》一方面批评《汉书》对"爰及《雅》《郑》，讴谣之节，一皆屏落，曾无概见"③；但一方面又不录晋宋民歌，称南朝乐府"哥词多淫哇不典正"，④ 他对待民间作品，是有矛盾之处的。

其二，充分重视"歌""乐"的情感抒发作用即调节作用。

《宋书·乐志一》称"怒则争斗，喜则咏哥"⑤，这是称"哥（歌）"出自心灵、情性。由《宋书·谢灵运传》所谓"刚柔迭用，喜愠分情"，可知"怒则争斗，喜则咏哥"为互文见义。但是，传统的"乐"论是"乐而不淫，哀而不伤""怨而不怒"的，这又怎么实现呢？《宋书·乐志》在阐述了"哥（歌）"之兴起后又云：

> 咏歌之不足，乃手之舞之，足之蹈之，然则舞又哥之次也。咏哥舞蹈，所以宣其喜心，喜而无节，则流淫莫反；故圣人以五声和其性，以八音节其流，而谓之乐，故能移风易俗，平心正体焉。⑥

---

① 陈庆元：《沈约集校笺》，浙江古籍出版社 1995 年版，第 310 页。
② 同上书，第 327 页。
③ 沈约：《宋书》，中华书局 1974 年版，第 204 页。
④ 同上书，第 552 页。
⑤ 同上书，第 548 页。
⑥ 同上。

这是讲对"歌"要有调和、节制作用。以"歌"成"乐"在于"和"与"节",所谓"以五声和其性,以八音节其流,而谓之乐";目的是"移风易俗,平心正体"。沈约的《梁鞞舞歌》之《明之君六首》称"礼缉民用扰,乐谐风自移"①,也是这个意思。

《宋书·谢灵运传》论说"歌咏"的产生,先说"民秉天地之灵,含五常之德",又说"六义所因,四始攸系",已经含有调和、节制,而《宋书·乐志》在论述"歌"的产生时,则直述"夫喜怒哀乐之情,好得恶失之性,不学而能,不知所以然而然者也"②,这就隐含"歌"含有"怒则争斗"内容的合理性,强调了"歌咏"的性情抒发。沈约《武帝集序》云:

> 如纶之旨,时或染翰,暨于设虞灵囿,恺乐在镐,《鹿鸣》《四牡》《皇华》《棠棣》之歌,《伐木》《采薇》《出车》《杕杜》之宴,皆咏志摛藻,广命群臣。上与日月争光,下与钟石比韵。③

这里列出的都是《诗经》作品,都是用以演奏咏唱。沈约说,梁武帝在这样的场合都"咏志摛藻,广命群臣",也是强调了"歌咏"的"咏志摛藻"。

沈约认为,民歌又是表达民情的。他代南齐郁林王萧昭业起草的《劝农访民所疾苦诏》中说到"又询访狱市,博听谣俗"④,即通过倾听民歌来了解民情。

其三,沈约在其乐府作品中谈到"乐"的多方面作用。有时述及"礼乐"之"乐"时也多强调其庆祝、欢愉性质,如其《梁鼓吹曲十

---

① 陈庆元:《沈约集校笺》,浙江古籍出版社1995年版,第283页。
② 沈约:《宋书》,中华书局1974年版,第548页。
③ 陈庆元:《沈约集校笺》,浙江古籍出版社1995年版,第173页。
④ 同上书,第28页。

二首·於穆》称"於穆君臣,君臣和以肃,关王道,定天保。乐均灵囿,宴同在镐。前庭悬鼓钟,左右列笙镛"云云①,其《从齐武帝琅琊城讲武应诏》所谓"轻舞信徘徊,前歌且遥衍"即是②。《乐将殚恩未已应诏》亦是,其云:

凄锵笙管遒,参差舞行乱。轻肩既屡举,长巾亦徐换。云鬟垂宝花,轻妆染微汗。群臣醉又饱,圣恩犹未半。③

其《三日侍凤光殿曲水宴应制》所称"轻歌易绕,弱舞难持"④,亦是。

有时多说到歌乐的个人情感抒发,其《从军行》称"寝兴动征怨,寤寐起还歌"⑤;《却东西门行》称"摇装非短晨,还歌岂明发"⑥。这是"怨"与"哀"。有时说歌乐的欢情作用,《君子有所思行》"巴姬幽兰奏,郑女阳春弦。共矜红颜日,俱忘白发年"⑦,《缓歌行》"箫歌笑嬴女,笙吹悦姬童"⑧。而相对于歌伎舞女来说,《豫章行》写将士征思荣辱,其称"宴言诚易纂,浩歌信难嗣"⑨,却是欢歌难唱之意。

沈约常常谈到"乐"在生活的对立方面都有运用,其《正阳堂宴劳凯旋诗》中称"昔往歌《采薇》,今来欢《杕杜》"⑩,就说到出征

---

① 陈庆元:《沈约集校笺》,浙江古籍出版社 1995 年版,第 279 页。
② 同上书,第 337 页。
③ 同上书,第 394—395 页。
④ 同上书,第 335 页。
⑤ 同上书,第 289 页。
⑥ 同上书,第 295 页。
⑦ 同上书,第 300 页。
⑧ 同上书,第 303 页。
⑨ 同上书,第 291 页。
⑩ 同上书,第 342 页。

时思乡之悲与凯旋时慰劳之喜。这就是"乐"的实际运用,即《宋书·谢灵运传》所谓"刚柔迭用,喜愠分情"。这样的例子还有,如其《昭君辞》"始作阳春曲,终成苦寒歌"①,等。

其四,强调"歌"的当代性及"时事性",《宋书·乐志一》云:

> 古者天子听政,使公卿大夫献诗,耆艾修之,而后王斟酌焉。秦、汉阙采诗之官,哥咏多因前代,与时事既不相应,且无以垂示后昆。汉武帝虽颇造新哥,然不以光扬祖考、崇述正德为先,但多咏祭祀见事及其祥瑞而已。商周《雅》《颂》之体阙焉。②

沈约先是批评秦汉的"哥咏多因前代,与时事既不相应",那么也就"且无以垂示后昆",这是有因果关系的。沈约又举"汉武帝虽颇造新哥"的例子,称"时事性"、当代性的表现之一就是要有"光扬祖考、崇述正德"的内容,而非就事论事的"多咏祭祀见事及其祥瑞"。这是传统说法,《宋书·乐志》一开始就录《易》曰:"先王作乐崇德,殷荐之上帝,以配祖考。"③虽说"光扬祖考、崇述正德"的"时事"谈不上什么现实主义云云,但强调"时事"的说法本身是有积极意义的。沈约《相和五引·羽引》所说"物为音本,和且悦"④,也说到音之"本"为"物",只有"物为音本"才能上升到"和且悦"的层次。

其五,对"所务者声,不先训以义"的批评,称改变"以声为用"的古训。《宋书·志序》中这样说:

---

① 陈庆元:《沈约集校笺》,浙江古籍出版社1995年版,第286页。
② 沈约:《宋书》,中华书局1974年版,第550页。
③ 陈庆元:《沈约集校笺》,浙江古籍出版社1995年版,第533页。
④ 同上书,第274页。

又案今"鼓吹铙歌",虽有章曲,乐人传习,口相师祖,所务者声,不先训以义。今"乐府铙歌",校汉、魏旧曲,曲名时同,文字永异,寻文求义,无一可了。不知今之铙章,何代曲也。①

《宋书·乐志》录乐府鼓吹铙歌甚详,有汉、魏、晋、吴,接着有《今鼓吹铙歌词》,如果"所务者声",那么鼓吹铙歌只取其一可矣,但汉、魏、晋、吴的鼓吹歌词,内容都是叙写本王朝的情况,因为它们"曲名时同,文字永异",不一一载录,哪能知道是对各王朝建立过程及其中文治武功的吟咏呢?这就是沈约的出发点,这与前述强调"歌"的当代性及"时事性"是相应的。而且,沈约曾作《鼓吹铙歌》的《芳树》《临高台》。据《谢宣城诗集》,沈约《芳树》《临高台》分属两组诗中,前者同赋者有范云、谢朓、王融、刘绘,后者同赋者有谢朓、王融、刘绘、范云。《乐府诗集》引《乐府解题》称《芳树》:"古词中有云:'妒之子愁杀人,君有他心,乐不可禁。'若齐王融'相思早春日',谢朓'早玩华池阴',但言时暮、众芳歇绝而已。"② 称《临高台》:"古词言:'临高台,下见清水中有黄鹄飞翻,关弓射之,令我主万年。'若齐谢朓'千里常思归',但言临望伤情而已。"③ 从《乐府解题》的说法可知"今乐府铙歌,校汉、魏旧曲,曲名时同,文字永异",确是如此。

"以声为用"的传统起源甚早,《尚书·舜典》有一段很有名的话:

---

① 沈约:《宋书》,中华书局1974年版,第204页。
② 郭茂倩编:《乐府诗集》,中华书局1979年版,第229—230页。
③ 同上书,第231页。

帝曰："夔！命汝典乐，教胄子，直而温，宽而栗，刚而无虐，简而无傲。诗言志，歌永言，声依永，律和声。八音克谐，无相夺伦，神人以和。"夔曰："於！予击石拊石，百兽率舞。"①

就这段文字，郭绍虞说："在当时，乐与诗同样起着'言志'和教育人的左右""诗与乐到后来才发展成两个独立的部门，产生以'声'为用的乐，和以'义'为用的诗。"② "乐"多"以声为用"，《宋书·乐志》所说"魏文侯虽好古，然犹昏睡于古乐。于是，淫声炽而雅音废矣"③，这里的"淫声""雅音"就是指"以声为用"而言。而沈约又强调"先训以义"，其《答陆厥书》曾云：

若斯（宫商声律）之妙，而圣人不尚，何邪？此盖曲折声韵之巧，无当于训义，非圣哲立言之所急也。④

这是从另一方面强调乐府创作的"训义"应该是"圣哲立言之所急也"。而前述《宋书·乐志》著录作品注重一曲多题，当然也是因为其文字有异而求"训以义"才载录的。

四　沈约的乐府作品创作

沈约在乐府诗的雅乐创作上也有可称道者。其《谢齐竟陵王示〈永明乐歌〉启》云：

凤彩鸾章，霞鲜锦缛，觌宝河宗，未必比丽。观乐帝所，远

---

① 《尚书正义》，《十三经注疏》，上海古籍出版社1997年影印本，第131页中下。
② 郭绍虞编：《中国历代文论选》第1册，上海古籍出版社2001年版，第3页。
③ 沈约：《宋书》，中华书局1974年版，第533页。
④ 萧子显：《南齐书》，中华书局1972年版，第900页。

有惭德。虽日月在天，理绝称咏，而徘徊光景，不能自息。①

这里所称是吟咏朝廷、吟咏时代的理想化的作品。《南齐书·乐志》载：

《永平（当作"明"）乐歌》者，竟陵王子良与诸学士造奏之，人为十曲。道人释宝月辞颇美，上尝被之管弦，而不列于乐官也。②

《永明乐》今存谢朓、王融各十曲，沈约一曲。沈约《永明乐》云：

联翩贵公子，侈靡千金客。
华毂起飞尘，珠履竟长陌。③

以华艳美丽之辞写华丽之景、艳丽之人，与谢朓、王融之辞风格相同。沈约作《梁鼓吹曲》12首，吟咏梁武帝萧衍从起家势力强大至建立梁朝的过程，与其前辈吟咏模式相同。

但沈约之作有领时代风气之先者。沈约于天监初年作郊庙乐辞，沈约去世后十来年，萧子云上奏梁武帝，表示要改制，其《请改郊庙乐辞启》中云：

臣比兼职斋官，见伶人所歌，犹用未革牲前曲。圜丘眡燎，尚言"式备牲牷"；北郊《诚雅》，亦奏"牲玉孔备"；清庙登歌，而称"我牲以洁"；三朝食举，犹咏"朱尾碧鳞"。声被鼓钟，未

---

① 陈庆元：《沈约集校笺》，浙江古籍出版社1995年版，第117页。
② 萧子显：《南齐书》，中华书局1972年版，第196页。
③ 陈庆元：《沈约集校笺》，浙江古籍出版社1995年版，第322页。

符盛制。臣职司儒训，意以为疑，未审应改定乐辞以不？①

据《梁书·萧子云传》，此启的背景是，"梁初，郊庙未革牲牷，乐辞皆沈约撰，至是承用，子云始建言改"②。"牲牷"，祭祀用的纯色全牲，梁初郊庙祭祀牲牷，以后改革，不用牲牷。因此萧子云此启中，讲到沈约所撰乐辞还有"牲牷"之类有关字句，应该有所"改定"。这是因为制度的改变而需要"改定"乐辞。梁武帝同意了萧子云的意见，其《敕萧子云撰定郊庙乐辞》云：

郊庙歌辞，应须典诰大语，不得杂用子史文章浅言。而沈约所撰，亦多舛谬。③

这时意味就不一样了，提出了郊庙歌辞"不得杂用子史文章浅言"，并有针对性地称"沈约所撰，亦多舛谬"。萧子云《答敕改撰郊庙乐辞》中云：

殷荐朝飨，乐以雅名，理应正采《五经》，圣人成教。而汉来此制，不全用经典；（沈）约之所撰，弥复浅杂。臣前所易（沈）约十曲，惟知牲牷既革，宜改歌辞，而犹承例，不嫌流俗乖体。既奉令旨，始得发蒙。臣夙本庸滞，昭然忽朗，谨依成旨，悉改（沈）约制。惟用《五经》为本，其次《尔雅》《周易》《尚书》《大戴礼》，即是经诰之流，愚意亦取兼用。臣又寻唐、虞诸书，殷《颂》周《雅》，称美是一，而复各述时事。大梁革服，偃武修文，制礼作乐，义高三正；而（沈）约撰歌辞，惟浸

---

① 姚思廉：《梁书》，中华书局1973年版，第514页。
② 同上。
③ 同上。

称圣德之美,了不序皇朝制作事。《雅》《颂》前例,于体为违。①

于是,我们可以看到梁武帝、萧子云批评沈约所撰之辞的主要意见。一是在于"了不序皇朝制作事",即不曾叙写梁朝制作礼乐文教之事,所谓"偃武修文,制礼作乐"。二是在于"弥复浅杂",其具体表现就是"杂用子史文章浅言"而成为"流俗乖体";如其《牲雅》"庖丁游刃,葛庐验声",前句出《庄子》,后句出《管子》②。《颜氏家训·文章》载沈约主张"文章当从三易"③。人们公认这是时代新气象,而所谓"杂用子史文章浅言",则是沈约在雅乐创作上的尝试,是雅乐适应现实的需要。

五　结语

总的来说,就沈约与"乐府学"而言,其贡献在于以下三点。其一,相对于"礼"而言,沈约努力使"乐"独立,所以有雅乐、俗乐的分述,所以有独立"撰为乐书"之倡,有史书中《乐志》的独立撰作,有脱离于"先王之乐"的"徒歌"起源与历史的独立叙述。影响所致,沈约之后不久就有了独立的"乐府学"著作,《隋书·经籍志》经部乐类载:"《古今乐录》十二卷,陈沙门智匠撰。"④ 原书赵宋后已佚,《乐府诗集》《太平御览》等引录颇多,涉及郊庙、燕射、恺乐、相和、清商、舞曲、琴曲及乐律、乐器。如此全面阐述的"乐府学"专著,也应该是对沈约的承袭。晁公武《郡斋读书志》云:"《古乐

---

① 姚思廉:《梁书》,中华书局1973年版,第514—515页。
② 陈庆元:《沈约集校笺》,浙江古籍出版社1995年版,"前言"第13页。
③ 颜之推撰,王利器集解:《颜氏家训集解》,上海古籍出版社1980年版,第253页。
④ 魏徵等:《隋书》,中华书局1973年版,第926页。

府》十卷,并《乐府古题要解》两卷。唐吴兢纂。杂采汉魏以来古乐府词凡十卷。又于传记泊诸家文集中采乐府所起本义以解释古题云。"① 其二,相对于"曲"而言,沈约看到了"辞"独立的趋势,所以有"先训以义"的要求,有同一曲而不同作品的载录,有追溯作品的本事等;影响所致,梁朝乐府机构采录北朝民歌("徒歌")即所谓"梁鼓角横吹曲"。其三,沈约不仅注重历史,他更关注"乐府"的当代,努力使现实独立于历史。所以有对"歌"的当代性及"时事性"的强调,有"起千载绝文"的文献整理以"定大梁之乐"的倡议,有对当代民歌的学习,有使文人诗歌与南朝乐府"清新出天然"的融合。此即《南齐书·文学传论》提倡的文风:

> 三体之外,请试妄谈:若夫委自天机,参之史传,应思悱来,勿先构聚。言尚易了,文憎过意,吐石含金,滋润婉切。杂以风谣,轻唇利吻,不雅不俗,独中胸怀。②

也是沈约走出的第一步,这就是沈约努力改造乐府诗,力推其向雅化方向发展,将在另文叙说。

---

① 晁公武撰,孙猛校证:《郡斋读书志校证》,上海古籍出版社1990年版,第96页。
② 萧子显:《南齐书》,中华书局1972年版,第908—909页。

第二章 乐府诗人本色

乐府诗产生于民间,"孟春之月,群居者将散,行人振木铎徇于路以采诗,献之大师,比其音律,以闻于天子"①,经采诗而入官府,民间乐府诗在官方庙堂演唱、吟诵。文人起而效仿,或沿袭旧题,或自创新题,但不论新题旧题,民间乐府诗的精神与形式都被有效地继承下来,并有所创新。此处讨论的乐府诗人为传统文人,他们都是传统诗体与乐府诗体兼擅者,乐府诗的创作也为他们赢得了巨大的名声。此处探讨其乐府诗创作的特色与创新之处,亦以此确定其士人的本色特征。

第一节 建安诗人对乐府民歌的改制与曹植的贡献

一 汉乐府民歌的特点

汉代,乐府民歌兴旺发展并达到顶峰,这是一种迥然不同于"诗三百"与骚体诗的诗歌体裁。乐府民歌的特点是多方面的,其中有两

---

① 班固:《汉书·食货志》,中华书局1962年版,第1123页。

点比较重要，对后代的影响也最为持久，这就是多吟咏他人与重在叙事，当然，这只是就大体来说。就重在叙事而言，虽说乐府民歌叙事的作品与抒情的作品都有，但优秀之作，大都是叙事的，如《妇病行》《东门行》《孤儿行》《陌上桑》等，皆记叙一个或几个生活片段或现实事件。正因为叙事性的作品是乐府民歌的精华所在，故后世人们都以此为汉乐府的特点，所谓"乐府之异于诗者，往往叙事"①，即是此意。王运熙先生也说："汉俗曲却以叙事诗为主，这也是汉乐府的菁萃所在。"② 就吟咏他人而言，乐府民歌的人称本是多样化的：第三人称居多，这当然是吟咏他人之作；但也有第一人称之作，如"鼓吹曲辞"的《思悲翁》《上邪》、"杂曲歌辞"的《伤歌行》等。第二人称之作虽少，但也有，如"相和歌词"的《箜篌引》："公无渡河，公竟渡河。堕河而死，将奈公何。"但是，乐府民歌本是采诗官从民间采集而来，"孝武立乐府而采风谣"③，所以诗的作者就难以确定。这样，在采诗者与读者看来，第一人称与第二人称的诗作也具有吟咏他人的意味。况且，当后人拟作乐府诗时，传统上要依乐府古题的题旨与本事来创作。《唐子西文录》载强幼安语："古乐府命题皆有主意，后之文人用乐府为题者，直当代其人而措辞，如《公无渡河》，须作妻止其夫之词。"④ 因此，从意味上讲，乐府民歌的传统就是吟咏他人之事，这从汉代文人的乐府之作也可以看出来，如辛延年《羽林郎》、宋子侯《董娇娆》，既是叙事之作，又是吟咏他人的。

两汉文人多注重辞赋，到了建安时代，风气一变，文人也多作乐

---

① 郎廷槐：《师友诗传录》张实居语，《清诗话》上册，上海古籍出版社1978年版，第132页。
② 王运熙、王国安：《汉魏六朝乐府诗》，上海古籍出版社1986年版，第48页。
③ 班固：《汉书·艺文志》，中华书局1962年版，第1756页。
④ 何文焕：《历代诗话》，中华书局1981年版，第443页。

府诗，一时间云兴霞蔚。开创建安文学风气的曹操，其创作就全是乐府诗，史称他"登高必赋，及造新诗，被之管弦，皆成乐章"。[1] 曹丕的集子里，乐府诗超出一半，曹植的诗中乐府诗也有一半左右。建安七子如王粲、陈琳、阮瑀，也都作有乐府诗。建安诗人创作的乐府诗，虽也有重在抒情而很少叙事意味的，但本书着重论述建安诗人是如何从前述重在叙事与吟咏他人这两大特点起步对乐府民歌进行改制的，此二者既是建安诗人在改制乐府民歌时坚守的基础，又是他们改制乐府民歌的对象。结果是，他们创作出来的乐府诗仍保持有重在叙事与吟咏他人的特点，但特点本身的意味不同了。

  我们先来看一下建安诗人完全继承重在叙事与吟咏他人原有意味的作品。比如，陈琳《饮马长城窟行》，全诗以对话的形式，写秦代筑长城给人民带来的苦难。陈琳的作法完全是乐府民歌式的，据郭茂倩《乐府诗集》称《饮马长城窟行》："一曰《饮马行》。长城，秦所筑以备胡者。其下有泉窟，可以饮马。古辞云：'青青河畔草，绵绵思远道。'言征戍之客，至于长城而饮其马，妇人思念其勤劳，故作是曲也。"[2]《乐府解题》称陈琳此作"则言秦人苦长城之役也"[3]，完全是渲染古题古事，从中看不出建安的时代特点；亦完全是吟咏他人，从中看不出陈琳的身影。所以，有人怀疑这《饮马长城窟行》本是民歌，可能不是陈琳所作，虽说尚无可靠的证据，但也言之有理。固然可以说，这是"假借秦代筑长城的事，深刻揭露了当时繁重的徭役给人民带来的痛苦与灾难"[4]，但毕竟与直接反映现实隔了一层。但汉乐

---

[1] 陈寿：《三国志·武帝纪》注引《魏书》，中华书局1982年版，第54页。
[2] 郭茂倩编：《乐府诗集》，中华书局1979年版，第555页。
[3] 郭茂倩编：《乐府诗集》引，中华书局1979年版，第55页。
[4] 游国恩等：《中国文学史》，人民文学出版社1963年版，第214页。

中古乐府广义

府在创作之时，完全是"感于哀乐，缘事而发"，[①] 有着强烈的现实性，但文人拟作时，如果只是拟其事而不见自己与当代社会的色彩，这样的乐府诗是担当不起反映时代精神的主要任务的。

二　建安诗人对乐府民歌的改制

建安诗人并不甘心自己的乐府诗创作只是叙述古事、吟咏他人，这样就势不可免地展开了他们对乐府民歌的改制，他们在以下三方面逐步做出了创新的努力。

第一，在重于叙述他人之事的同时赋予诗歌强烈的个人感情色彩，这方面以曹操的创作最具特色。其《薤露行》叙述：何进谋杀宦官而召董卓；宦官杀何进并劫少帝和陈留王；董卓迎还，废少帝，立陈留王为献帝；关东讨董武装兴起，董卓焚烧洛阳，挟持献帝西迁长安。诗中充满情感的抒发，有对何进的斥责——"沐猴而冠带，知小而谋强。犹豫不敢断"等；有对广大人民苦难的叙写——"号泣而且行"；又有诗人自我心情的描摹——"瞻彼洛城郭，微子为哀伤"，说自己望洛阳而慨叹，正如微子见殷墟而悲伤。其《蒿里行》，写兴兵讨伐董卓的关东诸侯互争权力而造成时事的丧乱，笔力凝聚在"生民百遗一，念之断人肠"这样的对自我内心世界的揭示上。此类诗的抒情特点，是从个人的角度出发关注广大的社会。

第二，重于叙述包括诗人自身在内的群体人物之事，并赋予诗歌强烈的个人感情色彩，这类诗有曹操《苦寒行》、王粲《从军征》五首与《七哀》（其三）等。在《苦寒行》中，诗人叙述了自己与大军一起出征高幹途中北越太行山的情形，看到山路陡峭、气候恶劣、战

---

① 班固：《汉书·艺文志》，中华书局1962年版，第1756页。

士艰苦，情不自禁地以第一人称的口吻深吟道："我心何怫郁，思欲一东归""悲彼东山诗，悠悠令人哀。"《从军征》五首，笔墨一方面叙述己方部队的战争历程与战况战绩，一方面又抒发征夫离别亲人之痛及对曹操指挥的战争的歌颂，表明诗人追随曹操建功立业的慷慨之志。《七哀》（其三），写边城的荒凉与战争给人民带来的痛苦："行者不顾返，出门与家辞。子弟多俘虏，哭泣无已时。"诗中又以"边城使人悲，昔吾亲更之"，既点明自己的参与，又抒发情感。因此，此类诗抒情的对象，是融社会动乱中的广大人民与个人自身为一体的。

在上述两类诗中，诗人直接出面抒发真挚深沉的情感，于是加深了诗中所述汉末时事对于诗人自身及广大人民的意味。也就是说，强烈的个人感情色彩丰富了叙事的意味，可见诗人并不只是忠实地反映社会动乱与民生疾苦，更是为了抒发自身在这种情况下的感情，并表达自己的志向。从上述两类诗中，我们又可以发现其叙事方法比起乐府民歌来有很大的不同，即诗歌不注重具体入微地描摹以人物冲突为核心的戏剧化情节，而是大笔墨地概括事件。比如，《蒿里行》中叙述袁绍谋立刘虞与袁术称帝之事，只用"淮南弟称号，刻玺于北方"两句便阐述殆尽。又如，《从军征》中叙述战争历程，也只是"一举灭獯虏，再举服羌夷；西收边地贼，忽若俯拾遗"短短几句。由此就产生一个问题：这样概括性大笔墨的叙事方式，是否就是创作既重于叙事又具有强烈个人感情色彩的乐府诗必须运用的呢？换句话说，为了增进诗歌的抒情意味，只能这样概括性大笔墨叙事吗？很显然，如此概括性大笔墨叙事，使诗人难以插进对自我经历的叙写，因此削弱了对诗人自我的表现。

第三，诗人不仅是诗中实践的叙述者，而且以个人身份成为诗中事件的介入者。阮瑀《驾出北郭门行》，叙写了一位孤儿自诉后母对他的虐待。这个自诉由诗人发问引起，整个事件是具体生动的、富有细节的，可以指定为某一次的。诗末尾两句是诗人听了孤儿自诉后劝诫世人之语，是诗人的情感参与。诗人作为作品中的人物参与事件，一来增加了读者眼中事件的真实度，二来诗人也容易就自身参与的事件发表感想。但是在《驾出北郭门行》中，诗人的形象并不丰满，因为诗中并未提供诗人参与事件的必要性，诗人只是外在地参与了事件，诗人与事件的关系是游离的，其意味甚至不如上述第二类诗作中群体形象中的自我。怎样才能吟咏出真正具有艺术形象意味的诗人自我呢？王粲《七哀》（其一）的意味稍深厚一些，诗中先概括描述"西京乱无象，豺虎方遘患"及自己的背井离乡，然后描绘出长安乱离中的一个特写镜头——饥妇弃子。诗人并不是这件惨事的当事人，而是目睹者，诗人最后也只是"驱马弃之去"而已。但诗人把这幅惨景与自己的背井离乡、告别家人联系起来，因此，饥妇弃子的事件对王粲的意味就大大强烈于后母虐子对阮瑀的意味。尽管如此，与《驾出北郭门行》一样，诗人与诗中典型事件的关系仍然是游离的，这说明了什么？这说明诗人还囿于乐府诗吟咏他人的陈规，虽然保持了乐府民歌叙事时的生动、富有情节性，可仅仅显示出这是自我的耳闻目睹，而不是发生在自我身上的事。

三 曹植对新型艺术形象的塑造

上述三类文人乐府诗，在重于叙事的基础上，或加强个体的情感抒发，或叙写包容有诗人自身的群体人物之事，或强调诗人的自我参与，都透露出一个强烈的愿望：诗人要真正参与诗中所叙的事件，诗人要塑造自身的形象。五言诗出现了蔡文姬《悲愤诗》那样的长篇叙事作品，诗人叙述自身不幸的遭遇，展现了东汉末年广阔的社会面貌。

乐府诗为什么不能出现以诗人自身为主要艺术形象的叙事性作品呢？当然，并不是每一个诗人都具有蔡文姬那样曲折丰富、惊心动魄的经历，因此带有虚构性的吟咏他人之事的乐府民歌的做法应该给乐府诗的叙事带来很大的便利，可叙述出来的又是他人之事而非诗人自身的，怎么办呢？整个问题就在于：怎样改进在传统上吟咏他人之事的乐府诗中表现诗人自我的方式；怎样叙写出带有强烈自我意识的自我之事，同时具有虚构性的他人之事的全部丰富曲折。曹植在这方面做出了巨大的贡献，他在乐府诗中创造出一种似我非我、非我似我的新型诗歌艺术形象，由此起叙事方式也有了很大的改进。这就是我们以下要论述的建安诗人对乐府民歌进行改制的第四方面。

我们先来看《白马篇》：

白马饰金羁，连翩西北驰。
借问谁家子，幽并游侠儿。
少小去乡邑，扬声沙漠垂。
宿昔秉良弓，楛矢何参差。
控弦破左的，右发摧月支。
仰手接飞猱，俯身散马蹄。
狡捷过猴猿，勇剽若豹螭。
边城多警急，胡虏数迁移。
羽檄从北来，厉马登高堤。
右驱蹈匈奴，左顾凌鲜卑。
寄身锋刃端，性命安可怀？
父母且不顾，何言子与妻！
名编壮士籍，不得中顾私。

捐躯赴国难，视死忽如归。①

郭茂倩《乐府诗集》称此篇："言人当立功立事，尽力为国，不可念私也。"②确实，此诗的重点是写人，以人物自身的行为与思想来刻画人物形象，诗中写游侠儿的武艺高强是着力描摹他超人的射术，写游侠儿的尽力为国是着力描摹他赴敌边城的举动，最后进入游侠儿精神境界的刻画。与曹操《苦寒行》、王粲《从军征》与《七哀》（其三）叙写群体人物的行为遭遇相比，此诗是对一个具体英雄的赞颂。与阮瑀《驾出北郭门行》、王粲《七哀》（其一）相比，此诗不重某一具体事件的情节，而是全面地、概括地显示人物的本领与行为；不是摹写某次某时某一特殊行动，而是重在刻画人物某一长时期内的经常性的行为。这些说明，是个体人物形象的整体引起了诗人的注意，而不是个体人物形象的某一特殊行动引起了诗人的注意。这样，在叙事方法上也不同于乐府民歌传统的对个别事件的叙述。

那么，这个人物与曹植有什么关系呢？从诗中称他为"幽并游侠儿"，且是征战匈奴来看，曹植当然不是此种出身与经历。可是，从三国时代对天下统一的要求，从曹植本人"甘心赴国忧"③、"国仇亮不塞，甘心思丧元"④，以及"生乎乱，长乎军"⑤"从先武皇帝南极赤岸，东临沧海，西望玉门，北出玄塞"的经历来看⑥，这个游侠儿又

---

① 郭茂倩编：《乐府诗集》，中华书局1979年版，第914—915页。
② 同上书，第914页。
③ 《杂诗》"仆夫早严驾"，赵幼文《曹植集校注》，人民文学出版社1984年版，第380页。
④ 《杂诗》"飞观百余尺"，赵幼文《曹植集校注》，人民文学出版社1984年版，第65页。
⑤ 曹植：《陈审举表》，赵幼文《曹植集校注》，人民文学出版社1984年版，第445页。
⑥ 曹植：《求自试表》，赵幼文《曹植集校注》，人民文学出版社1984年版，第370页。

分明是曹植的自我写照。朱乾《乐府正义》就说:"此寓意于幽并游侠儿,实自况也。……篇中所云捐躯赴难、视死如归,亦子建素志,非泛述矣。"① 这可视作曹植在乐府诗中塑造自我形象的努力,是对乐府民歌吟咏他人的革新。

《名都篇》②,是曹植另一首乐府诗,诗的基本叙述结构层次与《白马篇》相仿。先以射兔打猎描摹"少年"武艺的高强,再以宴会表现"少年"的英雄豪气,最后写"光景不可攀",而这样的打猎宴会却日复一日,显示了主人公壮志不伸的精神世界。假如打猎宴会只是某一次具体的事件,那就起不到展现主人公心情苦闷的作用,因为诗中主人公的苦闷正是由经常性地打猎宴会,而时光就这样流淌过去而引起的。

《名都篇》显然也是以人物为中心的,吴淇《六朝选诗定论》说:"凡人作名都诗,必搜求名都一切物事,杂错以炫博。而子建只单单推出一少年作个标子,以例其余。……于名都中只出得一少年,于少年中只出得两件事:一曰驰骋,一曰饮宴。"③ 这个"少年"形象中,也有曹植的身影。当年,曹丕、曹植兄弟生活在邺都,周围又有一群文人学士,他们优游不迫,"昔日游处,行则连舆,止则接席,何曾须臾相失?每至觞酌流行,丝竹并奏,酒酣耳热,仰而赋诗"④。但他们也希望建功立业,曹植努力追求的就是"戮力上国,流惠下民,建永世

---

① 朱乾:《乐府正义》,乾隆五十四年(1789)秬香堂刻本,第18页B面—第19页A面。
② 郭茂倩编:《乐府诗集》,中华书局1979年版,第912页。
③ 吴淇撰,汪俊、黄进德点校:《六朝选诗定论》,广陵书社2009年版,第126页。
④ 曹丕:《与吴质书》,萧统撰,李善注《文选》,中华书局1977年影印本,第591页下。

之业,留金石之功"。① 也有这种理想未能实现的苦闷,所以谢灵运才称曹植"不及世事,但美遨游,然颇有忧生之嗟"。② 我们再来看诗中的"少年",他既有"一纵两禽连""仰手接飞鸢"的本领,又有"鸣俦啸匹侣"的豪气,又为如此虚度时日而遗憾,故称"白日西南驰,光景不可攀"。或评此诗说:"子建自负其才,思树勋业,而为文帝所忌,抑郁不得伸,故感慨赋此。"③ 这首诗也是曹植以乐府诗塑造自身形象的努力。

《美女篇》是曹植着力刻画人物形象的又一佳作,诗中的美女盛年不嫁,曹植也是正当盛年而不被曹丕、曹叡所用。刘履《选诗补注》解释此诗意旨说:"子建志在辅君匡济,策功垂名,乃不克遂,虽授爵封,而其心犹为不仕,故托处女以寓怨慕之情焉。"④ 美女的身世与曹植的经历当然有求夫婿不得与谋抱负不成的区别,可他们的伤哀怨慕的精神实质是相通的,都是有才质之美、品德之贞而不得施展,但我们只能说美女形象中有曹植的自我形象,而不能说美女就是曹植。

前人多指出,《美女篇》脱胎于《陌上桑》,但两者在叙述上有根本的不同。《陌上桑》对美女容貌的刻画主要是为太守的无礼行为作铺垫,然后着力于叙述某次一个太守妄图霸占罗敷女而遭到拒绝与嘲弄的故事。《美女篇》中美女盛年不嫁并不是哪一次的遭遇,而是贯穿于美女盛年这一时间阶段的总体遭遇。也就是说,《美女篇》中对美女行为身世的描述,并不像《陌上桑》那样限于某一地某一

---

① 曹植:《与杨德祖书》,萧统撰,李善注《文选》,中华书局1977年影印本,第594页上。
② 谢灵运:《拟魏太子邺中集诗序》,萧统撰,李善注《文选》,中华书局1977年影印本,第439页下。
③ 张玉穀著,许逸民点校:《古诗赏析》,上海古籍出版社2000年版,第209页。
④ 刘履:《选诗补注》,明嘉靖四年(1525)序刻本,第29页。

时的某一次。

曹植又有写弃妇的《浮萍篇》与《种葛篇》，诗人被哥哥与侄子冷落闲置，身份也类似弃妇，也有弃妇的心理，所以说诗的主人公也可以认作诗人自身。《门有万里客行》写奔走漂泊的苦楚，曹植因封地经常改换，也有此漂泊之苦。《吁嗟篇》写"转蓬"之苦，其中也有诗人自身的影子。

经以上分析后，我们乐意总结曹植在塑造人物形象上对乐府民歌的改制了。其一，叙事不重在精心设计与描述故事情节和细节，而重在概括地勾勒人物身世行为；不重在摹写某时某地某一特殊事件，而重在刻画人物一生或某个跨度较大的时间内的经常性的行为。这样，乐府民歌中的叙事成分依然存在，但那种客观展开的戏剧化情节悄然隐退，人物既是结构的主线，又是主旨的体现。当发生在诗中主人公身上的事件失去了特殊性与偶然性后，这些事件自然而然就具有了普遍意义，或者说这些事件离读者更近了。进而，诗中的主人公也将丧失其个别性，会有更多的读者感到发生在诗歌主人公身上的事也可能较多地发生在自己身上。其二，把自我与诗中主人公结合起来，使诗中主人公既是现实生活中独立的一员，又是诗人的自我写照。诗歌主人公具有了双重身份，对诗人来说，他似己而非己，非己又似己，既是客体，又是主体。这样，一方面仍保持了乐府民歌吟咏他人的本色；另一方面，诗歌又具有强烈的诗人自我意味，深化了乐府诗的内涵。进一步讲，在乐府诗中创造出似己非己、非己似己的主人公，又使诗人摆脱了自我经历的局限，而尽可能地以自我体验为基础扩大叙写范围，使主人公的经历更曲折复杂，其内心世界更丰富动人。这也是另一方面的深化乐府诗的内涵，加强了乐府诗抒情的力度，拓展了乐府诗反映生活的深度和广度。曹植的乐府诗仍然保持了乐府民歌叙事与吟咏他人的传统，但传统的内涵已有了相当大的改变。曹植对乐府民歌的改制，达到了时代艺术的高峰。

四　对乐府民歌音乐性、心理刻画诸方面的改制

总括前述建安诗人对乐府民歌的改制，我们看到，诗歌的描摹对象、诗歌的主人公是关键性问题。随着这一关键性问题的改制逐步实现，对乐府民歌古题与音乐性、语言、刻画诸方面的改制也展开了。

先谈对乐府民歌古题与音乐性的改制。建安诗人以乐府诗写时事并抒发个人情怀，起初还是依古题进行的。但是，依古题而写时事，事可以不同，却还大致保持情感抒发方式的相似，起码，乐府古题的字面意义就是一种情感意义的规定。比如，《薤露行》《蒿里行》，一是王公贵人出殡时的歌，一是士大夫庶人出殡时的歌，曹操用之叙时事，也含有其原本的痛悼之意，并且，《薤露行》以哀君为主，《蒿里行》则哀臣民。方东树《昭昧詹言》说："所以然者，以所咏丧亡之哀，足当挽歌也。而《薤露》哀君，《蒿里》哀臣，亦有次第。"[①] 因此，运用古题创作新诗，在叙事与抒发情感上必定受到某种束缚，而摆脱束缚的最好办法就是自创新题。《七哀》已有这个意味，这是新生之乐、新起之题。吴兢《乐府古题要解》就说"《七哀》起于汉末"[②]；从题目上来看，《七哀》也是主情的，吕向说，"七哀"义为"痛而哀，义而哀，感而哀，怨而哀，耳目闻见而哀，口叹而哀，鼻酸而哀"[③]。王粲用这新生之乐、新起之题来叙写"耳目闻见"之事与抒发自我之情，该是有意识的。

---

① 方东树著，汪绍楹点校：《昭昧詹言》，人民文学出版社1961年版，第67页。
② 吴兢：《乐府古题要解》，丁福保辑：《历代诗话续编》，中华书局1983年版，第59页。
③ 萧统撰，六臣注：《六臣注文选》，中华书局1987年版，第428页下。

曹植在运用新题上迈的步子最大，前述《白马篇》《名都篇》《美女篇》《浮萍篇》《种葛篇》《门有万里客行》等，都是他自撰的新题。在自撰新题的同时，他还极力摆脱音乐性。刘勰《文心雕龙·乐府》就说："子建、士衡，咸有佳篇，并无诏伶人，故事谢丝管。"① 前述《白马篇》等，就被怀疑是不入乐的。从入乐到不入乐，也是有个过程的，曹植先是谈到他人以增损字句来适合原乐曲的曲调。《文心雕龙·乐府》称："陈思称左延年闲于增损古辞，多者则宜减之，明贵约也。"② 如果造作的新诗也要去迁就乐曲，那么会损害内容的表达，倒不如自创新题且不入乐，以便自由自在地叙事抒情了。

其次，谈对乐府民歌语言的改制。人所尽知，汉乐府民歌的语言质朴自然，所谓"矢口成言，绝无文饰，故浑朴真至，独擅古今"③。曹植诗歌的语言工整华丽，钟嵘《诗品》称之为"词彩华茂"④，其乐府诗的语言与乐府民歌的质朴自然相比，更有很大不同。胡应麟《诗薮·内编》卷二这样说："子建《名都》《白马》《美女》诸篇，辞极赡丽，然句颇尚工，语多致饰。视东西京乐府天然古质，殊自不同。"⑤ 曹植乐府诗语言的"赡丽""致饰"，除了其他原因外，与前述其乐府诗的意旨有很大关系。当乐府民歌重在叙述某一特殊事件时，注重的是忠实地记载；而当勾勒人物身份身世、描摹人物经常性的行为时，则可以较大规模地时常运用铺叙的手法。乐府民歌本身也可以说明问题，如《陌上桑》中描写人物，写罗敷女的器物服饰，写各类

---

① 刘勰撰，詹锳义证：《文心雕龙义证》上海古籍出版社 1989 年版，第 259—260 页。
② 刘勰撰，詹锳义证：《文心雕龙义证》上海古籍出版社 1989 年版，第 257 页。
③ 胡应麟：《诗薮·内编》卷 6，上海古籍出版社 1979 年版，第 105—106 页。
④ 钟嵘撰，曹旭集注：《诗品集注》，上海古籍出版社 1994 年版，第 97 页。
⑤ 胡应麟：《诗薮·内编》卷 2，上海古籍出版社 1979 年版，第 29 页。

观者的种种表现与盛夸夫婿等，都是诸项铺排的。因此，《陌上桑》的语言风格就不同于一般乐府民歌的质朴。曹植的乐府诗多以塑造人物形象为鹄的，那就更喜用铺排的手法，由之也增加了诗歌的华美与流丽。《白马篇》中写"游侠儿"的射箭本领："控弦破左的，右发摧月支。仰手接飞猱，俯身散马蹄。"左右上下射箭的方向一一写到，射中目标的同一动作用"破、摧、接、散"不同的词语来表达。《吁嗟篇》写漂泊："东西经七陌，南北越九阡。卒遇回风起，吹我入云间。自谓终天路，忽然下沉渊。惊飚接我出，故归彼中田。当南而更北，谓东而反西。宕宕当何依，忽亡而复存。飘飘周八泽，连翩历五山。流转无恒处，谁知吾苦艰？"① 如此"转蓬"，哪些地方没有去过呢？不是某一次漂泊而是一生的漂泊，给诗人提供了肆扬笔力铺排叙事的机会。《美女篇》则铺叙了各色人物的情态："……容华耀朝日，谁不希令颜？媒氏何所营？玉帛不时安。佳人慕高义，求贤良独难。众人何嗷嗷，安知彼所观……"② 他人的企羡、媒氏的失职、佳人的苦衷、众人的短见，一一毕现，由此丰富了美女形象的意味。叶燮《原诗》称赞说："《美女篇》意致幽眇，含蓄隽永，音节韵度，皆有天然姿态，层层摇曳而出，使人不可仿佛端倪，固是空千古绝作。"③ 所谓"层层摇曳而出"，正显示出铺叙在此处的魅力。

最后，谈对乐府民歌心理刻画方法的改制。乐府民歌多注重摹写特殊事件、注重故事情节，因此，它又善于以情节中的人物自身行动与语言来展示他们的内心活动和精神世界。《妇病行》中，病妇的惨淡心理是由她的临终嘱托表现出来的。《东门行》中，男主人公既放

---

① 郭茂倩编：《乐府诗集》，中华书局1979年版，第499—500页。
② 同上书，第912—913页。
③ 叶燮：《原诗》，丁福保辑《清诗话》，上海古籍出版社1978年版，第602页。

心不下家中又坚持铤而走险的心理活动，是通过他本已愤而出走"不顾归"，可又进入家门，待摸摸米缸，看看衣架，才又毅然出门这样一些行动来表现的。曹植的乐府并不注意情节效果而以刻画人物为宗旨，因此，他的笔触经常直接伸向人物内心来展示人物心理，王世懋《艺圃撷余》论曹植诗说："古诗，两汉以来曹子建出而始为宏肆，多生情态，此一变也。"例如，《白马篇》写"游侠儿"为国献身的壮志："……弃身锋刃端，性命安可怀？父母且不顾，何言子与妻？名编壮士籍，不得中顾私。捐躯赴国难，视死忽如归。"则运用层层深入、反复揭示的方法来刻画人物心理。无论是各方面环绕，还是层层深入、反复揭示，诗人都是把人物心灵直接展示给人们，增加了诗歌的抒情性与感染力，与乐府民歌相比，别是一番滋味。

乐府之变是建安诗人的普遍愿望与普遍努力，曹植的改制，使乐府的叙事向刻画人物形象转化，并且在叙事方法、题目与音乐性、语言、心理描写诸方面都有很大的创新。曹植以其天才资质与艰苦探索，创造出一种完全新型的乐府诗，从而在诗歌发展史上做出了卓越的贡献。

第二节　西晋乐府新气象与傅玄的乐府诗创作

《晋书·乐志上》叙说西晋乐府的基本情况：

> 武皇帝采汉魏之遗范，览景文之垂则，鼎鼐唯新，前音不改。泰始九年，光禄大夫荀勖始作古尺，以调声韵，仍以张华等所制

高文，陈诸下管。①

一是"鼎彝唯新，前音不改"，继续前代的"遗范""垂则"而发展；二是在音律上有所探讨，所谓"始作古尺，以调声韵"。这是讲音律方面的，从歌辞撰作来说，有张华等一批作家"所制高文"，其中虽然未提傅玄的名字，但当以他的成就最大，对"汉魏之遗范""景文之垂则"还是有所发展的，以下即以傅玄的乐府诗为例论述之。

一　傅玄其人

傅玄是西晋著名的政治家、理论家与文学家。傅玄，北地灵州（今宁夏灵武）人，字休奕，生于东汉建安二十二年（217）。三国时期魏末，傅玄被举秀才，除郎中，后历任安东将军、卫将军参军、温令、弘农太守、典农校尉。魏景元四年（263），司马昭"既平万乘之蜀，封建万国，复五等之爵"②，傅玄被封为鹑觚男。魏咸熙二年（265），傅玄为散骑常侍。同年，司马炎受禅，是为晋朝泰始元年（265），傅玄晋爵为鹑觚子，加驸马都尉，后迁侍中，不久免职。泰始四年（268），任御史中丞。泰始五年（269）任太仆，迁司隶校尉。咸宁四年（278），因事免官，不久即卒，享年62岁，谥曰刚，其后又追封为清泉侯。

据《晋书·傅玄传》③，傅玄是魏末晋初政治思想较为开明的官僚，多有针对时弊的谏议，"所居称职，数上书陈便宜，多所匡正"。例如泰始四年（268），水旱之灾严重，他上疏言事，建议减轻租数，

---

① 房玄龄：《晋书》，中华书局1974年版，第676—677页。
② 沈约：《宋书·乐志》，中华书局1974年版，第651页。
③ 房玄龄：《晋书》，中华书局1974年版，第1317—1323页。

督促官员搞好农业，搞好水利，并建议加强边防，如不如此，国家恐不安定。后来，傅玄的话不幸而言中。

傅玄又是晋代著名作家，他"博学善属文"，"少时避难于河内，专心诵学，后虽显贵，而著述不废"，著有40多万言的理论著作《傅子》。它评断治国之道及历史史实，被王沈评价为"言富理济，经纶政体，存重儒教"。另有文集百余卷。傅玄还写有大量的赋作，可惜留传下来的完篇极少，大都是残简断编。

傅玄文学创作的主要成果有乐府诗，清人沈德潜《说诗晬语》言，"壮武之世，茂先、休奕，莫能轾轩"[1]，即肯定他在当日诗歌界的地位。他懂得音乐，"解钟律"，晋武帝制礼作乐时，他写过不少宗庙乐章。《宋书·乐志》载，"晋武泰始五年，尚书奏使太仆傅玄、中书监荀勖、黄门侍郎张华各造正旦行礼及王公上寿酒食举乐哥（歌）诗"，泰始九年（273）"荀勖遂典知乐事，使郭琼、宋识等造《正德》《大豫》之舞，而勖及傅玄、张华又各造此舞哥（歌）诗"[2]。傅玄又有《晋宣武舞歌》[3]，共四曲，其特点是把武力歌颂、武功歌颂融化在对舞蹈动作的描述上。其一《惟圣皇篇·矛俞第一》吟咏以"矛"为主要道具的舞蹈；其二《短兵篇·剑俞第二》吟咏以"剑"之类的短兵器为主要道具的舞蹈；其三《军镇篇·弩俞第三》吟咏以"弩"之类的长距离打击兵器为主要道具的舞蹈，此首歌对舞蹈动作的描摹更为细致，读者欣赏到更多的武功表演；其四《穷武篇·安台行乱第四》吟咏"武"的原则，没有舞蹈内容。[4]

---

[1] 沈德潜：《说诗晬语》，凤凰出版社2010年版，第94页。
[2] 沈约：《宋书》，中华书局1974年版，第539页。
[3] 郭茂倩编：《乐府诗集》，中华书局1979年版，第769—770页。
[4] 《晋宣武舞歌》的解析，详见本书第三章第一节"舞曲曲辞'雅舞'——从武力崇尚到武功表演"。

除开这些宗庙乐章，我们从傅玄的乐府诗作以及时代对傅玄的评价，可以看到西晋时代的乐府学是怎样发展并丰富的。

二　傅玄在诗体革新上的贡献

傅玄诗歌的显著特点之一：是诗歌句式变化多样。这表明他对诗体形式的探索；这种探索来自傅玄对乐府诗的学习与模拟。稍晚于傅玄的挚虞《文章流别论》论诗体曰：

诗言志，歌永言。古者采诗之官，王者以知得失。古诗之四言者，"振鹭于飞"是也，汉郊庙歌多用之。五言者，"谁谓雀无角，何以穿我屋"是也，乐府亦用之。六言者，"我姑酌彼金罍"是也，乐府亦用之。七言者，"交交黄鸟止于桑"是也，于俳谐倡乐世用之。古诗之九言者，"泂酌彼行潦挹彼注兹"是也，不入歌谣之章，故世希为之。夫诗虽以情志为本，而以声成为节。①

他谈到三言、四言、五言、六言、七言，都是今日所说广义的乐府。这些都可以从傅玄的乐府诗作得到印证，我们来看具体情况。

东汉末至魏晋，我国文人诗坛上流行的诗歌体式有三种：一是以《诗经》为源头的四言体；二是以古诗十九首为楷模的五言体；三是以楚辞为准的、句末或句中带有"兮"字的骚体杂言。这三种中尤以五言体为盛。但我们还注意到，两汉俗语、谣谚中已有七言体出现。两汉乐府的杂言体中，亦有不少七言句，这些该是一种新的诗体——七言体形成的先声。这种新的诗体经过几代、十几代人的努力，形成并兴盛起来，其中傅玄也曾做出自己的探索、自己的推广与提倡。傅

---

① 李昉等：《太平御览》卷586，中华书局1960年影印本，第2639页下。

玄有《拟〈四愁诗〉四首》。《四愁诗》本张衡所作，其体制为七言，每章七句，第一句为楚辞体，中间夹一"兮"字。两汉时琴工曾假托司马相如作《琴歌二首》，也是每句七言，第一首有"兮"字的七言句与纯粹的七言句对半，第二首只首句是夹有"兮"字的七言句。不知此作与张衡之作孰先孰后。傅玄的拟作有序："昔张平子作《四愁诗》，体小而俗，七言类也。聊拟而作之，名曰《拟四愁诗》"。① 其序透露给我们两点信息：其一，"七言类"在那时已经成体并有流传。《汉书·东方朔传》说东方朔著有"八言、七言上下"，据晋灼的解释就是"八言、七言诗各有上下篇"②，他讲东方朔作过七言诗。《文选》李善注孔稚圭《北山移文》"琴歌既断"句曰："董仲舒集，七言琴歌二首"③，言董仲舒作过七言琴歌。《后汉书·东平宪王苍传》载："诏诰中傅，封上苍自建武以来章奏及所作书、记、赋、颂、七言、别字、诗歌、并集览焉。"④ 言东平宪王刘苍作过七言。《后汉书·张衡传》载："所著诗、赋、铭、七言、《灵宪》《应闲》《七辩》《巡诰》《悬图》，凡三十二篇。"⑤ 其"七言"当指《四愁诗》。其二，"七言类"乃"体小而俗"，不为时人所重。东平宪王的"七言"不知是否为诗，司马相如之《凡将篇》与史游之《急就篇》就是七言字书；但东方朔、董仲舒、张衡之七言是诗乃是可以肯定的。两汉时，人们认为正统的诗是四言，时至魏晋，五言也成为正统的诗，而对七言人们均嗤之以鼻，《文章流别论》说七言者"于俳谐倡乐世用之"。在七言体诗

---

① 徐陵：《玉台新咏》，明小宛堂覆宋本，人民文学出版社 2010 年影印本，第 117 页。
② 班固：《汉书》，中华书局 1962 年版，第 2873 页。
③ 萧统撰，李善注：《文选》，中华书局 1977 年影印本，第 613 页下。
④ 范晔：《后汉书》，中华书局 1965 年版，第 1441 页。
⑤ 同上书，第 1940 页。

已蔚成大观的唐代，李白还说："兴寄深微，五言不如四言，七言又其靡也。"① 傅玄不顾忌七言类"体小而俗"之讽，写七言诗，虽是拟作，也显示出他对七言体的提倡和推广之功。

曹丕《燕歌行》是完整的七言诗，已没有如张衡《四愁诗》那样带有"兮"字的七言句，但它与后世的七言诗又有不同。《燕歌行》是每句用韵的，音调上显得单调而急促，一句一用韵是早期七言体的一种用韵形式，《四愁诗》也是如此。当日的七言体还有一种用韵形式，即一句二用韵。清人吴骞《拜经楼诗话》就说，"昔人多为口语，凡七字中两协韵，此体殆始于汉，盛于东京，沿及两晋、六朝，至隋、唐以后不多见"。② 他还摘录《后汉书》所录七言体来进行论证，如"五经纷纶井大春"③、"关中大豪戴子高"等④，"豪"与"高"叶，"纶"与"春"叶。七言体一句两协韵的情况，多出现在两汉时期的民谣谚语中，且多出现在一句成篇的作品中，这种用韵形式，在音调上更显得急促。由此，七言句既有一句一用韵或一句两用韵的形式，人们就有把七言一句认作三言、四言、五言两句的看法，其突出的例子是魏人缪袭《魏鼓吹曲·旧邦篇》，本是明显的七言诗，《宋书·乐志》在载录时却人为地把七言句分成四言句、三言句断开。诗后说明云："右《旧邦曲》凡十二句，其六句句三字，六句句四字。"⑤ 其实，应该为六句句七字。又如，傅玄《两仪诗》为七言五句，《初学记》作："两仪始分元气清。列宿垂象六位成。日月西流景东征。悠悠万物

---

① 孟棨：《本事诗·高逸第三》，丁福保辑《历代诗话续编》，中华书局1983年版，第4页。
② 吴骞：《拜经楼诗话》，丁福保辑《清诗话》，上海古籍出版社1978年版，第763页。
③ 范晔：《后汉书·逸民传》，中华书局1965年版，第2764页。
④ 同上书，第2773页。
⑤ 沈约：《宋书》，中华书局1974年版，第645页。

殊品名。圣人忧代念群生。"①《艺文类聚》作:"两仪始分,元气上清。列宿垂象,六位时成。日月西迈,流景东征。悠悠万物,殊品齐名。圣人忧世,实念群生。"② 韵脚不变,每句添一字分为两句。以上所举说明:其一,七言在当时人们的观念中确是可分为二的;其二,把七言一句分成两句则是追求正统,摒弃"俳谐倡乐世用之"的七言。《宋书·乐志》又载傅玄同时代人荀勖所言,"魏氏哥(歌)诗,或二言,或三言,或四言,或五言,与古诗不类","故勖造晋哥(歌),皆为四言"③。七言句之所以一句可以分为两句,一是因其句子长,二是因其一句一用韵或一句两用韵,分成两句后仍咏诵成音。因此,要真正形成完整的七言诗,必须探索与追求七言诗隔句用韵的形式,只有如此,七言诗的形式才是完善的,才能兴盛起来。傅玄没有隔句用韵的七言诗,但值得提出的是其含有五言、六言、七言、八言等句的杂言体诗中,多是隔句用韵的,如《白杨行》《素女休行》等。另外,傅玄《鸣雁生塞北行》,句式是六言、五言相间,逢双句用韵,他之前有曹植的《当事君行》,亦是六言、五言相间,隔句用韵。六言在节拍上与七言同样,亦可相当于三言、四言、五言的两句,所以,早期的六言诗也是每句用韵的,如孔融的《六言诗》,曹丕的《黎阳作》《令诗》,曹植的《妾薄命行》,嵇康的《六言诗》,傅玄的《董逃行历九秋篇》,均是如此。傅玄的《鸣雁生塞北行》虽是六言、五言相间,但其隔句用韵,亦是对六言诗每句用韵形式的改进,实际上也在为七言诗的隔句用韵敞开一条路子。

七言诗(亦包括杂言体)的隔句用韵形式,待鲍照《拟行路难》

---

① 徐坚:《初学记》,中华书局1962年版,第4页。
② 欧阳询撰,汪绍楹校:《艺文类聚》,上海古籍出版社1982年版,第3页。《艺文类聚》为"傅言"作,当从《初学记》为"傅玄"作。
③ 沈约:《宋书》,中华书局1974年版,第539页。

出现后，才有了草创的形式并确定下来，而鲍照当时受到傅玄的影响。鲍照在其《松柏篇》序中说，"知旧先借《傅玄集》，以余病剧，遂见还"①，并云《松柏篇》是拟傅玄而为之。此虽是五言，但鲍照喜好傅玄的诗，并有拟作，这是肯定的。

现存傅玄的乐府诗中，七言体与杂言体（其中有些是楚辞体）占较大的比重，有20余首，是其同时代及以前诗人作品中此类最多的，前人亦很重视这一点。梁陈诗人徐陵编《玉台新咏》，第九卷专录七言歌行（说"歌行"是于齐梁间兴起的七言绝句体别）与杂言体，录傅玄七首，在其同时代及以前时代中是最多的。南宋严羽《沧浪诗话》列诗体，有"半五六言"体，称"晋傅玄《鸣雁生塞北》之篇是也"②。看来曹植的《当事君行》虽产生年代较早，但众人注目较多的还是傅玄之作。傅玄的杂言体句式变化很多，如《杂诗》为三、三、七言，《云歌》为七、七、八、八言，《莲歌》为三、三、四、四、五、七言。这些均明显表现出傅玄在诗体形式上的探索与努力，而从以上的分析中，我们又看到傅玄的某些探索是符合我国诗歌前进方向的。

前人评傅玄诗歌模拟之气甚重。陈沆《诗比兴笺》谓"其诗尤长拟古"③。其模拟古人尤其是模拟古人乐府诗作，重在诗歌体式，因此也就推广与提倡了某些当时社会上较罕见的或让人们抨击的诗体。这倒反是傅玄的功绩了，也算得上是在创新了。甚至"不入歌谣之章"的九言，傅玄亦有创作，如其《昔思君》：

　　昔君与我兮形影潜结。

---

① 钱仲联增补集校注：《鲍参军集注》，上海古籍出版社1980年版，第178页。
② 严羽：《沧浪诗话》，人民文学出版社1983年版，第71页。
③ 陈沆：《诗比兴笺》，上海古籍出版社1981年版，第52页。

今君与我兮云飞雨绝。

昔君与我兮音响相和。

今君与我兮落叶去柯。

昔君与我兮金石无亏。

今君与我兮星灭光离。①

三 傅玄的故事乐府

班固称乐府诗作"皆感于哀乐，缘事而发，亦可以观风俗，知薄厚云"②，指出乐府诗作的叙事特征，并认为此叙事特征是与乐府诗作的"观风俗，知薄厚"功能联系在一起的。傅玄的乐府诗，把诗作的叙事发展为讲述故事，这不能不说是对乐府诗的发展。萧涤非《汉魏六朝乐府文学史》列"晋之故事乐府"一章③，把傅玄等讲述故事的乐府诗，称为"故事乐府"，甚有见地。傅玄可说是晋代故事乐府的高手，此处引申萧涤非所述，对傅玄作品分别叙述如下。

《惟汉行》，曹操《薤露行》曰"惟汉二十二世，所任诚不良"④。这是调名的来历，曹操此诗咏汉末时事。据《乐府诗集》，曹植首作《惟汉行》，其诗所咏与汉事不相干。傅玄的《惟汉行》，紧紧切题专咏汉事，但又与曹操概括地吟咏汉代史事不同，而是讲述汉高祖刘邦赴鸿门之宴的一段故事。此故事最早见于司马迁《史记·项羽本纪》，以叙述事件为主，傅玄的诗虽也以讲述故事为主，但"颇能注意于各

---

① 郭茂倩编：《乐府诗集》，中华书局1979年版，第1049页。
② 班固：《汉书·艺文志》，中华书局1962年版，第1756页。
③ 萧涤非：《汉魏六朝乐府文学史》，中华书局1984年版，第176—187页。
④ 郭茂倩编：《乐府诗集》，中华书局1979年版，第396页。

人心理之描写"①，因而突出了感情，显出了诗歌的特色。

《秋胡行》，傅玄本有《秋胡行》两首②，前一首四言，后一首五言，虽然都是繁衍秋胡故事，但情节、文辞、情感的抒发均以后一首为胜，《乐府诗集》合录，今从之。秋胡故事最早见于刘向《列女传》，后又见托名刘向实为葛洪所作《西京杂记》。与原故事相比，傅诗情节与其相同，但感情抒发要比原故事浓烈许多，如写秋胡妻的愁思"皎皎洁妇姿，冷冷守空房。燕婉不终夕，别如参与商。忧来犹四海，易感难可防。人言生日短，愁者苦夜长"，为下文秋胡妻见秋胡品行不端，用情不贞而"引身赴长流"的悲剧作了感情上的铺垫，更令人增添对秋胡妻的同情。而强调感情，本是诗的特性之一，故事乐府也不例外。据《乐府诗集》，傅诗之前，作过名为"秋胡行"的作家有曹操、曹丕、嵇康等，但其诗均与秋胡故事无关，可能民间早就流传着咏秋胡故事的古辞，故有此题，但曲调更为流行。从曹操等人的《秋胡行》只用其曲调而不咏秋胡事看，古辞未流传下来，所以此《秋胡行》乃傅玄参考散文的秋胡故事而首作。以后，颜延之又有《秋胡行》九首，朱乾《乐府正义》称之"辞繁文胜，非乐府诗体"③，也根本谈不上秋胡故事。

《秦女休行》，《乐府诗集》解题云："左延年辞，大略言女休为燕王妇，为宗报仇，杀人都市，虽被囚系，终以赦宥，得宽刑戮也。晋傅玄云'庞氏有烈妇'，亦言杀人报怨，以烈义称，与古辞义同而事异。"④ 庞烈妇为父报仇的故事情节，见于《三国志·魏书·庞淯传》，又见于《后汉书·列女传·庞淯母》，又见于皇甫谧的《列女传》，这

---

① 萧涤非：《汉魏六朝乐府文学史》，中华书局1984年版，第177页。
② 郭茂倩编：《乐府诗集》，中华书局1979年版，第530—531页。
③ 朱乾：《乐府正义》卷7，乾隆五十四年（1789）秬香堂刻本，第18页B面。
④ 郭茂倩编：《乐府诗集》，中华书局1979年版，第886页。

就是傅诗以左延年诗为蓝本,把原本以散文叙述的故事改写成诗歌的轨迹。历代对此评价甚高。明人胡应麟《诗薮》云:"傅玄《庞烈妇》,盖效《女休》作者,辞义高古,足乱东西京。乐府叙事,魏晋仅此二篇。"① 明人陆时雍《诗镜总论》云:"傅玄《秦女休行》,其事甚奇,而写之不失尺寸。夫情生于文,文生于情,未有事离而情合者也。"②

《艳歌行》,完全模仿汉乐府《陌上桑》,又不及《陌上桑》。王世贞《艺苑卮言》言其"汰去精英,窃其常语,尤有可厌者。本词:'使君自有妇,罗敷自有夫。'于意已足,绰有余味。今复益以'天地正位'之语,正如低措大记旧文不全,时以己意续貂,罚饮墨水一斗可也"③。此诗让一位严词拒绝使君调笑的妇女,又讲出"天地正厥位,愿君改其图"之类礼教口吻,实在是作者把自己的语言、口气、思想强加给作品主人公的。

我们知道,叙事性强,本是汉魏乐府的显著特点,而故事乐府,则更侧重于事件过程的描述,追求情节的完整与生动,追求其故事性与趣味性,这又在叙事作品中的一般中显现出其特殊。西方文学的历史主流是叙事文学,其诗歌亦是,古希腊、罗马文学源于史诗,那时就有《伊利亚特》《奥德赛》等大型叙述故事的诗体作品。中国诗歌的最早源流,虽有《诗经》中的史诗部分,"颂"一类作品是《诗经》中最早的作品,但这种史诗类没有得到持续的发展,《诗经》里更多的作品是抒情诗。考其原因,很大部分是由于中国散文发达较早,当

---

① 胡应麟:《诗薮》,上海古籍出版社1979年版,第17页。
② 陆时雍:《诗镜总论》,丁福保辑《历代诗话续编》,中华书局1983年版,第1404页。
③ 王世贞:《艺苑卮言》,丁福保辑《历代诗话续编》,中华书局1983年版,第990页。

散文担当起叙事的任务后，诗歌便专主抒情了，所谓"诗亡然后《春秋》作"①，即这种互为因果的关系的体现。散文体史书的出现，专司叙述事件，于是诗歌在叙事方面的发展便有所停滞，使中国史诗一类的叙事诗未充分发展起来。其后，诗歌专主抒情言志，不主叙事，便为社会所公认。但我们又看到，"男女有所怨恨，相从而歌，饥者歌其食，劳者歌其事"②，"男女有不得其所者，因相与歌咏，各言其伤"③。这类《诗经》的民歌作品，是实际生活感受的直接抒发，其主旨虽然是抒情，但其情又紧紧相切"食"与"事"，所以不仅仅是"各言其伤"，还显现着很强的叙事性在内。随着历史的前进、文学的发展，这种叙事性表现得更为显著了，这就是汉乐府的叙事特点。从史诗般叙事的"颂"，到国风民歌的抒情，再到汉乐府民歌的叙事，中国诗歌走过自己否定之否定的过程，而在这历程中，叙事诗的更高一级形式——故事乐府便诞生了。《陌上桑》《东门行》《妇病行》《孤儿行》等都是汉乐府中故事性很强的作品，而其集大成者乃是《焦仲卿妻》。时至西晋，故事乐府在文人诗中亦兴盛起来，这当然首先是继承汉乐府的传统，但还有其他两个方面的原因。

其一是受史传叙述故事的影响。傅玄的《惟汉行》《秋胡行》《秦女休行》都出于史传，当时石崇的《王明君辞》故事乐府，其本事也先见于《汉书》《后汉书》的"匈奴传"。我们知道，魏晋南北朝小说，无论内容与形式，当时都受到先秦两汉史传的影响，其突出点是把史传中所载人物言行的片段演化成独创的小品体裁。从

---

① 《孟子·离娄下》，《孟子注疏》，《十三经注疏》，上海古籍出版社1997年影印本，第2727页下。
② 《公羊传》，何休注，《春秋公羊传注疏》，《十三经注疏》，上海古籍出版社1997年影印本，第2287页上。
③ 班固：《汉书·食货志》，中华书局1962年版，第1121页。

傅玄的故事诗中我们还可以看出,当时受先秦两汉史传影响的,还有故事诗,但傅玄之后继而相应的作者不多,否则将与"逸事小说"一样,形成故事诗的传统,史传从两个方向影响文学创作,可惜其中之一未形成潮流。

其二是文学观念的衍化。鲁迅说:"记人间事者已甚古,列御寇、韩非皆有录载,惟其所以录载者,列在用以喻道,韩在储以论政。若为赏心而作,则实萌芽于魏而盛大于晋,虽不免追随俗尚,或供揣摩,然要为远实用而近娱乐矣。"① 当时的故事诗当与小说一样,即含有"为赏心而作"的意味在内。"乐者,乐也"②,乐府之作本有为人们提供审美对象供人观赏的意义,而诗则是"诗言志",严格得多,所以,故事诗也以故事乐府为先、为盛。既然"为赏心而作",首先就要追求情节曲折。傅玄《惟汉行》中有樊哙"临急吐奇言"③,而史传所云乃暗示樊哙在宴席中的言语是张良所教,傅诗的叙写岂不是更紧张、更生动吗?但传统的"思无邪","兴、观、群、怨"的诗教,是容不得诗歌"为赏心而作"的,以诗歌"经夫妇、成孝敬、厚人伦、美教化、移风俗"的影响很深④,所以故事诗得不到有利的发展。而傅玄故事乐府之作,也正是在"近者魏武好法术,而天下贵刑名;魏文慕通达,而天下贱守节。其后纲维不摄,而虚无放诞之论盈于朝野"的风气、条件下的产物⑤,当"纲维不摄"的局面不复存在,"为赏心而作"的故事乐府也就不复存在,等到唐代故事诗才再次兴起。

---

① 鲁迅:《中国小说史略》,人民文学出版社2006年版,第60页。
② 《荀子·乐记》,章诗同《荀子简注》,上海人民出版社1974年版,第221页。
③ 郭茂倩编:《乐府诗集》,中华书局1979年版,第398页。
④ 《毛诗序》,《文选》,中华书局1977年影印本,第637页下。
⑤ 傅玄:《举清远疏》,《晋书》,中华书局1974年版,第1317—1318页。

四　傅玄关于妇女问题及爱情、婚姻的诗篇

朱熹曰：

> 吾闻之，凡诗之所谓风者，多出于里巷歌谣之作，所谓男女相与咏歌、各言其情者也。①

这是讲诗经《国风》的情况。汉乐府虽然反映的生活面较广，但仍是以"男女相与咏歌、各言其情者"为多。综观傅玄全部诗作，他关于妇女问题及爱情、婚姻的诗篇最多，也写得最好。傅玄这部分题材的诗作又可分为两方面的内容，其一叙写妇女的优秀品质及她们对爱情的渴望、对爱情的忠贞，其二叙写妇女的不幸，尤其在爱情、婚姻上的，表达自己对她们的同情。这两方面又是相辅相成的，唯其品质高洁，其不幸才更令人同情；唯其不幸，其优秀品质更应该歌颂。

《艳歌行有女篇》，写一绝色女子，在铺叙了她容貌服饰之美后，又云："容华既已艳，志节拟秋霜"②，不仅形体美，而且心灵美。在这里，我们看到的不是梁陈间宫体诗人变态心理支配下的脂粉气，一点也不"伤于轻靡"，而是对大自然的造化——女性美的颂扬与惊叹。

又如，《秋兰篇》：

> 秋兰荫玉池，池水且芳香。
> 芙蓉随风发，中有双鸳鸯。
> 双鱼自踊濯，两鸟时回翔。
> 君其历九秋，与妾同衣裳。③

---

① 朱熹：《诗集传》序，上海古籍出版社 1980 年版，第 2 页。
② 郭茂倩编：《乐府诗集》，中华书局 1979 年版，第 580 页。
③ 同上书，第 930 页。

在生趣盎然的自然美中，傅玄笔下的女性美也呈现出一种昂扬欢腾的格调；这样的女性理应有幸福的爱情，理应有美满的婚姻。但愿她们都能在爱情上称心如意，如同鸳鸯并翼回翔，如同双鱼相携踊跃。在傅玄的诗中，她们对爱情又极其专贞。《艳歌行》写一女子抗拒太守对她的调笑侮辱，虽是模拟汉府《陌上桑》，但表明了傅玄对她的赞赏态度；汉乐府《有所思》表现女子对负心人的决绝态度，傅玄的《西长安行》是模拟此诗而作，却表现出一种情意缠绵不忍决绝的心境；《车遥遥篇》自言"愿为影兮随君身"，又言"君在阴兮影不见，君依光兮妾所愿"①，表现了对忠贞爱情的渴望及希望夫婿走正大光明之路。《秋胡行》，则写出一贞烈女子对负心人的坚决抵制。秋胡妻在田野受一男子调笑，回家才知是结婚三日就离别的丈夫。她在家苦苦盼望的竟是这样一个人，她是何等失望，又是何等气愤，"负心岂不惭，永誓非所望。清浊必异流，枭凤不双翔"，这是秋胡妻抵制其夫的心愿。"引身赴长流"，这是秋胡妻抵制其夫的行动。傅玄对女性优秀品质的歌颂，还集中表现在故事乐府《秦女休行》中。妇女英雄庞烈妇"父母家有重怨，仇人暴且强。虽有男兄弟，志弱不能当"，庞烈妇奋起担当重任，为正义复仇，手刃仇人，猛气干云，傅玄高咏道："今我弦歌吟咏高风，激扬壮发悲且清。"② 清人陈祚明《采菽堂古诗选》称此诗"音节激扬，古质健劲"③，此乃庞烈妇壮举决定了诗歌气质的强劲慷慨。

尽管这些女子有如此绝色的容貌和优秀的品质，但在当日，她们往往享受不到爱情的幸福，而尝受着离别的煎熬。《饮马长城窟行》

---

① 徐陵：《玉台新咏》，明小宛堂覆宋本，人民文学出版社 2010 年影印本，第 116 页。
② 郭茂倩编：《乐府诗集》，中华书局 1979 年版，第 887 页。
③ 陈祚明：《采菽堂古诗选》，上海古籍出版社 2008 年版，第 282 页。

以梦中和梦醒两相对比,写出女子思念情人的心境,所谓"感物怀思心,梦想发中情。梦君如鸳鸯,比翼云间翔。既觉寂无见,旷如参与商。梦君结同心,比翼游北林。既觉寂无见,旷如商与参"①,感人至深。《怨歌行朝时篇》写妇人离别之情思,"情思如循环,忧来不可遏"。② 离别之情,自《古诗十九首》就多有所见,是其时文人诗的传统主题。傅玄之诗虽未揭示出离别的具体的社会原因,但情感浓烈而真挚,唤起读者共鸣,很吸引人。如果说离别尚有可盼之日,女子们被遗弃的命运则催人泪下。《短歌行》写被遗弃后的今昔对比,"昔君视我,如掌中珠,何意一朝,弃我沟渠。昔君与我,如影如形,何意一去,心如流星。昔君与我,两心相结,何意今日,忽然两绝"③,语促情急,满腔的委屈与愤懑倾泻而出,不可止遏。那么,女子被遗弃的命运的原因是什么呢?《明月篇》言:"玉颜盛有时,秀色随年衰。长恐新间旧,变故兴细微。浮萍本无根,非水将何依。忧喜更相接,乐极还自悲"④,这位女子深恐一旦色衰颜老而被遗弃,更吟出其对女子地位低下,如无根浮萍非依赖男子不可的社会现象。对当时妇女地位低下的揭示,《豫章行苦相篇》堪称为最:

苦相身为女,卑陋难再陈。
儿男当门户,堕地自生神。
雄心志四海,万里望风尘。
女育无欣爱,不为家所珍。

---

① 郭茂倩编:《乐府诗集》,中华书局1979年版,第557页。《玉台新咏》作《青青河边草》。
② 郭茂倩编:《乐府诗集》,中华书局1979年版,第617页。
③ 同上书,第449页。
④ 同上书,第942—943页。

长大逃深室，藏头羞见人。

垂泪适他乡，忽如雨绝云。

低头和颜色，素齿结朱唇。

跪拜无复数，婢妾如严宾。

情合同云汉，葵藿仰阳春。

心乖甚水火，百恶集其身。

玉颜随年变，丈夫多好新。

昔为形与影，今为胡与秦。

胡秦时相见，一绝逾参辰。①

《董逃行历九秋篇》第九章亦云："妾受命兮孤虚，男儿堕地称珠，女弱难存若无。骨肉至亲更疏，奉事他人托驱。"②傅玄把女子被遗弃的命运归结为女子社会地位低下，从吟咏个别女子命运扩大到吟咏"苦相身为女"的一般社会现象，说出了别的作者不愿说或不能说出的真实，这里，对封建社会的揭露是深刻的。在封建社会里，妇女社会地位低下导致了男尊女卑的社会观念，如今，新中国妇女站起来了，掌握了自己的命运，再也不用自叹"苦相身为女"了。

傅玄的爱情诗，有写得十分动人的，而其关于妇女问题的诗作，则达到了封建社会一般作家难以企及的高度，也正是在这个意义上，《苦相篇》成为千古绝唱。从以上所举的诗篇中，我们看到傅玄关于妇女问题及爱情、婚姻之作，既时时透露出一种激扬刚健之风，又处处弥漫着缕缕缠绵悱恻之情。

---

① 郭茂倩编：《乐府诗集》，中华书局1979年版，第502页。
② 同上书，第506页。

五　乐府与风格即人

风格即人。《晋书·傅玄传》称，傅玄"性刚劲亮直，不能容人之短"，为人正直，脾气暴躁，"天性峻急，不能有所容；每有奏劾，或值日暮，捧白简，整簪带，竦踊不寐，坐而待旦。于是贵游慑伏，台阁生风"。"性刚劲亮直""天性峻急"的傅玄，而多言儿女之情，又言得如此缠绵悱恻，是否有点儿矛盾？陈沆《诗比兴笺》言"休奕刚正疾恶，而善言儿女之情"[1]，仅以"善言"而有比兴解释之，未得要领。张溥《傅鹑觚集》"题辞"讲出了一部分原因。他说："休奕天性峻急，正色白简，台阁生风，独为诗篇，新温婉丽，善言儿女。强直之士怀情正深，赋好色者何必宋玉哉？"[2] 情，人人有之，"食、色，性也"，[3] 爱情婚姻之情也是如此。鲁迅有诗《答客诮》云："无情未必真豪杰，怜子如何不丈夫。知否兴风狂啸者，回眸时看小于菟。"[4] "豪杰""丈夫"对待爱情亦当是如此。张溥指出傅玄"怀情正深"，所以也和宋玉一样写出爱情诗篇，这是对的。况人的精神世界本来就是多侧面的，在傅玄身上，既有能写出《秦女休行》的强直峻切一面，又有能写出"雷隐隐，感妾心，倾耳清听非车音"此类《杂言》的温婉尔丽一面，也是可以理解的。进一步说，正由于傅玄直率坦荡，把其时其他士大夫由于种种原因不愿轻易抛露的儿女之情大胆吐露出来，这也是一种直率坦荡，也是其性格的体现。

---

[1] 陈沆：《诗比兴笺》，上海古籍出版社1981年版，第52页。
[2] 张溥著，殷孟伦注：《汉魏六朝百三家集题辞注》，人民文学出版社1960年版，第105页。
[3] 《孟子·告子上》，《孟子注疏》，《十三经注疏》，上海古籍出版社1997年影印本，第2748页中。
[4] 鲁迅：《集外集拾遗》，《鲁迅全集》第7卷，人民文学出版社1981年版，第439页。

因此，诗人风格的形成不仅仅取决作家的个性，即上文所说"风格即人"这种主观因素，诗人风格的形成还取决于许多客观因素。其一，如作品的体裁，各种不同的文学体裁从其自身出发，要求诗人顺应体裁本身需要的风格。曹丕《典论·论文》称"诗赋欲丽"[1]，陆机《文赋》称"诗缘情而绮靡"[2]，在傅玄时代，诗歌这种文学体裁对其自身的风格要求即是如此。这也就是《毛诗序》所说"吟咏情性"，十分情调诗歌的抒情特征，而傅玄之诗多言儿女之情中的缠绵悱恻，正是诗歌抒情特征的表现。因此，我们说，魏晋时代诗歌这种体裁本身要求的风格也导致了傅玄诗歌作品的多言儿女之情。从反面说，傅玄还创作过大量的宗庙乐章，这些作品都是奉命而作，歌功颂德，因此，此种绝无言儿女之情之作。《文心雕龙·才略》所说"傅玄篇章，义多规镜"[3]，即指这些作品，而这些作品所谓典重雅正的风格，正是其作品体裁本身要求的。其二，傅玄乐府的写爱情与婚姻之作，既受东汉末年的五言诗传统风格的影响，其中多以抒情为主，抒发一部分中下阶层文人的苦闷感伤情绪，其中，亦有抒发夫妇、情人之间的离别怨情的；又受汉乐府民歌的影响，其主题多是对爱情的反复吟咏。因此，此二者对傅玄诗作多言悱恻缠绵的儿女之情亦有很大的影响。其三，傅玄的同时代诗人，大都有这种缠绵悱恻的言情之作。例如，张华，钟嵘《诗品》说他"虽名高曩代，而疏亮之士，犹恨其儿女情多，风云气少"[4]；潘岳，善为哀诔之文，以《悼亡诗》出名。沈德潜《古诗源》说："安仁诗品，又在士衡之下。兹特取《悼亡》二诗，格

---

[1] 萧统撰，李善注：《文选》，中华书局1977年影印本，第720页下。
[2] 同上书，第241页上。
[3] 刘勰撰，詹锳义证：《文心雕龙义证》，上海古籍出版社1989年版，第1817页。
[4] 钟嵘撰，曹旭集注：《诗品集注》，上海古籍出版社1994年版，第216页。

虽不高，其情自深也。"① 因此，我们说，傅玄多言儿女之情亦是时代风格所至。其四，乐府诗的传统风格是代言体，所谓"古乐府命题皆有主意，后之文人用乐府为题者，直当代其人而措词，如《公无渡河》，须作妻止其夫之词"②。因此，傅玄是代女性立言，不能看作傅玄以诗作直接表达自己就是这样一个人。

第三节 鲍照"俊逸"：乐府七言体对风格的推动力

一 "俊逸"辨

《宋书·鲍照传》称鲍照"文辞赡逸"③，继而，杜甫又称"俊逸鲍参军"④，"俊逸"便成为历代评价鲍诗艺术风格的特定词语。叶燮《原诗》云："建安、黄初之诗，大约敦厚而浑朴，中正而达情；一变而为晋，如陆机之缠绵铺丽，左思之卓荦磅礴，各不同也。其间屡变为鲍照之俊逸，谢灵运之警秀，陶潜之澹远，又如颜延之之藻缋，谢朓之高华，江淹之韶妩，庾信之清新。此数子者，各不相师，咸矫然自成一家，不肯沿袭前人以为依傍；盖自六朝而已然矣。"⑤ 他确认"俊逸"是鲍照"矫然自成一家"的依据。

---

① 沈德潜：《古诗源》，中华书局1963年版，第162页。
② 强行交（幼安）《唐子西文录》载强幼安语，何文焕辑《历代诗话》，中华书局1981年版，第443页。
③ 沈约：《宋书》，中华书局1974年版，第1477页。
④ 杜甫：《春日忆李白》，彭定求等编《全唐诗》，中华书局1960年版，第2395页。
⑤ 丁福保辑：《清诗话》，上海古籍出版社1978年版，第566页。

俊，本指人的才智出众，又指人的容貌清秀之美。《世说新语·容止篇》载"何平叔美姿仪，面至白"①"裴令公有俊容姿"②。两晋南北朝时，人们认为的俊容、俊貌乃是秀骨清相。卫玠是当时的美男子，《世说新语·容止篇》载："王丞相见卫洗马，曰：'居然有羸形，虽复终日调畅，若不堪罗绮'"③"人久闻其名，观者如堵墙"④，而卫玠之美在其秀骨清相。当时入画的也是此类清秀人物。谢赫《古画品录》列为第一的画家陆探微，作人物画以"秀骨清相，似觉生动，令人懔懔若对神明"为特征⑤；顾恺之主张以"刻削为容仪"⑥，他以描绘"清羸示病之容，隐几忘言之状"而闻名⑦。据此，以"俊"称鲍诗之美，当是清秀之美，而不是浓艳之美。《雪浪斋日记》曰："为诗，欲词格清美，当看鲍照、谢灵运。"⑧ 诗人颜延之曾问鲍照"己与灵运优劣"，鲍照说："谢（灵运）五言如初发芙蓉，自然可爱。君诗如铺锦列绣，亦雕缋满眼。"⑨ 此所谓当面褒贬。鲍照对颜诗的雕琢藻饰不满，亦表明他追求的是清秀之美。

当然，不能仅以"俊"之清秀之美来评价鲍诗。王夫之《古诗评选》评鲍诗《代结客少年场行》说："若徒以光俊求之，则且去吴均

---

① 刘义庆著，刘孝标注，余嘉锡笺疏：《世说新语笺疏》，上海古籍出版社1993年版，第606页。
② 同上书，第610页。
③ 同上书，第612页。
④ 同上书，第613页。
⑤ 张彦远著，俞剑华注：《历代名画记》，上海人民美术出版社1964年版，第126页。
⑥ 同上书，第103页。
⑦ 同上书，第41页。
⑧ 胡仔纂集，廖德明校点：《苕溪渔隐丛话》前集，人民文学出版社1962年版，第11页。
⑨ 李延寿：《南史·颜延之传》，中华书局1975年版，第881页。

不远矣。元嘉之末,雅俗沿革之际,未可以悦耳妄相推许也。"① 鲍诗还有"逸"的一面。

　　逸,本通轶,超越超绝之义,用以形容人,则是超群之义。《汉书·王褒传》:"因奏褒有轶才。"②《三国志·诸葛亮传》:"亮少有逸群之才。"③ 那么,以"逸"称诗文,又有什么具体含义呢?逸,本指马脱缰奔跑,《国语·晋语五》曰:"马逸不能止。"④《世说新语·轻诋篇》载:"谢安目支道林如九方皋之相马,略其玄黄,取其俊逸。"⑤"略其玄黄",不顾及毛皮之色。"取其俊逸",一是指形骨之俊,杜甫《房兵曹胡马》:"胡马大宛名,锋棱瘦骨成。"⑥ 李贺《马诗》其四:"此马非凡马,房屋本是星。向前敲瘦骨,犹自带铜声。"⑦ 以此,知马俊以瘦不以肥。取其俊逸亦指奔跑之迅猛有力,顾恺之《画评》评画马云:"隽骨天奇,其腾踔如蹙虚空,于马势尽善也。"⑧ 因此,以"逸"称诗文,有奔放之义,如天马蹙空,倏忽千里,如行云流水,舒畅奔放。与杜甫同时代人释皎然《诗式》言"逸,体格闲放曰逸"⑨即此义。钟嵘《诗品》评鲍照曰:"驱迈疾于颜延。"⑩"驱迈",即驰骋文辞,豪放奔泻。《诗品》又称颜延之"体裁绮密,然情喻渊深,动无虚发;一句一字,皆致意焉。又喜用古事,弥见拘束,虽乖秀逸,

---

① 王夫之评选,张国星校点:《古诗评选》,文化艺术出版社 1997 年版,第 44 页。
② 班固:《汉书》,中华书局 1962 年版,第 2822 页。
③ 陈寿:《三国志》,中华书局 1959 年版,第 930 页。
④ 徐元诰撰,王树民、沈长云点校:《国语集解》,中华书局 2002 年版,第 382 页。
⑤ 刘义庆著,刘孝标注,余嘉锡笺疏:《世说新语笺疏》,上海古籍出版社 1993 年版,第 843 页。
⑥ 杜甫:《房兵曹胡马》,《全唐诗》,中华书局 1960 年版,第 2393 页。
⑦ 李贺:《马诗》,《全唐诗》,中华书局 1960 年版,第 4404 页。
⑧ 张彦远著,俞剑华注:《历代名画记》,上海人民美术出版社 1964 年版,第 105 页。
⑨ 皎然著,李壮鹰校注:《诗式校注》,人民文学出版社 2003 年版,第 69 页。
⑩ 钟嵘撰,曹旭集注:《诗品集注》,上海古籍出版社 1994 年版,第 290 页。

固是经纶文雅，才减若人，则陷于困踬矣"①，以为其"拘束"而"乖秀逸"，那么"逸"乃自由奔放流畅之文风了。

那么，是否就可以说，鲍诗"俊逸"的艺术风格即清秀之美再加上豪迈奔放呢？回答当然是否定的，分析鲍诗，也不是简单指出其诗歌中哪些是"俊"哪些是"逸"就可以了。美籍奥地利裔生物学家贝塔朗菲创立一般系统论，其中一条重要原则就是整体性原则，认为整体大于各孤立部分的总和，一些现象的解释，不仅要通过它们的组成部分，而且要估计到它们之间的联系，这种联系的总和，可以看作具有特殊的整体水平的功能和属性。这个原则对探索鲍诗"俊逸"风格很有启发性，我们不仅要确定"俊"与"逸"的内涵，还要追究"俊"与"逸"结合后，作为一个不可分割的整体产生的新质是什么。此处拟分五个层次来对鲍诗的"俊逸"风格作更深入的探索，这五个层次既都是以"俊"与"逸"为核心的，但又是展开的，具有"俊"与"逸"结合后产生的新质。

二 出人尘想的立意

陆机《文赋》称"意司契而为匠"②，范晔《狱中与诸甥侄书》言："情志所托，故当以意为主，以文传意。以意为主，则其旨必见；以文传意，则其词不流；然后抽其芬芳，振其金石耳。"③ 作文重意，本有悠长的传统，《庄子·天道》云："世之所贵道者书也，书不过语，语有贵也。语之所贵者意也。"④《庄子·外物》又云："荃者所以在鱼，得鱼而忘荃；蹄者所以在兔，得兔而忘蹄；言者所以在意，得

---

① 钟嵘撰，曹旭集注：《诗品集注》，上海古籍出版社1994年版，第270页。
② 萧统撰，李善注：《文选》，中华书局1977年影印本，第241页上。
③ 沈约：《宋书》，中华书局1974年版，第1830页。
④ 郭庆藩辑，王孝鱼整理：《庄子集释》，中华书局1961年版，第488页。

意而忘言。"① 陆机《文赋》又强调"得意"之难,"恒患意不称物,文不逮意"②。那么,读者欣赏与评论时如何体会作品的立意,也该是放在首位的了。

品读鲍诗,常觉鲍诗之立意有一种出人尘想之美,此乃鲍诗"俊逸"艺术风格的一种表现,"逸"本有超群出众、超尘出俗之义。

其《代淮南王》有"怨君恨君恃君爱"句③,清代沈德潜评之曰:"怨、恨、爱并在一句中,是乐府句法。"④ 句法固是如此,但从立意上,这句诗乃至整首诗,内涵都很大。清代张玉穀说:"此讥淮南王徒好神仙,致后宫生怨之诗""'合神'四句,则揣其妄想丹成之后,欲与彩女游戏歌舞之乐,以'断君肠'三字,显出必不可得来。神仙乐事甚多,而独言彩女,乃反引后宫怨旷也。"⑤ 服药食丹,有助于房中术,且当时的方士们认为房中术与延年益寿并不冲突,知道了这一点,我们就能理解鲍照的讽刺意味了。他从后宫生怨着眼来讽刺成仙成神,特有环境下的特有角度,真可谓出人尘想。此诗的主旨又可认为是写爱情的,"怨君恨君恃君爱",点出后宫妇女身不由己的身份,点出她们虽然希望被爱而可以自恃,但怨与恨是她们因所处身份而产生的更真实的心理。诗歌把后宫妇女们此种矛盾心理以并列的笔法在一句中写出,因而产生了强烈的对比效果,也扩大了此诗的社会意义。

其《梅花落》,曲调本军中曲。《乐府解题》所说"汉横吹曲二十

---

① 郭庆藩辑,王孝渔整理:《庄子集释》,中华书局1961年版,第944页。
② 萧统撰,李善注:《文选》,中华书局1977年影印本,第239页下。
③ 本章所录鲍照作品,均见钱仲联增补集校注《鲍参军集注》,上海古籍出版社1980年版。以下不再出注。
④ 沈德潜:《古诗源》,中华书局1963年版,第253页。
⑤ 张玉穀著,许逸民点校:《古诗赏析》,上海古籍出版社2000年版,第386页。

八解"中有它，朱乾《乐府正义》说："《梅花落》，春和之候，军士感物怀归，故以为歌。"① 鲍照此作，无涉军事，而开历代咏梅花之先河，创歌颂梅花不畏寒霜飞雪凛然盛开之意，寓品赏人之节操于其中，又当是自比。

其《拟行路难》（其四）：

> 泻水置平地，各自东西南北流。
> 人生亦有命，安能行叹复坐愁。
> 酌酒以自宽，举杯断绝歌《路难》。
> 心非木石岂无感？吞声踯躅不敢言。

沈德潜《古诗源》评："妙在不曾说破，读之自然生愁。"② 有愁而说破，以感染读者，产生共鸣，一般立意均由此入手。鲍照此作却逆而行之，出人尘想，超人意料，细心品味，才感不说破之妙。作者精心渲染愁之情绪，不以事感染人而以情感染人，至于何事，让读者根据自己的生活经验加以补充，这样，诗的感染面扩大了。王夫之《古诗评选》说，此诗"先破除，次申理，一俯一仰，神情无限"③，此又一出人尘想。先说不必为愁而愁，又说这样怎能办得到，在这里，"吞声踯躅不敢言"是立意出人尘想的关键，活画出一个寒士有悲不敢言、解愁又不得的处境。

其《代陈思王京洛篇》，先叙写饰色而极盛，后写衰歇失宠，结尾"古来共歇薄，君意岂独浓"，把以上所叙之特殊的个别的现象，在时间上加以延伸，在空间上加以扩大，使之具有更深广的社会意义，

---

① 朱乾：《乐府正义》，乾隆五十四年（1789）秬香堂刻本，第 7 页 A 面。
② 沈德潜选：《古诗源》，中华书局 1963 年版，第 255 页。
③ 王夫之评选，张国星校点：《古诗评选》，文化艺术出版社 1997 年版，第 47 页。

故朱乾《乐府正义》称之"岂独女色盛衰，可以观世变矣"①。

钟嵘《诗品》曰："文已尽而意有余，兴也；因物喻志，比也；直书其事，寓言写物，赋也。弘斯三义，酌而用之，干之以风力，润之以丹彩，使味之者无极，闻之者动心，是诗之至也。若专用比兴，患在意深，意深则词踬。若但用赋体，患在意浮，意浮则文散，嬉成流移，文无止泊，有芜漫之累矣。"② 从鲍诗的大部分来看，其立意有出人尘想之感，有深入一层之感，而不觉有"意探""意浮"的缺陷，这是鲍诗"俊逸"艺术风格这个整体决定的，"意浮则文散"就不"俊"，"意深则词踬"就不"逸"。《文心雕龙·神思》云"意翻空而易奇，言征实而难巧也"③，鲍诗能穷究物状，表情达意，因此，立意之出人尘想就与具体形象描绘之实之巧较完美地结合起来，所以不像同时代的一些作家"虽获巧意，危败亦多"④，此即出人尘想之立意在"俊逸"这个整体中的意义。

三 豪迈深沉的气势

曹丕《典论·论文》称"文以气为主"。所谓"气"，就是作品显示的精神面貌特征，其突出表现即作品的气势。方东树《昭昧詹言》曾指出："鲍诗全在字句讲求，而行之以逸气，故无骏蹇缓弱平钝，死句懈笔。"⑤ 潘德舆《养一斋诗话》也说："玄晖之隽骨，与鲍照之逸

---

① 朱乾：《乐府正义》，乾隆五十四年（1789）秬香堂刻本，第45页B面。
② 钟嵘撰，曹旭集注：《诗品集注》，上海古籍出版社1994年版，第39、45页。
③ 刘勰撰，詹锳义证：《文心雕龙义证》，上海古籍出版社1989年版，第984页。
④ 《风骨》，刘勰撰，詹锳义证《文心雕龙义证》，上海古籍出版社1989年版，第1069页。
⑤ 方东树著，汪绍楹点校：《昭昧詹言》，人民文学出版社1961年版，第164页。

气，可称六朝健者"①。

"逸气"是怎样一种文气呢？气可分刚、柔，《文心雕龙·体性》曰"才有庸俊，气有刚柔""风趣刚柔，宁或改其气"②。鲍照之"逸气"可称为阳刚之气，可称为昂扬豪迈的气势，《诗品》以为鲍诗"骨节强于谢混"③，就可说明问题。汉代识鉴人物重在骨相，王充《论衡·骨相篇》云："人曰命难知。命甚易知，知之何用？用之骨体。人命禀于天，则有表候于体。察表候以知命，犹察斗斛以知容矣。表候者，骨法之谓也。"④那时，骨是当作外貌的表现。魏晋时，用以品鉴人物的"骨"的含义有所转变。汤用彤先生说："汉代相人以筋骨，魏晋识鉴在神明。"⑤魏晋时代是把"骨"当作神明，当作人物的精神面貌的。"骨"常与"风"与"气"相连来当作品评文学作品的术语，如《文心雕龙》即有《风骨》篇。所谓"骨节强于谢混"，即指鲍诗的精神面貌与气势，不但要比谢诗更昂扬豪迈，还更有力深沉。谢混是东晋末刘宋初的诗人，《诗品》列其入中品，说他"才力苦弱"，鲍诗"行之以逸气"，自然"骨节强于谢混"。

方东树《昭昧詹言》多次推崇鲍诗有豪迈深沉的气势，其称："李、杜皆推服明远，称曰'俊逸'，盖取其有气，以洗茂先、休奕、二陆、三张之靡弱"，鲍诗"笔势振迅，足以驱使纸上，但见生气"，"气势坚实，惊心动魄，要亦百世师也"，其称鲍诗《代陈思王京洛篇》说："此篇非常奇丽，然终是气骨俊逸不可及，非同齐、梁靡弱

---

① 郭绍虞编选，富寿荪整理：《清诗话续编》，上海古籍出版社1983年版，第2020页。
② 刘勰撰，詹锳义证：《文心雕龙义证》，上海古籍出版社1989年版，第1011—1012页。
③ 钟嵘撰，曹旭集注：《诗品集注》，上海古籍出版社1994年版，第290页。
④ 王充：《论衡》，上海人民出版社1974年版，第36页。
⑤ 《言意之辨》，《汤用彤学术论文集》，中华书局1983年版，第226页。

无气"①。

其《代挽歌》云：

> 独处重冥下，忆昔登高台。
> 傲岸平生中，不为物所裁。
> 埏门祗复闭，白蚁相将来。
> 生时芳兰体，小虫今为灾。
> 玄鬓无复根，枯髅依青苔。
> 忆昔好饮酒，素盘进青梅。
> 彭韩及廉蔺，畴昔已成灰。
> 壮士皆死尽，余人安在哉？

此诗以自挽的形式言己傲世之志。首句点明今归之墓埏，下三句很以往昔"不为物所裁"的傲气自许。以下六句承首句，言如今尽被"物所裁"，以下插入二句，突出今昔对比。结四句点题议论，言古之英雄与今之壮士都成灰烬，世上之事，谁人复执？"余人安在哉"，鄙视群小懦才之意，充溢其间。鲍照怀济世之志，一生未被大用，故时有感愤之情，此诗不言愤懑而言傲，虽是挽歌，其中又有堪令悲哀的墓埏之景，但读之不觉凄冷，只觉其壮。

陈师道《后山诗话》说"鲍照之诗，华而不弱"②，"不弱"即指鲍诗气势豪迈深沉，雄壮激荡。其《代出自蓟北门行》，背景是当时拓跋氏之北魏与刘宋王朝的战争。此诗一开始就描摹出战争的紧急气氛，报警烽火连传京城，大军出行，边塞的"疾风""砂砾"正显示

---

① 方东树著，汪绍楹点校：《昭昧詹言》，人民文学出版社 1961 年版，第 164、180 页。
② 何文焕辑：《历代诗话》，中华书局 1981 年版，第 313 页。

战争环境之艰苦,"马毛缩如蝟,角弓不可张",而将士们正立志疆场,誓死卫国,"时危见臣节,世乱识忠良,投躯报明主,身死为国殇"。《昭昧詹言》说:"收作归宿,为豪宕,不为凄凉。以解为悲,从屈子来,陈思、杜公皆同。"① 认为此诗虽极言形势紧张与环境恶劣,但鲍照仍以豪迈雄壮的气势与笔调写出效死报国之情绪。《古诗源》也说,此诗结尾虽言及死亡,仍是"抗壮之音,颇似孟德"。

鲍诗气势的豪迈深沉,在其《拟行路难》18 首中表现得最为突出。《拟行路难》(其三)是爱情诗,前五句极言居处与人物的富贵华丽的景象,第六句"开帏对景弄春爵",貌似承上,面对无限好风光,当有无限好心境。谁料下称"含歌揽涕恒抱愁,人生几时得欢乐"。笔锋至此,"宁作野中之双凫,不愿云间之别鹤",收得简洁有力,不蔓不枝,似乎是交代"恒抱愁"的原因,但不作一般之陈述,而作豪迈的意愿,以昂扬的口吻表出,显示其理想中的爱情观念及对环境的抗争。全诗先舒缓慢起,给人一种铺张弥漫之感,接着突转,出人意料,且一笔也不叙述"抱愁"之情景而马上转入愤激,戛然作结,充分体现其诗纵横开合、豪迈深沉的特点。此类写爱情的诗鲍照也以豪迈深沉的气势出之,我们便可以想见这组诗中其他表达壮志、理想等的诗又该是怎样的气势了。

鲍诗的气势不是脱离现实的虚言狂语,也不是飞上云间的得意扬扬,其气势不是欢乐的演变,而是悲愤的升华;其气势不是一涌而过的气浪,而是摧城倒山的岩浆。鲍诗的气势是豪迈中有深厚的生活基础,深沉中又不流于凄冷。鲍诗的"逸气"、豪迈深沉的气势是受"俊逸"整体制约的,故有继承刘桢"逸气"的一面,但更有其发展与特点。

---

① 方东树著,汪绍楹点校:《昭昧詹言》,人民文学出版社 1961 年版,第 181 页。

四 奇异万状的形象

每个作家都有自己的独特的想象方式以及独特的选择具体事物形象的角度。鲍诗在其"俊逸"艺术风格整体的制约下，放纵自己想象的翅膀，多以奇异的事物形象入诗。敖陶孙《诗评》说："鲍明远如饥鹰独出，奇矫无前。"① 用孤鹰矫飞高天的画面来比拟鲍诗，恰到好处地描摹出鲍诗中形象之奇异，给人留下深刻的印象。最早指出鲍诗选择形象奇异的特点的是《诗品》，其称鲍照"其源出于二张，善制形状写物之词，得景阳之俶诡"②。"俶诡"，即奇异、奇谲。《庄子·德充符》"彼且蕲以俶诡幻怪之名闻"，成玄英疏曰："俶诡，犹奇谲也。"③ 孙联奎《诗品臆说》解说司空图《二十四诗品》之"清奇"品时说："清，对俗浊言。奇，对平庸言。如数日阴晦，几于闷煞，忽然天开日朗，万里澄空，不唯视前日阴晦之天，为清为奇，即视往日清明之天，为尤清尤奇。奇，乃奇特，非奇怪也。"④ 我们评价鲍诗选择塑造诗歌形象之奇，乃着重于其诗作形象的奇特之处，而非奇怪。

鲍照有《代苦热行》，描绘边塞景物。考《宋书》《南史》，鲍照一生并无边塞征战之事，那么，诗中描绘的当是以想象融汇前人之作、传闻、古籍之记载及其个人经历写出来的。

曹植《苦热行》"行游到日南，经历交阯乡。苦热但曝露，越夷水中藏"⑤，当是写南方边塞之事。鲍照此诗中写"瘴气""毒淫"

---

① 鲍照著，钱仲联增补集校注：《鲍参军集注》引，上海古籍出版社1980年版，第446页。
② 钟嵘撰，曹旭集注：《诗品集注》，上海古籍出版社1994年版，第290页。
③ 郭庆藩辑，王孝鱼整理：《庄子集释》，中华书局1961年版，第204—205页。
④ 孙联奎、杨廷芝：《司空图〈诗品〉解说二种》，山东人民出版社1962年版，第33页。
⑤ 鲍照：《苦热行》，李善注引，《文选》，中华书局1977年影印本，第403页下。

第二章 乐府诗人本色

"渡泸"等,也看出是写南方瘴疠之地。此诗中又有西域之景:"赤坡横西阻,火山赫南威。身热头且痛,鸟堕魂来归。"《汉书·西域传》载:"又历大头痛、小头痛之山,赤土、身热之阪,令人身热无色,头痛呕吐,驴畜尽然。"①鲍照发挥了充分的想象,熔南方、西域两处之景于一炉,奇景奇色,诗歌形象神奇万状,令人浏览不尽。诗中,神奇万状的形象是为了显现出征边塞之险艰,元朝方回评此诗说:

  热者地之至恶,死者事之至难。蹈至恶之地,责以至难之事,而上之人不察,则天下士有去之而已。②

明言此诗是讽刺朝廷对将士恩赏之薄,在这里,景物之奇是为其立意服务的。清代何焯说,此诗"可敌景阳'苦雨'"③,张协"苦雨"即其《杂诗十首》之末,其诗描写淫雨的景象事物可谓奇之又奇,近于险怪,此乃"景阳之诚诡",但鲍诗在立意上较张诗要高,诗歌形象尽管神奇万状而不险怪。

鲍照在《代阳春登荆山行》中写"遇物虽成趣,念者不解忧",诗中所叙遇到的景物都是堂皇富贵、明丽喧腾的,景物虽好,却与自己的心绪之忧不相谐和,其心绪之忧也不能被这些"成趣"之物所解。那么,鲍照心目中与其个人心绪相谐和的景物又是什么呢?鲍照喜欢入诗的景物又是哪些呢?

从鲍照喜欢入诗的物来看,《代东门行》之"伤禽""倦客",《代别鹤操》之别鹤,《代鸣雁行》之"中夜相失群离乱,留连徘徊不忍散"的鸣雁,《拟行路难》(其七)之"声音哀苦鸣不息,羽毛憔悴似

---

① 班固:《汉书》,中华书局1962年版,第3887页。
② 方回:《文选颜鲍谢诗评》,《四库全书》第1331册,上海古籍出版社1987年影印本,第615页。
③ 何焯著,崔高维点校:《义门读书记》,中华书局1987年版,第925页。

人髡，飞走树间啄虫蚁"的杜鹃；《代雉朝飞》之"刎绣颈，碎锦臆，绝命君前无怨色"的朝雉等，这些事物形象都可谓之奇异，都是地处怪奇险恶，心感悲伤别离的。①

五 直抒胸臆的笔法

诗人创作个性不同，又决定着诗人抒情方式的不同。鲍诗的抒情方式在于畅胸开怀，直抒胸臆，以情感为诗句的主线，情感不受拘束地抒发畅放，如奔腾之马，如倾泻之水。这既受"俊逸"风格之制约，又充实了"俊逸"风格。明末陆时雍《诗镜总论》曰："鲍照材力标举，凌厉当年，如五丁凿山，开人世之所未有。当其得意时，直前挥霍，目无坚壁矣。骏马轻貂，雕弓短剑，秋风落日，驰骋平冈，可以想此君意气所在。"② 以心中之意气统摄诗中之气势，从诗中之气势想见其心中之意气。

我们看其《代东门行》。此诗以"离声""客情"为情感主线贯穿始终，起写离别，次写"客情"。这种"客情"因"行子夜中饭"与"野风吹草木"而增，却不因奏乐"长歌""自慰"而减，只更"长恨"耳，全诗情感奔放流荡，一往畅舒。王夫之《古诗评选》评之曰："空中布意，不堕一解，而往复萦回，兴比宾主，历历不昧。虽声

---

① 从鲍照喜爱入诗之境来看：《吴兴黄浦亭庚中郎别》之"风起州渚寒，云上日无辉。连山吵烟雾，长波回难依"；《上浔阳还都道中》之"鳞鳞夕云起，猎猎晚风遒。腾沙郁黄雾，翻浪扬白鸥"；《行京口至竹里》之"高柯危且竦，锋石横复仄。复涧隐松声，重崖伏云色。冰闭寒方壮，风动鸟倾翼"；《和王护军秋夕》之"散漫秋云远，萧萧霜月寒，惊飚西北起，孤雁夜往还"；《和王义兴七夕》之"宵月向掩扉，夜雾方当白"；《冬至》之"景移风度改，日至晷回换。眇眇负霜鸥，皎皎带云雁。长河结瓓玕，层冰如玉岸"，等等。这些景象都可谓之奇异，尽是奇峭幽冷、险怪耸目的。乐府诗不以写景见长，此处不论。

② 丁福保辑：《历代诗话续编》，中华书局1983年版，第1407页。

情爽艳疑于豪宕,乃以视《青青河畔草》,亦相去无三十里矣。"① 全诗结构紧健,前六句为顶真,一句贯一句,一句紧一句,所谓"往复萦回",即诗中情感回肠荡气的效果。

鲍照《拟行路难》,是其"俊逸"艺术风格的代表,其情感抒发也是浩荡奔腾,"其七"首句("愁思忽而至")"忽"字,似乎显出"愁思"当为偶然,若有若无,以下言松柏园中由帝王之魂变化而成的杜鹃,哀切悲鸣对照其今昔,引出"念此死生非常理",这时才显现出"愁思"乃一篇之核心,乃是隐藏心中朝夕思之的愁。当然,"出北门"也是有意为之的了,是去看松柏园中的杜鹃的。末句故作吞吞吐吐,何为"不敢言",前面尽已言之,这里只表明此乃是常人难言之事、不愿言之事。所以,王夫之《古诗评选》说此诗"入手以松为杀,结杀以缓为切,只此可通弈理。'愁思忽而至'五字,是一篇正杀着,更以淡漠出之"②。全诗在结构上似乎松缓,但情感急切,虽口口声声"中心怆恻不能言",实情感畅胸开怀奔泻而出。

与乐府诗一样,鲍照的五言诗也多"直书胸臆"的作品。《昭昧詹言》在评价鲍照《还都道中》时云:"直书即事,起峭促紧健,后来山谷常拟之。以下皆直书即目,直书胸臆,所谓俊逸也。"③《还都道中》(其一),首二句写还都之喜,故"踊跃"辛勤赶路。此诗作于元嘉十七年(440),当时鲍照跟从临川王刘义庆回京都,时有二喜,一还都,二还家,故喜而"悦怿",此当是"直书胸臆"。次四句写辛勤赶路之状,又次四句写旅途闻见,还都还家则喜,而未至之时因思家又悲,忆起离家之日亦悲,所以归途中所遇的"孤兽""离鸿"都

---

① 王夫之评选,张国星校点:《古诗评选》,文化艺术出版社1997年版,第42页。
② 同上书,第48页。
③ 方东树著,汪绍楹点校:《昭昧詹言》,人民文学出版社1961年版,第175页。

触动了自己心怀,思绪纷纭,此也是"直书胸臆"。结二句,面对同旅而感慨万分,并叙述感慨的原因之一是"美人无相闻",此又当是"直书胸臆"。此诗以情怀为线索,一意贯下,情感奔放,可谓是具有"俊逸"风格的作品了。但如此给"俊逸"风格定的外延太大,亦与鲍诗实际不符,"直书即目"不一定必是"直书胸臆"。《还都道中》(其二)、(其三)虽是"直书即目",但较少"直书胸臆",以下的《发后渚》《岐阳守风》《吴兴黄浦亭庾中郎别》都是"直书即目",直书山光水色,但较少"直书胸臆"。

六 奔放流畅的语言

王夫之《古诗评选》谓鲍诗:"七言长句,迅发如临济禅,更不通人拟议;又如铸大像,一泻便成,相好即须具足。"① 当然,鲍诗奔放流畅的语言以其七言句为最盛,但也表现在其乐府和五言的大多数作品中。

鲍诗奔放流畅的语言与其诗章法结构的通畅连贯有密切的关系。例如其《代东武吟》,王夫之《古诗评选》谓之"中间许多情事,平叙初终,一如白乐天歌行"②。前人评价鲍诗拙朴如汉魏诗,当亦指其语言的奔放流畅及章法的平实,但绝不是说纯诗的章法就缺乏变化:鲍诗重在起句突起,收句陡收,中间部分则一意流放。

王夫之与方东树对鲍诗之章法及语言还各有总的论述。《姜斋诗话》说:"自三百篇以至庾、鲍七言,皆不待钩锁,自然蝉联不绝。"③《昭昧詹言》说:"细绎鲍诗,而交代章法,已远不逮谢公之明确,往

---

① 王夫之评选,张国星校点:《古诗评选》,文化艺术出版社1997年版,第46页。
② 同上书,第44页。
③ 王夫之著,戴鸿森笺注:《姜斋诗话笺注》,人民文学出版社1981年版,第61页。

往一片不分，无顿束离合、断续向背之法。"① 此正是其奔放流畅的特点。又说："于鲍取其生峭涩奥，字字炼，步步留，而又一往俊逸。明远诗令人不可断截，其思清意属，句重有味，无懈笔败笔也。一字不苟，故能如此。"② 鲍照正是为了追求"一往俊逸"而炼字炼句的。其结果正令人读之"不可截断"，思绪一贯，章法一贯，语气奔放流畅。

明末许学夷《诗源辩体》云："谢灵运经纬绵密，鲍明远步骤轶荡。明远五言如《数诗》《结客》《蓟门》《东武》诸篇，在灵运之上。然灵运体尽俳偶，而明远复渐入律体。但灵运体虽俳偶而经纬绵密，遂自成体；明远本步骤轶荡，而复入此窘步，故反伤其体耳。"③ 他的话很可以说明一些问题。首先，他讲出鲍诗语言具有"步骤轶荡"的特点，即具有奔放流畅的意义；其次，既然"步骤轶荡"，如果过多地追求声律，则"入此窘步"，是自我束缚，是有损于自己原有的风格体制的。鲍诗中也确有一些受时代影响过分雕琢而矫揉造作的句子，此确是对"逸俊"风格的一种损害，前人由此言唐代韩、孟一派是祖述鲍诗，也是有道理的。但从另一方面讲，鲍诗讲求字句又避免了为追求诗句流畅而落入熟滑陈旧、平淡浅率的窠臼。《昭昧詹言》就说："明远虽以逸俊有气为独妙，而字字炼，步步留，以涩为厚，无一步滑。凡太炼涩则伤气，明远独俊逸，又时出奇警，所以独步千秋。"④ 况鲍诗又有"俊逸"这个风格整体的制约。因此，鲍诗的大多数是掌握好这个分寸的，既讲求炼字炼句以避免平淡浅率，又追求奔放流畅而不生涩僻奥。

---

① 方东树著，汪绍楹点校：《昭昧詹言》，人民文学出版社1961年版，第168页。
② 同上。
③ 许学夷著，杜维沫校点：《诗源辩体》，人民文学出版社1987年版，第115—116页。
④ 方东树著，汪绍楹点校：《昭昧詹言》，人民文学出版社1961年版，第165页。

还值得指出的是，鲍照创作的一些乐府诗学习时代流行的民歌语言，奔放之中更显得流畅，以至流丽。例如，其《吴歌三首》《采菱歌七首》等后来为齐梁时代诗人所效法，一味流丽。

以上所述的五个层次，是"俊"与"逸"的相互联系与相互结合而成为一个整体时所具有的，如果单考察"俊"或"逸"或此二者的简单相加是得不出这个结论的。前代对鲍照的评述多用形象性、描摹性的语言来进行，虽不乏吉光片羽，但很不系统；当代评鲍的文章也很多，有许多精辟的见解，但仅突出鲍诗的一两个问题。本章把鲍诗艺术风格当作一个整体来研究，又把"俊逸"当作一个整体来研究，认为"俊逸"并不与鲍诗的种种特色如"奇丽""雕藻淫艳""越俗""峻健""俊快"等并列，"俊逸"作为一个整体来说包容了它们，"俊逸"是鲍诗的主体风格。这些就是以系统观点探讨鲍诗"俊逸"艺术风格的意义所在。

七 乐府七言体的推动力

诸种文学体裁自有其规定的、沿袭的风格，古代文论家们看到了这一点。例如，曹丕《典论·论文》分文体为四科八体，称"奏议宜雅，书论宜理，铭诔尚实，诗赋欲丽"[1]，陆机《文赋》的文体分类更细，称"诗缘情而绮靡，赋体物而浏亮。碑披文以相质，诔缠绵而凄怆。铭博约而温润，箴顿挫而清壮。颂优游以彬蔚，论精微而朗畅。奏平彻以闲雅，说炜晔而谲诳"[2]。诗人出于抒发内心情怀的需要，受自己的家世、经历、气质、性格、思想诸方面的制约，对体裁的选择往往具有一种主动性：他们要选择一种更能表现自己内心情感的文学

---

[1] 萧统撰，李善注：《文选》，中华书局1977年影印本，第720页下。
[2] 同上书，第241页上。

体裁，要文学体裁更好地为抒发情感服务。

  鲍照作为一个具有很高才华的寒士，他要实现自己的理想，他又时时受到压抑；他要高亢激昂地抒发情感，但又时时流露出深沉。他是怎样来选定最能表现自己内心情感的体裁呢？就鲍照诗歌来说，最能体现其"俊逸"风格的是其乐府七言体，也就是其代表作《拟行路难》十八首。称"俊逸鲍参军"的杜甫，在《苏端薛复筵简薛华醉歌》中说："近来海内为长句，汝与山东李白好。何刘沈谢力未工，才兼鲍昭愁绝倒。"① 盛赞李白的七言有如鲍照。许顗《彦周诗话》说："明远《行路难》，壮丽豪放，若决江河，诗中不可比拟，大似贾谊《过秦论》。"② 刘熙载《诗概》称："明远长句，慷慨任气，磊落使才，在当时不可无一，不能有二。"③ 而鲍照对乐府七言体的选择，应该说也是一种有意识的行为。《行路难》，原为北方牧歌，郭茂倩《乐府诗集》卷七十载：

  《乐府解题》曰："《行路难》，备言世路艰难及离别悲伤之意，多以'君不见'为首。"按《陈武别传》曰："武常牧羊，诸家牧竖有知歌谣者，武遂学《行路难》。"④

  《世说新语·任诞》注引《续晋阳秋》载：

  袁山松善音乐，北人旧歌有《行路难曲》，辞颇疏质。山松好之，乃为文其章句，婉其节制。每因酒酣，从而歌之。听者莫

---

① 彭定求等校点：《全唐诗》，中华书局1960年版，第2270页。
② 许顗：《彦周诗话》，何文焕辑《历代诗话》，中华书局1981年版，第383页。
③ 郭绍虞编选，富寿荪整理：《清诗话续编》，上海古籍出版社1983年版，第2423页。
④ 郭茂倩编：《乐府诗集》，中华书局1979年版，第997页。

不流涕。初，羊昙善唱乐，桓尹能《挽歌》，及山松以《行路难》继之，时人谓之三绝。①

由此看来，《行路难》本有慷慨激昂之风，其本来抒发的情感也与鲍照内心情感相近。另外，在就七言体的发展来说，鲍照之前的七言体音节急促单调，如民谣谚语中七言体单句成篇，《汉书·霍光传》载"焦头烂额为上客"即为一例②，"额"与"客"押韵，这种单句双押韵的形式，当然读起来显得急促。以后的七言诗，进化为一句一押韵，如曹丕《燕歌行》即是如此。又如，《宋书·乐志》中所载《旧邦曲》：

旧邦萧条，心伤悲。
孤魂翩翩，当何依？
游士恋故，涕如摧。
兵起事大，令愿违。
博求亲戚，在者谁？
立庙置后，魂来归。③

《宋书·乐志》是以四三格式来断句的，其曰："右《旧邦曲》凡十二句，其六句句三字，六句句四字。"或者就是一句一押韵，不管怎样，音调的急促单调是一样的。由此看来，鲍照采用如此慷慨激昂而又音调急促的诗体来表现自己内心的情感，确实是有必然性在其中的。难能可贵的是，鲍照又创造性地改制了乐府七言体，以隔句用韵改进

---

① 刘义庆著，刘孝标注，余嘉锡笺疏：《世说新语笺疏》，上海古籍出版社1993年版，第757页。
② 班固：《汉书》，中华书局1962年版，第2958页。
③ 沈约：《宋书》，中华书局1974年版，第645页。

了其过于急促的音调，于是粗犷急促中又显得奔放流畅；再说，鲍照又始终对自己充满自信，渴望理想的实现，于是，北方牧歌原来蕴含的悲哀更多地转化为慷慨。

鲍照正是以其创造性才能，在继承中确立了乐府七言体波澜开合、昂扬豪迈的风格体式，元人杨载《诗法家数》这样称说"七言古诗"：

> 七言古诗，要铺叙，要有开合，有风度，要迢递险怪，雄俊铿锵，忌庸俗软腐。须是波澜开合，如江海之波，一波未平，一波复起，又如兵家之阵，方以为正，又复为奇；方以为奇，忽复是正。出入变化，不可纪极，备此法者，唯李杜也。①

如此七言古诗的"气度"，也与鲍照乐府七言体的创造有关系。

第四节　沈约与乐府诗风的雅化

一　南朝诗歌走向"世俗"的三个起点

东晋流行玄言诗，追求人生的洒脱超然，把人生、社会的各种各样的情感全用淡泊中和、逍遥自在的玄理内容来矫正，但是，诗歌消释了人生道路上各种各样的情感，如不"淡乎寡味"才奇怪了。这大概是玄言诗在抒情方面的最大失误吧！南朝诗歌回归人情世俗，要改变《南齐书·文学传》所说"江左风味，盛道家之言"的现象。② 号

---

① 何文焕辑：《历代诗话》，中华书局1981年版，第731—732页。
② 萧子显：《南齐书》，中华书局1972年版，第908页。

称"元嘉三大家"的谢灵运、颜延之、鲍照做出了自己的贡献,这就是《南齐书·文学传》所说"颜、谢并起,乃各擅奇,休鲍后出,咸亦标世"。① 谢灵运开创山水诗,是其创新,但其抒情方式是传统的,《南齐书·文学传》称其"启心闲绎,托辞华旷",② 就是玄言诗的路子;而颜延之多用典故,更是传统。文学史的实际进程告诉我们,日后梁陈诗风是沿着鲍照一派的路子延续下来的。钟嵘《诗品下》引其从祖齐正员郎钟宪的话:"'大明、泰始中,鲍、休美文,殊已动俗。'"③ 这可见鲍照(和惠休)诗风在宋末的影响力。钟嵘《诗品序》又称齐梁之时"轻薄之徒""谓鲍照羲皇上人",④ 这是尊鲍之风。许文雨《钟嵘诗品讲疏》评此语云:"今观此语,尤见齐梁士俗,尊鲍之甚矣。鲍诗之流为梁代侧艳之词,及此体之风靡一世,均于此觇之。"⑤ 虽是贬义,但叙说了一个事实。刘师培《中国中古文学史》云:"梁代宫体,别为新变也。宫体之名,虽始于梁;然侧艳之辞,起源自昔。晋、宋乐府,如《桃叶歌》《碧玉歌》《白纻词》《白铜鞮歌》,均以淫艳哀音,被于江左。迄于萧齐,流风益盛。其以此体施于五言诗者,亦始晋、宋之间,后有鲍照,前则惠休。"⑥ 他直接说到"宫体"起源自"后有鲍照,前则惠休"。因此,虽然整个南朝山水诗都很盛行,典故运用亦长盛不衰,但风行而最引起人们关注的还是宫体。

---

① 萧子显:《南齐书》,中华书局1972年版,第908页。
② 同上。
③ 钟嵘撰,曹旭集注:《诗品集注》,上海古籍出版社1994年版,第432页。
④ 同上书,第58页。
⑤ 许文雨:《钟嵘诗品讲疏》,成都古籍书店1983年影印本,第18页。
⑥ 刘师培:《中国中古文学史》,人民文学出版社1959年版,第90页。

二 鲍照诗歌以"颠覆阅读"手段引起世人注意

鲍照诗歌为什么引起世人的关注？人们喜欢鲍照诗歌的什么？我们说，鲍照是以一种"颠覆阅读"的手段来使诗歌回归世俗人情的，即故意用一种怪诞的文风、匪夷所思的修辞手段，来实现自己诗歌的新鲜感甚或冲击力，以震撼人们视觉、听觉。这就是所谓"险俗""险急"的诗风，以下我们来看具体事例。

其一，抒情言志的不同于传统的"温柔敦厚"与含蓄，而是直抒，形式上所谓大声疾呼，结合诗歌内容就是敢恨敢爱。

中国诗歌传统讲究"怨而不怒"，讲究含而不露，但鲍照诗歌抒发自己身世的感慨，偏偏是直抒悲慨，简直是由"怨"而"怒"了。王通《文中子中说·事君》称"鲍照、江淹，古之狷者也，其文急以怨"①，那就是说鲍照诗歌"怨"得过分了。例如，其《拟行路难》（其六）"对案不能食"②，写出仕不如意的归隐。陶渊明最多说一句"吾岂能为五斗米折腰向乡里小儿"便挂印而去，鲍照则是大声疾呼：这个官我不做了，我要"还家自休息"。历来人们推崇的隐士生活，是内心的平静；而鲍照则强调愤慨，正因为"我辈孤且直"，才落得个"朝出与亲辞，暮还在亲侧。弄儿床前戏，看妇机中织"的下场！这哪里是避世的隐士，简直是时代的反叛者。又如，《拟行路难》（其四）"泻水置平地"③，口头上讲是劝慰自己"人生亦有命，安能行叹复坐愁"，于是"酌酒以自宽"；但最后又补说"心非木石岂无感，吞声踯躅不敢言"，明明写出自己对命运不公的痛斥。这种直抒乃是以愤激为主调的。

---

① 王通：《文中子中说》，四部丛刊初编影印本，商务印书馆1936年版，第11页下。
② 郭茂倩编：《乐府诗集》，中华书局1979年版，第998页。
③ 同上。

■■■中古乐府广义

　　鲍照《拟行路难》（其一）就说"愿君裁悲且减思，听我抵节行路吟"①，有全组诗的宗旨之意，那么，读了"对案不能食""泻水置平地"两首，我们能否"裁悲且减思"呢？肯定不能，反而悲怨更甚了。也就是说，读者怎么期望，鲍照不怎么写，鲍照写的都是反话，他要用"颠覆阅读"的手段来开辟一个新的诗歌世界，来震撼读者。

　　又如，鲍照写爱情，《拟行路难》（其三）② 诗的首数句"璇闺玉墀上椒阁，文窗绣户垂绮幕。中有一人字金兰，被服纤罗蕴芳藿。春燕差池风散梅，开帏对景弄禽爵"是无限的好风光，读者的期待应该是主人公无限的好心情。但诗作则说"含歌揽涕恒抱愁，人生几时得为乐。宁作野中之双凫，不愿云间之别鹤"，是一生一世的"愁"而无一时一刻的"乐"。因此我们说，鲍照诗歌是以一种异乎寻常的方式抒情言志的。对男女交往生活的叙写，鲍照的方式是赤裸裸的直白，如其《代淮南王》的后半部分：

　　　　朱门九重门九闺，愿逐明月入君怀。
　　　　入君怀，结君佩，怨君恨君恃君爱。
　　　　筑城思坚剑思利，同盛同衰莫相弃。③

　　从上述两首作品可以看到鲍照吟咏女性生活的特点，一是以拟古的名义出现，二是直率，所谓"愿逐明月入君怀""怨君恨君恃君爱""齐衾久两设，角枕已双陈，愿君早休息"云云。

　　其二，鲍照诗歌以"颠覆阅读"的手段进行创作的另一标志，在于其选用的诗歌体裁形式及效果。鲍照诗歌最引人注目者是《拟行路

---

① 郭茂倩编：《乐府诗集》，中华书局1979年版，第997页。
② 同上。
③ 同上。

难》,《行路难》,原为北方牧歌,《乐府诗集》卷七十载:"《乐府解题》曰:《行路难》,备言世路艰难及离别悲伤之意,多以'君不见'为首。按《陈武别传》曰:'武常牧羊,诸家牧竖有知歌谣者,武遂学《行路难》。'则所起亦远矣。"①《世说新语·任诞》刘峻注引《续晋阳秋》:"袁山松善音乐,北人旧歌有《行路难曲》,辞颇疏质,山松好之,乃为文其章句,婉其节制。每因酒酣,从而歌之,听者莫不流涕。"② 综合以上所述,可知《行路难》是具有与挽歌相同风格的民歌,有强烈的悲伤性质,有惊世骇俗的效果,鲍照才大规模地采用它吧!《拟行路难》可说是鲍照用"颠覆阅读"的手段进行文学创作的一个典型,许颉《彦周诗话》称:"明远《行路难》,壮丽豪放,若决江河,诗中不可比拟,大似贾谊《过秦论》。"③ 张玉谷《古诗赏析》称其"更超乎变化,生面独开"。④ 这些对《拟行路难》的具体评价,又是对鲍照诗歌的总体看法,突出的是鲍照诗作的惊世骇俗、振聋发聩。另外,七言形式的选用,本身就有惊世骇俗的意味,傅玄《拟四愁诗序》称"体小而俗,七言类也"⑤;挚虞《文章流别论》称七言"于俳谐倡乐多用之"⑥。《行路难》这些"体小而俗""于俳谐倡乐多用之"的七言,在袁山松手里,已经可以让"听者莫不流涕"了,鲍照选用这种体裁的用心也可以想见了。

其三,鲍照用"颠覆阅读"的手段进行创作又有其心理动因,这

---

① 郭茂倩编:《乐府诗集》,中华书局1979年版,第997页。
② 刘义庆撰,刘孝标注,余嘉锡笺疏:《世说新语笺疏》,上海古籍出版社1993年版,第757页。
③ 许颉:《彦周诗话》,何文焕辑《历代诗话》,中华书局1981年版,第383页。
④ 张玉穀著,许逸民点校:《古诗赏析》,上海古籍出版社2000年版,第395页。
⑤ 《全晋文》卷46,严可均校辑《全上古三代秦汉三国六朝文》,中华书局1958年版,第1724页。
⑥ 《全晋文》卷77,严可均校辑《全上古三代秦汉三国六朝文》,中华书局1958年版,第1905页。

就是以惊世骇俗的创作引起世人对自己的注意。《南史·宋宗室及诸王传·临川烈武王道规传》附《鲍照传》载:"鲍照字明远,东海人……照始尝谒(临川王)义庆,未见知。欲贡诗言志,人止之曰:'卿位尚卑,不可轻忤大王。'照勃然曰:'千载上有英才异士,沉没而不闻者,安可数哉!大丈夫岂可遂蕴智能,使兰艾不辨,终日碌碌与燕雀相随乎?'于是奏诗。义庆奇之,赐帛二十匹。寻擢为国侍郎,甚见知赏。"[1] 此献为何诗?人们一般认为有《拟行路难》组诗中的作品。鲍照不愿轻易服从命运的安排,才有"贡诗言志"的行为,你看《拟行路难》(其五):

> 君不见河边草,冬时枯死春满道。
> 君不见城上日,今暝没尽去,明朝复更出。
> 今我何时当得然,一去永灭入黄泉。
> 人生苦多欢乐少,意气敷腴在盛年。
> 且愿得志数相就,床头恒有沽酒钱。
> 功名竹帛非我事,存亡贵贱付皇天。[2]

假如鲍照真是相信"功名竹帛非我事",那么怎么会有"贡诗言志"?而为了使"贡诗言志"达到效果,鲍照写出这种形式与内容都惊世骇俗的作品,是有因可寻的。

三 鲍照诗风的难以为继

但是,鲍照的诗风又是受到当时人们批评与鄙视的,如前引"发唱惊挺,操调险急,雕藻淫艳,倾炫心魂。亦犹五色之有红紫,八音

---

[1] 李延寿:《南史》,中华书局1975年版,第360页。
[2] 郭茂倩编:《乐府诗集》,中华书局1979年版,第998页。

之有郑、卫。斯鲍照之遗烈也"。钟嵘《诗品中》评价鲍照诗歌"颇伤清雅之道，故言险俗者多以附照"①。那么，为什么这样的诗风会在日后成为主流？钟嵘《诗品序》所称齐梁之时的"尊鲍"是"轻薄之徒"所为。尽管鲍照的影响很大，但只是"动俗"，上流社会只认可颜、谢诗风而不认可鲍照诗风，这从齐末至梁初人们的言论可以看出。又如，《宋书·谢灵运传》、刘勰《文心雕龙·时序》说到刘宋诗风，都不提鲍照。钟嵘《诗品中》称这种情况是因为鲍照"才秀人微，故取湮当代"，②但，我们要问一句，鲍照惊世骇俗、振聋发聩的"美文"可以"动俗"，可以打动上流社会吗？或者说，鲍照是可以重复的吗？鲍照的怪诞是可以重复的吗？再重复鲍照、重复怪诞也可以成为"美文"吗？

其实，怪诞诗风的难以为继在鲍照身上已经出现。有一则故事可以说明问题。《南史·鲍照传》载："（宋文帝）上好为文章，自谓人莫能及，照悟其旨，为文章多鄙言累句。咸谓照才尽，实不然也。"③这也就是说，鲍照后半生有段时间的创作是"多鄙言累句"的，这里认为是鲍照怕有以文陵主之嫌而故意为之，但不管什么原因，人们觉得其创作不如以往那么警策，即其文风失去了以往的怪诞、匪夷所思带来的冲击力、新鲜感。而且，阻力已出现，如《诗品》载"颜公（延之）忌（鲍）照之文，故立休鲍之论"，④《南史·颜延之传》载颜延之称"惠休制作，委巷间歌谣耳，方当误后生"。⑤人们不见得一定要喜欢怪诞奇异的作品。例如，由宋入齐的张融，他自视很高，为

---

① 钟嵘撰，曹旭集注：《诗品集注》，上海古籍出版社1994年版，第290页。
② 同上。
③ 李延寿：《南史》，中华书局1975年版，第360页。
④ 钟嵘撰，曹旭集注：：《诗品集注》，上海古籍出版社1994年版，第421页。
⑤ 李延寿：《南史》，中华书局1975年版，第881页。

自己的文集题名为《玉海》，其临终诫子有称：

> 吾文体英绝，变而屡奇，既不能远至汉魏，故无取嗟晋宋。①

张融在给王僧虔的信中，曾以阮籍爱东平（今山东东平一带）土风自比来讲自己的狂放怪诞，其文风也狂放怪诞。在《门律自序》中，他说自己"文章之体"的怪诞而"多为世人所惊"：

> 吾文章之体，多为世人所惊，汝可师耳以心，不可使耳为心师也。夫文岂有常体，但以有体为常，政当使常有其体。丈夫当删《诗》《书》，制礼乐，何至因循寄人篱下。且中代之文，道体阙变，尺寸相资，弥缝旧物。吾之文章，体亦何异，何尝颠温凉而错寒暑，综哀乐而横歌哭哉？政以属辞多出，比事不羁，不阡不陌，非途非路耳。然其传音振逸，鸣节竦韵。或当未极，亦已极其所矣。汝若复别得体者，吾不拘也。吾义亦如文，造次乘我，颠沛非物。吾无师无友，不文不句，颇有孤神独逸耳。②

但其中亦讲到人们对其狂放怪诞的文风的不以为然，所谓"吾之文章，体亦何异，何尝颠温凉而错寒暑，综哀乐而横歌哭哉"，就是张融的辩解，称自己的文章难道就那么奇怪吗？而人们不接受，称自己只不过"属辞多出，比事不羁，不阡不陌，非途非路"而已。所以，刘熙载《诗概》称："明远长句，慷慨任气，磊落使才，在当时不可无一，不能有二。"③

江淹是鲍照诗风的学习者、继承者。比如，江淹作品中有奇险的

---

① 萧子显：《南齐书》，中华书局1972年版，第729页。
② 同上。
③ 郭绍虞编选，富寿荪整理：《清诗话续编》，上海古籍出版社1983年版，第2423页。

句子，有怪仄的意境，有郁勃不平之气，其《赤亭渚》：

吴江泛丘墟，饶桂复多枫。

水夕潮波黑，日暮精气红。

路长寒光尽，鸟鸣秋草穷。

瑶水虽未合，珠霜窃过中。

坐识物序晏，卧视岁阴空。

一伤千里极，独望淮海风。

远心何所类，云边有征鸿。①

曹道衡先生在评价这首诗时说："江淹本人似有意识摹拟鲍照，如他《从冠军建平王登香炉峰》诗，即学鲍照的《登庐山》诸首；《青苔赋》和《恨赋》，取法《芜城赋》。在这首《赤亭渚》中，虽不这样明显，但'水夕'两句，即出自鲍照《游思赋》中'暮气起兮远岸黑，阳精灭兮天际红'之句。"② 历来亦有"江鲍"之称，如王通称"古之狷者也，其文急以怨"就是鲍照、江淹连称的。李白《经乱离后天恩流夜郎忆旧游书怀赠江夏韦太守良宰》称"览君荆山作，江鲍堪动色"③；《江夏送倩公归汉东序》称"即惠休上人与江、鲍往复，各一时也"。④ 杜甫《赠毕四曜》称"流传江鲍体"。⑤ 日释空海（弘法大师）《文镜秘府论·南卷·集论》录有"搴琅玕于江鲍之树"之语。⑥

---

① 胡之骥注，李长路、赵威点校：《江文通集汇注》，中华书局1984年版，第115页。
② 吴小如等：《汉魏六朝诗鉴赏辞典》，上海辞书出版社1992年版，第937页。
③ 王琦注：《李太白全集》，中华书局1977年版，第571页。
④ 同上书，第1281页。
⑤ 仇兆鳌：《杜少陵集详注》，文学古籍刊行社1955年版，第112页。
⑥ （日）弘法大师原撰，王利器校注：《文镜秘府论校注》，中国社会科学出版社1983年版，第370页。

而且，江淹作文也有不合规矩者。《南史·江淹传》载："建元二年，始置史官，（江）淹与司徒左长史檀超共掌其任，所为条例，并为王俭所驳，其言不行。淹任性文雅，不以著述在怀，所撰十三篇竟无次序。"江淹是文章大家，"（齐）高帝让九锡及诸章表，皆淹制也"①，但江淹竟然有"竟无次序"之文。这里的解释是他"不以著述在怀"，而笔者认为是江淹故意追求的某种奇特、不合规矩。江淹《自序》中称自己性格中有"爱奇尚异"的成分②。江淹的如此诗风，起初也曾引起人们注重，但因为难以为继，最终落个"江郎才尽"之讥。于是可知，"江郎才尽"之称，其实意味着鲍照诗风的不可重复。

四　沈约引"俗"入雅以推广"俗"的创作

鲍照的"颠覆阅读"的创作方式就是"俗"，即向民歌学习与写侧艳之辞，其出色之处与对后世影响较大之处也在于此。而这两点在齐梁也确实成为主流，那么，鲍照提倡、追求的东西，即所谓怪诞是如何被上流社会所接受的呢？我们说，重任就落在沈约肩上：首先，他的诗歌创作继续了鲍照的题材、体裁；其次，这些使他让题材、体裁的怪诞成为不怪诞，让其"险急""险俗"成为不"险急""险俗"，使其正大光明、坦坦荡荡地发展起来。从根本上说，沈约既坚持"俗"又改变"险急"的做法，所谓引"俗"入雅以推广"俗"的创作。以下尝试从四个方面论之。

其一，我们先来看鲍照与沈约七言的比较。

鲍照《拟行路难》后，创作《行路难》形成风气，据《乐府诗

---

① 李延寿：《南史》，中华书局 1975 年版，第 1450 页。
② 胡之骥注，李长路、赵威点校：《江文通集汇注》，中华书局 1984 年版，第 378 页。

集》，南北朝时计有僧宝月、吴均、费昶、王筠诸人有作品，虽然"备言世路艰难及离别悲伤之意，多以君不见为首"不变，仍保持鲍照的格调，但雅化的倾向还是看得出，总的来说就是不再那么愤激地述说自己。因此，雅化可视为一种时代崇尚。鲍照的七言作品除《拟行路难》外，还有《代白纻舞歌辞》四首、《代白纻曲》二首、《代鸣雁行》《梅花落》《代淮南王》《代雉朝飞》《代北风凉》《代夜坐吟》等。沈约的七言，除《梁鼓吹曲》外，有《江南弄》四首，分别为《赵瑟曲》《秦筝曲》《阳春曲》《朝云曲》，《四时白纻歌》之"春、夏、秋、冬、夜"五首。鲍照与沈约都有《白纻》，同样的作品容易比较。沈约可说是发展了鲍照的"俗"，钟嵘《诗品中》"沈约条"云：

> 观休文众制，五言最优。详其文体，察其余论，固知宪章鲍明远也。所以不闲于经纶，而长于清怨。①

现在重点谈沈约怎样改变了鲍照的"险急"。

《白纻》是较早进入宫廷且在南朝沿用较久的舞曲，沈约有《四时白纻歌》五首，《唐书·乐志》：

> 梁武帝令沈约改其辞为《四时白纻歌》。今中原有《白纻曲》，辞旨与此全殊。②

《乐府诗集》解题曰："《古今乐录》曰：'沈约云：《白纻》五章，敕臣约造。武帝造后两句。'"③《六朝诗集》则说"后四句俱武帝

---

① 钟嵘撰，曹旭集注：《诗品集注》，上海古籍出版社1994年版，第321页。
② 郭茂倩编：《乐府诗集》，中华书局1979年版，第798页。
③ 同上书，第806页。

续"①。诗云：

《春白纻》：兰叶参差桃半红，飞芳舞縠戏春风。如娇如怨状不同，含笑流眄满堂中。翡翠群飞飞不息，愿在云间长比翼。佩服瑶草驻容色，舜日尧年欢无极。②

其他四首，后四句同《春白纻》，那就单录前四句：

《夏白纻》：朱光灼烁照佳人，含情送意遥相亲。嫣然宛转乱心神，非子之故欲谁因？

《秋白纻》：白露欲凝草已黄，金琯玉柱响洞房。双心一意俱回翔，吐情寄君君莫忘。

《冬白纻》：寒闺昼寝罗幌垂，婉容丽心长相知。双去双还誓不移，长袖拂面为君施。

《夜白纻》：秦筝齐瑟燕赵女，一朝得意心相许。明月如规方袭予，夜长未央歌《白纻》。③

同是《白纻》，鲍照之作浓艳激烈，前一首最为明显，写景则"穷秋九月荷叶黄，北风驱雁天雨霜"般的极端天气，写人则"朱唇动，素腕举，洛阳少童邯郸女"直述容貌，写事则"催弦急管为君舞""夜长酒多乐未央"般强烈；后一首也有"千金顾笑买芳年"之类的直接。比较起来，沈约之作就显得含蓄、清雅，就景物而言，有"白露欲凝"与"穷秋九月"的一"欲"一"穷"的区别；就写女性的姿容神情而言，诸如"如娇如怨""含笑流眄""含情送意遥相亲"

---

① 陈庆元：《沈约集校笺》，浙江古籍出版社1995年版，第331页。
② 同上书，第328页。
③ 郭茂倩编：《乐府诗集》，中华书局1979年版，第806—807页。

第二章 乐府诗人本色

"嫣然一转乱心神""吐情寄君""长袖拂面""一朝得意心相许",等,都写得含情脉脉,娇羞里显示着诱惑。那么,鲍照的"险急"与沈约的"清怨",可以看得很清楚。由"险急"而"清怨",鲍照提倡的七言经沈约的努力后显示出文人气象,更广泛地在社会上流传。

其二,我们来看沈约吟咏女性的雅化。

鲍照《拟行路难》其九以女性口吻写抒发情感,其云:

> 剉蘖染黄丝,黄丝历乱不可治。
> 我昔与君始相值,尔时自谓可君意。
> 结带与我言:死生好恶不相置。
> 今日见我颜色衰,意中索寞与先异。
> 还君金钗玳瑁簪,不忍见之益愁思。①

首二句比兴,又用双关,先点明己心之苦与乱,有民歌意味。蘖,黄蘖,古乐府:"黄蘖向春生,苦心随日长。"述己之苦心。中四句直写昔时与近日的情感差异。末二句表示,既然已见苗头,那就干脆决绝,为汉乐府《有所思》之义。王夫之《古诗评选》评此诗为"披心见意。直尔,在堂满堂,在室满室"②,称其直截了当披露心意。沈德潜《古诗源》评此诗:"悲凉跌宕,曼声促节"③,称其情感抒发的激烈与"操调险急"。我们再来看沈约的《携手曲》:

> 舍辔下雕辂,更衣奉玉床。
> 斜簪映秋水,开镜比春妆。
> 所畏红颜促,君恩不可长。

---

① 郭茂倩编:《乐府诗集》,中华书局1979年版,第998—999页。
② 王夫之评选,张国星校点:《古诗评选》,文化艺术出版社1997年版,第48页。
③ 沈德潜:《古诗源》,中华书局1963年版,第256页。

鵁冠且容裔，岂吝桂枝亡。①

也是女性口吻，但写法不一样。首二句写自己的侍奉；次二句写己之容貌如何，为下句作铺垫；五六句写自己的担忧，也是写情感破裂之机；末二句以汉武帝《李夫人赋》"桂枝落而销亡"结尾，② 自怜自伤。全诗哀怨之情淡淡隐隐地叙出，与鲍照"操调险急"的激烈自然不同；沈诗虽然人物无声，但也觉得点点滴滴在心头，与鲍照诗作相比，效果是不差的。于此看来，何谓"清怨"就看得很清楚。

其三，人称鲍照"发唱惊挺，操调险急"时，沈约正在积极推行音律和谐的"永明体"。沈约在《宋书·谢灵运传》中提出倡议："若夫敷衽论心，商榷前藻，工拙之数，如有可言。夫五色相宜，八音协畅，由乎玄黄律吕，各适物宜，欲使宫商相变，低昂互节，若前有浮声，则后须切响。一简之内，音韵尽殊；两句之中，轻重悉异，妙达此旨，始可言文。"③《南齐书·陆厥传》称"永明体"："永明末，盛为文章。吴兴沈约、陈郡谢朓、琅邪王融以气类相推毂。汝南周颙善识声韵。（沈）约等文皆用宫商，以平、上、去、入为四声，以此制韵，不可增减，世呼为'永明体'。"④"永明体"是在贵族中兴起的风气，如钟嵘《诗品序》，其诗歌批评的锋芒所向，是那些"膏腴子弟""王公缙绅之士""贵公子孙"。钟嵘不赞成人为运用声律，称人为运用声律就是那些"贵公子孙"兴起的："王元长创其首，谢朓、沈约扬其波。三贤或贵公子孙，幼有文辨。"沈约一方面倡导写女性之类的通俗诗歌风气，一方面又提倡音律，显然是想把雅俗二者结合起来；

---

① 陈庆元：《沈约集校笺》，浙江古籍出版社1995年版，第314页。
② 班固：《汉书》，中华书局1962年版，第3953页。
③ 沈约：《宋书》，中华书局1974年版，第1779页。
④ 萧子显：《南齐书》，中华书局1972年版，第898页。

而作为一个正统文化的代言人，沈约当然要引俗入雅。

其四，鲍照与沈约都创作了一些当时流行的南朝乐府，鲍照创作的有：《吴歌》三首、《采菱歌》七首、《代春日行》《中兴歌》十首，等。其中，《中兴歌》十首是鲍照依据当时流行的曲调制作的。沈约创作的南朝乐府：《江南曲》《携手曲》《夜夜曲》《白铜鞮歌》三首、《永明乐》。其中，《携手曲》《夜夜曲》为沈约所制，《乐府诗集》卷七十六有陈述。鲍照与沈约也都创作了大量的汉魏旧曲作品，我们须注意到，沈约有的作品是有新创意的改制。《谢宣城集》载两组《同沈右率诸公赋鼓吹曲名先成为次》，其一作者作品为沈约《芳树》、范云《当对酒》、谢朓《临高台》、王融《巫山高》、刘绘《有所思》；其二作者作品为谢朓《芳树》、王融《芳树》、沈约《临高台》、王融《有所思》、刘绘《巫山高》、范云《巫山高》。对上述有的作品，《乐府诗集·鼓吹曲辞》有解题，其中称《巫山高》"杂以阳台神女之事，无复远望思归之意也"；称《芳树》"但言时暮、众芳歇绝而已"；称《有所思》"但言离思而已"；称《临高台》"但言临望伤情而已"[①]。这里虽然没有提及沈约，但应该视作对两组"赋鼓吹曲名"的共同评价。这些评价主要涉及这些诗人对旧曲的改制，有两方面值得注意，一是世俗化，二是增添爱情内容。

《南齐书·文学传》称："三体之外，请试妄谈：若夫委自天机，参之史传，应思悱来，勿先构聚。言尚易了，文憎过意，吐石含金，滋润婉切。杂以风谣，轻唇利吻，不雅不俗，独中胸怀。"[②] "三体"者，颜、谢、鲍也。齐梁文学的发展既是继承"三体"，又否定了"三体"，我们最注意"杂以风谣，轻唇利吻，不雅不俗，独中胸怀"

---

① 郭茂倩编：《乐府诗集》，中华书局1979年版，第228—231页。
② 萧子显：《南齐书》，中华书局1972年版，第908—909页。

这几句，这简直就说的是沈约对鲍照的继承与发展。日后的宫体诗，也是依照此路径而来。例如，宫体诗大家萧纲、萧绎兄弟，就十分赞赏沈约的诗歌。萧纲云："至如近世谢朓、沈约之诗，任昉、陆倕之笔，斯实文章之冠冕，述作之楷模。"[1] 萧绎云："诗多而能者沈约，少而能者谢朓、陆倕。"[2] 作诗都有唯沈约马首是瞻的意思。

上述论证的文学史意义在于：文学上惊世骇俗的东西，新的文体或新的风格等，如鲍照诗风、南朝民歌、永明声律之类新生事物，如果不经过改进，不经过发展，就不能被更广泛的群众所接受。也就是说，新东西一定要经过改进、经过发展，才能进入主流社会，成为文学主流。在这个意义上说，在南朝，沈约虽然不是超一流的诗人，但在南朝文学发展史上他的作用与贡献是超一流的。

---

[1] 姚思廉：《梁书·文学·庾肩吾传》，中华书局1973年版，第691页。
[2] 姚思廉：《梁书·文学·何逊传》，中华书局1973年版，第693页。

第三章 乐府歌辞探故

　　乐府歌辞的撰作，一是源于现实，所谓"代赵之讴，秦楚之风，皆感于哀乐，缘事而发，亦可以观风俗，知薄厚云"①；二是源于本题本事，"古乐府命题皆有主意，后之文人用乐府为题者，直当代其人而措词，如《公无渡河》，须作妻止其夫之词"②。此处称"探故"，一是选择几类乐府歌辞，论述其反映的社会生活以及其演变过程中的文化意味；二是论证几首乐府歌辞的本事或原型。

第一节 舞曲曲辞"雅舞"——从武力崇尚到武功表演

一　武力与武曲

　　武力，本是原始人类求得生存的方式，又是保护自己的手段。例如《弹歌》，歌曰：

---

① 班固：《汉书·艺文志》，中华书局1962年版，第1756页。
② 何文焕辑：《历代诗话》，中华书局1981年版，第443页。

> 断竹，续竹，飞土，逐害（当为"宍"）。①

《吴越春秋》载《弹歌》又称其意义，"臣闻弩生于弓，弓生于弹，弹起古之孝子""孝子不忍见父母为禽兽所食，故作弹以守之，绝鸟兽之害"②。这就是《弹歌》，这是武力在诗歌中最早的表现。

文学艺术起源于生活，表现生活，原始人就有表现武力崇尚的艺术活动，《吕氏春秋·古乐》有一段记载："昔葛天氏之乐，三人操牛尾，投足以歌八阕：一曰载民，二曰玄鸟，三曰遂草木，四曰奋五谷，五曰敬天常，六曰达帝功，七曰依地德，八曰总禽兽之极。"③ "总禽兽之极"的音乐舞蹈，表现的可能就是远古狩猎活动。

《周易》中记载有最早的战争歌谣，如《中孚》六三：

> 得敌，或鼓，或罢，或泣，或歌。④

又如，《离》九四：

> 突如，其来如，焚如，死如，弃如。⑤

这是记载战斗胜利后战士们的不同表现，就有敲锣打鼓、欢乐歌唱庆祝胜利的内容。歌咏战争的舞蹈就是干戚舞，《韩非子·五蠹》举例称：

> 当舜之时，有苗不服，禹将伐之，舜曰："不可。上德不厚而

---

① 赵晔：《吴越春秋》，丛书集成初编本，中华书局1985年版，第197页。
② 同上书，第196—197页。
③ 吕不韦著，高诱注：《吕氏春秋》，诸子百家丛书，上海古籍出版社1989年影印本，第43页上。
④ 《周易正义》，《十三经注疏》，上海古籍出版社1997年影印本，第71页中。
⑤ 同上书，第43页中。

行武,非道也。"乃修教三年,执干戚舞,有苗乃服。共工之战,铁铦矩者及乎敌,铠甲不坚者伤乎体,是干戚用于古不用于今也。①

故《礼记·乐记》称"干戚之舞,非备乐也"②;虽然其是武舞,但后世不能以其解决战争问题,崔寔《政论》称:

故圣人能与世推移,而俗士苦不知变,以为结绳之约,可复理乱秦之绪;《干戚》之舞,足以解平城之围。③

《乐府诗集·舞曲歌辞》"雅舞"解题曰:

雅舞者,郊庙朝飨所奏文武二舞是也。古之王者,乐有先后,以揖让得天下,则先奏文舞;以征伐得天下,则先奏武舞,各尚其德也。④

人类有了战争,武力就成为军事手段;人们歌颂自己的战争胜利,武力的某些方面就衍化为艺术,人们模仿战争中的武力行为就成为舞蹈,这就是武舞。原始的武舞后来进入大雅之堂,舞时手执斧盾,用于郊庙祭祀及朝贺、宴享等大典。《尚书·大禹谟》:"舞干羽于两阶"。孔颖达疏:"《明堂位》云:朱干玉戚,以舞大武。戚,斧也。是武舞执斧执楯。"⑤ 例如《武》,周代贵族用于祭祀的"六舞"之一,颂扬周武王战胜商纣王的乐舞。《论语·八佾》:"子谓《韶》,尽美

---

① 陈奇猷校注:《韩非子集释》,上海人民出版社1974年版,第1042页。
② 《礼记正义》,《十三经注疏》,上海古籍出版社1997年影印本,第1530页下。
③ 范晔:《后汉书·崔寔传》,中华书局1965年版,第1728页。
④ 郭茂倩编:《乐府诗集》,中华书局1979年版,第753页。
⑤ 《尚书正义》,《十三经注疏》,上海古籍出版社1997年影印本,第137页下。

矣，又尽善也。谓《武》，尽美矣，未尽善也。"① 班固《东都赋》："抗五声，极六律，歌九功，舞八佾。《韶》《武》备，泰古毕。"②《左传》宣公十二年（前597）载楚庄王的话："武王克商。作《颂》曰：'载戢干戈，载櫜弓矢。我求懿德，肆于时夏，允王保之。'又作《武》，其卒章曰'耆定尔功'。其三曰：'铺时绎思，我徂维求定。'其六曰：'绥万邦，屡丰年。'夫武，禁暴、戢兵、保大、定功、安民、和众、丰财者也。故使子孙无忘其章。"③ 此中的诗句，"耆定尔功"，在《周颂·武》的最后一句；"铺时绎思，我徂维求定"，在《周颂·赉》；"绥万邦，娄丰年"，在《周颂·桓》首句。

周代有乐舞《大武》，《周礼·春官·大司乐》称："以乐舞教国子，舞《云门》……《大濩》《大武》。"郑玄注："《大武》，武王乐也。"④《吕氏春秋·古乐》称此乐："武王即位，以六师伐殷，六师未至，以锐兵克之于牧野；归，乃荐俘馘于京太室，乃命周公为作《大武》。"⑤ 指明《大武》歌咏战争、军事的性质。《礼记·乐记》载孔子对宾牟贾说《大武》："夫乐者，象成者也：总干而山立，武王之事也；发扬蹈厉，大公之志也；《武》乱皆坐，周、召之治也。且夫《武》始而北出，再成而灭商，三成而南，四成而南国是疆，五成而分，周公左，召公右，六成复缀，以崇天子。"⑥ 指明其乐、舞的段落与表达的军事战争的关系。

---

① 《论语注疏》，《十三经注疏》，上海古籍出版社1997年影印本，第2469页上。
② 班固：《两都赋》，萧统撰，李善注《文选》，中华书局1977年影印本，第33页下。
③ 《春秋左传正义》，《十三经注疏》，上海古籍出版社1997年影印本，第1882页中—1883页上。
④ 《周礼正义》，《十三经注疏》，上海古籍出版社1997年影印本，第787页下。
⑤ 吕不韦著，高诱注：《吕氏春秋》，诸子百家丛书，上海古籍出版社影印本，第45页上。
⑥ 《礼记正义》，《十三经注疏》，上海古籍出版社1997年影印本，第1542页中。

《荀子·儒效》说："武王之诛纣也……反而定三革，偃五兵，合天下，立声乐，于是《武》《象》起而《韶》《護（濩）》废矣。"①这是说庆祝战争胜利的艺术表演成为时代的主流，与之相对的文舞退而次之。

周代又有笼统而称的武乐，是颂扬武功的舞乐，西汉董仲舒《春秋繁露·三代改制质文》："（周文王）作武乐，制文礼以奉天。"②《公羊传·宣公八年》"万者何？干舞也。"汉何休注："干谓楯也。能为人扞难而不使害人，故圣王贵之，以为武乐。"③这里指出了跳武舞时所持的道具为"干"，即盾；还说持盾是"能为人扞难而不使害人"，即运用武器的总原则是重防卫而不重攻击他人。

周代又有笼统而称的武曲，《礼记·祭统》："夫祭有三重焉：献之属莫重于祼，声莫重于升歌，舞莫重于《武宿夜》，此周道也。"郑玄注："《武宿夜》，武曲名也。"孔颖达疏引皇侃曰："师说《书》传云：武王伐纣，至于商郊，停止宿夜，士卒皆欢乐，歌舞以待旦，因名焉。"④

二　武力与武舞

以后每个朝代兴起，一般都有歌咏武功的"武德舞"之类，多用于宗庙祭礼的雅舞，这些都是歌、舞、乐的结合。《汉书·礼乐志》："《武德舞》者，高祖四年作，以象天下乐己行武以除乱也。"⑤由此可

---

① 章诗同注：《荀子简注》，上海人民出版社1974年版，第69—70页。
② 董仲舒：《春秋繁露》，诸子百家丛书，上海古籍出版社1989年影印本，第41页下。
③ 《春秋公羊传注疏》，《十三经注疏》，上海古籍出版社1997年影印本，第2281页上。
④ 《礼记正义》，《十三经注疏》，上海古籍出版社1997年影印本，第1604页。
⑤ 班固：《汉书》，中华书局1962年版，第1044页。

知，当前之所以作"武德舞"，是为了歌颂自己以武力平定天下。《东观汉记·明帝纪》："上尊号曰显宗，庙与世宗庙同日而祠，祫祭于世祖之堂，共进《武德之舞》。"① 由此可知，当前之所以作"武德舞"，又是为了歌颂祖先的以武力平定天下。《宋书·乐志一》："（汉高祖）又造《武德舞》，舞人悉执干戚。"②《隋书·音乐志上》："（陈）皇考高祖武皇帝神室奏《武德舞》辞。"③《武德舞》又称《武德》，《史记·孝文本纪》："高庙酎，奏《武德》《文始》《五行》之舞。"司马贞索隐引应劭曰："其乐总象武王乐……《五行》即《武舞》，执干戚而衣有五行之色也。"④ 这里又指出舞者的道具为"干戚"，戚即斧，为攻击性武器，执干戚而舞，符合战争的实际情况，有攻击又有防卫。舞者"衣有五行之色"，战国末期邹衍提出"五德终始"说，以"五行相胜"解释各个朝代的兴亡，汉时继承了这种说法。这里的舞者"衣有五行之色"，就是说朝代的更替是有规律的，不仅仅是凭借武力，当然也是说凭借武力平定天下是合理合法的。

于是，朝廷的"雅舞"形成定规，即前所述《乐府诗集·舞曲歌辞》解题称"雅舞者，郊庙朝飨所奏文武二舞是也"，以下来看汉高祖以后"武舞"的情况。

《舞曲歌辞》的《雅舞》录有东汉东平王刘苍的《后汉武德舞歌诗》，⑤ 其解题引《东观汉记》东平王苍议曰："光武皇帝拨乱中兴，武功盛大，庙乐舞宜曰《大武》之舞。"于是明帝下诏"进《武德》之舞如故"。诗云：

---

① 李昉等辑：《太平御览》卷91，中华书局1960年影印本，第435页下。
② 沈约：《宋书》，中华书局1974年版，第533页。
③ 魏徵等：《隋书》，中华书局1973年版，第307页。
④ 司马迁：《史记》，中华书局1982年版，第436—437页。
⑤ 郭茂倩编：《乐府诗集》，中华书局1979年版，第754—755页。

于穆世庙，肃雍显清。

俊乂翼翼，秉文之成。

越序上帝，骏奔来宁。

建立三雍，封禅泰山。

章明图谶，放唐之文。

休矣惟德，罔射协同。

本支百世，永保厥功。

不过诗的内容没有"武"的成分。

南朝梁的武舞为《大壮舞》，《隋书·音乐志上》："（梁）以武舞为《大壮舞》，取《易》云'大者壮也'，正大而天地之情可见也。"①其辞云：

高高在上，实爱斯人。

眷求圣德，大拯彝伦。

率土方燎，如火在薪。

惵惵黔首，暮不及晨。

朱光启耀，兆发穹旻。

我皇郁起，龙跃汉津。

言届牧野，电激雷震。

阙巩之甲，彭濮之人。

或貔或武，漂杵浮轮。

我邦虽旧，其命惟新。

六伐仍止，七德必陈。

---

① 魏徵等：《隋书》，中华书局1973年版，第292页。

125

君临万国，遂抚八夤。①

歌颂梁朝勃然兴起，虽然运用武力平定天下，但最终要"六伐仍止"，以"七德必陈"统治天下。"六伐""七德"都是讲军事，但意义指向不同。"六伐"，单纯指杀伐，《尚书·牧誓》："夫子勖哉，不愆于四伐、五伐、六伐、七伐。"孔传："伐谓击刺。"②"七德"，指武功的七种德行，《左传·宣公十二年》："夫武，禁暴、戢兵、保大、定功、安民、和众、丰财者也。故使子孙无忘其章……武有七德，我无一焉。何以示子孙？"③

《乐府诗集·舞曲歌辞》的《雅舞》还录有《北齐文武舞歌》，④解题引《隋书·乐志》曰："北齐元会大飨奏文武二舞，二舞将作，并先设阶步焉。"其《武舞阶步辞》曰：

大齐统历，天鉴孔昭。
金人降泛，火凤来巢。
眇均虞德，干戚降苗。
夙沙攻主，归我轩朝。
礼符揖让，乐契《咸》《韶》。
蹈扬惟序，律度时调。

其"武"的意味在于通过武力平定天下。其《武舞辞》曰：

天眷横流，宅心玄圣。

---

① 郭茂倩编：《乐府诗集》，中华书局1979年版，第761—762页。
② 《尚书正义》，《十三经注疏》，上海古籍出版社1997年影印本，第183页。
③ 《春秋左传正义》，《十三经注疏》，上海古籍出版社1997年影印本，第1882页下至第1883页上。
④ 郭茂倩编：《乐府诗集》，中华书局1979年版，第762—763页。

祖功宗德，重光袭映。

我皇恭己，诞膺灵命。

宇外斯烛，域中咸镜。

悠悠率土，时惟保定。

微微动植，莫违其性。

仁丰庶物，施洽群生。

海宁洛变，契此休明。

雅宣茂烈，颂纪英声。

铿锽钟鼓，掩抑箫笙。

歌之不足，舞以礼成。

铄矣王度，缅迈千龄。

此处"武"的意味是通过"宇外斯烛，域中咸镜。悠悠率土，时惟保定"来表现的，意即以军事活动来保护自己境内的安定。

《舞曲歌辞》的《雅舞》还录有《隋文武舞歌》①，解题引《隋书·乐志》曰："其舞六成，始而受命，再成而定山东，三成而平蜀道，四成而北狄是通，五成而江南是拓，六成复缀以阐太平。"这都是颂扬武力之功。其《武舞歌》曰：

惟皇御宇，惟帝乘乾。

五材并用，七德兼宣。

平暴夷险，拯溺救燔。

九域载安，兆庶斯赖。

续地之厚，补天之大。

---

① 郭茂倩编：《乐府诗集》，中华书局1979年版，第763—764页。

127

>声隆有截，化覃无外。
>鼓钟既奋，干戚攸陈。
>功高德重，政谧化淳。
>鸿休永播，久而弥新。

这里说"平暴夷险，拯溺救燔"，是通过武力来实现的，既然已经平定天下，那么就可以"干戚攸陈"了。

上述的舞蹈，其功能是歌颂朝廷的文治武功，其中或许有舞蹈化的战斗、搏击动作，但舞蹈的歌辞中不曾叙写，只是从舞蹈叙述与歌辞中些许可见其道具，从道具可知其战斗、搏击动作。

三 武曲与武舞中的武功表演

春秋之后崇尚武力，于是就多有"讲武之礼"，此"讲武之礼"已多有以"讲武"为游戏的意味。秦始皇统一天下，把六国之乐集中到咸阳，汇集、整理各地音乐舞蹈，则直接把"讲武之礼"改换成"讲武"的游戏。《汉书·刑法志》："春秋之后，灭弱吞小，并为战国，稍增讲武之礼，以为戏乐，用相夸视。而秦更名角抵，先王之礼没于淫乐中矣。"① 马端临《文献通考》卷一百四十九曰："秦始皇既并天下，分为三十六郡，郡置材官，聚天下兵器于咸阳，铸为钟鐻，讲武之礼，罢为角觝。"② 又有武戏，古代球鞠、骑射、手搏角力等游戏。《汉书·哀帝纪》："（哀帝）雅性不好声色，时览下射武戏。"颜师古注引苏林曰："角力为武戏也。"③ 这些"讲武"的游戏应该说是实际战斗、搏斗动作的再现，且具有艺术化、体育化的成分。

---

① 班固：《汉书》，中华书局1962年版，第1085页。
② 马端临：《文献通考》，浙江古籍出版社1988年版，第1307页中。
③ 班固：《汉书》，中华书局1962年版，第345页。

第三章 乐府歌辞探故

真正赋予武功艺术化再现的是当时称为"杂舞"的舞蹈。《乐府诗集·舞曲歌辞》的《杂舞》也有关涉战争军事者。《杂舞》,《乐府诗集》解题曰:"始皆出自方俗,后寖陈于殿庭。"① 王粲《魏俞儿舞歌》,《乐府诗集》解题引《晋书·乐志》曰:"《巴渝舞》,汉高帝所作也。高帝自蜀汉将定三秦,阆中范因率賨人从帝为前锋,号板楯蛮,勇而善斗。及定秦中,封因为阆中侯,复賨人七姓。其俗喜歌舞,高帝乐其猛锐,数观其舞,曰:'武王伐纣歌也。'后使乐人习之。阆中有渝水,因其所居,故曰《巴渝舞》。"② 这是说汉初时阆中賨人七姓的"方俗"歌舞具有"猛锐"的尚武气质,因为刘邦喜欢,于是汉代宫廷引进这种"猛锐"的尚武气质的歌舞,以供人们欣赏。《巴渝舞》之类的杂舞,已与雅舞的祭祀、歌颂性质不同。

但这些再现只是实际动作的再现,而不是以诗歌、散文的形式再现,人们不能以欣赏文学的方式来欣赏这些武功。这个情况至魏代时有了改变,人们开始以诗歌来描述舞蹈动作,人们也可以通过诗歌来欣赏舞蹈动作,欣赏舞蹈动作中的武功。这就是王粲《魏俞儿舞歌》,《乐府诗集》解题引《宋书·乐志》曰:"魏《俞儿舞歌》四篇,魏国初建所用,使王粲改创其辞,为《矛俞》《弩俞》《安台》《行辞新福歌》曲,行辞以述魏德。后于太祖庙并作之。黄初二年(221),改曰《昭武舞》,及晋,又改曰《宣武舞》。"③ 王粲《魏俞儿舞歌》,共四曲。诗云:

汉初建国家,匡九州。蛮荆震服,五刃三革休。安不忘备武乐修,宴我宾师。敬用御天,永乐无忧。子孙受百福,常与松乔

---

① 郭茂倩编:《乐府诗集》,中华书局1979年版,第766页。
② 同上书,第767页。
③ 同上书,第767—768页。

游。烝庶德，莫不咸欢柔。（其一《矛俞新福歌》）

材官选士，剑弩错陈。应桴蹈节，俯仰若神。绥我武烈，笃我淳仁。自东自西，莫不来宾。（其二《弩俞新福歌》）

武功既定，庶士咸绥。乐陈我广庭，式宴宾与师。昭文德，宣武威，平九有，抚民黎。荷天宠，延寿尸，千载莫我违。（其三《安台新福歌》）

神武用师士素厉，仁恩广覆，猛节横逝。自古立功，莫我弘大。桓桓征四国，爰及海裔。汉国保长庆，垂祚延万世。（其四《行辞新福歌》）[①]

《矛俞》《弩俞》二曲恐是以"矛""弩"为道具的，《弩俞新福歌》中说"材官选士，剑弩错陈。应桴蹈节，俯仰若神"，即持剑弩起舞的动作叙写。这是把武功艺术化了，这种艺术化被诗歌描述出来，人们可以通过诗歌来欣赏舞蹈，欣赏武功。但总的来说，这四首歌中对舞蹈动作的叙写不多。

又有傅玄《晋宣武舞歌》[②]，共四曲，其特点是把武力歌颂、武功歌颂融化在对舞蹈动作的描述上。

其一，《惟圣皇篇·矛俞第一》吟咏以"矛"为主要道具的舞蹈，诗云：

惟圣皇，德巍巍，光四海。
礼乐犹形影，文武为表里。
乃作《巴俞》，肆武士。
剑弩齐列，戈矛为之始。

[①] 郭茂倩编：《乐府诗集》，中华书局1979年版，第768页。
[②] 同上书，第769—770页。

> 进退疾鹰鹞,龙战而豹起。
> 如乱不可乱,动作顺其理,离合有统纪。

"剑弩齐列"以下就是对舞蹈动作的描述,从中可以看出当时舞蹈是怎样跳的,武功是怎样表演的。

其二,《短兵篇·剑俞第二》吟咏以"剑"之类的短兵器为主要道具的舞蹈,诗云:

> 剑为短兵,其势险危。
> 疾逾飞电,回旋应规。
> 武节齐声,或合或离。
> 电发星骛,若景若差。
> 兵法攸象,军容是仪。

其三,《军镇篇·弩俞第三》吟咏以"弩"之类的长距离打击兵器为主要道具的舞蹈,诗云:

> 弩为远兵,军之镇,其发有机。
> 体难动,往必速,重而不迟。锐精分镈,射远中微。
> 弩俞之乐,一何奇,变多姿。
> 退若激,进若飞,五声协。
> 八音谐,宣武象,赞天威。

此二首歌对舞蹈动作的描摹更为细致,当然我们可以欣赏到更多的武功表演。

其四,《穷武篇·安台行乱第四》吟咏"武"的原则,诗云:

> 穷武者丧,何但败北。
> 柔弱亡战,国家亦废。

> 泰始、徐偃，既已作戒前世。
>
> 先王鉴其机，修文整武艺。
>
> 文武足相济。然后得光大。
>
> 乱曰：高则亢，满则盈，亢必危，盈必倾。去危倾，守以平，冲则久；
>
> 浊能清，混文武，顺天经。

其中没有舞蹈动作的描摹，当然也没有武功表演。

杂舞的其他作品也有关涉战争军事者，只是比较少例如《宋泰始歌舞曲辞》的《治兵大雅》，宋明帝刘彧作，诗云：

> 王命治兵，有征无战。
>
> 巾拂以净，丑类革面。
>
> 王仪振旅，载戢在辰。
>
> 中虚巾拂，四表静尘。①

诗作吟咏以"巾拂"之类的舞蹈动作表达军事行动的结果。

四　诗歌中的武功与艺术表演

非乐府系列的诗歌中所叙的武功与艺术表演，可作《乐府诗集·舞曲歌辞》中载录的武曲、武舞的佐证。

上面我们叙述了实际的战争衍化为舞蹈中庆贺胜利，又由以舞蹈为歌颂衍化成以舞蹈为再现战场上的武功发挥，成为武功表演；这些舞蹈都是朝廷乐府机构所组织的。其实，武功、武艺可作为一种表演、一种艺术，早就已成风尚。《史记·项羽本纪》载，项羽与刘邦在鸿

---

① 郭茂倩编：《乐府诗集》，中华书局 1979 年版，第 812 页。

门宴上,项庄进来说:"君王与沛公饮,军中无以为乐,请以剑舞。"①可见,宴会上舞剑是常规。《魏书·南安王传》:"南安王桢……出为镇北大将军、相州刺史。高祖(北魏孝文帝元宏——引者注)饯桢于华林都亭,诏曰:'从祖南安,既之蕃任,将旷违千里,豫怀悯恋。然今者之集,虽曰分歧,实为曲宴,并可赋诗申意。射者可以观德,不能赋诗者,可听射也。当使武士弯弓,文人下笔。'"② 如此可见宴会上的游戏活动有射箭与赋诗,所谓"武士弯弓,文人下笔"。《梁书·羊侃传》记载:"大同三年,(梁武帝)车驾幸乐游苑,(羊)侃预宴。时少府奏新造两刃矟成,长二丈四尺,围一尺三寸,高祖因赐侃马,令试之。侃执矟上马,左右击刺,特尽其妙,高祖善之。又制《武宴诗》三十韵以示侃,侃即席应诏。高祖览曰:'吾闻仁者有勇,今见勇者有仁,可谓邹、鲁遗风,英贤不绝。'"③ 羊侃以武功为表演,他为泰山梁父(今山东泰安东南)人,故梁武帝称其有"邹鲁遗风";史称羊侃"善音律,自造《采莲》《棹歌》两曲,甚有新致"。④ 那么,他"即席应诏"回复梁武帝《武宴诗》三十韵,是有基础的。可惜,这些《武宴诗》都未留存下来。

于是,又有"武艺"之称,武艺,本指骑、射、击、刺等武术方面的技能。例如,《三国志·刘封传》称刘封"有武艺,气力过人"⑤;《陈书·高祖纪上》称陈高祖(陈霸先)"读兵书,多武艺,明达果断"⑥。而这里的"武艺"则是把武功视为艺术之类。

---

① 司马迁:《史记》,中华书局1982年版,第313页。
② 魏收:《魏书》,中华书局1974年版,第494页。
③ 姚思廉:《梁书》,中华书局1973年版,第559页。
④ 同上书,第561页。
⑤ 陈寿:《三国志》,中华书局1959年版,第991页。
⑥ 姚思廉:《陈书》,中华书局1972年版,第1页。

当这些武功表演被诗歌记载下来，我们在欣赏诗歌的同时欣赏着武功表演。进而，诗人们直接把现实生活的武功写进诗歌，如曹植诗中对武功的叙写，很有艺术表演的意味。其《白马篇》中写到"幽并游侠儿"的武功，一称"白马饰金羁，连翩西北驰"，二称"控弦破左的，右发摧月支。仰手接飞猱，俯身散马蹄"，此二者合而称之即"骑射"。曹植所叙，像不像身着戎装、手持弓箭、铿锵起舞的舞蹈艺术表演？而实际上这就是一种武艺表演，是在校场上的表演。曹植真是把武功提升到"艺"的层次来描摹的。曹植对英雄武功的描绘，在对武功叙写上，完成从武力崇尚到艺术表演的历程，为后世叙写军事、战争提供了一个良好的样本，即突出将军、英雄的武功，把他们的武功作为艺术表演来刻画。

曹植又有《名都篇》，把武功展示放在真实场景中，诗中写到真实的打猎场景，且从"观者咸称善，众工归我妍"来看，还是有观众的，这又确实是武艺表演了。骑射、射御本就是"六艺"中的两项呢。

例如，梁元帝（萧纲）《后园看骑马诗》：

良马出兰池，连翩驱桂枝。
鸣珂随蹄驶，轻尘逐影移。
香来知骤近，汗敛觉风吹。
遥望黄金络，悬识幽并儿。[1]

又如，庾信《北园射堂新成诗》：

轩台聊可习，仙的不难登。

---

[1] 逯钦立辑校：《先秦汉魏晋南北朝诗》，中华书局1983年版，第2050页。

> 转箭初调筈，横弓先望堋。
>
> 惊心一雁落，连臂两猿腾。
>
> 直知王济巧，谁觉魏舒能。
>
> 空心不死树，无叶未枯藤。
>
> 择贤方至此，传卮喜得朋。①

《周书·若干惠传》载"太祖（宇文泰）尝造射堂新成，与诸将宴射"之事，后"徙堂于（若干）惠宅"。② 首二句称登射堂如登仙台。《山海经·大荒西经》载："有轩辕之台，射者不敢西乡，畏轩辕之台。"③ 此处反用其义。"转箭"二句写调试弓箭。"惊心"句用更赢空箭射下惊心之鸟事，"连臂"句用养由基事。"直知"句用晋人王济以射术赌得名为"八百里驳"之牛事，"谁觉"句用晋人魏舒本不被人看好而后来射术殆尽其妙事。以上四句都是以典故述说射堂中人们射术之妙。末二句称择贤选友就是要射术精妙之人。

又如，陈后主（陈叔宝）《五言同管记陆瑜九日观马射诗》，诗云：

> 晴朝丽早霜，秋景照堂皇。
>
> 干惨风威切，荷雕池望荒。
>
> 楼高看雁下，叶散觉山凉。
>
> 歇雾含空翠，新花湿露黄。
>
> 飞禽接斾影，度日转铍光。
>
> 连翻北幽骑，驰射西园傍。

---

① 逯钦立辑校：《先秦汉魏晋南北朝诗》，中华书局1983年版，第2376页。
② 令狐德棻等：《周书》，中华书局1971年版，第282页。
③ 袁珂校译：《山海经校译》，上海古籍出版社1985年版，第271页。

勒移玛瑙色,鞭起珊瑚扬。

已同过隙远,更异良弓藏。

且观千里汗,仍瞻百步杨。

非为从逸赏,方追塞外羌。①

九月九日为重阳节,古人登山赏菊饮酒,陈后主的娱乐活动还有观赏驰马射箭。诗中写到秋日丽景,写观赏到驰射技艺的精良,最后写并非单单为了娱乐,还有"方追塞外羌"的军事目的,这是点缀一下。

他们的诗作,使读者在欣赏诗作时又在欣赏武功。这个时候,诗人笔下的武功或许真正变成了"武艺",一种艺术化了的武功。

五 其他乐府诗作的从炫耀军威到高扬武德

观兵,或称阅武,意思是检阅部队并显示兵力,《左传·襄公十一年》:"诸侯会于北林,师于向,右还,次于琐,围郑,观兵于南门。"杜预注云:"观,示也。"② 诸侯在郑的南门检阅部队。《史记·周本纪》:"(武王)东观兵,至于盟津。"③ 这是说武王伐纣,在盟津会合诸侯检阅部队;而所谓"观",即检阅部队有示威的意味,《左传·宣公十二年》就称"观兵以威诸侯"④。《国语·周语上》:"先王耀德不观兵。"⑤ 以德"王天下"就不会检阅部队并显示兵力"以威诸侯"。

---

① 逯钦立辑校:《先秦汉魏晋南北朝诗》,中华书局1983年版,第2518页。
② 《春秋左传正义》,《十三经注疏》,上海古籍出版社1997年影印本,第1950页。
③ 司马迁:《史记》,中华书局1982年版,第120页。
④ 《春秋左传正义》,《十三经注疏》,上海古籍出版社1997年影印本,第1882页下。
⑤ 徐元诰撰,王树民、沈长云点校:《国语集解》,中华书局2002年版,第1—2页。

讲武，讲习武事，《国语·周语上》："三时务农而一时讲武。"韦昭注："讲，习也。"①《礼记·月令》孟冬之月："天子乃命将帅讲武，习射御，角力。"②讲武应该有两方面的内容，一是宣讲武事，二是讲武时演习武事，宣讲武事、演习武事亦有检阅部队、显示兵力的程序。

古时所谓田猎，就有讲武整军、选拔将士的目的，这是古意古制，汉代时，观兵讲武之类诗歌就有了，《汉鼓吹曲辞》之《汉铙歌》有《上之回》，诗曰：

上之回，所中益夏。

将至，行将北。

以承甘泉宫，寒暑德。

游石关，望诸国。

月支臣，匈奴服。令从白官疾驱驰，

千秋万岁乐无极。③

回，即回中宫，在汧县（今陕西陇县）。汉武帝行幸回中，希望达到的目的就是"游石关，望诸国，月支臣，匈奴服"，那么，就是炫耀武力以助汉军之威。这应该是一首观兵讲武之诗。

建安时期有乐府诗作是以观兵讲武、"耀武"为鹄的。曹魏时已有纯粹的观兵之作，即检阅队伍的诗作，如王粲《从军诗》（其四）云：

朝发邺都桥，暮济白马津。

逍遥河堤上，左右望我军。

连舫逾万艘，带甲千万人。

---

① 徐元诰撰，王树民、沈长云点校：《国语集解》，中华书局2002年版，第21页。
② 《礼记正义》，《十三经注疏》，上海古籍出版社1997年影印本，第1382页中。
③ 郭茂倩编：《乐府诗集》，中华书局1979年版，第227页。

> 率彼东南路，将定一举勋。
> 筹策运帷幄，一由我圣君。
> 恨我无时谋，譬诸具官臣。
> 鞠躬中坚内，微画无所陈。
> 许历为完士，一言犹败秦。
> 我有素餐责，诚愧伐檀人。
> 虽无铅刀用，庶几奋薄身。①

全篇写"我军"的雄壮气象，前半部分宣示国威军威，"左右望我军"，这是随同最高统帅检阅部队。接着，诗人顺势颂扬"圣君"功德，一展自我效力之心与建功立业之愿。又如，曹丕《广陵观兵》（又作《至广陵于马上作诗》）。《三国志·文帝纪》载，黄初六年（225）八月，魏文帝曹丕"以舟师"东征，冬十月，"行幸广陵故城"（今江苏扬州），在长江边上举行了盛大的阅兵式，"临江观兵，戎卒十余万，旌旗数百里"。他意气奋发，在马上吟成此作。诗云：

> 观兵临江水，水流何汤汤。
> 戈矛成山林，玄甲耀日光。
> 猛将怀暴怒，胆气正纵横。
> 谁云江水广，一苇可以航？
> 不战屈敌虏，戢兵称贤良。
> 古公宅岐邑，实始翦殷商。
> 孟献营虎牢，郑人惧稽颡。
> 充国务耕殖，先零自破亡。

---

① 逯钦立辑校：《先秦汉魏晋南北朝诗》，中华书局1983年版，第362页。

> 兴农淮泗间，筑室都徐方。
>
> 量宜运权略，六军咸悦康。
>
> 岂如《东山》诗，悠悠多忧伤。①

诗的第一部分叙写"观兵"实景，首二句点明阅兵，"戈矛"四句写戈矛成林、兵甲耀光与猛将胆气，如此夸赞部队雄姿当然是炫耀武力，于是引出"谁云"二句写战争必胜。诗的第二部分，强调"不战屈敌虏，戢兵称贤良"，那么就要像周朝先祖古公亶父那样建设根据地，像晋国孟献子提议加强国防而使郑国臣服，像汉代赵充国屯田耕作使先零部落降附，所以在前线的"淮泗""徐方""兴农""筑室"。诗的第三部分写到，有了如此的兵甲将士，有了如此的战略措施，伐吴战争定能顺利进行，标志就是"六军咸悦康"，不会像周公那样，战争胜利了，但将士们唱着哀伤久役不返之歌。

曹丕其他一些作品也有观武、观兵、检阅队伍的意味，如《饮马长城窟行》，诗云：

> 浮舟横大江，讨彼犯荆虏。
>
> 武将齐贯钺，征人伐金鼓。
>
> 长戟十万队，幽冀百石弩。
>
> 发机若雷电，一发连四五。②

这是以部队的雄壮与武器的威力来宣示军威。又如，曹丕《董逃行》亦是宣示军威，其云：

> 晨背大河南辕，跋涉遐路漫漫。

---

① 陈寿：《三国志》，中华书局1959年版，第85页。
② 逯钦立辑校：《先秦汉魏晋南北朝诗》，中华书局1983年版，第398页。

师徒百万哗喧，戈矛若林成山，旌旗拂日蔽天。①

曹丕之子曹叡（魏明帝）《善哉行》写出征时的情况：

> 我徂我征，伐彼蛮虏。练师简卒，爰正其旅。
> 轻舟竞川，初鸿依浦。桓桓猛毅，如罴如虎。
> 发炮若雷，吐气如雨。旄旌指麾，进退应矩。
> 百马齐辔，御由造父。休休六军，咸同斯武。
> 兼途星迈，亮兹行阻。行行日远，西背京许。
> 游弗淹旬，遂届扬土。奔寇震惧，莫敢当御。
> 权实竖子，备则亡虏。假气游魂，鱼鸟为伍。
> 虎臣列将，怫郁充怒。淮泗肃清，奋扬微所。
> 运德耀威，惟镇惟抚。反斾言归，旆入皇祖。②

诗的重点是宣示军威，结尾之处有新意，既强调眼前是"运德耀威"，又叙说战争胜利"旆入皇祖"，继承祖业建立新功业。曹叡另一首《善哉行》亦是宣示国威军威，但意味不浓，还有一股淡淡的思乡忧愁。曹叡《棹歌行》，落笔在"伐罪以吊民，清我东南疆"。魏高贵乡公曹髦以统治者的身份作诗，有两个残篇，或称"赫赫东伐，悠悠远征，泛舟万艘，屯卫千营"，或称"干戈随风靡，武骑齐雁行"，也都是夸耀军威的口吻。

《吴鼓吹曲》有《通荆门》，《古今乐录》称："言孙权与蜀交好齐盟，中有关羽自失之衅，戎蛮乐乱，生变作患，蜀疑其眩，吴恶其诈，乃大治兵，终复初好也。"诗云：

---

① 逯钦立辑校：《先秦汉魏晋南北朝诗》，中华书局1983年版，第398页。
② 同上书，第413—414页。

荆门限巫山，高峻与云连。

蛮夷阻其险，历世怀不宾。

汉王据蜀郡，崇好结和亲。

乖微中情疑，谗夫乱其间。

大皇赫斯怒，虎臣勇气震。

荡涤幽薮，讨不恭。

观兵扬炎耀，厉锋整封疆。

整封疆，阐扬威武容。

功赫戏，洪烈炳章。

邈矣帝皇世，圣吴同厥风。

荒裔望清化，化恢弘。

煌煌大吴，延祚永未央。①

诗中称"观兵扬炎耀，厉锋整封疆"，即在边境上检阅部队以炫耀武力，但诗作更重在炫耀朝廷声威。

通过上述分析我们知道，三国鼎立时观兵讲武诗歌的写作模式，多重在炫耀武力，而目标指向是建立强大王朝。

第二节 中古"从军"诗作的叙写模式

不管是统一天下或变换朝廷的战争，还是保卫边塞或开拓疆土的战争，对将士来说，都是从军出征。不管是具体真实地叙写战争实景，

---

① 郭茂倩编：《乐府诗集》，中华书局1979年版，第272—273页。

还是虚拟化地渲染歌吟战斗场面，都要涉及从军出征。不管是叙写何时何地的战争，还是叙写与战争紧密相关的事件、事物，都离不开将士们的从军出征。虽然说《从军行》作品系列，只因为其标榜的是"从军"，于是就应该是军事战争诗作内容概括性、综合性的表现，涉及的是战争的整个流程；但是，中古各时期《从军行》作品对战争的整个流程中的表现有着自己的着重点，在题材、主题以及叙写模式上有着各自的侧重点。

一　以颂美与纪实起步的《从军行》

《诗经》中就有"从军"之作，此即《秦风·无衣》，诗云：

岂曰无衣？与子同袍。王于兴师，修我戈矛。与子同仇！
岂曰无衣？与子同泽。王于兴师，修我矛戟。与子偕作！
岂曰无衣？与子同裳。王于兴师，修我甲兵。与子偕行！①

《诗序》曰："《无衣》，刺用兵也。秦人刺其君好攻战，亟用兵，而不与民同欲焉。"② 此说法不确。陈子展《诗经直解》曰："三章一意，总谓国中勇士，慷慨从军，同心协力，杀敌致果耳。此盖秦人善战之军歌。"③ 这首诗似乎是写从军将士整队合唱，唱着慷慨之歌出征走上战场。

现存最早题名"从军"者为王粲的作品，《文选》诗载录为王粲《从军行》，入军戎类。王粲《从军行》共五首，《三国志·魏书·武帝纪》裴松之注称，曹操西征张鲁，"是行也，侍中王粲作五言诗以

---

① 《毛诗正义》，《十三经注疏》，上海古籍出版社1997年影印本，第373—374页。
② 同上书，第373页下。
③ 陈子展：《诗经直解》，复旦大学出版社1983年版，第399页。

美其事曰",①《文选》李善注称"《魏志》曰：建安二十年三月，公西征张鲁，鲁及五子降。十二月，至自南郑，是行也，侍中王粲作五言诗以美其事。"② 其中，有王粲叙写随曹操征孙权时的所见所闻。《魏志》《六臣注文选》都称是"以美其事"。据诗义看，"以美其事"是确实的，但"五首非一时一地之作"。③ 第一首，诗云：

> 从军有苦乐，但问所从谁。
>
> 所从神且武，焉得久劳师。
>
> 相公征关右，赫怒震天威。
>
> 一举灭獯虏，再举服羌夷。
>
> 西收边地贼，忽若俯拾遗。
>
> 陈赏越丘山，酒肉逾川坻。
>
> 军中多饫饶，人马皆溢肥。
>
> 徒行兼乘还，空出有余资。
>
> 拓地三千里，往返一如飞。
>
> 歌舞入邺城，所愿获无违。
>
> 昼日献大朝，日暮薄言归。
>
> 外参时明政，内不废家私。
>
> 禽兽惮为牺，良苗实已挥。
>
> 窃慕负鼎翁，愿厉朽钝姿。
>
> 不能效沮溺，相随把锄犁。

---

① 陈寿：《三国志》，中华书局1959年版，第47页。
② 萧统撰，六臣注：《六臣注文选》，中华书局1987年影印本，第507页下。
③ 逯钦立语，逯钦立辑校：《先秦汉魏晋南北朝诗》，中华书局1983年版，第361页。

中古乐府广义

熟览夫子诗，信知所言非。①

诗作首句提出"从军有苦乐"，接着写从军之乐，一曰无"久劳师"之苦，二曰有"一举""再举"之类的战斗胜利之乐，三曰"陈赏"之厚，四曰"徒行兼乘还"的回返之速，五曰庆贺之乐。看来，诗人的"以美其事"尽情歌颂了战争的领导者，所谓"所从神且武"。

第二首云：

凉风厉秋节，司典告详刑。
我君顺时发，桓桓东南征。
泛舟盖长川，陈卒被隰坰。
征夫怀亲戚，谁能无此情。
拊衿倚舟樯，眷眷思邺城。
哀彼东山人，喟然感鹤鸣。
日月不安处，人谁获恒宁。
昔人从公旦，一征辄三龄。
今我神武师，暂往必速平。
弃余亲睦恩，输力竭忠贞。
惧无一夫用，报我素餐诚。
夙夜自恦性，思逝若抽萦。
将秉先登羽，岂敢听金声。②

此篇叙说思乡之情，以勇立战功可及早返乡来解决出征思乡的问题。第三首再写思乡之情，全篇以路途景物与人物在景物中的感受述

---

① 郭茂倩编：《乐府诗集》，中华书局1979年版，第475—476页。
② 同上书，第476页。

出"征夫心多怀,恻怆令吾悲",但最后又说"岂得念所思",尽管有悲,仍表示"即戎有授命,兹理不可违"。第四首全篇写"我军"的雄壮气象,前半部分有宣示国威军威之义,接着顺势颂扬"圣君"功德,一展自我效力之心与建功立业之愿。第五首,全篇先述"悠悠涉荒路"时所见所闻,于是"客子多悲伤,泪下不可收",回应起首的"靡靡我心忧"。再述"朝入谯郡界"的所见所闻,曹操根据地里一派和平美好的景象,这是诗人对曹操以战争平定北方的赞美。王粲末二句说"诗人信乐土,虽客犹愿留",王粲原有《登楼赋》,叙写滞留荆州时的思乡之情,所谓"虽信美而非吾土兮,曾何足以少留"[1],而在此诗中,不再有这样的想法,他要一心一意为曹操贡献自己的力量了。

总括而言,王粲《从军行》有以下四方面的内容,一是宣示国威军威,二是叙写战争的胜利局势,三是建功立业的渴望,四是出征之苦与征夫怀乡恋情。前三者有时会和后者发生矛盾,但诗人认为,只要前三者能够实现,那么出征之苦与征夫怀乡恋情就不算什么了,这就是"从军有苦乐,但问所从谁"的所谓"从军"之乐,因此,其要旨是"以美其事"。而前三者中,国威军威与战争胜利则是与建功立业紧密联系在一起的,也就是说,个人命运是与国威军威、战争胜利紧密联系在一起的。这样,基本上笼括了后代"从军"系列诗作的所有主题。

与王粲同时代的左延年,有《从军行》两首,一是从乐观心情叙说英雄主义:

> 从军何等乐,一驱乘双驳。
> 鞍马照人白,龙骧自动作。[2]

---

[1] 萧统撰,六臣注:《六臣注文选》,中华书局1987年影印本,第208页上。
[2] 徐坚等:《初学记》,中华书局1962年版,第537页。

似乎是残篇，诗中只写到从军时服饰装备的光耀照人以及自我感觉的威风凛凛，这种快乐与王粲诗作中写"我军"的雄壮气象相同，但左延年的英雄主义似乎太注重于外在的荣耀。二是写边地人民从军离家之苦，诗云：

> 苦哉边地人，一岁三从军。
> 三子到敦煌，二子诣陇西，
> 五子远斗去，五妇皆怀身。①

王粲、左延年诗作所述从军之事的各个方面，历来吟咏不出于此，只是时代不同，诗人不同，侧重强调之处有所不同。

二 概括化虚拟化的"苦哉远征人"的叙写

《乐府诗集》有《从军行》系列，属"相和歌辞"，在王粲《从军行》前有解题，曰："《古今乐录》曰：'《从军行》，王僧虔云，荀录所载左延年《苦哉》一篇今不传。'《乐府解题》曰：'《从军行》皆军旅苦辛之辞。'《广题》曰：'左延年辞云："苦哉边地人，一岁三从军。三子到敦煌，二子诣陇西。五子远斗去，五妇皆怀身。"陈伏又有《从军五更转》。'"② 从中可以知道，《古今乐录》《乐府解题》《（乐府）广题》等前人著作是把左延年《从军行》当作其系列的源头之作，而王粲《从军行》，有人是不把它当作乐府诗来看待的；又是把"苦"当作"从军"系列的主题。这突出表现在下列数位诗人的作品中。

叙写"苦哉远征人"之陆机《从军行》：

---

① 郭茂倩编：《乐府诗集》，中华书局1979年版，第475页。
② 同上。

苦哉远征人，飘飘穷四遐。

南陟五岭巅，北戍长城阿。

溪谷深无底，崇山郁嵯峨。

奋臂攀乔木，振迹涉流沙。

隆暑固已惨，凉风严且苛。

夏条集鲜藻，寒冰结冲波。

胡马如云屯，越旗亦星罗。

飞锋无绝影，鸣镝自相和。

朝餐不免胄，夕息常负戈。

苦哉远征人，拊心悲如何！①

晋人陆机之作并不像王粲那样是从自我个体出发的纪实，而是吟咏他人的，且是虚拟的，即概括了某种社会现象的吟咏。诗作先叙写镇守南北两地边防的艰辛，对艰辛的叙写主要是以铺叙地理形势、恶劣气候来展开的，对敌方军事行为的叙写与己方的参战也都写到了，但很简单、概括。诗作突出的是"苦哉远征人，拊心悲如何"，先是从自然环境的艰苦说起，然后叙说战争环境的艰苦，于是情感抒发——落实到首句首字的"苦"与篇末回应的"悲"上。由于国破家亡，陆机辞亲远宦，其诗作每多流离之感，这首《从军行》亦是如此。

叙写"惜哉私自怜"之颜延之《从军行》：

苦哉远征人，毕力干时艰。

秦初略扬越，汉世争阴山。

地广旁无界，岩阿上亏天。

---

① 郭茂倩编：《乐府诗集》，中华书局1979年版，第477页。

■中古乐府广义

> 峤雾下高鸟，冰沙固流川。
> 秋飚冬未至，春液夏不涓。
> 闽烽指荆吴，胡埃属幽燕。
> 横海咸飞骊，绝漠皆控弦。
> 驰檄发章表，军书交塞边。
> 接镝赴阵首，卷甲起行前。
> 羽驿驰无绝，旌旗昼夜悬。
> 卧伺金柝响，起候亭燧烟。
> 逖矣远征人，惜哉私自怜！①

颜延之更把从军之"苦"的叙写强化了。首先是把自然环境艰苦的地域落实了，此即"闽烽指荆吴，胡埃属幽燕。横海咸飞骊，绝漠皆控弦"；又把战争环境的艰苦具体化了，此即交代了边塞传警、受命出发、行军途中等，这是作战之苦。此诗首四句最有特点，"苦哉远征人，毕力干时艰"二句点出"从军"之"苦"的性质是因为时代有所艰难；"秦初略扬越，汉世争阴山"二句以史实来证明，于是，又把"从军"之"苦"历史化了。

叙写"樽酒送征人"之江淹《从军行》二首：

一

> 樽酒送征人，踟蹰在亲宴。
> 日暮浮云滋，握手泪如霰。
> 悠悠清水川，嘉鲂得所荐。
> 而我在万里，结友不相见。

---

① 郭茂倩编：《乐府诗集》，中华书局1979年版，第477—478页。

袖中有短书，愿寄双飞燕。

二

从军出陇北，长望阴山云。
泾渭各异流，恩情于此分。
故人赠宝剑，镂以瑶华文。
一言凤独立，再说鸾无群。
何得晨风起，悠哉凌翠氛。
黄鹄去千里，垂涕为报君。[1]

梁江淹之作写从军离别之悲苦情感，有相传苏李诗的意味，如"樽酒送征人"句拟"我有一樽酒，欲以赠远人"；"踟蹰在亲宴"句拟"屏营衢路侧，执手野踟蹰"；"黄鹄去千里，垂涕为报君"拟"愿为双黄鹄，送子俱远飞"等。这首诗全写送别场面，是对战争全过程中某一画面的截取。

叙写"鲲海""交河"之沈约《从军行》：

惜哉征夫子，忧恨良独多。
浮天出鲲海，束马渡交河。
云萦九折嶝，风卷万里波。
维舟无夕岛，秣骥乏平莎。
凌涛富惊沫，援木阙垂萝。
江飔鸣叠屿，流云照层阿。
玄埃晦朔马，白日照吴戈。

---

[1] 郭茂倩编：《乐府诗集》，中华书局 1979 年版，第 480 页。

寝兴流征怨，寤寐起还歌。

晨装岂辍警，夕垒讵淹和。

苦哉远征人，悲矣将如何！①

梁沈约之作的笔调是"苦哉远征人，悲矣将如何"，先是点明"征夫子"的"忧恨良独多"，进而其叙写的基点是"远征"时遇到的景物，对这些景物进行极致化、特殊化、惊心骇目的叙写。比如，"鲲海""交河"是极远，"九折""万里"是极曲极长等。又如，"无夕岛""乏平莎"，谁到过这些地方？又如，"凌涛富惊沫，援木阙垂萝"，谁遇到过这样的境地？然后写"征夫子"的"寝兴"与"寤寐"、"晨装"与"夕垒"，这就是他们的远征经历，远征经历中又含有作战之苦。

以上这些叙写从军之苦的诗作，最大之"苦"是远征之苦，远征离别亲人，远征离别朝廷，即使作战之苦，也是与远征之苦联系在一起，并未像《国殇》《战城南》那样直接叙写战争的惨烈。其叙写模式，起笔先点出对待"从军"的情感态度——苦，为"从军"这一现实做出性质上的定位。并且强调这种"苦"是群体的，而不是别人"苦"作战"乐"。这类诗作的写法，即在点出"苦"后，紧接着就以铺叙的形式一五一十地叙写从军之苦，春夏秋冬都经历，天南地北都经历，敌我双方面对面，秦汉以来一一叙及。诗作就是要以铺叙的形式落实与证明诗前的所点之题。这就是先点后染的叙写模式。

此类汉赋式的铺叙，应该说是陆机发扬光大的，其实也是陆机整个诗作的显著特点，《诗品》称其为"才高辞赡，举体华美""咀嚼英

---

① 郭茂倩编：《乐府诗集》，中华书局1979年版，第479页。

华,厌饫膏泽",①就是此意。而就陆机这首诗而言,将士们的战争生活,"朝餐不免胄,夕息常负戈",面对的敌人,要么"胡马如云屯",要么"越旗亦星罗";将士们"南陟""北戍",下"溪谷"登"崇山",忽而"深无底",忽而"郁嵯峨",既经"隆暑"又历"凉风",于是起笔所点出的"苦哉"是当然的。又如,颜延之《从军行》,写"秦初"写"汉世",既"略扬越"又"争阴山";气候是"秋飔冬未至,春液夏不涓";战场是"闽烽""荆吴""胡埃""幽燕""横海""绝漠";如此怎么能不是"苦哉远征人"呢!

三 英雄主义乐观化的叙写

梁陈时,有一个创作《从军行》的热潮,作品很多,一方面继承前辈概括化、虚拟化的写法,另一方面则在前辈"苦哉远征人"的基础上,加上英雄主义乐观化的点睛之笔。

梁简文帝萧纲有《从军行》二首,其一云:

贰师惜善马,楼兰贪汉财。
前年出右地,今岁讨轮台。
鱼云望旗聚,龙沙随阵开。
冰城朝浴铁,地道夜衔枚。
将军号令密,天子玺书催。
何时反旧里,遥见下机来。②

诗作先是反思战争应不应该进行之意,所谓"贰师惜善马,楼兰贪汉财"就称战争是为财而起,以下便铺叙战争场面,运用的也是对

---

① 钟嵘撰,曹旭集注:《诗品集注》,上海古籍出版社1994年版,第132页。
② 郭茂倩编:《乐府诗集》,中华书局1979年版,第478页。

仗手法，有"前年"与"今岁""鱼云"与"龙沙"之对，所谓"冰城朝浴铁，地道夜衔枚"，是以对仗具体描摹战斗情况，接着是"将军"与"天子"的行为描写。篇末却荡开一笔，说"何时反旧里，遥见下机来"，含蓄叙写战争造成离别相思，写将士在战场上对家乡亲人的思念，是对战争结束回返故里时美人下机相迎的幸福憧憬，已经有了英雄主义乐观化的点缀。《从军行》（其二）云：

　　云中亭障羽檄惊，甘泉烽火通夜明。
　　贰师将军新筑营，骠姚校尉初出征。
　　复有山西将，绝世爱雄名。
　　三门应遁甲，五垒学神兵。
　　白云随阵色，苍山答鼓声。
　　迤逦观鹅翼，参差睹雁行。
　　先平小月阵，却灭大宛城。
　　善马还长乐，黄金付水衡。
　　小妇赵人能鼓瑟，侍婢初笄解郑声。
　　庭前桃花飞已合，必应红妆来起迎。①

　　诗作的前半部分以华丽的笔法概括化地写战争，有种种对仗铺叙，其中有诸位将军的排比，有神秘兵法、阵法的布置，有历经的战争场面等；后半部分写得胜归来，当然是英雄主义的乐观，家中妇人起而相迎，"庭前桃花飞已合，必应红妆来起迎"，有点宫体诗的时代特色。

　　"临戎赋雅篇"之梁元帝萧绎《和王僧辩从军诗》：

---

① 郭茂倩编：《乐府诗集》，中华书局1979年版，第478页。

宝剑饰龙渊，长虹画彩旗。
山虚和铙管，水净写楼船。
连鸡随火度，燧象带烽然。
洞庭晚风急，潇湘夜月圆。
荀令多文藻，临戎赋雅篇。①

萧绎之作可与一段史事联系起来读。侯景之乱时，待萧绎派王僧辩出师时，胜利的天平已经不在侯景一边，于是，诗作雍容优雅，突出描写战场景色。前半部分的铺叙是带有审美化的战场景物描摹，武器的铺叙、山水的相对、战法的连用、景色的不同，末二句点出人物在战场上的雅事，也是带有审美化的战场景物，但却有诗人个人的形象，属画龙点睛之笔。

多有历史典故之梁戴暠《从军行》：

长安夜刺闺，胡骑白铜鞮。
诏书发陇右，召募取关西。
剑悬三尺鞘，铠累七重犀。
督军鸣战鼓，巡夜数更鼙。
侵星出柳塞，际晚入榆溪。
秦泾舍药鸩，晋火逐飞鸡。
通泉开地道，望敌竖云梯。
阴山日不暮，长城风自凄。
弓寒折锦鞬，马冻滑斜蹄。
燕旗竿上晚，羌笛管中嘶。

---

① 郭茂倩编：《乐府诗集》，中华书局1979年版，第478页。

> 登山试下赵,凭轼且平齐。
> 当今函谷上,唯见一丸泥。①

戴嵩之作写边塞战争,与沈约之作相似,更追求面面俱到,基本上一句说一事,每一事都求其典型、特殊或蕴含历史故事,而每两句又相对相应,读来令人眼花缭乱。篇末二句落实到建立战功与胜利欢呼。所谓"一丸泥"者,《东观汉记》:"隗嚣将王元谓嚣曰:请以一丸泥,为大王东封函谷关,此万世一时也。"② 称函谷关地势险要,易于防守,后用以比喻用很少的力量防守地势险要的关隘。《晋书·四夷传·吐谷浑》:"以一丸泥封东关,闭燕赵之路,迎天子于西京,以尽遐藩之节。"③

弘扬"立功在北边"之吴均《从军行》:

> 男儿亦可怜,立功在北边。
> 阵头横却月,马腹带连钱。
> 怀戈发陇坻,乘冻至辽边。
> 微诚君不爱,终自直如弦。④

梁吴均之作起首写从军的"亦可怜",接着铺写男儿在战场上的经历,重点落脚在末二句"微诚君不爱,终自直如弦",突现转折,以叙写将士的品格回应首句的"男儿亦可怜"。

刻画"轻薄良家恶少年"之萧子显《从军行》:

> 左角明王侵汉边,轻薄良家恶少年。

---

① 郭茂倩编:《乐府诗集》,中华书局1979年版,第479页。
② 欧阳询撰,汪绍楹校:《艺文类聚》,上海古籍出版社1982年版,第103页。
③ 房玄龄等:《晋书》,中华书局1974年版,第2541页。
④ 郭茂倩编:《乐府诗集》,中华书局1979年版,第479—480页。

纵横向沮泽，凌厉取山田。

黄尘不见景，飞蓬恒满天。

邀功封泥野，窃宠劫祁连。

春风春月将进酒，妖姬舞女乱君前。①

梁萧子显之作把边塞立功的主人公定位为"轻薄良家恶少年"，然后描摹战场景物，铺叙其战场经历，最后写其立功后"春风春月将进酒，妖姬舞女乱君前"，既符合其战争胜利者与"轻薄良家恶少年"的双重身份，又有宫体诗时代的特色。

鼓吹"燕然自可勒"之张正见《从军行》二首：

一

胡兵屯蓟北，汉将起山西。

故人轻百战，聊欲定三齐。

风前喷画角，云上舞飞梯。

雁塞秋声远，龙沙云路迷。

燕然自可勒，函谷讵须泥？

二

将军定朔边，刁斗出祁连。

高柳横长塞，榆关接远天。

井泉含阵竭，风火映山然。

欲知客心断，旌旆万里悬。②

---

① 郭茂倩编：《乐府诗集》，中华书局1979年版，第480页。
② 同上书，第481页。

陈张正见之作，都是典故式写法，以前人事迹述自我之情。前一首篇末述"燕然自可勒，函谷讵须泥"，是写战争胜利的自信；后一首篇末述"欲知客心断，旌旆万里悬"，是写军人对战斗的向往，以战场为生命、为归宿。但如此的英雄主义、如此的乐观，更显出是虚拟。

回答"何谓从军乐"之刘孝仪《从军行》：

> 冠军亲挟射，长平自合围。
> 木落雕弓燥，气秋征马肥。
> 贤王皆屈膝，幕府复申威。
> 何谓从军乐，往返速如飞。①

梁刘孝仪之作叙写以往的战争，是运用典故，落笔"何谓从军乐，往返速如飞"，是切取了战争生活中的"往返速如飞"的飞驰杀敌这一片段来表现的，这是真正的战士在战场上的快乐，而不是王粲之作写战争结束回返家乡的快乐。

以上这几首作品采用先染后点的叙写方法，起笔即渲染铺叙战争场面，最后画龙点睛，点出一个典型事件，点出一个与前面铺叙有所不同、有所转折的情感抒发，让人们眼前一亮，既是意料之外，又是以上渲染铺叙的事件发展的必然结果。例如，萧纲之作写尽战场风光，第一首以战场上的思念点破主题，告诉人们还应该关注将士的情感生活；第二首结以胜利归来美人红妆相迎，这虽然也是战争进程中的最后一幕，却是诗人重笔所在，与美人相拥过和平的生活成为整个战争的目的。又如，梁元帝《从军行》，也可以理解为全是铺叙战争场面，

---

① 郭茂倩编：《乐府诗集》，中华书局1979年版，第480—481页。

但末二句更是点题之语,这首诗本身不就是称赏自己的"临戎赋雅篇"吗!在这种先染后点的叙写模式中,我们可以明显感到,诗中人物形象突出了,而且是个体的人物形象,篇末之"点",往往是个体的人物形象的亮相之举,或者是个体的人物情感的某种升华。

以上这几首诗的叙写模式,诗歌全力描摹的是战争生活的某个侧面、片段而不是战争生活的全过程,而且这个铺叙的意向是比较明确的,因此诗作的篇末点题是顺乎自然的,没有太大的转折与出乎意料,所谓全力搏虎。

又有陈朝伏知道《从军五更转》之类英雄主义与凄凉哀怨相交织的叙写,这是《从军行》的变调。《乐府诗集》载录时解题曰:"《乐苑》曰:'《五更转》,商调曲。'按,伏知道已有《从军辞》,则《五更转》盖陈以前曲也。"① 诗云:

一更刁斗鸣,校尉逻连城。遥闻射雕骑,悬惮将军名。
二更愁未央,高城寒夜长。试将弓学月,聊持剑比霜。
三更夜警新,横吹独吟春。强听梅花落,误忆柳园人。
四更星汉低,落月与云齐。依稀北风里,胡笳杂马嘶。
五更催送筹,晓色映山头。城乌初起堞,更人悄下楼。②

商调、商曲,乐曲五调之一,古代五音为宫、商、角、徵、羽,商音配秋,其音凄怆哀怨,如商歌就是指悲凉的歌。《淮南子·道应训》载:"宁越饭牛车下,望见桓公而悲,击牛角而疾商歌。"③ 五更,旧时自黄昏拂晓一夜间,分为甲、乙、丙、丁、戊五段,谓之五更,

---

① 郭茂倩编:《乐府诗集》,中华书局1979年版,第491页。
② 同上。
③ 刘安著,高诱注:《淮南子》,诸子百家丛书,上海古籍出版社1989年影印本,第125页。

又称五鼓、五夜。因此，从歌名及曲调，就确定了其凄苦哀怨的抒情主旨。诗作分五段，每段第一句的声、色描摹，就有悲苦之意；诗中的叙写，其"依稀北风里，胡笳杂马嘶"的景物、"强听梅花落，误忆柳园人"的人物行为动作与情感，无不围绕悲苦展开。但诗作亦不乏英雄主义的吟诵："遥闻射雕骑，悬惮将军名"，以对方的情态突出英雄豪气；"高城寒夜长""落月与云齐"，寥廓霜天正显出豪迈胸怀；"试将弓学月，聊持剑比霜"，如此景物与如此行为相配，正是英雄本色。边塞将士在凄苦哀怨的衬映下，英雄主义更显得凝重、厚实。

四 慷慨之气的北朝之作

真正继承《秦风·无衣》叙写慷慨意气的是北朝《从军行》系列。重在"男儿重意气"之王褒《从军行》二首：

一

兵书久闲习，征战数曾经。
讲戎平乐观，学戏羽林亭。
西征度疏勒，东驱出井陉。
牧马滨长渭，营军毒上泾。
平云如阵色，半月类城形。
羽书封信玺，诏使动流星。
对岸流沙白，缘河柳色青。
将幕恒临斗，旌门常背刑。
勋封瀚海石，功勒燕然铭。
兵势因麾下，军图送掖庭。
谁怜下玉箸，向暮掩金屏。

二

黄河流水急，骢马送征人。

谷望河阳县，桥度小平津。

年少多游侠，结客好轻身。

代风愁枥马，胡霜宜角筋。

羽书劳警急，边鞍倦苦辛。

康居因汉使，卢龙称魏臣。

荒戍唯看柳，边城不识春。

男儿重意气，无为羞贱贫。①

北周王褒这两首诗都是写将士的从军经历，前一首写演习兵事、数度出征、战场对峙、立功授勋，而末二句笔锋一转写起将士的孤独、哀伤之情，有点题之意。后一首亦是写出征、行军、边塞景物，但末二句"男儿重意气，无为羞贱贫"，则以慷慨写愤激。这两首诗都写出了将士们军旅生活的另一面，都是用先铺叙后点明的笔法。

追问"将军何处觅功名"之卢思道《从军行》：

朔方烽火照甘泉，长安飞将出祁连。

犀渠玉剑良家子，白马金羁侠少年。

平明偃月屯右地，薄暮鱼丽逐左贤。

谷中石虎经衔箭，山上金人曾祭天。

天涯一去无穷已，蓟门迢递三千里。

朝见马岭黄沙合，夕望龙城阵云起。

庭中奇树已堪攀，塞外征人殊未还。

---

① 郭茂倩编：《乐府诗集》，中华书局 1979 年版，第 482 页。

■■■中古乐府广义

> 白云初下天山外，浮云直向五原间。
> 关山万里不可越，谁能坐对芳菲月。
> 流水本自断人肠，坚冰旧来伤马骨。
> 边庭节物与华异，冬霰秋霜春不歇。
> 长风萧萧渡水来，归雁连连映天没。
> 从军行，军行万里出龙庭。
> 单于渭桥今已拜，将军何处觅功名？①

隋卢思道之作甚得后人称赏。起首至"夕望龙城阵云起"为第一部分，写将士出征的经历，既有艰苦，又有胜利。自"庭中奇树已堪攀"以下为第二部分，从思妇的角度来写，反复咏叹，落笔在"单于渭桥今已拜，将军何处觅功名"，表达出诗人对战争的反思，到底为什么而战，是否为"功名"而战？也表达出诗人对战功的向往与对自身武功的自信。全场铺叙出征的种种经历，但篇末则说对手降服了，我们将军还干什么呢。以幽默的口吻说出威震天下、战胜敌人的自信与自豪。

突出"关寒榆荚"之赵王《从军行》：

> 辽东烽火照甘泉，蓟北亭障接燕然。
> 水冻菖蒲未生节，关寒榆荚不成钱。②

北周赵王，或作周赵王，或作周赵王招，即北周赵王宇文招。赵王之作，前二句写边境自古有战争，在诗中的作用是铺垫；后二句写边塞景物，突出"冻""寒"，似乎这一片面就可以代表整个"从军"的叙事抒情了。

---

① 郭茂倩编：《乐府诗集》，中华书局1979年版，第482页。
② 同上书，第481页。

"英王于此战"之庾信《从军行》：

> 河图论阵气，金匮辨星文。
> 地中鸣鼓角，天上下将军。
> 函犀恒七属，浴铁本千群。
> 飞梯聊度绛，合弩暂凌汾。
> 寇阵先中断，妖营即两分。
> 连烽对岭度，嘶马隔河闻。
> 箭飞如疾雨，城崩似坏云。
> 英王于此战，何用武安君。①

北周庾信之作，《庾子山集》作《同卢记室从军》。《隋书·卢恺传》载，卢恺字长仁，北周齐王宇文宪引为记室，从其伐北齐。齐王伐北齐在天和六年（571），既然诗题为"同卢记室从军"，倪璠称，"知伐齐之役，子山同卢恺并从齐王军行也"②，那么，此诗该是纪实之作。庾信作诗以典故运用见长，起首四句以诸葛亮《八阵图》、太公《金匮》、周亚夫等古人称赏齐王宪，"天上下将军"是汉平定吴、楚七国之乱时人称周亚夫之语。五、六两句写武器装备，再以下就直述战争进行。末二句把齐王宪与秦时白起作比，突出称赏之意。这首诗全截取战争最激烈的某个片段来描摹，如此凸显对"英王于此战"的歌吟。

"剑花寒不落"之明余庆《从军行》：

> 三边烽乱惊，十万且横行。
> 风卷常山阵，笳喧细柳营。

---

① 郭茂倩编：《乐府诗集》，中华书局1979年版，第481页。
② 庾信撰，倪璠注：《庾子山集注》卷三，中华书局1980年版，第208页。

剑花寒不落，弓月晓逾明。

会取淮南地，持作朔方城。①

隋明余庆之作以战场景物表达将士豪气，这战场景物集中在对行军征途的描写，要直达前线去"会取淮南地，持作朔方城"。末二句很有意思，我们历来见到的是在北方筑城镇敌，而北人讲要"会取淮南地，持作朔方城"，要在靠近南方的边界筑城镇敌，这是北人特有的自豪与自信。

北朝《从军行》发展趋势有一点值得注意，那时的诗作往往写得气魄宏大，尤其是卢思道之作，仍旧是概括化地叙写从军行为，但在描摹上更宏观，更全方位，在诗歌中有点鸿篇巨制的样子，从形式上看其篇幅也比较大。这从《从军行》系列中有写到"侠"的作品可以看出，如王褒之作的"年少多游侠，结客好轻身"及卢思道之作的"白马金羁侠少年"之类。游侠本是个人性的施展武艺，而从军是集体性的投入战斗。曹植《白马篇》把个人游侠与从军行为结合起来了，其从军行为还是个体化的。而王褒与卢思道之作，虽然其人物形象就直接来自曹植《白马篇》，但实际上说的是集体行为的游侠，他们诗作中把游侠精神直接融入从军的边塞战争；对曹植《白马篇》来说，在"侠"的叙写上，王褒与卢思道之作既有继承又有发展。

五 《从军行》各自有重心与定位

从上述之作我们可以看出，诸人的《从军行》都在叙写战争，都在叙写从军，但除此之外，又各有其点睛之处或重点所在。陆机写"悲"，颜延之写"苦"，梁简文帝以"何时反旧里，遥见下机来"引

---

① 郭茂倩编：《乐府诗集》，中华书局1979年版，第483页。

出女色,所谓"必应红妆来起迎"。梁元帝写战场文人雅事,雍和从容,诗末称"荀令多文藻,临戎赋雅篇",但诗中写的是"洞庭晚风急,潇湘夜月圆"的水战。沈约写战地自然景物,其诗中有"惜哉""苦哉""悲矣"等,足见其情感色彩的指向。戴暠一句写一事,写战功赫赫,但诗中又写"弓寒折锦鞬,马冻滑斜蹄"云云,有凄切之感。吴均写将士品格,称"男儿亦可怜"。江淹一称"握手泪如蔽",又称"垂泪为报君",写离别之情。萧子显写"轻薄良家恶少年"与"妖姬舞女乱君前",引入女色。刘孝仪落笔"何谓从军乐,往返速如飞"。张正见称"欲知客心断,旄旌万里悬",写战士心愿。周赵王招之作突出"冻""寒",庾信写现实战争,王褒写战士内心,卢思道之作写北地风光,其真切当然不在话下,且气象宏大,写对战争的反思,对自己所处国家、所处时代以及在战场上地位的自信,跃然纸上。明余庆写将士豪气,诗中称"会取淮南地,持作朔方城",直接称对南朝的战争胜利。这种情况表明,各位诗人写同一题目时突出个性的努力。

《从军行》系列的"从军",都是写从军边塞,显然,《从军行》系列是承继左延年的作品而来,并非完全接受王粲的影响。王粲的作品只是泛泛而称"一举灭獯虏,再举服羌夷",实际上作品中写的是曹操扫平割据军阀、平定北方的战争。或许王粲作品表面上的"一举灭獯虏,再举服羌夷"构成了传统,《从军行》系列的"从军"定位于边塞战争。

总体上看,中古《从军行》是叙写从军之艰苦情状,抒发从军之悲苦情怀,这样写来目的很明确,即以从军之艰苦情状与悲苦情怀可以更好地表现战争胜利的来之不易,衬托在边塞建功立业的来之不易。《从军行》在南北朝后期往往要引入女性描写,表现从军行为对女性生活的影响。

第三节　鼓吹曲——中古纪实性战争诗

中古时期有一类诗作,是朝廷的乐府机关在朝廷的指令下组织创作的,其关注的对象是一次次具体发生过的战争,文学史上不称其为边塞诗,因为这些诗作叙写的是一次次有关朝代的建立与政权的巩固的战争,是对本朝建立时军事活动的叙写歌吟而无关边塞。这些诗作具有充分的纪功性、纪实性,我们称其为"纪实性战争诗"。这些诗作属军乐系统,集中收录于《乐府诗集》的"鼓吹曲辞"的"鼓吹"与"铙歌"部分。《鼓吹曲辞》解题曰:"鼓吹曲,一曰短箫铙歌……蔡邕《礼乐志》曰:'汉乐四品,其四曰短箫铙歌,军乐也……'"[①]这些是纪功颂德的军乐。

一　纪功性军乐系统以《汉铙歌》为起端

汉代有对朝廷的歌颂中的武功吟咏,即《安世房中歌》的第五章、第十二章。《汉书·礼乐志》载:"又有《房中祠乐》,高祖唐山夫人所作也。周有《房中乐》,至秦名曰《寿人》。凡乐,乐其所生,礼不忘本,高祖乐楚声,故《房中乐》楚声也。孝惠二年,使乐府令夏侯宽备其箫管,更名曰《安世乐》。"[②]《安世房中歌》17章,其宗旨是歌颂汉高祖刘邦平定内乱、安抚外邦,这就有关于战争的内容。其第五章云:

---

① 郭茂倩编:《乐府诗集》,中华书局1979年版,第223页。
② 班固:《汉书》,中华书局1962年版,第1043页。

> 海内有奸，纷乱东北。
> 诏抚成师，武臣承德。
> 行乐交逆，箫勺群慝。
> 肃为济哉，盖定燕国。①

此"定燕国"为汉高祖五年时刘邦平定东北臧荼及利几的反叛，诗作简单叙写其过程。

《安世房中歌》第十二章云：

> 砰砰即即，师象山则。
> 乌呼孝哉，案抚戎国。
> 蛮夷竭欢，象来致福。
> 兼临是爱，终无兵革。②

此章言安抚戎狄、边境平安，表现了人民对"终无兵革"的渴望，这是说以安抚替代兵戈来对待外邦，歌颂意味浓厚。

《安世房中歌》的纪功颂德并非典型的朝廷纪功作品，《汉铙歌》为典型的纪功性军乐系统的开端，《汉铙歌》二十二曲，有四篇其辞亡，有题无辞，故一般称十八曲。《汉铙歌》虽说是军乐，但曲词内容庞杂，其中只有两首有涉战事。《战城南》叙战败之事，已见"苦难篇"，诗中看不出记载的是哪次战争。

《汉铙歌》有《上之回》：

> 上之回，所中益。
> 夏将至，行将北。

---

① 班固：《汉书》，中华书局 1962 年版，第 1047 页。
② 同上书，第 1050 页。

以承甘泉宫。

寒暑德。

游石关，望诸国。

月支臣，匈奴服。

令从百官疾驱驰。

千秋万岁乐无极。①

回，即回中宫，在汧县（今陕西陇县），《汉书·武帝纪》载，天汉二年（前99）春，汉武帝"行幸东海，还幸回中"；"夏五月，贰师将军三万骑出酒泉，与右贤王战于天山，斩首虏万余级。又遣因杅将军出西河，骑都尉李陵将步兵五千人出居延北，与单于战，斩首虏万余级"，②"夏将至"以下是相对"还幸回中"预测将要发生的事，这表明此次武帝回中之幸，是欲耀武以助汉军之威。诗作写武帝出征炫耀武力，诗中所叙是有历史记载的，从此诗可见叙写纪实性战争之端倪。

鼓吹曲施于"建威扬德，风劝战士"③，"赐有功诸侯"④。《鼓吹曲辞》解题曰："汉有《朱鹭》等二十二曲，列于鼓吹，谓之铙歌。及魏受命，使缪袭改其十二曲……是时吴亦使韦昭改制十二曲……晋武帝受禅，命傅玄制二十二曲，而《玄云》《钓竿》之名不改旧汉。宋、齐并用汉曲""并述功德受命以相代，大抵多言战阵之事。"⑤ 这些是说，宋、齐之前的历代纪功性军乐皆从《汉铙歌》而来，《汉铙

---

① 郭茂倩编：《乐府诗集》，中华书局1979年版，第227页。
② 班固：《汉书》，中华书局1962年版，第203页。
③ 蔡邕：《礼乐志》，郭茂倩编《乐府诗集》，中华书局1979年版，第223页。
④ 崔豹：《古今注》，郭茂倩编《乐府诗集》，中华书局1979年版，第224页。
⑤ 郭茂倩编：《乐府诗集》，中华书局1979年版，第224页。

歌》奠定纪功性军乐的基础，但梁以后有所改革。《汉书·艺文志·诗赋略》"歌诗"录有《汉兴以来兵所诛灭歌诗》14 篇，王先谦《汉书补注》曰："疑即汉鼓吹铙歌诸曲也。"[①] 这个意见是对的。

二 《魏鼓吹曲》

《魏鼓吹曲》十二首，是魏受命后使缪袭造以代汉曲，展示出完全不同于《汉铙歌》的风貌，全部另起新题，其内容单一，为咏吟武功来颂扬新生政权。

《楚之平》，总写曹操是在什么情况下起兵以武力平定天下与建设礼乐纪纲的。诗云：

> 楚之平，义兵征。
> 神武奋，金鼓鸣。
> 迈武德，扬洪名。
> 汉室微，社稷倾。
> 皇道失，桓与灵。
> 阉宦炽，群雄争。
> 边韩起，乱金城。
> 中国扰，无纪经。
> 赫武皇，起旗旌。
> 麾天下，天下平。
> 济九州，九州宁。
> 创武功，武功成。
> 越五帝，邈三王。

[①] 王先谦：《汉书补注》，中华书局 1983 年版，第 893 页。

> 兴礼乐，定纪纲。
>
> 普日月，齐辉光。①

从东汉末年桓帝、灵帝时写起。

《战荥阳》，诗云：

> 战荥阳，汴水陂。
>
> 戎士愤怒，贯甲驰。
>
> 阵未成，退徐荣。
>
> 二万骑，堑垒平。
>
> 戎马伤，六军惊，
>
> 势不集，众几倾。
>
> 白日没，时晦冥，
>
> 顾中牟，心屏营。
>
> 同盟疑，计无成，
>
> 赖我武皇，万国宁。②

写曹操与袁绍诸人盟会讨伐董卓之事，《三国志·武帝纪》载，曹操"遇（董）卓将徐荣，与战不利，士卒死伤甚多"③，又称诸人相互猜疑等，这些诗中都写到了。

《获吕布》，解题引《晋书·乐志》曰："改汉《艾如张》为《获吕布》，言曹公东围临淮，生擒吕布也。"诗云：

> 获吕布，戮陈宫。

---

① 郭茂倩编：《乐府诗集》，中华书局1979年版，第265页。《楚之平》，《古今乐录》为《初之平》，其中没有楚事，以"初之平"为是。
② 郭茂倩编：《乐府诗集》，中华书局1979年版，第265页。
③ 陈寿：《三国志》，中华书局1959年版，第7页。

芟夷鲸鲵，驱骋群雄。

囊括天下，运掌中。①

《克官渡》，写官渡之战曹操以少击多战胜袁绍。诗云：

克绍官渡，由白马。

僵尸流血，被原野。

贼众如犬羊，王师尚寡。

沙塠旁，风飞扬。

转战不利，士卒伤。

今日不胜，后何望。

土山地道，不可当。

卒胜大捷，震冀方。

屠城破邑，神武遂章。②

其中有战争场面的描摹及战略战术的运用。

《旧邦》，言祭奠"克官渡"时死亡的将士。诗云：

旧邦萧条，心伤悲。

孤魂翩翩，当何依。

游士恋故，涕如摧。

兵起事大，令愿违。

传求亲戚，在者谁。

立庙置后，魂来归。③

---

① 郭茂倩编：《乐府诗集》，中华书局1979年版，第265页。
② 同上书，第266页。
③ 同上。

以"孤魂翩翩"起,以"魂来归"收尾,情感伤悲。

《定武功》,写曹操消灭袁绍平定邺城,解题引《晋书·乐志》曰:"改汉《战城南》为《定武功》,言曹公初破邺,武功之定始乎此也。"诗云:

> 定武功,济黄河。
> 河水汤汤,旦暮有横流波。
> 袁氏欲衰,兄弟寻干戈。
> 决漳水,水流滂沱。
> 嗟城中如流鱼,谁能复顾室家。
> 计穷虑尽,求来连和。
> 和不时,心中忧戚。
> 贼众内溃,君臣奔北。
> 拔邺城,奄有魏国。
> 王业艰难,览观古今,可为长叹。①

此为曹魏建立根据地的起始,所谓"拔邺城,奄有魏国"。

《屠柳城》,解题引《晋书·乐志》曰:"改汉《巫山高》为《屠柳城》。言曹公越北塞,历白檀,破三郡乌桓于柳城也"。诗云:

> 屠柳城,功诚难。
> 越度陇塞,路漫漫。
> 北逾冈平,但闻悲风正酸。
> 蹋顿授首,遂登白狼山。

---

① 郭茂倩编:《乐府诗集》,中华书局1979年版,第266—267页。

神武慹海外，永无北顾患。①

曹操的诗作《步出夏门行》就是写"破三郡乌桓"后回师的情况。

《平南荆》，写平定荆州的战争。诗云：

南荆何辽辽，江汉浊不清。
菁茅久不贡，王师赫南征。
刘琮据襄阳，贼备屯樊城。
六军庐新野，金鼓震天庭。
刘子面缚至，武皇许其成。
许与其成，抚其民。
陶陶江汉间，普为大魏臣。
大魏臣，向风思自新。
思自新，齐功古人。
在昔虞与唐，大魏得与均。
多选忠义士，为喉唇。
天下一定，万世无风尘。②

平定荆州正是统一天下的大好时机，曹操不料遭遇赤壁之败。

《平关中》，写征马超之战。诗云：

平关中，路向潼。
济浊水，立高墉。
斗韩马，离群凶。

---

① 郭茂倩编：《乐府诗集》，中华书局1979年版，第267页。
② 同上。

选骁骑，纵两翼，

　　虏崩溃，级万亿。①

这次胜利，彻底平定了北方。

后三曲《应帝期》《邕熙》《太和》为颂魏德，无战争纪实内容。

三 《吴鼓吹曲》

《吴鼓吹曲》十二首，韦昭奉吴主之命作。

《炎精缺》，解题引《古今乐录》曰："《炎精缺》者，言汉室衰，孙坚奋迅猛志，念在匡救，王迹始乎此也。当汉《朱鹭》。"诗云：

　　炎精缺，汉道微。

　　皇纲弛，政德违。

　　众奸炽，民罔依。

　　赫武烈，越飞龙。

　　陟天衢，耀灵威。

　　鸣雷鼓，抗电麾。

　　抚乾衡，镇地机。

　　厉虎旅，骋熊罴。

　　发神听，吐英奇。

　　张角破，边韩羁。

　　宛颍平，南土绥。

　　神武章，渥泽施。

　　金声震，仁风驰。

---

① 郭茂倩编：《乐府诗集》，中华书局1979年版，第268页。

显高门，启皇基。

统罔极，垂将来。①

此章与下章是孙坚奋起时武功总述。

《汉之季》，解题引《古今乐录》曰："《汉之季》者，言孙坚悼汉之微，痛董卓之乱，兴兵奋击，功盖海内也。当汉《思悲翁》。"诗云：

汉之季，董卓乱。

桓桓武烈，应时运。

义兵兴，云旗建。

厉六师，罗八阵。

飞鸣镝，接白刃。

轻骑发，介士奋。

丑虏震，使众散。

劫汉主，迁西馆。

雄豪怒，元恶愦。

赫赫皇祖，功名闻。②

写孙坚起兵的事迹。

《摅武师》写平定黄祖，诗云：

摅武师，斩黄祖。

肃夷凶族，革平西夏。

炎炎大烈，震天下。③

---

① 郭茂倩编：《乐府诗集》，中华书局1979年版，第269—270页。
② 同上书，第270页。
③ 同上。

黄祖为东汉末年部下的江夏太守,其部下射杀孙坚,建安十三年(208)被孙权所杀。

《伐乌林》,解题引《古今乐录》曰:"《伐乌林》者,言魏武既破荆州,顺流东下,欲来争锋。孙权命将周瑜逆击之于乌林而破走也。当汉《上之回》。"诗云:

> 曹操北伐,拔柳城。
> 乘胜席卷,遂南征。
> 刘氏不睦,八郡震惊。
> 众既降,操屠荆。
> 舟车十万,扬风声。
> 议者狐疑,虑无成。
> 赖我大皇,发圣明。
> 虎臣雄烈,周与程。
> 破操乌林,显章功名。[1]

这是赤壁大战中的一战,奠定了胜局。

《秋风》,解题引《古今乐录》曰:"《秋风》者,言孙权悦以使民,民忘其死也。当汉《拥离》。"诗云:

> 秋风扬沙尘,寒露沾衣裳。
> 角弓持弦急,鸠鸟化为鹰。
> 边垂飞羽檄,寇贼侵界疆。
> 跨马披介胄,慷慨怀悲伤。
> 辞亲向长路,安知存与亡。

---

[1] 郭茂倩编:《乐府诗集》,中华书局1979年版,第270—271页。

第三章 乐府歌辞探故

> 穷达固有分，志士思立功。
> 思立功，邀之战场。
> 身逸获高赏，身没有遗封。①

这是叙写东吴以精神与政策鼓励百姓投入战争。

《克皖城》，解题引《古今乐录》曰："《克皖城》者，言魏武志图并兼，而令朱光为庐江太守。孙权亲征光，破之于皖城也。当汉《战城南》。"诗云：

> 克灭皖城，遏寇贼。
> 恶此凶孽，阻奸慝。
> 王师赫征，众倾覆。
> 除秽去暴，戢兵革。
> 民得就农，边境息。
> 诔君吊臣，昭至德。②

建安十九年（214），曹操派魏将朱光在皖城（今安徽潜山）附近屯田。孙权率军进攻皖城，对皖城实施四面包围，取得战争胜利。

《关背德》诗云：

> 关背德，作鸱张。
> 割我邑城，图不祥。
> 称兵北伐，围樊襄阳。
> 嗟臂大于股，将受其殃。
> 巍巍夫圣主，睿德与玄通。

---

① 郭茂倩编：《乐府诗集》，中华书局 1979 年版，第 271 页。
② 同上书，第 271—272 页。

>与玄通，亲任吕蒙。
>
>泛舟洪汜池，溯涉长江。
>
>神武一何桓桓，声烈正与凤翔。
>
>历抚江安城，大据郢邦。
>
>虏羽授首，百蛮咸来同，盛哉无比隆。[①]

写东吴引师浮江擒杀蜀之关羽。

《通荆门》，写针对蜀、戎蛮的"观兵"检阅。《章洪德》《从历数》《承天命》《玄化》为颂吴德。

四 《晋鼓吹曲》

《晋鼓吹曲》二十二首，晋武帝司马炎令傅玄制。

《灵之祥》，解题引《古今乐录》曰："《灵之祥》，言宣皇帝之佐魏，犹虞舜之事尧也。既有石瑞之征，又能用武以诛孟度之逆命也。"诗云：

>灵之祥，石瑞章。
>
>旌金德，出西方。
>
>天降命，授宣皇。
>
>应期运，时龙骧。
>
>继大舜，佐陶唐。
>
>赞武文，建帝纲。
>
>孟氏叛，据南疆。
>
>追有扈，乱五常。

[①] 郭茂倩编：《乐府诗集》，中华书局1979年版，第272页。

第三章 乐府歌辞探故

> 吴寇劲，蜀虏强。
> 交誓盟，连遐荒。
> 宣赫怒，奋鹰扬。
> 震乾威，曜电光。
> 陵九天，陷石城。
> 枭逆命，拯有生。
> 万国安，四海宁。①

曹丕逝世，司马懿（晋宣帝）与中军大将军曹真、镇军大将军陈群、征东大将军曹休为辅政大臣，开始受到重用，以擒获孟达为突出战绩。

《宣受命》，解题引《古今乐录》曰："《宣受命》，言宣皇帝御诸葛亮，养威重，运神兵，亮震怖而死。"诗云：

> 宣受命，应天机。风云时动，神龙飞。
> 御诸葛，镇雍梁。边境安，夷夏康。
> 务节事，勤定倾。揽英雄，保持盈。
> 渊穆穆，赫明明。冲而泰，天之经。
> 养威重，运神兵。亮乃震毙，天下宁。②

此称司马懿与诸葛亮的对抗，以优势兵力采取防御战略，最终不战迫退蜀军。

《征辽东》，题解引《古今乐录》曰："《征辽东》，言宣皇帝陵大海之表，讨灭公孙渊而枭其首也。"诗云：

---

① 郭茂倩编：《乐府诗集》，中华书局1979年版，第275—276页。
② 同上书，第276页。

征辽东，敌失据。

威灵迈日域，公孙既授首。

群逆破胆，咸震怖。

朔北响应，海表景附。

武功赫赫，德云布。①

青龙三年（235），司马懿升任太尉，率兵平定辽东。

以下《宣辅政》写司马懿掌控朝中大权，无战争军事内容。

《时运多难》，写司马懿征讨东吴。诗云：

时运多难，道教痡。

天地变化，有盈虚。

蠢尔吴蛮，虎视江湖。

我皇赫斯，致天诛。

有征无战，弭其图。

天威横被，廓东隅。②

《景龙飞》《平玉衡》写司马师（晋景帝）执政。《文皇统百揆》写司马昭（晋文帝）执政。

《因时运》，解题引《古今乐录》曰："《因时运》，言文皇帝因时运变，圣谋潜施，解长蛇之交，离群桀之党，以武济文，审其大计，以迈其德也。"此中突出司马师的"以武济文"，诗云：

因时运，圣策施。

长蛇交解，群桀离。

---

① 郭茂倩编：《乐府诗集》，中华书局1979年版，第276页。
② 同上书，第277页。

势穷奔吴,虎骑厉。

惟武进,审大计。

时迈其德,清一世。①

公元254年,魏帝曹芳与中书令李丰等密谋除司马师,事情泄露,司马师杀死参与者,迫郭太后废魏帝曹芳为齐王,从太后命以高贵乡公曹髦为帝。次年,司马师亲率兵平定毌丘俭、文钦之乱,途中病殁。

《惟庸蜀》,写司马昭平蜀。诗云:

惟庸蜀,僭号天一隅。

刘备逆帝命,禅亮承其余。

拥众数十万,窥隙乘我虚。

驿骑进羽檄,天下不遑居。

姜维屡寇边,陇上为荒芜。

文皇愍斯民,历世受罪辜。

外谟蕃屏臣,内谋众士夫。

爪牙应指授,腹心献良图。

良图协成文,大兴百万军。

雷鼓震地起,猛势陵浮云。

逋虏畏天诛,面缚造垒门。

万里同风教,逆命称妾臣。

光建五等,纪纲天人。②

其中"光建五等",即封五等之爵,建大小诸侯国。

---

① 郭茂倩编:《乐府诗集》,中华书局1979年版,第278页。
② 同上书,第279页。

此以下不再叙写具体的武事，《天序》写受禅，《大晋承运期》《金灵运》《於穆我皇》颂晋德。另《仲春振旅》《夏苗田》《仲秋弥田》《顺天道》写田猎以讲武事，亦是颂扬武功的内容。还有《唐尧》《玄云》《伯益》《钓竿》颂晋德。

五 南北朝鼓吹曲辞

以下四部分分时代叙南北朝鼓吹曲辞。

其一，宋鼓吹曲辞。

《宋鼓吹铙歌》三首，佚名，"训话不可复解"，此处不述。《宋鼓吹铙歌》十五首，晋义熙年间何承天作，用汉曲旧名。《宋书·乐志》曰："鼓吹铙歌十五篇，何承天晋义熙（405—418）中私造。"[①]《乐府诗集》解题曰："按此诸曲皆承天私作，疑未尝被于歌也。虽有汉曲旧名，大抵别增新意，故其义与古辞考之多不合云。"[②] 这些诗作多吟咏刘裕事迹。其首《朱路篇》总括刘裕军事声威，诗云：

朱路扬和鸾，翠盖耀金华。
玄牡饰樊缨，流旌拂飞霞。
雄戟辟旷途，班剑翼高车。
三军且莫喧，听我奏铙歌。
清鞞惊短箫，朗鼓节鸣笳。
人心惟恺豫，兹音亮且和。
轻风起红尘，渟澜发微波。
逸韵腾天路，颓响结城阿。

---

① 沈约：《宋书》，中华书局1974年版，第661页。
② 郭茂倩编：《乐府诗集》，中华书局1979年版，第287页。

仁声被八表，威震振九遐。
嗟嗟介胄士，勖哉念皇家。①

又有《雍离篇》，诗云：

雍士多离心，荆民怀怨情。
二凶不量德，构难称其兵。
王人衔朝命，正辞纠不庭。
上宰宣九伐，万里举长旌。
楼船掩江濆，驷介飞重英。
归德戒后夫，贾勇尚先鸣。
逆徒既不济，愚智亦相倾。
霜锋未及染，鄢郢忽已清。
西川无潜鳞，北渚有奔鲸。
凌威致天府，一战夷三城。
江汉被美化，宇宙歌太平。
惟我东郡民，曾是深推诚。②

《晋书·安帝纪》载："（义熙）十一年春正月，荆州刺史司马休之、雍州刺史鲁宗之并举兵贰于刘裕，裕帅师讨之。"③ 首二句"雍士多离心，荆民怀怨情"即指此事。

《战城南篇》，写战斗场面与胜利景象。诗云：

战城南，冲黄尘。

---

① 郭茂倩编：《乐府诗集》，中华书局1979年版，第287页。
② 同上书，第288页。
③ 房玄龄等：《晋书》，中华书局1974年版，第264页。

丹旌电烻，鼓雷震。

勍敌猛，戎马殷。

横阵亘野，若屯云。

仗大顺，应三灵。

义之所感，士忘生。

长剑击，繁弱鸣。

飞镝炫晃，乱奔星。

虎骑跃，华旄旋。

朱火延起，腾飞烟。

骁雄斩，高旗搴。

长角浮叫，响清天。

夷群寇，殪逆徒。

余黎霑惠，咏来苏。

奏恺乐，归皇都。

班爵献俘，邦国娱。①

《巫山高篇》，写义熙九年（413）平西蜀事，《南史·宋本纪》载："七月，朱龄石平蜀，斩谯纵，传首建邺。"② 诗中以桓温伐成汉李氏之事作比。诗云：

巫山高，三峡峻。

青壁千寻，深谷万仞。

崇岩冠灵，林冥冥。

山禽夜响，晨猿相和鸣。

---

① 郭茂倩编：《乐府诗集》，中华书局1979年版，第288页。
② 李延寿：《南史》，中华书局1975年版，第14页。

洪波迅澓，载逝载停。

凄凄商旅之客，怀苦情。

在昔阳九，皇纲微。

李氏窃命，宣武耀灵威。

蠢尔逆纵，复践乱机。

王旅薄伐，传首来至京师。

古之为国，唯德是贵。

力战而虐民，鲜不颠坠。

矧乃叛戾，伊胡能遂。

咨尔巴子，无放肆。①

《宋鼓吹铙歌》除上述四曲外，其他诸曲有颂扬，有讽谏，或咏贤士，或咏游仙，内容庞杂。《南史·宋本纪》载："（义熙八年），晋帝进帝（刘裕）太傅、扬州牧，加羽葆、鼓吹，班剑二十人。"② 既然授予"鼓吹"，那么何承天就作《宋鼓吹铙歌》；但并非为当朝皇帝所作，而是为诸王所作，可能于是就称之为"私造"；可是已开其例。

其二，《齐随王鼓吹曲》十首，谢朓奉镇西随王教于荆州道中作。《南齐书·武十七王》载，随王萧子隆于永明八年（490）"为使持节、都督荆雍梁宁南北秦六州、镇西将军、荆州刺史，给鼓吹一部"，③ 故有赋《鼓吹曲》之事。谢朓此作，前三首颂帝功；次三首颂藩德，其中《校猎曲》写羽猎之事；后六首写杂事，其中《从戎曲》涉战事，似乎非纪实。诗云：

---

① 郭茂倩编：《乐府诗集》，中华书局1979年版，第288页。
② 李延寿：《南史》，中华书局1975年版，第13页。
③ 萧子显：《南齐书》，中华书局1972年版，第710页。

中古乐府广义

> 选旅辞辇辕，弭节赴河源。
> 日起霜戈照，风回连骑翻。
> 红尘朝夜合，黄沙万里昏。
> 寥戾清笳啭，萧条边马烦。
> 自勉辍耕愿，征役去何言。①

已为当时流行的战争之作的写法。

其三，沈约奉梁武帝萧衍之命作《梁鼓吹曲》十二首。

《木纪谢》，言梁代齐。《贤首山》，解题引《隋书·乐志》曰："言武帝破魏军于司部，肇王迹也。"诗云：

> 贤首山，险而峻。
> 乘岘凭，临胡阵。
> 骋奇谋，奋卒徒。
> 断白马，塞飞狐。
> 殪日逐，歼骨都。
> 刃谷蠡，馘林胡。
> 草既润，原亦涂。
> 轮无反，幕有乌。
> 扫残孽，震戎逋。
> 扬凯奏，展欢酺。
> 咏《杕杜》，旋京吴。②

叙写与北魏的战争。

---

① 郭茂倩编：《乐府诗集》，中华书局1979年版，第295页。
② 同上书，第297页。

《桐柏山》，解题引《隋书·乐志》曰："言武帝牧司，王业弥章也。"① 《道亡》，解题引《隋书·乐志》曰："言东昏丧道，义师起樊、邓也。"诗云：

> 道亡数极归永元，悠悠兆庶尽含冤。
> 沈河莫极皆无安，赴海谁授矫龙翰。
> 自樊汉，仙波流水清且澜，救此倒悬拯涂炭。
> 誓师刘旅赫灵断，率此八百驱十乱。
> 登我圣明去多难，长夜杳冥忽云旦。②

诗作写"东昏丧道"多，写"义师起樊、邓"的战斗场面少。

《忱威》，解题引《隋书·乐志》曰："言破加湖，元勋建也。"诗云：

> 忱威授律命苍兕，言薄加湖灌秋水。
> 回澜潏汨泛增椎，争河投岸掬盈指。
> 犯刃婴戈洞流矢，资此威烈齐文轨。③

以下都是叙写反齐的数次战争之事。《汉东流》，解题引《隋书·乐志》曰："言义师克鲁山城也。"诗云：

> 汉东流，江之汭。
> 逆徒蜂聚，旌旗纷蔽。
> 仰震威灵，乘高骋锐。
> 至仁解纲，穷鸟入怀。

---

① 郭茂倩编：《乐府诗集》，中华书局1979年版，第297页。
② 同上书，第298页。
③ 同上。

■■■ 中古乐府广义

因此龙跃，言登泰阶。①

《鹤楼峻》，解题引《隋书·乐志》曰："言平郢城，兵威无敌也。"诗云：

> 鹤楼峻，连翠微。
> 因岩设险池永归。
> 唇亡齿惧，薄言震，耀灵威。
> 凶众稽颡，天不能违。
> 金汤无所用，功烈长巍巍。②

《昏主恣淫慝》，解题引《隋书·乐志》曰："言东昏政乱，武帝起义，平九江、姑孰，大破朱雀，伐罪吊民也。"诗云：

> 昏主恣淫慝，皆曰自昌盛。
> 上仁矜亿兆，誓师为请命。
> 既齐丹浦战，又符甲子辰。
> 龛难伐有罪，伐罪吊斯民。
> 悠悠亿万姓，于此睹阳春。③

《石首局》，解题引《隋书·乐志》曰："言义师平京城，仍废昏定大事也。"诗云：

> 石首局，北墉墈。
> 新堞严，东垒峻。

---

① 郭茂倩编：《乐府诗集》，中华书局1979年版，第298—299页。
② 同上书，第299页。
③ 同上。

第三章 乐府歌辞探故

共表里，遥相镇。

矢未飞，鼓方振。

竞衔壁，并舆梫。

酒池扰，象廊震。

同伐谋，兼善陈。

辟应和，扫煨烬。

剪庶恶，靡余胤。①

此诸曲写萧衍统兵至受禅登基之间的诸次战争胜利，此以后诸曲颂德。总的来说，《梁鼓吹曲》号称写战争，战争是写到了，但着墨不是很多。

《乐府诗集》的"鼓吹曲辞"解题称，还有"北齐二十曲""后周宣帝革前代鼓吹，制为十五曲，并述功德受命以相代，太抵多言战阵之事"，②今未见。

其四，隋"凯乐歌辞"。隋《凯乐歌辞》三曲，晋崔豹《古今注》曾这样说过："短箫铙歌，军乐也……《周礼》所谓王大捷则令凯乐，军大献则令凯歌者也。"③《隋凯乐歌辞》之《述帝德》：

於穆我后，睿哲钦明。

膺天之命，载育群生。

开元创历，迈德垂声。

朝宗万宇，祗事百灵。

焕乎皇道，昭哉帝则。

---

① 郭茂倩编：《乐府诗集》，中华书局 1979 年版，第 299 页。
② 同上书，第 224 页。
③ 崔豹：《古今注》，丛书集成初编本，中华书局 1985 年版，第 11 页。

187

中古乐府广义

惠政滂流，仁风四塞。

淮海未宾，江湖背德。

运筹必胜，濯征斯克。

八荒雾卷，四表云褰。

雄图盛略，迈后光前。

寰区已泰，福祚方延。

长歌凯乐，天子万年。①

这是总地叙述隋之统一天下的武功。

其《述诸军用命》：

帝德远覃，天维宏布。

功高云天，声隆韶濩。

惟彼海隅，未从王度。

皇赫斯怒，元戎启路。

桓桓猛将，赳赳英谟。

攻如燎发，战似摧枯。

救兹涂炭，克彼妖逋。

尘清两越，气静三吴。

鲸鲵已夷，封疆载辟。

班马萧萧，归旌奕奕。

云台表效，司勋纪绩。

业并山河，道固金石。②

---

① 郭茂倩编：《乐府诗集》，中华书局 1979 年版，第 301 页。
② 同上。

这也是宏观上叙写战事。其三《述天下太平》，叙写"始实以武，终乃以文"。

六 概括性的全貌叙写

上述魏、吴、晋、梁鼓吹曲以及隋凯乐歌辞是中古纪实性战争诗的一批集成式代表作，主要是叙写帝王为夺取政权、巩固政权而进行的，其篇幅的主要部分也是多为写战争过程，这些战争绝大多数可知是实际发生过的，只有个别为泛指。其作者，除宋之鼓吹曲为何承天晋义熙末年私造，宋公刘裕尚未登基；齐随王鼓吹曲，也是为诸侯所有；其他为朝廷所造。

这类诗作最大的特点是对战争作概括性的全貌叙写，除隋凯乐歌辞太为概括外，魏、吴、晋、梁诸鼓吹曲又各有特点，以下依次叙之。

《魏鼓吹曲》的概括叙写战争全貌，以《克官渡》为最。"克绍官渡，由白马"二句述战争地点与首战矛头；"僵尸流血，被原野"二句述战争氛围，突出其残酷性；"贼众如犬羊，王师尚寡"二句述敌强我弱；"沙墝旁，风飞扬，转战不利，士卒伤"四句述战场景物下的作战不利；"今日不胜，后何望"二句述坚定信心；"土山地道，不可当"二句述对方的战术；"卒胜大捷，震冀方，屠城破邑，神武遂章"四句述战争结局与收获。这些记述一一是符合史实的，其他诸诗大致如此，虽未如此诗之详尽、全面，但每诗必点明战争对方，叙说战争过程和结局。

《魏鼓吹曲》在概括性地写战争全貌的同时，又多叙写战略战术的运用。例如，《克官渡》述"土山地道"，指袁绍起土山射曹营，挖地道袭曹营，《定武功》写"决漳水，水流滂沱，嗟城中如流鱼，谁能复顾室家"的水攻及效果；《屠柳城》写"越度陇塞"的长途奔袭；

189

《平关中》写"斗韩、马,离群凶"的反间计,又写"选骁骑,纵两翼"的两翼包抄,等等。《魏鼓吹曲》中也有具体战争景象的描摹,如《战荥阳》的"戎士愤怒,贯甲驰"云云,但为数不多。

《吴鼓吹曲》在叙写战争全貌方面亦有十分出色之作。例如,《关背德》,"关背德,作鸱张。割我邑城,图不祥。称兵北伐,围樊、襄阳",述关羽侵犯了吴方利益,这是战争的起因;"嗟臂大于股,将受其殃",述吴方的心情,这是下决心应战;"巍巍夫圣主,睿德与玄通;与玄通,亲任吕蒙",述任命主将;"泛舟洪氾池,溯涉长江。神武一何桓桓,声烈正与凤翔。历抚江安城,大据鄂邦",述具体战争进程;"虏羽授首,百蛮咸来同,盛哉无比隆",述战争结局。如此详尽述战争全貌的诗作,还有《伐乌林》,言赤壁之战,颇有出色之处。但其概括性的特点也十分突出,即难见具体的战争场面与战斗动作。

《吴鼓吹曲》在概括性地记述战争全貌的同时,又较为注意述战争起因、战争结局及对政治的影响,上述《关背德》已有显现。又如《炎精缺》,写孙氏种种军事活动使"宛颍平,南土绥",于是"显高门,启皇基,统罔极,垂将来",奠定了基业;《摅武师》写孙氏"斩黄祖"而"革平西夏",于是获得"炎炎大烈,震天下"的效用;《伐乌林》,写曹操因"北伐"之胜而"南征",荆州"刘氏不睦",己方又"议者狐疑,虑无成",最后才显示"赖我大皇,发圣明";《克皖城》写战争胜利,于是"民得就农,边境息";《通荆门》写蜀吴或战或和的种种曲折。

《吴鼓吹曲》还有一首与众不同之作,此即《秋风》。为"志士"立言而未从帝王着眼,此一不同;以战斗场面叙立功壮志,旨在抒情,此二不同;未述具体某次战争而述整个时代的战争,此三不同。

《晋鼓吹曲》在叙述战争全貌上更为概略化，甚至没有战争过程而只有结局突出的只是对战争的歌颂之词。例如，《宣受命》最为突出，其他如《征辽东》《时运多难》《因时运》等，也有如此意味。这也就是说，诗作叙写战争的意味已大大削弱了，只有《惟庸蜀》是对整个灭蜀战争的叙写。而其田猎巡狩等炫耀武事诸作，堂皇富丽地颂扬武功，颇似大赋面目。

《梁鼓吹曲》对战争全貌概括性的叙写也有自己的特点，即突出战争的某一场面来歌功颂德，如《忱威》写到"言薄加湖灌秋水。回澜潏汩泛增雉，争河投岸掬盈指。犯刃婴戈洞流矢"，就颇似史书记载。《梁书·武帝纪》即载：萧衍命"潜师袭加湖，将逼（东昏宁朔将军吴）子阳。水涸不通舰，其夜暴长，众军乘流齐进，鼓噪攻之，贼俄而大溃．子阳等窜走，众尽溺于江"。又如，《贤首山》突出"乘岘凭，临胡阵。骋奇谋，奋卒徒"；《汉东流》突出"乘高骋锐"；《鹤楼峻》突出战争对方"因岩设险"；《石首局》突出战争对方"石首局北堞堘。新堞严，东垒峻。共表里，遥相镇"等。

《梁鼓吹曲》在概括性叙述战争全貌时多用典故借指。例如，《贤首山》言萧衍破北魏军，诗中称"断白马，塞飞狐。殪日逐，歼骨都。刃谷蠡，馘林胡"，或用以往战争的地名，或用以往边塞战争的敌方部落名。《忱威》"争河投岸掬盈指"，用《左传》《史记·晋世家》军士败而抢渡争船时被斩断手指的情形述敌军败退。《昏主恣淫慝》中"既齐丹浦战"，即用尧与有苗战于丹水之浦来赞颂萧衍的此次战争行动。

由此可以看出，这些纪实性战争诗的特点是概括性地大笔勾勒战争全貌，而不注重对具体战场景象与战场景物的叙写，而后者恰恰是边塞诗最为注重的，这就是边塞风物中的战斗。

七 对战争决策者的歌颂

这些纪实性战争诗以概述战争全貌为主，这是由朝廷钦命以及歌颂朝廷的性质决定的，这就决定了作品叙写人物的重点是战争的指挥者、决策者，而不是战争的具体实行者，即手持兵器作战的兵士，这也决定了诗作注重的是描摹人物在战争中的精神活动，诸如动机、决策、行为、情感等。上述诸鼓吹曲，歌颂是其最突出的特点，是主线，这从以下两方面显现出来。

第一，鼓吹曲均以组诗的形式出现，从其整体结构来看，歌颂是其构思的主线。例如《魏鼓吹曲》，起首《楚之平》为普遍性地颂扬武功，以下数首历述诸次战争，实际是铺叙曹操以胜仗奠定了皇朝的基础，最后落脚在后三曲对魏朝的歌颂上。吴、晋、梁鼓吹曲以及隋凯乐歌辞，大抵是如此结构。

第二，从所歌咏的战事来说，大抵次次以所咏对象的胜利而告终。魏、吴、晋、梁在其创建过程中，既打过胜仗，也打过败仗，但在鼓吹曲中，未见有败仗的记载。有时，即使写到了败仗，最后仍言其胜，如《魏鼓吹曲》之《战荥阳》，虽也写到"戎马伤，六军惊，势不集，众几倾"的战争实况，但最后仍述"赖我武皇，万国宁"。且整个"鼓吹曲辞"中，写到如此战败景象的，也就仅此一首，魏以后不再有了。

究历代鼓吹曲皆为颂什的原因，首先是因为鼓吹曲的创作都是一种官方行为、朝廷行为。这从上文所述诸作者都是应最高统治者之命而作即可看出，故何承天之作，《宋书·乐志》特为点出是"私造"。其次，鼓吹曲是作为凯歌传统来创作的，此由《乐府诗集》解题尽录前人的话可证。例如，《周礼·大司乐》曰："王师大献，则令奏恺乐。"《大司马》曰:"师有功,则恺乐献于社。"郑康成曰:"兵乐曰恺,献功之乐也。"《春秋》曰:"晋文公败楚于城濮。"《左传》曰:"振旅恺以入。"《司马法》曰:"得意则恺乐、恺歌以示喜也。"①

其歌咏颂扬领袖人物又有三个特点。

首先,这些诗作歌咏颂扬的是奠定皇朝基业的那些人物,而奠定皇朝基业的手段或现实行动则是战争,于是,刻画这些人物兴兵而战的主动性与思想动机,赋予这些人物兴兵而战的正义性与应时代需要,便成为诗作的首要任务。例如,《魏鼓吹曲》的第一首《楚之平》,把曹操置身于混乱动荡的局势之中,那时,"汉室微,社稷倾。皇道失,桓与灵。阉官炽,群雄争。边韩起,乱金城,中国扰,无纪经";于是才有"赫武皇,起旗旌""创武功,武功成",这样,便把人物起兵发动战争的思想动机定位为平定天下。《吴鼓吹曲》先歌咏孙坚,他也处在与曹操相同的历史境地,其第一首《炎精缺》与第二首《汉之季》也是如此写法。《晋鼓吹曲》第一首《灵之祥》亦先述局势的危险。那时,"孟氏叛,据南疆。追有扈,乱五常。吴寇劲,蜀虏强。交誓盟,连遐荒",在这样的情况下司马懿出山,那么,自然刻画出其兴兵的思想动机是力挽狂澜。其《惟庸蜀》则写司马昭发兵伐蜀是因为蜀民"历世受罪辜"。《梁鼓吹曲》之《道亡》直写萧衍起兵是"救此倒悬拯涂炭",称赏"登我圣明由多难";其《昏主恣淫慝》直写"上仁矜亿兆,誓师为请命"。

其次,突出决策的正确性,与边塞诗一般突出人物的矫健身手与奋战行动不同,这些诗作在写具体某次战争时,常常突出其决策的正

---

① 郭茂倩编:《乐府诗集》,中华书局1979年版,第223页。

确性。例如,《魏鼓吹曲》,其《战荥阳》述败后"同盟疑,计无成",又述"赖我武皇,万国宁",即述曹操的决策;《克官渡》在"转战不利"后继写"今日不胜,后何望",述曹操坚持至最后胜利的决策。《吴鼓吹曲》中,《伐乌林》先述曹军南来而"议者狐疑,虑无成",再写"赖我大皇,发圣明",显示出孙权决定抗战而不是投降的决策的正确;《关背德》述孙权"亲任吕蒙"的决策的正确。《晋鼓吹曲》中,《征辽东》写"征辽东,敌失据",称赏剿灭敌根据地的决策;《因时运》写司马昭"因时运,圣策施",于是"长蛇交解,群桀离"。《梁鼓吹曲》中,《贤首山》称萧衍"骋奇谋,奋卒徒";《汉东流》写萧衍"仰震威灵,乘高骋锐"。据《梁书·武帝纪上》载,萧衍在胜利后称:"征讨未必须实力,所听威声耳。"于是"因命搜所获俘囚"而"厚加赏赐,使致命焉",于是敌军"相继请降"。

最后,叙写所歌咏人物的情感,突出情感抒发。例如,《魏鼓吹曲》之《战荥阳》,写曹操战败时的"心屏营";《定武功》写曹操对敌方求和而"和不时,心中忧戚",写曹操"览观古今,可为长叹";《屠柳城》称主人公"但闻悲风正酸"。情感抒发最为突出的是《旧邦》,所述之事为"曹公胜袁绍于官渡,还谯收藏死亡士卒也",这是以主人公的口吻抒发哀思之情。《吴鼓吹曲》之《汉之季》,写"董卓乱",于是"雄豪怒";《关背德》"嗟臂大于股"之"嗟",写出孙权(吴大帝)做出征伐关羽的决定时的复杂心情;《通荆门》称"大皇赫斯怒"。《晋鼓吹曲》与《梁鼓吹曲》追逐富丽堂皇,一般很少个体人物情感化的叙写。但如果从整组诗或一首诗的总体情感基调而言,纪实性战争诗突出的是歌功颂德,时常流露一派雍容华贵的情调,而边塞诗则往往突出一种悲壮的情调。

八　组诗的魅力

这些纪实性战争诗还有一个最显著的特点，即以组诗形式出现而展示着魅力。组诗可以纳入某些单独来说称不上是军乐的作品，从而从整体上完成以武功来歌功颂德的创作旨意。组诗的形式可以较为完整地展示皇朝奠基发展的全过程，于是，可以更大范围地选取有代表性的战争事件来叙写描摹，不同的战争显示出不同的风貌，诗作在叙写战争上更显示出丰富性。

古代最早的组诗是《汉郊祀歌》19 章，但作者是司马相如等人，非出于个人之手；且许多作品非作于一时，如《齐房》作于元封二年（前 109），《朝陇首》作于元狩元年（前 122）等；因此，虽整个来说其内容具有某种同一性，但不具备连贯性与系统性。另《安世房中歌》17 章，有相当的重叠，各章之间缺乏明确的内容分界。而《魏鼓吹曲》现可说是组诗这一形式成熟的标志，各章的内容既有同一又是分隔的，既相互配合而又有明确不同的，既是旨意同归的而又是丰富多彩的。这些为后世的组诗也做出了示范。

在如此组诗里往往有一节是写对阵亡将士的祭奠，如《魏鼓吹曲》之《旧邦》。《九歌》中有《国殇》，追悼为国牺牲的将士，《旧邦》当是依此而来。但《国殇》多有将士在战争中战斗的描写，而《旧邦》则重在哀伤与招魂。

上述这些朝廷钦命的战争诗作，文学史上不称其为边塞诗，因为这些诗作中的战争大多与朝代的更替有关而无所谓边塞，这些诗中战争的叙写、情感的抒发、人物的塑造、景物的描摹等，都与我们通常所说的边塞诗迥然不同。

■中古乐府广义

第四节 《公无渡河》的早期影响与原型

一 《焦氏易林》与《公无渡河》

汉代焦延寿有《焦氏易林》，是一部据《周易》而作的占卜书，后来卜筮之道不行，渐渐人们亦多不熟悉《焦氏易林》。至明代中叶，文人学士才重新关注《焦氏易林》，近人胡适、闻一多、钱锺书也多有关注，民国时尚秉和有《焦氏易林注》。当代，陈良运对《焦氏易林》有专门研究，2000出版有《焦氏易林诗学阐释》（百花洲文艺出版社），于是《焦氏易林》被更多的人所注意。《焦氏易林》中的几段占卜释卦之辞，对我们理解乐府古辞《公无渡河》有启发作用。

《乐府诗集·相和歌辞》的《箜篌引》题解曰：

> 一曰《公无渡河》。崔豹《古今注》曰："《箜篌引》者，朝鲜津卒霍里子高妻丽玉所作也。子高晨起刺船，有一白首狂夫，被发提壶，乱流而渡，其妻随而止之，不及，遂堕河而死。于是援箜篌而歌曰：'公无渡河，公竟渡河，堕河而死，将奈公何。'声甚凄怆，曲终亦投河而死。子高还，以语丽玉。丽玉伤之，乃引箜篌而写其声，闻者莫不堕泪饮泣。丽玉以其曲传邻女丽容，名曰《箜篌引》。又有《箜篌谣》，不详所起，大略言结交当有终始，与此异也。"①

---

① 郭茂倩编：《乐府诗集》，中华书局1979年版，第377—378页。

第三章 乐府歌辞探故

我们又读到焦延寿《焦氏易林》中这样的文字，其《屯》之《大有》：

> 河伯大呼，津不可渡。船空无人，往来亦难。①

其《姤》之《姤》：

> 河伯大呼，津不可渡。往复尔故，乃无大悔。②

《周易》的卦辞、爻辞是一种专为卜筮所用的繇辞，它们吸收了丰富的民间流行的生活经验。《焦氏易林》也是一部占卜书，其释卦之辞，也多有丰富的民间流行的生活经验。尚秉和《焦氏易林注》注《屯》之《大有》曰：

> 丁云：河伯，水神。《援神契》：河者，水之伯。按此用遇屯卦象。坎为河，震为伯，故曰"河伯大呼"。艮为止，故津不得渡。震为船，坤虚，故曰"船空"。震为人，坎伏，伏故无人。震为往，震覆，故往来难。③

《公无渡河》是诗歌的吟咏，是对现实事件的情感抒发；而"河伯大呼，津不可渡"是一种生活经验的概括，以示吉凶。那么，《焦氏易林》的"河伯大呼，津不可渡"与《公无渡河》在意象与主题如此相近相似，二者之间有什么关系？

钱锺书《管锥编》曰：

> 《屯》之《大有》："河伯大呼，津不可渡。船空无人，往来

---

① 焦延寿：《焦氏易林注》，尚秉和注，光明日报出版社2005年版，第24页。
② 同上书，第436页。
③ 同上书，第26页。

亦难"，大似《箜篌引》之"公无渡河"；《乾》之《随》："乘龙上天，两蛇为辅"，径用介子推《龙蛇歌》之"龙蛇上天，五蛇为辅"。此类皆捃撦冯班所谓"诗"以为占词者。①

所谓"'诗'以为占词者"，在《焦氏易林》中多有例，如《屯》之《乾》"泛泛柏舟，流行不休；耿耿寤寐，心怀大忧；仁不逢时，退隐穷居"②，即用《诗·邶风·柏舟》之文、意。又如，《节》之《谦》"伯去我东，首发如蓬；长夜不寐，辗转空床；内怀惆怅，忧摧肝肠"③，即用《诗·卫风·伯兮》之文、意。这样的例子很多。刘大杰《中国文学发展史》专列"周易卦爻辞中的古代歌谣"一节，称《周易》的卦辞和爻辞，"其中保存了一些古代优美的歌谣，或是近似歌谣的作品"④。《焦氏易林》当是继承了《周易》的传统，选取改编前代歌谣诗作以为占辞，而《公无渡河》就是其选取改编者。

陈良运的意见与钱锺书不同，其云：

> 韩国崔海钟将此歌（按：指《公无渡河》）列入《韩国汉文学史》之早期"遗传文字"。焦氏此辞似是"公无渡河"的原型。……可见《焦氏易林》对后世诗歌创作影响之一斑。⑤

《焦氏易林》多有与后世文学作品在意象、主题相似者，钱锺书《管锥编》称：

> 《易林·益》之《革》："雀行求粒，误入罝罠；赖仁君子，

---

① 钱锺书：《管锥编》第2册，中华书局1986年版，第558页。
② 焦延寿：《焦氏易林注》，尚秉和注，光明日报出版社2005年版，第24页。
③ 同上书，第585页。
④ 刘大杰：《中国文学发展史》，上海古籍出版社1982年版，第14页。
⑤ 陈良运：《焦氏易林诗学阐释》，百花洲文艺出版社2000年版，第166页。

复脱归室",又《大有》之《萃》:"雀行求食,出门见鹞,颠蹶上下,几无所处";可持较曹植《野田黄雀行》(诗略)、又《鹞雀赋》(赋略)。①

那么,究竟是《焦氏易林》的文字影响了《公无渡河》的产生,还是《焦氏易林》承袭、采用了"公无渡河"现成的事例以占卜吉凶?

二 《公无渡河》本事产生于先秦时代

汉代《易》有京房之学,京房受学于焦延寿,《汉书·京房传》顺带介绍到焦延寿:

> 京房,字君明,东郡顿丘人也。治《易》,事梁人焦延寿。延寿字赣。赣贫贱,以好学得幸梁王,王共其资用,令极意学。既成,为郡史,察举补小黄令。以候司先知奸邪,盗贼不得发。爱养吏民,化行县中。举最当迁,三老官属上书愿留赣,有诏许增秩留,卒于小黄。赣常曰:"得我道以亡身者,必京生也。"其说长于灾变,分六十四卦,更直日用事,以风雨寒温为候,各有占验。②

闻一多先生推断焦延寿生于武帝太始二年(前95),卒于元帝建昭四年(前35);③ 陈良运推断焦延寿卒于成帝鸿嘉元年(前20)前后④。

我们现在能看出《公无渡河》"入乐府"的年代。"公无渡河"故

---

① 钱锺书:《管锥编》第2册,中华书局1986年版,第538页。
② 班固:《汉书》,中华书局1962年版,第3160页。
③ 闻一多:《中国上古文学年版表》,《闻一多全集》第10卷《文学史编》,湖北人民出版社1993年版。
④ 陈良运:《焦氏易林诗学阐释》,百花洲文艺出版社2000年版,第277页。

事所说"丽玉以其曲传邻女丽容,名曰《箜篌引》",就《箜篌引》谈起,《史记·孝武本纪》:

> 于是塞南越,祷祠泰一、后土,始用乐舞,益召歌儿,作二十五弦及箜篌瑟自此起。(司马贞《索隐》引应劭云:"武帝始令乐人侯调作,声均均然,命曰箜篌。侯,其姓也")①

又,《宋书·乐志一》:

> 空侯,初名坎侯。汉武帝塞灭南越,祠太一后土用乐,令乐人侯晖依琴作坎侯,言其坎坎应节奏也。侯者,因工人姓尔。后言空,音讹也。②

那么,《箜篌引》曲调当出于汉武帝时。因此,《公无渡河》被收入乐府机构被命名为"箜篌引"最早当在武帝时或武帝以后。但是,其本事肯定要早些。冯班《钝吟杂录》曰:"盖汉人歌谣,后乐工采以入乐府,其词多歌当时事,如《上留田》《霍家奴》《罗敷行》之类是也。"③"当时事"与"乐工采以入乐府"在时间上应该是有距离的。

《易》之卦辞、爻辞一般是取"成事"以示占卜吉凶,这种"成事"或为生活经验、社会事件概括性的总结,或为特殊性的事件,《焦氏易林》亦是如此取"成事"的。所谓特殊性的事件,如《易》之卦、爻辞中多次述及"帝乙归妹"和"高宗伐鬼方"的事,显然是真实发生过的殷商历史。《公无渡河》的事与诗当然是特殊性的事件,《焦氏易林》之《屯》之《大有》的"河伯大呼,津不可渡。船空无

---

① 司马迁:《史记》,中华书局1982年版,第472页。
② 沈约:《宋书》,中华书局1974年版,第556页。
③ 丁福保辑:《清诗话》,中华书局上海编辑所1963年版,第38页。

第三章 乐府歌辞探故

人,往来亦难",其"成事"即《古今注》所说"公无渡河"的事件。

我们再来考索《公无渡河》本事的年代。《初学记》卷十六乐部下记载《琴操》所称"古琴曲"有五曲、十二操、九引,《箜篌引》即《公无渡河》在九引中;《乐府诗集·琴曲歌辞》解题引《琴论》述及"古琴曲有五曲、九引、十二操",二者所称除《怀陵操》与《襄陵操》不同外,其他都一致,《箜篌引》亦在九引中。现在我们来看《琴操》《琴论》视这些"古琴曲"所咏本事的时代。《初学记》卷十六乐部下记载《琴操》曰:

> 古琴曲有诗歌五曲:一曰《鹿鸣》,二曰《伐檀》,三曰《驺虞》,四曰《鹊巢》,五曰《白驹》。又有十二操:一曰《将归操》(孔子所作。孔子之赵,闻杀窦鸣犊而作此曲),二曰《猗兰操》(孔子所作。伤不逢时),三曰《龟山操》(孔子作。季桓子受齐女乐,孔子欲谏不得,退而鲁龟山,作此曲,喻季氏若龟山之蔽鲁),四曰《越裳操》(周公所作),五曰《拘幽操》(文王作。文王拘于羑里,作此曲),六曰《岐山操》(周人为文王所作),七曰《履霜操》(尹吉甫子伯奇,无罪见逐,自伤,作此曲),八曰《朝飞操》(牧犊子所作。牧犊子七十无妻,见雉朝飞,感而作此曲也),九曰《别鹤操》(商陵牧子所作。娶妻五年无子,父母欲为改娶,其妻闻之,中夜悲啸,牧子感之,作此曲),十曰《残形操》(曾子所作。曾子梦一狸不见其首而作此曲),十一曰《水仙操》(伯牙所作),十二曰《怀陵操》(伯牙所作)。又有九引:一曰《烈女引》(楚樊妃作),二曰《伯妃引》(鲁伯妃作),三曰《贞女引》(鲁次室女所作),四曰《思归引》(卫女所作),五曰《霹雳引》(楚商梁所作。商梁出游九皋之泽,遇风雷霹雳,畏惧而归,作此引),六曰《走马引》(樗里牧恭作。为父报冤杀

人而亡藏于山林之下，有天马引之，感之，作此引），七曰《箜篌引》（樗里子高所作。即《公无渡河曲》），八曰《琴引》（秦时屠高门作），九曰《楚引》（楚龙丘子高所作）。又有河间杂歌二十一章。①

括号里的文字是《初学记》原有的。五曲者，为《诗经》题名，本事自然在《诗经》年代。十二操者，本事全在秦统一六国前时代。九引者，《烈女引》《伯妃引》《贞女引》《思归引》《霹雳引》《走马引》《琴引》《楚引》八者，其本事均在春秋战国时代，那么，九引之一的《箜篌引》的本事，虽然没有明确时代，但也应该与其他相类，可能是在春秋战国时代，否则何为得称"古琴曲"而与其他八引同列。而从五曲、十二操、九引的情况看，包括《箜篌引》即《公无渡河》在内的这些"古琴曲"的本事全为秦统一六国前时代，几乎是可以肯定的。

逯钦立辑校《先秦汉魏晋南北朝诗》在载录上述某些"古琴曲"时说：

《琴操》，后汉蔡邕撰集……书中所载，除《鹿鸣》等五歌为《诗经》诗外，十二操、九引、河间杂弄二十一章等，皆两汉琴家拟作。②

情况确实如此，《乐府诗集·琴曲歌辞》在载录据文献典籍提到的从先秦流传下来的以"引"为题名的古曲皆没有存录古辞，其辞皆为后人所作。所以我们只说这些本事全在秦统一六国前时代。比如，

---

① 徐坚等：《初学记》，中华书局1962年版，第386页。
② 逯钦立辑校：《先秦汉魏晋南北朝诗》，中华书局1983年版，第299页。

《箕子操》，现在见到的歌辞可能是"两汉琴家拟作"，但曲应该是古琴曲，王运熙《汉魏六朝乐府诗研究书目提要》称："此书（指《琴操》）所收琴曲，除《琴引》《霍将军歌》《怨旷思维歌》等为秦汉时作外，大抵为先秦旧曲。"①《史记·宋微子世家》就记载箕子"遂隐而鼓琴以自悲，故传之曰《箕子操》"。② 于是我们说，先秦人鼓琴而歌的本事是真实存在的。

虽然"公无渡河，公竟渡河，堕河而死，将奈公何"是两汉琴家所拟还是本来即其本事中的一部分不可确定，但有一点是可以肯定的，即"公无渡河"的本事应该是产生于先秦时代的。那么，其影响力可以从两方面看到，一是影响到总结人生、社会经验的占辞卜辞，影响到人们以其为"成事"来占卜吉凶；二是入琴曲而广泛流传。

三 《公无渡河》的文艺流传及影响

现在我们来考索《公无渡河》的文艺流传及影响，《乐府诗集·舞曲歌辞》之《巾舞歌》解题引《古今乐录》曰：

> 《巾舞》，古有歌辞，讹异不可解。江左以来，有歌舞辞。沈约疑是《公无渡河曲》，今三调中自有《公无渡河》，其声哀切，故入瑟调，不容以瑟调杂于舞曲。惟《公无渡河》，古有歌有弦，无舞也。③

称《公无渡河曲》"有歌有弦"，这是说《公无渡河》的歌辞与曲调是共同流传的。

---

① 王运熙：《乐府诗论丛》，中华书局上海编辑所 1962 年版，第 147 页。
② 司马迁：《史记》，中华书局 1982 年版，第 1609 页。
③ 郭茂倩编：《乐府诗集》，中华书局 1979 年版，第 787 页。

从《焦氏易林》的文字又可知，《公无渡河》在流传中其影响又有所演变。丽玉之词叙说事件的整个过程，强调的是"将奈公何"的情感抒发；《焦氏易林》之词繁衍丽玉之词的第一句"公无渡河"之意，《屯》之《大有》表现的是"渡津"之"难"；《姤》之《姤》表现的是听从"河伯大呼"则"乃无大悔"。由此看来，《焦氏易林》强调的是吉凶之意，这是符合其占辞的性质的。这是《公无渡河》在流传中影响或演变的第二层次，即从生活事件、情感抒发到叙说生活经验以示吉凶，由生活事件而来的文学作品又回到了现实生活，不过在《焦氏易林》中是被概括化了的。

《乐府诗集·相和歌辞》录有唐人李贺《箜篌引》以及梁刘孝威、陈张正见、唐李白、王建、温庭筠、王叡的《公无渡河》，这些作品应该是"有歌有弦"的共同影响与流传，而更多的是歌辞的影响，这是第三层次。从《乐府诗集·相和歌辞》所录李贺及刘孝威诸人的作品，可知歌辞影响的表现重在与"公无渡河"题材的相同或相似，都是讲述"公无渡河"的故事。但是，亦有不延续"公无渡河"的题材而只取其主题即感慨生命消失的作品，这就是比唐人李贺《箜篌引》更早的曹植的《箜篌引》，诗云：

置酒高殿上，亲交从我游。
中厨办丰膳，烹羊宰肥牛。
秦筝何慷慨，齐瑟和且柔。
阳阿奏奇舞，京洛出名讴。
乐饮过三爵，缓带倾庶羞。
主称千金寿，宾奉万年酬。
久要不可忘，薄终义所尤。
谦谦君子德，磬折欲何求。

盛时不再来，百年忽我遒。
惊风飘白日，光景驰西流。
生存华屋处，零落归山丘。
先民谁不死，知命亦何忧。①

清代丁晏《曹集铨评》云：

《乐府》三十九作《野田黄雀行》。又云："晋乐奏东阿王'置酒高殿上'，始言丰膳乐饮，盛宾主之献酬；中言欢极而悲，嗟盛时之不再。终言归于知命而无忧也。"《空侯引》亦用此曲。②

曹植之作的后六句是盛景下的抒情，生命会离人而去，但"先民谁不死，知命亦何忧"。这就是"公无渡河"歌辞主题的影响。

后世《空侯引》又有叙写弹箜篌之事的。又有误会的影响与流传，《宋书·乐一》载：

又云晋初有《杯槃舞》《公莫舞》……《公莫舞》，今之巾舞也。相传云项庄舞剑，项伯以袖隔之，使不得害汉高祖。且语庄云："公莫。"古人相呼曰"公"，云莫害汉王也。今之用巾，盖像项伯衣袖之遗式。按《琴操》有《公莫渡河曲》，然则其声所从来已久。俗云项伯，非也。③

---

① 郭茂倩编：《乐府诗集》，中华书局1979年版，第570页。
② 赵幼文：《曹植集校注》，人民文学出版社1984年版，第460页。《乐府诗集·相和歌辞》录曹植《野田黄雀行》，其题解云："《古今乐录》曰：'王僧虔《技录》有《野田黄雀行》，今不歌。'《乐府解题》曰：'晋乐奏东阿王"置酒高殿上"，始言丰膳乐饮，盛宾主之献酬。中言欢极而悲，嗟盛时不再。终言归于知命而无忧也。'《空侯引》亦用此曲。按汉鼓吹铙歌亦有《黄雀行》，不知与此同否？"
③ 沈约：《宋书》，中华书局1974年版，第551页。

沈约称《公莫舞》是承袭《公无渡河》而来，前引《古今乐录》则称是沈约的误解。另有误解，如唐吴兢《乐府古题要解序》云：

> 乐府之兴，肇于汉魏。历代文士，篇咏实繁。或不睹于本章，便断题取义。赠夫利涉，则述《公无渡河》。①

这是说，人们把《公无渡河》视为安全渡河之词，全忘记其"堕泪饮泣"之本义。

四 《公无渡河》的原型

如果说起《公无渡河》的原型，或应从本事中所说"朝鲜津卒霍里子高妻丽玉所作"的"朝鲜"谈起。

箕子，纣王诸父，殷商贤人，《史记·宋微子世家》载，"箕子者，纣亲戚也"②。纣王暴虐，箕子谏不听。周武王灭商，问箕子以政，箕子答以五行、五事、八政、五纪、皇极、三德、稽疑、庶征，向用五福，畏用六极。于是武王乃封箕子于朝鲜。箕子在朝鲜的事迹，《焦氏易林》中有所吟诵，其"大畜"之"大畜"云：

> 朝鲜之地，箕伯所保。宜人宜家，业处子孙。求事大吉。③

其"咸"之"革"云：

> 朝鲜之地，箕子所保。宜家宜人，业处子孙。④

---

① 吴兢：《乐府古题要解》，丁福保辑《历代诗话续编》，中华书局1983年版，第24页。
② 司马迁：《史记》，中华书局1982年版，第1609页。
③ 焦延寿：《焦氏易林注》，尚秉和注，光明日报出版社2005年版，第259页。
④ 同上书，第315页。

称箕子保佑了朝鲜之地,具体来说就是"宜家宜人",且使子孙立业成业,恩及后代。这也就是说,箕子给朝鲜之地留下了深刻印记。《后汉书·东夷列传》称:

> 昔武王封箕子于朝鲜,箕子教以礼乐田蚕,又制八条之教。其人终不相盗,无门户之闭,妇人贞信,饮食以笾豆。①

什么是箕子形象的典型标志?《史记·宋微子世家》载:

> 纣为淫泆,箕子谏,不听。人或曰:"可以去矣。"箕子曰:"为人臣谏不听而去,是彰君之恶而自说于民,吾不忍为也。"乃被发佯狂而为奴。遂隐而鼓琴以自悲,故传之曰《箕子操》。②

《乐府诗集·琴曲歌辞》有相传箕子所作《箕子操》,其题解曰:

> 一曰《箕子吟》。《史记》曰:"纣始为象箸,箕子叹曰:'彼为象箸,必为玉杯;为玉杯,则必思远方珍怪之物而御之矣。舆马宫室之渐,自此始不可振也。'乃披发佯狂而为奴,遂隐而鼓琴以自悲。"《古今乐录》曰:"纣时,箕子佯狂,痛宗庙之为墟,乃作此歌,后传以为操。"《琴集》曰:"《箕子吟》,箕子自作也。"③

歌曰:

> 嗟嗟,纣为无道杀比干。嗟重复嗟独奈何!漆身为厉,被发

---

① 范晔:《后汉书》,中华书局1965年版,第2817页。
② 司马迁:《史记》,中华书局1982年版,第1609页。
③ 郭茂倩编:《乐府诗集》,中华书局1979年版,第829页。

以佯狂，今奈宗庙何！天乎天哉！欲负石自投河。嗟复嗟，奈社稷何！①

从上述记载可知，箕子形象的典型标志是"箕子佯狂""被发以佯狂""被发佯狂而为奴"；《史记·殷本纪》也载"箕子惧，乃佯狂为奴"；②《史记·范雎蔡泽列传》载"箕子、接舆漆身为厉，被发为狂"；③《史记·龟策列传》载"箕子恐死，被发佯狂"，④等等。箕子的"被发佯狂"与《古今注》载朝鲜津卒霍里子高所见"有一白首狂夫，被发提壶"何其相似乃尔，况且《箕子操》中又吟咏箕子有"投河"的愿望。当然，我们不是说"被发以佯狂""欲负石自投河"的箕子就是《古今注》所说"有一白首狂夫，被发提壶"，但是，既然箕子后来在朝鲜的作为给朝鲜留下了深刻印记，那么，箕子形象的典型标志也会给朝鲜人留下深刻印象。于是，作为朝鲜津卒的霍里子高及其妻丽玉，给予"有一白首狂夫，被发提壶，乱流而渡"特别的关注，也是情理之中的。这样看来，朝鲜哀痛"白首狂夫，被发提壶，乱流而渡"，"遂堕河而死"与哀痛箕子前期"被发佯狂而为奴""欲负石自投河"的心绪是一样的，哀痛"白首狂夫"就是哀痛箕子曾经有过的经历，故有"闻者莫不堕泪饮泣"的情感力量。正是有箕子前期"被发佯狂而为奴""欲负石自投河"的形象作参照，于是才有"丽玉伤之，乃引箜篌而写其声""丽玉以其曲传邻女丽容"的《公无渡河》的流传。

---

① 郭茂倩编：《乐府诗集》，中华书局1979年版，第829页。
② 司马迁：《史记》，中华书局1982年版，第108页。
③ 同上书，第2407页。
④ 同上书，第3234页。

第五节　曹植《野田黄雀行》本事说

《乐府诗集·相和歌辞》录曹植《野田黄雀行》：

> 高树多悲风，海水扬其波。
> 利剑不在掌，结友何须多。
> 不见篱间雀，见鹞自投罗。
> 罗家得雀喜，少年见雀悲。
> 拔剑捎罗网，黄雀得飞飞。
> 飞飞摩苍天，来下谢少年。①

刘勰《文心雕龙·隐秀》有"陈思之《黄雀》，公幹之《青松》，格刚才劲，而并长于讽谕"数句。② 或认为《文心雕龙·隐秀》有明人伪托部分，此数句即在其内，但也可见曹植《野田黄雀行》给后人留下的深刻印象。自古至今，人们都认为《野田黄雀行》是有"讽谕"的，而且认为，此为悼友之作，悲伤自己失权，不能如少年拔剑捎罗网以救投罗黄雀。

或以为曹植悼杨修以及丁氏兄弟，《三国志·任城陈萧王传》：

> （曹）植既以才见异，而丁仪、丁廙、杨修等为之羽翼。太祖狐疑，几为太子者数矣。而植任性而行，不自彫励，饮酒不

---

① 郭茂倩编：《乐府诗集》，中华书局 1979 年版，第 571 页。
② 刘勰撰，詹锳义证：《文心雕龙义证》，上海古籍出版社 1989 年版，第 1498 页。

节……而植宠日衰。太祖既虑终始之变，以杨修颇有才策，而又袁氏之甥也，于是以罪诛修。植益内不自安。

注引《典略》曰：

杨修字德祖，太尉彪子也。谦恭才博。建安中，举孝廉，除郎中，丞相请署仓曹属主簿。是时，军国多事，修总知外内，事皆称意。自魏太子已下，并争与交好。又是时临菑侯植以才捷爱幸，来意投修，数与修书……其相往来，如此甚数。植后以骄纵见疏，而植故连缀修不止，修亦不敢自绝。至二十四年秋，公以修前后漏泄言教，交关诸侯，乃收杀之。修临死，谓故人曰："我固自以死之晚也。"其意以为坐曹植也。

注引《世语》曰：

修年二十五，以名公子有才能，为太祖所器，与丁仪兄弟，皆欲以植为嗣……修与贾逵、王凌并为主簿，而为植所友。每当就植，虑事有阙，忖度太祖意，豫作答教十余条，敕门下，教出以次答。教裁出，答已入，太祖怪其捷，推问始泄。太祖遣太子及植各出邺城一门，密敕门不得出，以观其所为。太子至门，不得出而还。修先戒植："若门不出侯，侯受王命，可斩守者。"植从之。故修遂以交构赐死。

注引《魏略》：

（丁仪）而与临菑侯亲善，数称其奇才。太祖既有意欲立植，而仪又共赞之。及太子立，欲治仪罪，转仪为右刺奸掾，欲仪自裁而仪不能……后遂因职事收付狱，杀之。①

或以为曹植悼杨俊，《三国志·杨俊传》：

> 初，临菑侯与俊善，太祖适嗣未定，密访群司。俊虽并论文帝、临菑才分所长，不适有所据当，然称临菑犹美，文帝常以恨之。黄初三年，车驾至宛，以市不丰乐，发怒收俊。尚书仆射司马宣王、常侍王象、荀纬请俊，叩头流血，帝不许。俊曰："吾知罪矣。"遂自杀。众冤痛之。②

我们来看以下这则关于黄雀的故事，吴均《续齐谐记·黄雀报恩》载：

> 宏农杨宝，性慈爱。年九岁，至华阴山，见一黄雀为鸱枭所搏，逐树下，伤瘢甚多，宛转复为蝼蚁所困。宝怀之以归，置诸梁上。夜闻啼声甚切，亲自照视，为蚊所齿，乃移置巾箱中，啖以黄花。逮十余日，毛羽成，飞翔，朝去暮来，宿巾箱中。如此积年，忽与群雀俱来，哀鸣绕堂，数日乃去。是夕，宝三更读书，有黄衣童子曰："我，王母使者。昔使蓬莱，为鸱枭所搏，蒙君之仁爱见救，今当受赐南海。"别以四玉环与之，曰："令君子孙洁白，且从登三公事，如此环矣。"宝之孝大闻天下，名位日隆。子震，震生秉，秉生彪，四世明公。及震葬时，有大鸟降，人皆谓真孝招也。
>
> 蔡邕论曰："昔日黄雀报恩而至。"③

---

① 以上见《三国志》，中华书局1959年版，第557—562页。
② 陈寿：《三国志》，中华书局1959年版，第664页。
③ 林家骊校注：《吴均集校注》，浙江古籍出版社2005年版，第220—221页。

杨修为杨彪之子，杨修的祖上于黄雀有恩，黄雀有报恩之举。如今，曹植空有拔剑捎网以救黄雀之想，而现实中受黄雀报恩的杨氏家族之杨修，却因为自己而被杀。如果联系"黄雀报恩"的故事来读《野田黄雀行》，其震撼力岂不更大？

当然，也不能执着认定曹植就是单为杨修之死而作《野田黄雀行》，最通达的应该是这样：曹植自己的失权而使丁氏兄弟、杨修、杨俊诸友人被害，而又有"黄雀报恩"的故事，于是就有了《野田黄雀行》之作。倒过来讲，杨修祖上那"黄雀报恩"的故事，给《野田黄雀行》更增添了几许意味。

第六节 《白马篇》：侠文化的转向

《乐府诗集·杂曲歌辞》收录的曹植《白马篇》，这是中国文学史上的名诗，诗云：

> 白马饰金羁，连翩西北驰。
> 借问谁家子？幽并游侠儿。
> 少小去乡邑，扬声沙漠垂。
> 宿昔秉良弓，楛矢何参差。
> 控弦破左的，右发摧月支。
> 仰手接飞猱，俯身散马蹄。
> 狡捷过猴猿，勇剽若豹螭。
> 边城多警急，胡虏数迁移。
> 羽檄从北来，厉马登高堤。

> 右驱蹈匈奴，左顾陵鲜卑。
>
> 弃身锋刃端，性命安可怀。
>
> 父母且不顾，何言子与妻。
>
> 名编壮士籍，不得中顾私。
>
> 捐躯赴国难，视死忽如归。①

这里刻画的是一位少年英雄，诗作是把他作为一个个体英雄来表现的。他武艺高强，是通过其精湛的射术表现出来的，诗中用"破""摧""接""散"四个动词来写射中目标这一行为动作，给读者留下深刻的印象。他是一个"游侠儿"，但有着"捐躯赴国难，视死忽如归"的报国信念，于是奔赴边塞、勇上战场，其英雄主义不是仅要表现个人的一种能力，而且有着更深广的蕴含。这种以个人的能力——高超武艺来实现报国壮志的"游侠儿"，在文学作品的出现是曹植的首创。在此，我们简单追溯一下其形成历程，进而探讨少年英雄"游侠儿"的原型。

一 古来个人英雄的出现

殷商时代的步兵采用大型方阵作战，《国语·吴语》载吴王夫差时的战阵：

> 陈王卒百人，以为彻行百行。行头皆官师，拥铎拱稽，建肥胡，奉文犀之渠。十行一嬖大夫，建旌提鼓，挟经秉枹。十旌一将军，载常建鼓，挟经秉枹。万人以为方阵。②

---

① 郭茂倩编：《乐府诗集》，中华书局1979年版，第914—915页。
② 徐元诰撰，王树民、沈长云点校：《国语集解》，中华书局2002年版，第548—549页。

这就是古代方阵衍化而来的。采用大型步兵方阵作战，完全依靠集体的力量，一旦作战方阵被打乱，那就会招致整个作战的失败。《尚书·牧誓》载周武王在伐纣的誓辞中一再要求将士们保持战斗编队：

> 今日之事，不愆于六步七步，乃止齐焉。勖哉！夫子。不愆于四伐、五伐、六伐、七伐，乃止齐焉。勖哉！夫子。①

"止齐"，即"正行列"。这是说，步兵方阵每前进六七步，每搏击四五伐或者六七伐，就要整顿一次队形行列。殷商时代的兵种又有车兵，以战车为主的车、步兵结合作战，更要求车兵和步兵按照一定的规则排列成战斗队形，这就是"军阵"。战斗的胜负不但取决于投入车兵、步兵的数量多寡，更取决于"军阵"发挥出来的集体力量。因此，个人的战斗技艺在这里不是主要的，也起不了很大的作用，个人主义的英雄在这里也是不需要的。

从《诗经》中某些叙写战争的作品看，有对群体战士的叙写：或叙写广大戍卒的艰辛生活与思乡之情，如《小雅》的《采薇》《渐渐之石》之类，或叙写战士们的同仇敌忾，如《秦风》的《无衣》，以及《周南·兔罝》的"赳赳武夫，公侯干城"等。虽说也有叙写战争及对个体将帅的叙写，但大多是概括叙写，如《大雅》的《江汉》平定淮夷与《常武》的征淮北之夷之类；或具体叙写将帅，如《小雅》的几首诗，《出车》写大将南仲，《六月》写尹吉甫，《采芑》写方叔，都是运筹帷幄的人物，就是没有对个体战斗英雄的叙写。《左传》等史书中也不见对先秦个体英雄颂赞的歌谣，只见对败仗将军的讥讽的歌谣。例如，《左传》"宣公二年"（前607）记载了这样一位败仗将

---

① 《尚书正义》，《十三经注疏》，上海古籍出版社1997年影印本，第183页下。

军宋人华元,他战败被俘,宋国以兵车百乘、文马百驷赎回他。后来,当他视察宋国的筑城工地时,筑城的役人唱歌讽刺他:

> 睅其目,皤其腹,弃甲而复。
> 于思于思,弃甲复来。①

意谓:瞪着大眼睛(睅),挺着大肚皮(皤),丢盔弃甲跑回来。大胡子(思)啊大胡子,丢盔弃甲跑回来。又如,《战国策·齐六》载齐国田单攻狄,三月不下,齐国有童谣曰:

> 大冠若箕,修剑拄颐。
> 攻狄不能,下垒枯丘。②

中国古代早在殷商时就有骑术,但要至战国时才有骑兵部队,这就是赵武灵王"胡服骑射"建立起来的。《战国策·赵策二》载赵武灵王说:"今吾将胡服骑射以教百姓,而世必议寡人矣。"③骑兵需要较高的个人技艺,《六韬·犬韬·武骑士》载选拔骑士:

> 选骑士之法,取年四十以下,长七尺五寸以上;壮健捷疾,超绝伦等;能驰骑彀射,前后、左右、周旋进退,越沟堑,登丘陵,冒险阻,绝大泽,驰强敌,乱大众者。④

随着大规模的步骑兵野战、包围战替代车、步兵整齐的冲击战,对战士的个人技艺也有越来越高的要求;加上战国经常性的军事训练

---

① 《春秋左传正义》,《十三经注疏》,上海古籍出版社1997年影印本,第1866页下。
② 《战国策》,上海古籍出版社1985年版,第467页。后二句《说苑》作"攻狄不能下,垒于梧丘"。
③ 《战国策》,上海古籍出版社1985年版,第653页。
④ 徐玉清,王国民校注:《六韬》,中州古籍出版社2008年版,第166页。

替代"三时务农而一时讲武",战士的个人技艺也越来越高。《荀子·议兵》谈到"齐人隆技击,其技也,得一首者,则赐赎锱金";谈到魏国的"武卒"的能力,"衣三属之甲,操十二石之弩,负服矢五十个,置戈其上,冠轴带剑,赢三日之粮,日中而趋百里。"① 于是有选拔有高超武艺的勇士来做突击队伍的战士,如《吴子兵法·料敌》说:

> 一军之中必有虎贲之士,力轻扛鼎,足轻戎马,搴旗斩将,必有能者。若此之等,选而别之,爱而贵之,是谓军命。②

《孙膑兵法》专门有《篡卒》章,说"兵之胜在于篡(选)卒"③;其《威王问》称"篡(选)卒力士者,所以绝阵取将也"④。部队中个人技艺越来越重要,春秋战国时期也出现了一大批武艺高超的勇士,如《史记·秦本纪》载,"(秦)武王有力好戏,力士任鄙、乌获、孟说皆至大官"⑤。又如司马相如谏田猎,曰:"臣闻物有同类而殊能者,故力称乌获,捷言庆忌,勇期贲、育。"⑥ 又如《史记·魏公子列传》载信陵君窃符救赵,力士朱亥"袖四十斤铁椎,椎杀晋鄙"⑦。

因此,就个人的成名与是否成功来说,武艺的高低成为关键,最明显的例子就是荆轲。荆轲刺秦王没有成功,当时就有人说:"嗟乎,惜哉其不讲于刺剑之术也!"⑧ 而左思《咏史》(其六)在肯定荆轲

---

① 章诗同:《荀子简注》,上海人民出版社1974年版,第151—152页。
② 江苏师院学报组等:《吴子兵法注译》,上海人民出版社1977年版,第16页。
③ 刘心健编著:《孙膑兵法新编注译》,河南大学出版社1989年版,第45页。
④ 同上书,第32页。
⑤ 司马迁:《史记》,中华书局1982年版,第209页。
⑥ 司马迁:《史记·司马相如列传》,中华书局1982年版,第3053页。
⑦ 司马迁:《史记》,中华书局1982年版,第2381页。
⑧ 司马迁:《史记·刺客列传》,中华书局1982年版,第2538页。

"与世亦殊伦"的同时，又称其"虽无壮士节"，①也是指未完成刺秦王的大事；陶渊明《咏荆轲》则称其"惜哉剑术疏，奇功遂不成"。②

二　侠士的兴起与汉代对侠士的否定

可以这么说，只有现实生活中出现了具有武艺高超的战士，文学作品中才有可能产生这样的人物形象。当战国时期出现了一大批武艺高超的勇士时，社会潮流却认为这样的人物是不符合国家统一的要求的。这种认识的理论表述就是韩非在其《韩非子·五蠹》中提出的"儒以文乱法，侠以武犯禁"。③

何谓"侠"？侠士，一是要有武艺，这是其资格，是身份的基础，是个人的本领；二是肯见义勇为、舍己助人，这是其安身立命的基础，是个人的性格、气质或行为，是大众对他们的要求；三是其见义勇为、舍己助人的对象是个体而不是国家、朝廷。合起来说，"侠"，就是以一己的武艺、个人的力量来见义勇为、舍己助人的人。社会的安定、国家的统一，要求的是秩序，需要的是集体的力量、政府的权威，因此，以一己的武艺、个人的力量来见义勇为、舍己助人的行为与社会、国家的价值趋向是相违的。例如，《史记·游侠列传》"欲陈游侠之美"，④而司马迁云：

　　今游侠，其行虽不轨于正义，然其言必信，其行必果，已诺必诚，不爱其躯，赴士之厄困，既已存亡死生矣，而不矜其能，

---

① 萧统撰，李善注：《文选》，中华书局1977年影印本，第297页下。
② 逯钦立校注：《陶渊明集》，中华书局1979年版，第131页。
③ 陈奇猷校注：《韩非子集释》，上海人民出版社1974年版，第1057页。
④ 《史记正义》语，《史记》，中华书局1982年版，第3181页。

羞伐其德，盖亦有足多者焉。①

司马迁就是讲以一己的武艺、个人的力量来见义勇为、舍己助人是不符合安定的社会、统一的国家的要求的，他赞赏的主要是游侠的性格、气质、品德。《太史公自序》也说为什么作《游侠列传》："救人于厄，振人不赡，仁者有乎；不既信，不倍言，义者有取焉。"② 班固《汉书·游侠传》则把游侠行为"不轨于正义"说得更详尽、更清楚，称：

> 及至汉兴，禁网疏阔，未之匡改也。是故代相陈豨从车千乘，而吴濞、淮南皆招宾客以千数。外戚大臣魏其、武安之属竞逐于京师，布衣游侠剧孟、郭解之徒驰骛于闾阎，权行州域，力折公侯。众庶荣其名迹，覕而慕之。虽其陷于刑辟，自与杀身成名，若季路、仇牧，死而不悔也。③

而现实又是"况于郭解之伦，以匹夫之细，窃杀生之权，其罪已不容于诛矣"。但是，班固对游侠的性格、气质、品德还是肯定的，其云："观其温良泛爱，振穷周急，谦退不伐，亦皆有绝异之姿。惜乎不入于道德，苟放纵于末流，杀身亡宗，非不幸也！"④ 司马迁较少谈其行为而较多谈其性格、气质、品德，班固较多谈其行为而较少谈其性格、气质、品德，显示出情感趋向的不同，而价值趋向则是一致的。于是，个人主义的英雄在汉代是难以出现的。

---

① 司马迁：《史记》，中华书局1982年版，第3181页。
② 同上书，第3318页。
③ 班固：《汉书》，中华书局1962年版，第3698页。
④ 同上书，第3699页。

还有以武力统一天下的秦始皇,司马迁批评他"矜武任力"①;再说以武力统一天下的项羽,他是个武艺高强的人,他自恃"力拔山兮气盖世",虽然他"将五诸侯灭秦",但最终被刘邦所杀,在楚汉相争中失败了。司马迁《史记·项羽本纪》在肯定了项羽的历史功绩后又这样评价说:

> 及羽背关怀楚,放逐义帝而自立,怨王侯叛己,难矣。自矜功伐,奋其私智而不师古,谓霸王之业,欲以力征经营天下,五年卒亡其国,身死东城,尚不觉寤而不自责,过矣。乃引"天亡我,非用兵之罪也",岂不谬哉!②

如此看来,"力征"是远远不能与"师古"相比的,司马迁在赞赏一个比武力更伟大的东西,这是肯定的;他的观点也就是时代的观点。

三 建安时对个体的崇尚与对英雄的崇尚

汉代崇尚伦理道德、谶纬宿命、烦琐经学等外在规范、价值、标准,压抑人格、个性;个人要无条件地服从社会,内心精神世界无条件地服从外在客观社会。但东汉末年,情况有了改变。汉末时清议兴起,清流人士对抗国家朝廷主流社会,他们的行为言论成为人们崇尚的对象,《世说新语·德行》载时人称陈仲举"言为士则,行为世范"。③《后汉书·郭太传》载:

> 郭太字林宗,太原界休人也。家世贫贱。早孤,母欲使给事

---

① 司马迁:《史记·太史公自序》,中华书局 1982 年版,第 3302 页。
② 司马迁:《史记》,中华书局 1982 年版,第 339 页。
③ 刘义庆著,刘孝标注,余嘉锡笺疏:《世说新语笺疏》,上海古籍出版社 1993 年版,第 1 页。

县廷。林宗曰："大丈夫焉能处斗筲之役乎？"遂辞。就成皋屈伯彦学，三年业毕，博通坟籍。善谈论，美音制。乃游于洛阳。始见河南尹李膺，膺大奇之，遂相友善，于是名震京师。后归乡里，衣冠诸儒送至河上，车数千两。林宗唯与李膺同舟共济，众宾望之，以为神仙焉。①

这很可以说明对个体人物的崇尚在当时的表现。对个体人物的崇尚还从《后汉书》所录当日谣谚对某些个人的歌咏可见出：

> 天下模楷李元礼，
> 不畏强御陈仲举，
> 天下俊秀王叔茂。②
> 万事不理问伯始，
> 天下中庸有胡公。③

标榜某些名士成为风气，《后汉书·党锢传》称党人"遂共相摽搒，指天下名士，为之称号"，有"三君""八俊""八顾""八及""八厨"，④ 等等。

此后天下大乱，至建安年间是一个崇尚英雄的时代。东汉后期，宦官、外戚交相干政，互相倾轧，政治黑暗、朝廷腐败，天下大乱。如此形势给了群雄平定天下、建功立业的机会，当时以英雄评议人物，魏时刘劭有《人物志》，就是汉魏人物品鉴结果，其有"英雄"一章，其中云：

---

① 范晔：《后汉书》，中华书局1965年版，第2225页。
② 范晔：《后汉书·党锢传》，中华书局1965年版，第2186页。
③ 范晔：《后汉书·胡广传》，中华书局1965年版，第1510页。
④ 范晔：《后汉书》，中华书局1965年版，第2187页。

夫草之精秀者为英，兽之特群者为雄。故人之文武茂异，取名于此。是故聪明秀出谓之英，胆力过人谓之雄，此其大体之别名也。若校其分数，则互相须，各以二分，取彼一分，然后乃成……必聪能谋始，明能见机，胆能决之，然后可以为英，张良是也。气力过人，勇能行之，智足断事，乃可以为雄，韩信是也。体分不同，以多为目，故英雄异名。然皆偏至之材，人臣之任也。故英可以为相，雄可以为将。若一人之身兼有英雄，则能长世，高祖、项羽是也。[1]

汤用彤《读〈人物志〉》曰：

创大业则尚英雄。英雄者，汉魏间月旦人物所有名目之一也。天下大乱，拨乱反正则需英雄。汉末豪俊并起，群欲平定天下，均以英雄自许，故王粲著有《汉末英雄记》。当时四方鼎沸，亟须定乱，故曹操曰："方今收英雄时也。"夫拨乱端仗英雄，故许子将目曹操曰："君清平之奸贼，乱世之英雄也。"而孟德为之大悦。盖素以创业自任也。[2]

在汉末人物中，曹操最为英雄，这首先从安天下说起，《后汉书·党锢传》载：

初，曹操微时，（李）瓒异其才，将没，谓子宣等："时将乱矣，天下英雄无过曹操。张孟卓与吾善，袁本初汝外亲，岁尔勿依，必归曹氏。"[3]

---

[1] 王玫评注：《人物志》，红旗出版社1996年版，第113—115页。
[2] 《汤用彤学术论文集》，中华书局1983年版，第200页。
[3] 范晔：《后汉书》，中华书局1965年版，第2197页。

■ 中古乐府广义

曹操的英雄相还在于其武艺,《世说新语·容止》载:

> 魏武将见匈奴使,自以形陋,不足雄远国,使崔季珪代,帝自捉刀立床头。既毕,令间谍问曰:"魏王何如?"匈奴使答曰:"魏王雅望非常,然床头捉刀人,此乃英雄也。"魏武闻之,追杀此使。①

"追杀此使"之说或为太过,但这是后人说曹操有英雄相,连匈奴人都看得出。曹操有武艺,又喜兵法,《三国志·武帝纪》注引孙盛《异同杂语》说:

> 太祖尝私入中常侍张让室,让觉之。乃舞手戟于庭,逾垣而出。才武绝人,莫之能害。博览群书,特好兵法,抄集诸家兵法,名曰接要,又注孙武十三篇,皆传于世。②

他十分崇尚个人的作用,其《让县自明本志令》中称说自己:"设使国家无有孤,不知当几人称帝,几人称王。"后来继承曹操事业的曹丕,也是一个崇尚个人作用的人,其《黎阳作》称自己:"我独何人,能不靖乱。"其《令诗》则曰:

> 丧乱悠悠过纪,白骨从横万里。
> 哀哀下民靡恃,吾将以时整理,
> 复子明辟致仕。③

他也是一个有武艺的人,《三国志·魏书·文帝纪》注引《魏书》

---

① 刘义庆著,刘孝标注,余嘉锡笺疏:《世说新语笺疏》,上海古籍出版社1993年版,第605页。
② 陈寿:《三国志》,中华书局1959年版,第3页。
③ 逯钦立辑校:《先秦汉魏晋南北朝诗》,中华书局1983年版,第403页。

称其"善骑射,好击剑";① 又注引《典论·自叙》称:"余时年五岁,上以世方扰乱,教余学射,六岁而知射,又教余骑马,八岁而能骑射矣""夫文武之道,各随时而用,生于中平之季,长于戎旅之间,是以少好弓马,于今不衰;逐禽辄十里,驰射常百步。"当有人称赏他"善左右射,此实难能"时,他回答说:"执事未睹夫项发口纵,俯马蹄而仰月支也。"② 很为自己善射自豪。

为了战争的需要,曹操多选拔侠士作为武将来率领部队冲锋陷阵。曹操《举贤勿拘品行令》说要访求"果勇不顾,临阵力战"之人。③《三国志·魏书·二李臧文吕许典二庞阎传》载,许褚"长八尺余,腰大十围,容貌雄毅,勇力绝人",其归曹操时,"诸从褚侠客,皆以为虎士";"褚所将为虎士者从征伐,太祖以为皆壮士也,同日拜为将,其后以功为将军封侯者数十人,都尉、校尉百余人,皆剑客也"。④ 又载典韦,"形貌魁梧,旅(膂)力过人,有志节任侠";军中为之语曰:"帐下壮士有典君,提一双戟八十斤"⑤。这是一个崇尚武艺的时代,崇尚武艺的同时又崇尚力量。又,《三国志·夏侯渊传》注引《魏书》,称夏侯渊为将,"赴急疾,常出敌之不意,故军中为之语曰:典军校尉夏侯渊,三日五百,六日一千"⑥。这是称赏其战斗中行动快速而出敌不意。

建安时代对英雄的崇尚直接影响到曹植《白马篇》对少年英雄的塑造,而赋予其"游侠儿"的身份,使这位少年英雄理所当然以个体

---

① 陈寿:《三国志》,中华书局1959年版,第57页。
② 同上书,第89页。
③ 《曹操集》,中华书局1959年版,第49页。
④ 陈寿:《三国志》,中华书局1959年版,第542—543页。
⑤ 同上书,第543—544页。
⑥ 同上书,第270页。

形式出现。这种对英雄的阐述包括两个方面，一是崇尚个体，二是崇尚"力"，即武艺、武功。

四　"游侠儿"与曹植自身

《白马篇》称"游侠儿"的武艺，一称"白马饰金羁，连翩西北驰"，二称"控弦破左的，右发摧月支，仰手接飞猱，俯身散马蹄"，合而称之即"骑射"。武艺，本指骑、射、击、刺等武术方面的技能，但曹植诗中对武艺的叙写，很有点艺术表演的意味，你看，"控弦破左的，右发摧月支，仰手接飞猱，俯身散马蹄"，像不像身着戎装、手持弓箭、铿锵起舞的舞蹈艺术表演？武艺、武功可以作为一种艺术、一种表演，早就成为风尚，如项羽与刘邦在鸿门宴上，项庄进来说："君王与沛公饮，军中无以为乐，请以剑舞"。① 可见，宴会上表演舞剑是常规。显然，曹植在诗中以艺术化、表演化来叙写少年英雄的武艺，是有社会基础的。

生活中有武艺高超的将士，现实社会又需要这样武艺高超的将士，且建安时代文学事业的发展又有能力创造出吟咏人物形象的作品。那么，就看塑造武艺高超的将士之类的人物形象的重任落在哪个文学家的肩上，而他的任务就是如何去塑造这样的人物形象。

这个人就是曹植。他在诗中熔铸了自己的报国理想，他一生追求的是"戮力上国，流惠下民，建永世之业，流金石之功"。② 他自小有"南极赤岸，东临沧海，西望玉门，北出玄塞"的军旅生涯。他的雄心就是西灭"违命之蜀"，东灭"不臣之吴"，"混同宇内，以致太和"③。

---

　① 司马迁：《史记·项羽本纪》，中华书局1982年版，第313页。
　② 《与杨德祖书》，《三国志·曹植传》注引，中华书局1959年版，第559页。
　③ 曹植：《求自试表》，陈寿《三国志·曹植传》，中华书局1959年版，第566—567页。

第三章 乐府歌辞探故

而曹植自己,"生乎乱,长乎军"①,他在诗中称其经历:

> 皇考建世业,余从征四方。
> 栉风而沐雨,万里蒙露霜。
> 剑戟不离手,铠甲为衣裳。②

其《杂诗七首》(其五)写战争中的英雄主义壮志:

> 仆夫早严驾,吾将远行游。
> 远游欲何之?吴国为我仇。
> 将骋万里途,东路安足由。
> 江介多悲风,淮泗驰急流。
> 愿欲一轻济,惜哉无方舟。
> 闲居非吾志,甘心赴国忧。③

但应该注意到,这些对英雄主义的颂赞,实际上是理想主义的,诗人只是在叙说一种理想,这个理想要成为现实还需一定的条件。当然成为这样的少年英雄,也应该是曹植的愿望与理想。朱乾《乐府正义》称《白马篇》说:"此寓意于幽并游侠,实自况也……篇中所云捐躯赴难、视死如归,亦子建素志,非泛述矣。"④《白马篇》当然可视作曹植在虚构性的乐府诗中塑造自我形象的努力,虽然曹植并没有"幽并游侠儿"的武艺与征战匈奴的经历,但他要表达愿望与理想。

---

① 曹植:《陈审举表》,陈寿《三国志·曹植传》,中华书局1959年版,第573页。
② 曹植:《失题》,逯钦立辑校《先秦汉魏晋南北朝诗》,中华书局1983年版,第562页。
③ 逯钦立辑校:《先秦汉魏晋南北朝诗》,中华书局1983年版,第457页。
④ 朱乾:《乐府正义》,乾隆五十四年(1789)秬香堂刻本,第18页B面—第19页A面。

■■中古乐府广义

　　这里的问题是，曹植为什么要把少年英雄定位为"游侠儿"形象？

　　我们先来看汉末时代如何看待"游侠"。曹操即有"游侠"之称，《三国志·魏书·武帝纪》称曹操"少机警，有权数，而任侠放荡"①；《世说新语·假谲》引孙盛《杂语》，称曹操"少好侠，放荡不修行业"②；《世说新语·假谲》称"魏武少时，尝与袁绍好为游侠"。③《三国志·魏书·袁绍传》引《英雄记》称袁绍"好游侠"。④ 如此看来，"游侠"已不是韩非"侠以武犯禁"的意味，而是国家栋梁之材、甚至是最高统治者早期生活中的某一方面，这当然应该是优秀的性格、气质、品德。因此，曹丕《大墙上蒿行》亦歌吟"恣意遨游""带我宝剑"且"咸自谓丽且美，曾不如君剑良"的侠士⑤。

　　《白马篇》中的"游侠儿"，身怀绝技，又是一个个体英雄，这都是与传统意味的"游侠儿"一致之处。但是，这位"游侠儿"的见义勇为、舍己助人，此时已不是针对某个别人，而是针对"边城多警急，胡虏数迁移"的国家紧急情况，于是，他要做的是"捐躯赴国难，视死忽如归"。这应该是其与传统意味的"游侠儿"不一致之处，是其特殊之处，是传统意味的"游侠儿"见义勇为、舍己助人的升华，侠文化至此有了一个升华。这个升华的实现是赋予"游侠儿"从军的经历，从军使"游侠儿"由个人性的武艺施展到参与集体的战斗投入，从军使"游侠儿"的武艺施展有了更广阔的范围。"游侠儿"从为人

---

① 陈寿：《三国志》，中华书局1959年版，第2页。
② 刘义庆著，刘孝标注，余嘉锡笺疏：《世说新语笺疏》，上海古籍出版社1993年版，第851页。
③ 同上。
④ 陈寿：《三国志》，中华书局1959年版，第188页。
⑤ 逯钦立辑校：《先秦汉魏晋南北朝诗》，中华书局1983年版，第397页。

到为国的升华，这是曹植的创造。《白马篇》中"游侠儿"之称，难说没有曹操"好为游侠"的影响；少年英雄骑射技艺之精，难说没有曹操"才武绝人"、曹丕"善骑射，好击剑"的影子。而曹丕自称善射"俯马蹄而仰月支"，曹植诗中用语与其如出一辙。

五 少年英雄的原型

《白马篇》中的少年英雄"游侠儿"的原型应该是曹彰。曹彰是曹植同母兄，《三国志·魏书·任城陈萧王传》载：

> （曹彰）少善射御，膂力过人，手格猛兽，不避险阻。数从征伐，志意慷慨。太祖尝抑之曰："汝不念读书慕圣道，而好乘汗马击剑，此一夫之用，何足贵也！"课彰读《诗》《书》。彰谓左右曰："丈夫一为卫、霍，将十万骑驰沙漠，驱戎狄，立功建号耳，何能作博士邪？"

他自称"好为将"，并称"为将"在个人方面要做到"披坚执锐，临难不顾，为士卒先；赏必行，罚必信"，他的言辞与司马迁对"侠"的评价何其相似；在与反叛的代郡乌丸作战中，曹彰"身自搏战，射胡骑，应弦而倒者前后相属"。① 这些战斗经历，与诗中"幽并游侠儿"是一致的。再说，曹彰与曹植关系最好，《三国志·魏书·任城陈萧王传》注引《魏略》载，曹操病重时，召曹彰，在曹彰至，曹操已卒，曹彰对曹植说："先王召我者，欲立汝也。"② 并问先王玺绶所在，他是想在争皇位上助曹植一臂之力。魏文帝黄初四年（224），曹彰在与曹植等同朝京师时不幸去世，《世说新语·尤悔》称是被曹丕

---

① 陈寿：《三国志》，中华书局1959年版，第555页。
② 同上书，第557页。

毒死的，曹植《赠白马王彪》诗中悼念他：

> 太息将何为？天命与我违。奈何念同生，一往形不归。
> 孤魂翔故域，灵柩寄京师。存者忽复过，亡没身自衰。①

这样看来，曹彰是《白马篇》中少年英雄"游侠儿"的原型，应该是有点道理的。

游侠是个人性的施展武艺，而从军是集体性的投入战斗，曹植《白马篇》把从军与游侠结合起来了；曹植在诗中叙写个体英雄，是建安时代张扬个性、突出个人的表现；曹植刻画英雄时对武艺、武功作了艺术化、表演化叙写，是审美化地对待生活。曹植把其叙写的个体英雄命名为"游侠儿"，赋予其捐躯报国的品质，提升了"游侠儿"的地位，又把"游侠儿"纯粹的个人性施展武艺变换成集体性战斗中的施展武艺，改变了汉代侠文化的发展方向；而英雄以个体形式存在，其武功艺术化的表现，这些又是此后侠文化在文学中的表现。综上所述，就是曹植《白马篇》在文学史上的意义。

第七节 《王昭君》与和亲中的个人命运

一 和亲的意味

所谓"和亲"，根本的意思实际上就是"和戎"，与四境少数民族停止战争而建立和平、友好、亲睦的关系，《左传·襄公四年》载，

---

① 逯钦立辑校：《先秦汉魏晋南北朝诗》，中华书局1983年版，第453—454页。

时晋国强盛，声威大振，戎狄也来亲和，晋侯说"戎狄无亲而贪，不如伐之。"魏绛不同意。晋侯曰："然则莫如和戎乎？"魏绛对曰："和戎有五利焉：戎狄荐居，贵货易土，土可贾焉，一也。边鄙不耸，民狎其野，穑人成功，二也。戎狄事晋，四邻振动，诸侯威怀，三也。以德绥戎，师徒不勤，甲兵不顿，四也。鉴于后羿，而用德度，远至迩安，五也。君其图之！"于是"公说，使魏绛盟诸戎，修民事，田以时"。①"和戎"被称为一项有利于称霸的政策。

在汉代，两个对立的民族停止战争而建立和平、友好、亲睦的关系，称作"和亲"，两汉400余年，共有民族"和亲"29次。以后中原政权与四境少数民族政权亦有"和亲"例如，南朝刘宋时，鲜卑吐谷浑拾寅向刘宋献舞马，谢庄等作《舞马歌》。《宋书·谢庄传》载，"时河南献舞马，诏群臣为赋"，谢庄有《舞马赋应诏》"又使庄作《舞马歌》，令乐府歌之"②，诗今已不存。《宋书·鲜卑吐谷浑传》载："世祖大明五年，拾寅遣使献善舞马、四角羊。皇太子、王公以下上《舞马歌》者二十七首。"③ 河南，指河南王，宋文帝元嘉十六年（439）赐鲜卑吐谷浑慕延之封号，拾寅是慕延接替者。此当是吟咏和亲时的相送礼物，这又是以文学作品的形式歌吟和亲。

"和亲"时，则有种种惯例与规定，如果是对方"质子"，则是以大压小、以强凌弱。随着汉帝国的强大，匈奴"质子""入侍"的事越来越多，与"质子""入侍"相互对等的，应该是和亲时遣公主远嫁，远嫁匈奴单于或其他民族头领的事。两汉期间29次民族"和亲"，第2次至第12次和第19次，都有遣公主嫁匈奴单于或其他民族头领

---

① 《春秋左传正义》，《十三经注疏》，上海古籍出版社1997年影印本，第1933—1934页。
② 沈约：《宋书》，中华书局1974年版，第2175—2176页。
③ 同上书，第2373页。

的事。其实，公主远嫁是"和亲"中的一项重要活动，但不见得每次"和亲"都有公主远嫁，不能狭义化理解"和亲"活动，仅视"和亲"活动为公主远嫁。①

二 和亲时的公主远嫁

《史记·匈奴列传》，载平城之围后高祖"使刘敬接和亲之约"，这是汉与匈奴第一次和亲；《史记·匈奴列传》载第二次和亲的情况，在此次和亲中才有遣公主嫁匈奴单于之事，即"高帝乃使刘敬奉宗室女公主为单于阏氏，岁奉匈奴絮缯酒米食物各有数，约为昆弟以和亲"②。两汉及后代多有诗作吟咏遣公主嫁匈奴单于或其他民族头领之事。现存第一首对此事的吟咏，是公主刘细君本人吟咏远嫁乌孙的悲愁。刘细君，江都王女，远嫁乌孙而作悲愁之歌。《汉书·西域传下》载，武帝时张骞通西域，乌孙国与汉廷交好，匈奴"怒欲击之"，"乌孙于是恐，使使献马，愿得尚汉公主，为昆弟。天子问群臣，议许，曰：'必先内聘，然后遣女。'乌孙以马千匹聘"。汉元封（前110—前105）中，遣江都王建女细君为公主，以妻焉。赐乘舆服御物，为备官属、宦官、侍御数百人，赠送甚盛。乌孙昆莫以为右夫人。匈奴亦遣女妻昆莫，昆莫以为左夫人。公主至其国，自治宫室居，岁时一再与昆莫会，置酒饮食，以币帛赐王左右贵人。昆莫年老，言语不通，公主悲愁，自为作歌曰：

  吾家嫁我兮天一方，远托异国兮乌孙王。
  穹庐为室兮旃为墙，以肉为食兮酪为浆。

---

① 以上参见葛亮《论汉代的民族"和亲"并非民族间的政治联姻》，《河北学刊》2003年第6期。
② 司马迁：《史记》，中华书局1982年版，第2894—2895页。

居常土思兮心内伤，愿为黄鹄兮归故乡。①

"天子闻而怜之，间岁遣使者持帷帐锦绣给遗焉"。后"昆莫年老，欲使其孙岑陬尚公主"。公主不愿意，上书天子，天子回答说："从其国俗，欲与乌孙共灭胡。"后岑陬为乌孙王。② 汉天子从朝廷的利益考虑，于是不同意刘细君的请求；而诗作的旨意则是哀伤远嫁。诗作分为三个层次，第一层次为陈述现实事件，但已点明悲愁的原因，即所嫁之处为"天一方"的"异国"。第二层次为叙说"异国"的风俗，诗中叙说的风俗还只是物质方面的，还有更难以习惯的，即文化习俗上的，此即"昆莫年老，欲使其孙岑陬尚公主"，这也是为以下的"悲愁"抒情奠定基础。第三层次为抒情，一是"心内伤"，二是以羡慕"黄鹄"高飞秋去春来来表达回归故乡的愿望。后世对细君远嫁乌孙多有引证，《后汉书·皇甫规传》载："前世尚遗匈奴以宫姬，镇乌孙以公主。"③ 这是说"和亲"嫁公主的目的有"镇乌孙"之意。

而且，当时或有乌孙氏女来到中原，《焦氏易林》中"噬嗑"之"萃"：

乌孙氏女，深目黑丑。嗜欲不同，过时无偶。④

"革"之"鼎"亦载，与此同，只是"偶"作"耦"⑤。

三 昭君出塞

继武帝元封（前110—前105）中刘细君远嫁乌孙国，汉元帝竟宁

---

① 班固：《汉书》，中华书局1962年版，第2903页。
② 同上书，第2904页。
③ 范晔：《后汉书》，中华书局1965年版，第2134页。
④ 焦延寿：《焦氏易林注》，尚秉和注，光明日报出版社2005年版，第216页。
⑤ 同上书，第490页。

元年（前33），又有与匈奴和亲的"昭君出塞"。《汉书·元帝纪》载诏曰："匈奴郅支单于背叛礼义，既伏其辜，呼韩邪单于不忘恩德，乡慕礼义，复修朝贺之礼，愿保塞传之无穷，边陲长无兵革之事。其改元为竟宁，赐单于待诏掖庭王嫱为阏氏。"① 《汉书·匈奴传下》载："单于自言愿婿汉氏以自亲。元帝以后宫良家子王嫱字昭君赐单于。"②从中原王朝的立场说，匈奴要求和亲并"自言愿婿汉氏以自亲"，那么，称"昭君出塞"是朝廷"赐单于"，也是可以的。又，《后汉书·南匈奴列传》载，"昭君入宫数岁，不得见御，积悲怨，乃请掖庭令求行"③，这也是可信的，此处不得志，另求他处，但仅仅这样看，未免简单了一些。我们再来看这样"昭君出塞"前一年的一段史事。《汉书·元帝纪》载，建昭四年（前34）正月，"以诛郅支单于告祠郊庙。赦天下。群臣上寿置酒，以其图书示后宫贵人"。④ 朝廷是把与匈奴的关系及其对抗中的胜利广为宣传的，"告祠郊庙"就是上告天地、下告祖先，"赦天下"就是让人们都享受到战胜匈奴的利益；皇帝还要与后宫共享胜利，"以其图书示后宫贵人"，以艺术形式告知后宫贵人。因此，在如此气氛中王昭君自荐求行，肯定有主动请缨、和亲胡汉的目的。

王昭君嫁给呼韩邪单于后号宁胡阏氏，阏氏称呼有说法，《史记·匈奴列传》："单于有太子名冒顿。后有所爱阏氏，生少子。"司马贞《索隐》："旧音於连、於曷反二音。匈奴皇后号也。习凿齿与燕王书曰：'山下有红蓝，足下先知不？北方人探取其花染绯黄，采取其上英鲜者作烟肢，妇人将用为颜色。吾少时再三过见烟肢，今日始视红蓝，后当为足下致其种。匈奴名妻作"阏支"，言其可爱如烟肢也。阏音

---

① 班固：《汉书》，中华书局1962年版，第297页。
② 同上书，第3803页。
③ 范晔：《后汉书》，中华书局1965年版，第2941页。
④ 班固：《汉书》，中华书局1962年版，第295页。

烟。想足下先亦不作此读《汉书》也。'"①后来，王昭君又嫁给下一位单于，其中有一些反复，《后汉书·南匈奴列传》载，王昭君"生二子。及呼韩邪死，其前阏氏子代立，欲妻之。昭君上书求归，成帝敕令从胡俗，遂复为后单于阏氏焉"②。在朝廷的命令与支持下，王昭君做出合乎和亲大业的决定。《汉书·匈奴传下》载，"复株絫单于复妻王昭君，生二女，长女云为须卜居次，小女为当于居次"③。"居次"，若汉言公主，"须卜""当于"皆为其夫家氏族名。小女佚名，长女名"云"，这位云公主与其女婿须卜也为胡汉和亲做出过贡献。

《西京杂记》是这样叙说王昭君事迹的：

> 元帝后宫既多，不得常见，乃使画工图形，案图召幸之。诸宫人皆赂画工，多者十万，少者亦不减五万。独王嫱不肯，遂不得见。匈奴入朝，求美人为阏氏，于是上案图，以昭君行。及去，召见，貌为后宫第一，善应对，举止闲雅。帝悔之，而名籍已定，帝重信于外国，故不复更人，乃穷案其事，画工皆弃市。籍其家资，皆巨万。画工有杜陵毛延寿，为人形，丑好老少必得其真。安陵陈敞，新丰刘白、龚宽，并工为牛马飞鸟众势，人形好丑，不逮延寿。下杜阳望，亦善画，尤善布色，樊育亦善布色。同日弃市，京师画工于是差稀。④

完全小说化了。南北朝时吟咏王昭君的作品，既有从"远嫁难为情"以及嫁至匈奴不习惯其习俗立意的，亦多有从《西京杂记》所载立意者。以下载录之。

---

① 司马迁：《史记》，中华书局1982年版，第2888—2889页。
② 范晔：《后汉书》，中华书局1965年版，第2941页。
③ 班固：《汉书》，中华书局1962年版，第3807—3808页。
④ 葛洪撰，周天游校注：《西京杂记》，三秦出版社2006年版，第68—69页。

四 假托昭君的《怨旷思惟歌》

《琴操》录《怨旷思惟歌》，假托王昭君所作，其序曰：

> 王昭君者，齐国王穰女也。昭君年十七时，颜色皎洁，闻于国中。穰见昭君端正闲丽，未尝窥看门户，以其有异于人，求之皆不与，献于孝元帝。以地远既不幸纳，叨备后宫。积五六年，昭君心有怨旷，伪不饰其形容，元帝每历后宫，疏略不过其处。后单于遣使者朝贺，元帝陈设倡乐，乃令后宫妆出。昭君怨恚日久，不得侍列，乃更修饰，善妆盛服，形容光辉而出，俱列坐。元帝谓使者曰："单于何所愿乐？"对曰："珍奇怪物，皆悉自备，惟妇人丑陋，不如中国。"帝乃问后宫："欲一女赐单于，谁能行者？起。"于是昭君喟然越席而前曰："妾幸得备在后宫，粗丑卑陋，不合陛下之心，诚愿得行。"时单于使者在旁，帝大惊悔之，不得复止，良久太息曰："朕已误矣。"遂以与之。昭君至匈奴，单于大悦，以为汉与我厚，纵酒作乐。遣使者报汉，送白璧一双、骏马十匹、胡地珠宝之类。昭君恨帝始不见遇，心思不乐，心念乡土，乃作《怨旷思惟歌》曰云云。昭君有子曰世违，单于死，子世违继立。凡为胡者，父死妻母，昭君问世违曰："汝为汉也？为胡也？"世违曰："欲为胡耳。"昭君乃吞药自杀，单于举葬之。胡中多白草，而此冢独青。

完全是叙事化的。其歌曰：

> 秋木萋萋，其叶萎黄。
> 有鸟爰止，集于苞桑。
> 徘徊枝条，意志自得。

养育毛羽，形容生光。

既得升云，获幸帷房。

离宫绝旷，身体摧藏。

志念抑沉，不得颉颃。

虽得委食，心有徊徨。

我独伊何，改往变常。

翩翩之燕，远集西羌。

高山峨峨，河水泱泱。

父兮母兮，道里悠长。

呜呼哀哉，忧心恻伤。①

此当是后汉代琴工模拟王昭君口吻所为，逯钦立称："《书钞》引此谓出《汉书》，恐误。又昭君本入匈奴，而歌辞则谓'远集西羌'，地理不合，后汉外患在羌，作者遂率笔及之也。"②《琴操》录此诗时称王昭君因不被宠幸"乃作怨思之歌"，赴匈奴后又十分思念家乡故里，这些在歌里均有表现。《琴操》录此诗时又称单于得王昭君则大悦，而王昭君在匈奴不习惯其习俗，这些在歌里没有表现。《乐府诗集·琴曲歌辞》引此作，名为《昭君怨》。

南朝江淹有《恨赋》《别赋》，古往今来传诵不已，其共同的特点在于都是描写了某种感情在不同人物身上的各种表现。江淹自称《恨赋》是"直念古者，伏恨而死"之作，作品一开始写道："试望平原，蔓草萦骨，拱木敛魂；人生到此，天道宁论！"其中写到的人物有秦始皇、赵王迁、李陵、王昭君、冯衍、嵇康等。其写王昭君

---

① 蔡邕：《琴操》，丛书集成初编，中华书局1985年版，第23—24页。
② 逯钦立辑校：《先秦汉魏晋南北朝诗》，中华书局1983年版，第314页。

的段落:"若夫明妃去时,仰天太息。紫台稍远,关山无极;摇风忽起,白日西匿。陇雁少飞,代云寡色。望君王兮何期,终芜绝兮异域。"①

五 石崇《王明君词》

晋时石崇《王明君词》,《文选·乐府》所录,其序云:"王明君者,本是王昭君,以触文帝讳改焉。匈奴盛,请婚于汉,元帝以后宫良家子昭君配焉。昔公主嫁乌孙,令琵琶马上作乐,以慰其道路之思。其送明君,亦必尔也,其造新曲,多哀怨之声,故叙之于纸云尔。"辞曰:

> 我本汉家子,将适单于庭。
> 辞诀未及终,前驱已抗旌。
> 仆御涕流离,辕马悲且鸣。
> 哀郁伤五内,泣泪湿朱缨。
> 行行日已远,遂造匈奴城。
> 延我于穹庐,加我阏氏名。
> 殊类非所安,虽贵非所荣。
> 父子见陵辱,对之惭且惊。
> 杀身良不易,默默以苟生。
> 苟生亦何聊,积思常愤盈。
> 愿假飞鸿翼,乘之以遐征。
> 飞鸿不我顾,伫立以屏营。
> 昔为匣中玉,今为粪上英。

---

① 萧统撰,李善注:《文选》,中华书局1977年影印本,第235—236页。

第三章　乐府歌辞探故

朝华不足欢，甘于秋草并。

传语后世人，远嫁难为情。①

诗作的立意是"远嫁难为情"以及嫁至匈奴不习惯其习俗。王昭君远嫁是有利于民族团结的，这是史书的叙事角度；而从情感抒发的角度，石崇诗作突出了故国家邦之思。《王明君词》一曰《王昭君》，《乐府诗集》属《相和歌辞》吟叹曲，解题引《古今乐录》称此辞曰："《明君》歌舞者，晋太康中石季伦所作也。王明君本名昭君，以触文帝讳，故晋人谓之明君。匈奴盛，请婚于汉，元帝以后宫良家子明君配焉。初，武帝以江都王建女细君为公主，嫁乌孙王昆莫，令琵琶马上作乐，以慰其道路之思，送明君亦然也。其造新之曲，多哀怨之声。晋、宋以来，《明君》止以弦隶少许为上舞而已。梁天监中，斯宣达为乐府令，与诸乐工以清商两相闲弦为《明君》上舞，传之至今。"②对其流传载之甚详。《乐府诗集》引《唐书·乐志》曰："《明君》，汉曲也。元帝时，匈奴单于入朝，诏以王嫱配之，即昭君也。及将去，入辞，光彩射人，悚动左右，天子悔焉。汉人怜其远嫁，为作此歌。晋石崇妓绿珠善舞，以此曲教之，而自制新歌。"③ 这是说汉代本有咏王昭君的歌曲，其抒情指向是"怜其远嫁"。

诗中所述哀情有三，一是远离家乡的悲伤；二是对不同风俗、不同礼仪下自身处境的哀痛；三是身份改变的凄苦。这些哀情又都统摄在"远嫁难为情"上。尤其是主人公对不同风俗、不同礼仪下自身处境的哀痛，所谓"父子见凌辱，对之惭且惊"，是一般诗作不能表现的，《文选》李善注史事曰："《汉书》曰：呼韩邪死，子雕陶莫皋立，

---

① 萧统撰，李善注：《文选》，中华书局1977年影印本，第393页。
② 郭茂倩编：《乐府诗集》，中华书局1979年版，第425页。
③ 同上。

为复系若鞮单于，复妻王昭君，生二女也。"① 这点在蔡文姬《五言悲愤诗》中也有叙写，所谓"边荒与华异，人俗少义理"②。不过，石崇的叙写带有歧视与敌意，而蔡文姬的叙写只是隐约写来，是客观性的。

所谓"妻其后母"——不同风俗、礼仪下的远嫁公主处境。匈奴与汉朝关系不好，就要攻略边境，抢夺财物，抢夺妇女。匈奴与汉朝两国关系交好，也就是娶汉女、得财物，《汉书·匈奴传上》载：单于遣使遗汉书，其中就说"今欲与汉闿（开）大关，取汉女为妻，岁给遗我蘖酒万石，稷米五千斛，杂缯万匹，它如故约，则边不相盗矣"。③ 另外，也有边境一带的妇女因为眼前的生活窘境而逃往匈奴以追求幸福的。例如，《汉书·匈奴传下》中记载汉郎中侯应谈边境形势，其中云："又边人奴婢愁苦，欲亡者多，曰：'闻匈奴中乐，无奈何望急何！'"④《史记·匈奴列传》载匈奴习俗："自君王以下，咸食畜肉，衣其皮革，被旃裘。壮者食肥美，老者食其余。贵壮健，贱老弱。父死，妻其后母；兄弟死，皆取其妻妻之。"⑤《史记·匈奴列传》记载了某次"和亲"远嫁公主时中行说陪行。中行说对汉使者批评匈奴"父死，妻其后母"是这样解释的："父子兄弟死，取其妻妻之，恶种姓之失也。故匈奴虽乱，必立宗种。今中国虽详（佯）不取其父兄之妻，亲属益疏则相杀，至乃易姓，皆从此类。"⑥ 意为既保证繁衍后代，又保证种族纯正，是可以理解的。在这种情况下，匈奴会恶意地与孀居的吕后开玩笑，《汉书·匈奴传》载：冒顿为书遗高后说：

---

① 萧统撰，李善注：《文选》，中华书局1977年影印本，第393页。
② 范晔：《后汉书》，中华书局1965年版，第2801页。
③ 班固：《汉书》，中华书局1962年版，第3780页。
④ 同上书，第3804页。
⑤ 司马迁：《史记》，中华书局1982年版，第2879页。
⑥ 同上书，第2900页。

"孤偾之君,生于沮泽之中,长于平野牛马之域,数至边境,愿游中国。陛下独立,孤偾独居。两主不乐,无以自虞,愿以所有,易其所无。"① 后来,汉臣或其他国臣子投到匈奴,单于也要以尊贵女性嫁之,既是现实的恩宠,又是说保持后代有某种血统以实现政治联姻以示恩宠,如赵信、李陵、李贰师以乌孙、康居间小国的乌禅幕降后,匈奴都以贵族女妻之。

六 吟咏王昭君的另几个系列

《乐府诗集》载录吟咏王昭君的歌辞有几个系列,一是承石崇《王明君词》而来的《王昭君》系列,属《相和歌辞》吟叹曲,此《王昭君》系列突出离别色彩。

刘宋鲍照《王昭君》以边塞风光写情感:

既事转蓬远,心随雁路绝。
霜鞞旦夕惊,边笳中夜咽。②

梁施荣泰《王昭君》:

垂罗下椒阁,举袖拂胡尘。
唧唧抚心叹,蛾眉误杀人。③

此诗以昭君"举袖拂胡尘"为背景抒发情感,其抒发重心在"蛾眉误杀人",是说"昭君自恃容貌"而不肯赂画工,于是被画丑了而远嫁匈奴,还是说昭君容貌太姣好了,于是远嫁匈奴更令人遗憾?

---

① 班固:《汉书》,中华书局1962年版,第3754—3755页。
② 郭茂倩编:《乐府诗集》,中华书局1979年版,第426页。
③ 同上书,第427页。

北周庾信《王昭君》一味渲染离开汉宫故乡的悲哀:

> 拭啼辞戚里,回顾望昭阳。
> 镜失菱花影,钗除却月梁。
> 围腰无一尺,垂泪有千行。
> 衫身承马汗,红袖拂秋霜。
> 别曲真多恨,哀弦须更张。①

庾信另一首《王昭君》:

> 猗兰恩宠歇,昭阳幸御稀。
> 朝辞汉阙去,夕见胡尘飞。
> 寄信秦楼下,因书秋雁归。②

写昭君是在"恩宠歇"的情况下"朝辞汉阙去"的,这已有宫怨色彩;又写自己难归,秋雁易归,只有托秋雁寄书信了。《王昭君》系列还有唐人所作,此处不录。

又有《明君词》系列,亦是承石崇《王明君词》而来的,题目不同,亦属吟叹曲。梁简文帝萧纲《明君词》:

> 玉艳光瑶质,金钿婉黛红。
> 一去蒲萄观,长别披香宫。
> 秋檐照汉月,愁帐入胡风。
> 妙工偏见诋,无由情恨通。③

---

① 郭茂倩编:《乐府诗集》,中华书局1979年版,第427页。
② 同上。
③ 同上书,第425页。

诗作写明君天生丽质而入胡，于是怨恨画工对自己容貌的诋毁。

梁武陵王萧纪《明君词》：

> 塞外无春色，边城有风霜。
> 谁堪览明镜，持许照红妆。①

这是说在塞外风霜下，明君还能保持鲜亮的红妆吗？

梁沈约《明君词》：

> 朝发披香殿，夕济汾阴河。
> 于兹怀九折，自此敛双蛾。
> 沾妆疑湛露，绕臆状流波。
> 日见奔沙起，稍觉转蓬多。
> 胡风犯肌骨，非直伤绮罗。
> 衔涕试南望，关山郁嵯峨。
> 始作阳春曲，终成苦寒歌。
> 唯有三五夜，明月暂经过。②

所谓"胡风犯肌骨，非直伤绮罗"，那就还伤心了，着力描摹明君在胡地的感受。

陈张正见《明君词》写在胡地的哀伤，再写时光流逝，容颜老去：

> 寒树暗胡尘，霜楼明汉月。
> 泪染上春衣，忧变华年发。③

---

① 郭茂倩编：《乐府诗集》，中华书局1979年版，第432页。
② 同上。
③ 同上。

北周王褒《明君词》：

> 兰殿辞新宠，椒房余故情。
> 鸿飞渐南陆，马首倦西征。
> 寄书参汉使，衔涕望秦城。
> 唯余马上曲，犹作出关声。①

诗作以汉地情与"马上曲""出关声"为对比来抒发情感。

北周庾信《明君词》：

> 敛眉光禄塞，遥望夫人城。
> 片片红颜落，双双泪眼生。
> 冰河牵马渡，雪路抱鞍行。
> 胡风入骨冷，夜月照心明。
> 方调琴上曲，变入胡笳声。②

"方调琴上曲，变入胡笳声"是诗作很有意思之处，这是写明君本人的心理调节，由"片片红颜落，双双泪眼生"的汉人，已逐渐成为胡人了。这恐怕也是由南入北的庾信自身的变化吧！

隋何妥《明君词》极写《明君词》之悲：

> 昔闻别鹤弄，已自轸离情。
> 今来昭君曲，还悲秋草并。③

隋薛道衡《明君词》：

---

① 郭茂倩编：《乐府诗集》，中华书局1979年版，第432页。
② 同上书，第433页。
③ 同上书，第432页。

我本良家子，充选入椒庭。
不蒙女史进，更无画师情。
蛾眉非本质，蝉鬓改真形。
专由妾命薄，误使君恩轻。
啼落渭桥路，叹别长安城。
今夜寒草宿，明朝转蓬征。
却望关山迥，前瞻沙漠平。
胡风带秋月，嘶马杂笳声。
毛裘易罗绮，毡帐代帏屏。
自知莲脸歇，羞看菱镜明。
钗落终应弃，髻解不须萦。
何用单于重，讵假阏氏名。
骍騠聊强食，挏酒未能倾。
心随故乡断，愁逐塞云生。
汉宫如有忆，为视旄头星。①

诗歌的前八句繁衍《西京杂记》的故事，写昭君为何出塞；"啼落"以下十八句写昭君出塞后的生活，一为胡地风寒，二为被单于重视而有阏氏之名。末四句从"汉宫"方面写相忆，"旄头星"者，胡星也。《明君词》系列另有唐人所作，此处不叙。

此系列，南人写来，突出胡地风霜之下昭君怎能保持容貌娇艳；而北人写来，则写王昭君已为胡人，如庾信称昭君之琴"变入胡笳声"，薛道衡称昭君"何用单于重，讵假阏氏名"，于是，所谓相忆也是两国间的。

---

① 郭茂倩编：《乐府诗集》，中华书局1979年版，第433页。

又有《昭君怨》的后代拟作，属《琴曲歌辞》。梁王叔英妻刘氏之作云：

一生竟何定，万事最难保。
丹青失旧仪，玉匣成秋草。
想妾辞关泪，至今犹未燥。
汉使汝南还，殷勤为人道。①

作者是女性，其情感抒发也重在女性命运的飘忽不定。陈后主之作云：

图形汉官里，遥聘匈奴庭。
狼山聚云暗，龙沙飞雪轻。
笳吟度陇咽，笛转出关鸣。
啼妆寒叶下，愁眉塞月生。
只余马上曲，犹作别时声。②

诗作称"只余马上曲，犹作别时声"，也就是一切都在变，只有《昭君怨》为离别之曲不变。

其他之作，如刘宋庾徽之《昭君辞》，诗云：

联雪隐天山，崩风荡河澳。
朔障裂寒笳，冰原嘶代驸。

全是描摹北地风光，为《文选·赭白马赋序》李善注引③，可能

---

① 郭茂倩编：《乐府诗集》，中华书局1979年版，第854页。
② 同上。
③ 萧统撰，李善注：《文选》，中华书局1977年影印本，第203页。

是残篇。

杨衒之《洛阳伽蓝记》卷三载,高阳王(元)雍有"美人徐月华善弹箜篌,能为《明妃出塞》之曲歌,闻者莫不动容"①,不知此《明妃出塞》之歌为何物。

各种"昭君辞"有着种种不同的情感抒发。石崇《王昭君》,抒发离乡的悲伤,于是改变了身份,而塞外的一切又那么生疏,风光不同,风俗亦不同。后人的继作都由此出发,但又有所变化,或大笔墨增写塞外景物;或写在塞外景物下,王昭君的容颜改变;或从王昭君的容颜出发,把王昭君的命运归结为"蛾眉误杀人",进而感叹女性一生难以料定;或从塞外风俗不同写"变入胡笳声",抵制之中又有接受胡俗,等等。

《焦氏易林》中"萃"之"临":

> 昭君死国,诸夏蒙德。
> 异类既同,宗我王室。②

一是歌咏昭君出塞的意义;二是歌吟民族的"既同"。"萃"之"益":

> 长城既立,四夷宾服。
> 交和结好,昭君是福。③

一是称"长城"的作用,二是称"昭君"的作用;二者同举,这里显示出汉代人从国家、政治方面对王昭君的叙说。

---

① 范祥雍:《洛阳伽蓝记校注》,上海古籍出版社1978年版,第177页。
② 焦延寿:《焦氏易林注》,尚秉和注,光明日报出版社2005年版,第447页。
③ 同上书,第450页。

第四章　乐府类次与《文选》

唐吴兢《乐府古题要解》分乐府诗为八类，宋郑樵《通志·乐略》分乐府诗为 53 类，宋郭茂倩《乐府诗集》分乐府诗为 12 类，不简不繁，世人多取之。但是，这些分类都是从哪里来的？有什么依据？中古时期最早的乐府诗分类，是东汉明帝时所谓"汉乐四品"，一是大予乐，为郊庙上陵食举所用；二是周雅颂乐，辟雍社稷飨食所用；三是黄门鼓吹乐，天子享宴群臣所用；四是短箫铙歌，军中所用。[①]后《文心雕龙》《文选》对乐府诗的分类，在具体论述或具体操作时对乐府诗做出分类。所谓"类次"，即指依据类的同异关系进行推理后得出的结论，此章探讨乐府诗的分类。

[①] 王运熙：《汉魏六朝乐府诗》，上海古籍出版社 1986 年版，第 6 页。

第四章 乐府类次与《文选》

第一节 "乐府"与诗体名

一 《文心雕龙》的乐府分类

《文心雕龙·序志》曰:

> 若乃论文叙笔,则囿别区分,原始以表末,释名以章义,选文以定篇,敷理以举统:上篇以上,纲领明矣。①

此即《文心雕龙》的文体论,其中有"乐府第七",明其是以"乐府"为文体的。其首称"乐府者,'声依永,律和声'也",是所谓"释名以章义"②,称说"乐府"的文体特性,即带有音乐性的诗体。

《文心雕龙·乐府》叙说的乐府分类:

> 汉初绍复,制氏纪其铿锵,叔孙定其容典,于是《武德》兴乎高祖,《四时》广于孝文,虽摹《韶》《夏》,而颇袭秦旧,中和之响,阒其不还。暨武帝崇礼,始立乐府,总赵代之音,撮齐楚之气,延年以曼声协律,朱马以骚体制歌。《桂华》杂曲,丽而不经;《赤雁》群篇,靡而非典,河间荐雅而罕御,故汲黯致讥于《天马》也。至宣帝雅诗,颇效《鹿鸣》,迩及元成,稍广淫乐,正音乖俗,其难也如此。暨后汉郊庙,惟杂雅章,辞虽典

---

① 刘勰撰,詹锳义证:《文心雕龙义证》,上海古籍出版社1989年版,第1924页。
② 同上书,第218—268页。本节所录《文心雕龙·乐府》的文字,全出于此,以下不再出注。

文，而律非夔旷。

此叙说汉代的乐府篇名，集中在叙说《郊祀歌》《安世房中歌》，属"郊庙"。

> 至于魏之三祖，气爽才丽，宰割辞调，音靡节平。观其"北上"众引，"秋风"列篇，或述酣宴，或伤羁戍，志不出于淫荡，辞不离于哀思。虽三调之正声，实《韶》《夏》之郑曲也。

此处提出魏代"三调"，即相和曲。

> 逮于晋世，则傅玄晓音，创定雅歌，以咏祖宗；张华新篇，亦充庭万。

这也是称说"郊庙"。

刘勰最后说"至于轩、岐鼓吹，汉世铙、挽，虽戎丧殊事，而并总入乐府，缪、韦所制，亦有可算焉"，这是指鼓吹曲辞。

刘勰把乐府诗分为三大类，一是宫廷雅乐，意味最为明确；二是关注到承袭"古乐府"之"三调之正声"，虽然不注重汉代"古乐府"，亦称"三调"为"实《韶》《夏》之郑曲也"，但突出其"新变的意味"；三是杂类。"乐府"作为诗体名，初指乐府官署采制的汉代诗歌及以后魏晋仿乐府古题沿袭而创作的作品；但至刘勰时已有把凡可入乐的诗歌都称为"乐府"的趋向了。

二　晋、宋之际始以"乐府"为诗名

顾炎武《日知录·乐府》称：

> 乐府是官署之名，其官有令，有音监，有游徼。《汉书·张放

传》：使大奴骏等四十余人群党盛兵弩，白昼入乐府，攻射官寺。《霍光传》：奏昌邑王，大行在前殿，发乐府乐器。《续汉书·律历志》：元帝时郎中京房知五声之音、六十律之数，上使太子太傅韦元成、谏议大夫章杂，试问房于乐府是也。后人乃以乐府所采之诗，即名之曰乐府。误矣，曰古乐府尤误。（原注：《后汉书·马廖传》言：哀帝去乐府。注云：哀帝即位，诏罢郑卫之音，减郊祭及武乐等人数。是亦以乐府所肄之诗，即名之乐府也）①

顾炎武指出一个事实，"乐府"本是官署之名，"后人乃以乐府所采之诗，即名之曰乐府"，这已得到世人公认。但是，以乐府所采之诗名之曰乐府，起于何时？顾炎武说《后汉书》载"哀帝去乐府"即"罢郑卫之音"，那么"以乐府所肄之诗，即名之乐府也"就在汉哀帝时。《汉书·礼乐志》载哀帝疾"郑、卫之声兴则淫辟之化流"，明言是"罢乐府官"；虽然"或郑、卫之声，皆可罢"，但"以乐府所肄之诗，即名之乐府也"的意思并不明确②，在当时也并未得到社会公认。当时称"乐府所采之诗"为"歌诗"，《汉书·礼乐志》载：

> 至武帝定郊祀之礼……乃立乐府，采诗夜诵，有赵、代、秦、楚之讴。以李延年为协律都尉，多举司马相如等数十人造为诗赋，略论律吕，以合八音之调，作十九章之歌。③

或称"采诗"，或称"作歌"；《汉书·艺文志》所录，也称"《吴楚汝南歌诗》十五篇、《燕代讴雁门云中陇西歌诗》九篇"云云。

---

① 顾炎武著，黄汝成释：《日知录集释》，上海古籍出版社1985年版，第2097—2098页。
② 班固：《汉书》，中华书局1962年版，第1072—1074页。
③ 同上书，第1045页。

晋时,"乐府"成为诗体名,但或称"乐府歌"。《世说新语·豪爽》载:

> 王处仲每酒后,辄咏"老骥伏枥,志在千里。烈士暮年,壮心不已"。以如意打唾壶,壶口尽缺。①

未称"老骥伏枥"云云是什么文体,《晋书·王敦传》载:

> (王敦)每酒后辄咏魏武帝乐府歌曰:"老骥伏枥,志在千里。烈士暮年,壮心不已。"以如意打唾壶为节,壶边尽缺。②

但此证据并不是很充分的,"每酒后辄咏魏武帝乐府歌曰"为《晋书》的叙述语言,而《晋书》是唐代人房玄龄等所撰,其中有唐代人的观念,是很正常的。但《晋书》另一条记载则颇有说服力,《晋书·刘聪载记》载:

> (刘)聪假怀帝仪同三司,封会稽郡公,庾珉等以次加秩。聪引帝入宴,谓帝曰:"卿为豫章王时,朕尝与王武子相造,武子示朕于卿,卿言闻其名久矣。以卿所制乐府歌示朕,谓朕曰:'闻君善为辞赋,试为看之。'朕时与武子俱为《盛德颂》,卿称善者久之。又引朕射于皇堂,朕得十二筹,卿与武子俱得九筹,卿赠朕柘弓、银研,卿颇忆否?"③

此处的"乐府歌",是《晋书》引用晋时人物的话语,可信度自然大于叙述语言。值得注意的是,其称"乐府"是带有"歌"的,也

---

① 刘义庆著,刘孝标注,余嘉锡笺疏:《世说新语笺疏》,上海古籍出版社1993年版,第597页。
② 房玄龄等:《晋书》,中华书局1974年版,第2557页。
③ 同上书,第2660页。

第四章 乐府类次与《文选》

就是说与汉代称其"歌诗"有关联。

"乐府"之成为诗体名有确切记载是在南朝宋时,据《旧唐书·经籍下》,谢灵运有《新撰录乐府集》十一卷,《新唐书·艺文志一》作《新录乐府集》十一卷。《宋书·临川烈武王道规传附鲍照传》载:"鲍照,字明远,文辞赡逸,尝为古乐府,文甚遒丽。"① 《宋书·自序》载:"(沈林子)所著诗、赋、赞、三言、箴、祭文、乐府、表、笺、书记、白事、启事、论、老子一百二十一首。"② 萧涤非引上述两段文字说:"以乐府与诗赋等并列,沈、鲍乃刘宋初人,则以'乐府'名诗,当始于晋、宋之际。"③ 而且,《宋书·自序》中还有"(沈亮)所著诗、赋、颂、赞、三言、诔、哀辞、祭告请雨文、乐府、挽歌、连珠、教记、白事、笺、表、签、议一百八十九首",其中说所著"乐府",也是如此情况。尽管《宋书》是沈约在南齐时所作,此类叙述语中的"乐府",也可能只是沈约把这些作品认定为"乐府";但谢灵运有《新撰录乐府集》,书名应该是当时就有了的。

《颜氏家训·书证》载"《古乐府》歌词,先述三子,次及三妇"云云④,载"《古乐府》歌百里奚词"⑤。而《风俗通》则曰:"百里奚为秦相,堂上乐作,所赁浣妇自言知音,因援琴抚弦而歌。问之,乃其故妻,还为夫妇也,亦谓之戾㒿。"⑥ 于是可知汉末时还不称为"乐府"。

由此可知,南北朝时,一是称"古乐府"者,即《宋书·乐志》

---

① 沈约:《宋书》,中华书局 1974 年版,第 1477 页。
② 同上书,第 2459 页。
③ 萧涤非:《汉魏六朝乐府文学史》,中华书局 1984 年版,第 8 页。
④ 颜之推撰,王利器集解:《颜氏家训集解》,上海古籍出版社 1980 年版,第 432 页。
⑤ 同上书,第 434 页。
⑥ 郭茂倩编:《乐府诗集》卷六十引,中华书局 1979 年版,第 880 页。

所说："凡乐章古词，今之存者，并汉世街陌谣讴，《江南可采莲》《乌生》《十五子》《白头吟》之属是也。"① 二是称承袭"古乐府"而来者，即鲍照的"古乐府"及沈林子、沈亮的"乐府"。

《宋书·乐志》载："蔡邕论叙汉乐曰：一曰郊庙神灵，二曰天子享宴，三曰大射辟雍，四曰短箫铙歌。"②《隋书·音乐上》载："汉明帝时，乐有四品：一曰《大予乐》，郊庙上陵之所用焉。则《易》所谓'先王作乐崇德，殷荐之上帝，以配祖考'者也。二曰雅颂乐，辟雍飨射之所用焉。则《孝经》所谓'移风易俗，莫善于乐'者也。三曰黄门鼓吹乐，天子宴群臣之所用焉。则《诗》所谓'坎坎鼓我，蹲蹲儛我'者也。其四曰短箫铙歌乐，军中之所用焉。黄帝时，岐伯所造，以建武扬德，风敌励兵，则《周官》所谓'王师大捷，则令凯歌'者也。"③ 二者中都有"天子享宴""黄门鼓吹乐，天子宴群臣之所用焉"。王运熙论证，黄门鼓吹乐"它主要的内容是相和歌和杂舞曲"④，称"古乐府"以此为主。前述"古乐府"与鲍照之拟作应该是承袭"古乐府"的"乐府"。《南齐书·乐志》称："角抵、像形、杂伎，历代相承有也。其增损源起，事不可详，大略汉世张衡《西京赋》是其始也。魏世则事见陈思王乐府《宴乐篇》。"⑤ 这些就是"古乐府"。

---

① 沈约：《宋书》，中华书局 1974 年版，第 549 页。
② 同上书，第 565 页。
③ 魏徵等：《隋书》，中华书局 1973 年版，第 286 页。
④ 王运熙：《说黄门鼓吹乐》，《乐府诗述论》，上海古籍出版社 2014 年版，第 201—207 页。
⑤ 萧子显：《南齐书》，中华书局 1972 年版，第 195 页。

第二节 《文选》诗乐府类

《文选》诗除乐府类专录乐府诗外，还有郊庙、军戎、杂歌、挽歌诸类收录有乐府诗。考察郊庙、军戎、杂歌、挽歌数者，都有明确的意味表达，且本不在乐府官署的管辖之下，故诗作各自单列。而其他作品意味表达不明确的"古乐府"者，《文选》即以"乐府"名之了，这是最有可能的设想；因此《文选》诗"乐府"类就只录"古乐府"与沿袭而作了。

一 他书所录乐府诗

此处考察乐府官署采录之时起至《文选》出现前后乐府诗的编集情况，考察《文选》的承袭及与之不同。

据现存资料，《汉书·礼乐志》最早编集乐府诗，对庙堂乐章《安世房中歌》17章、《郊祀歌》19章全文著录；对乐府官署采录的民歌，《汉书·艺文志》只存目录与篇目之数，歌辞一概未录，这些歌辞几乎散佚殆尽，现存汉乐府民歌大都是东汉之作。《文选》诗郊庙类所录即为庙堂乐章系列，但只录宋人颜延之《宋郊祀歌》二首。《文选》诗乐府类有《乐府四首古辞》，皆为东汉之作。

《宋书》，沈约撰，其时在齐永明年间，在萧统编撰《文选》之前。其卷十九至卷二十二为《乐志》，后三卷著录乐章。前一卷录郊庙及朝享乐章，有魏、晋、宋的歌辞，《文选》诗郊庙类颜延之《宋郊祀歌》二首即在内。中间一卷录汉（标明古词者）、魏相和歌辞，其中清商三调歌诗，系根据西晋荀勖《荀氏录》转录，《宋书·乐志》在"清商三调歌诗"下即称"荀勖撰旧词施用者"。[①]《文选》诗乐府类所录《饮马长城窟行》为相和歌瑟调曲，《君子行》《长歌行》为相和歌平调曲，《宋书·乐志》均未见录，由此可见这几首乐府本不出自于《宋书》。《文选》诗乐府类所录仅五首见于《宋书·乐志》，此即曹操《短歌行·对酒当歌》《苦寒行·北上太行山》与曹丕《善哉行·上山采薇》《燕歌行·秋风萧瑟天气凉》及曹植《箜篌引·置酒高殿上》。但不能说明《文选》所录这些诗即出自《宋书》：一是今存曹操诗除一首外《宋书》全录了；[②]二是《文选》诗乐府类所录曹植的另三首诗，《宋书》不录，这可反证《文选》诗乐府类录诗另有所本。《宋书·乐志》后一卷所录为汉、魏、晋、宋杂舞曲辞与鼓吹铙歌，其所录者未见《文选》载录。

萧子显《南齐书》作于梁初，当稍早于《文选》，其《乐志》所录均萧齐所用乐章。《文选》诗乐府类所录萧齐乐府仅谢朓《鼓吹曲》一首，《南齐书》未录。

刘勰《文心雕龙》有《乐府》专述，所述之中有《文选》诗乐府类所录者，如称"'北上'众引""'秋风'列篇"，即曹操《苦寒行·北上太行山》与曹丕《燕歌行·秋风萧瑟天气凉》诸篇；其所述又有《文选》诗杂歌类所录者，如称"高祖之咏'大风'"，即指刘邦《汉高祖歌》。[③]

---

① 沈约：《宋书》，中华书局1974年版，第608页。
② 这一首就是《却东西门行》，《乐府诗集》卷三十七《却东西门行》解题曰："《古今乐录》曰：王僧虔《技录》云：《却东西门行》，荀录所载。武帝、《鸿雁》一篇，今不传。"所谓"今不传"，即《荀氏录》原载录而未被《宋书》载录，但这一首后来又从其他地方发现了。
③ 一般称《大风歌》。

徐陵编《玉台新咏》，其时稍后于《文选》，其内容"但辑闺房一体"，都关涉女性与爱情。《文选》诗乐府类所录与《玉台新咏》有相重者，但所题作者或有相异，题目多有相异，这表明二者之间绝非相袭。例如，乐府类中《饮马长城窟行》为古辞，《玉台新咏》题为蔡邕作；《伤歌行》为古辞，《玉台新咏》题为魏明帝曹叡作；并题名为《乐府诗》二首其一；乐府类录西汉班婕妤（前48—2）《怨歌行》，《玉台新咏》则题为《怨诗》，显然，前者则有充分的乐府味。另外，陆机《日出东南隅行》，① 《玉台新咏》题名为《艳歌行》；鲍照《白头吟》，《玉台新咏》题名为《拟乐府白头吟》。《玉台新咏》所录与《文选》诗乐府类相重者还有曹丕《燕歌行》、曹植《美女篇》、石季伦（崇）《王昭君辞》、陆机《前缓声歌》与《塘上行》、鲍照《东门行》，题名都相一致。

《宋书》录诗作，以曲调分类，如《乐志三》中，先是《相和》十三曲，然后是《平调》《清调》《瑟调》《大曲》，甚为明确。《文选》诗乐府类录诗作，以作者为单位，作者以时代先后排列，所录同一作者的作品在曲牌上不曾有相重的。《玉台新咏》十卷，前八卷录历代五言诗或五言乐府，卷九是拟乐府的历代歌行，卷十是历代五言二韵之作，是依体裁分类；然后再依作者为单位录诗；但也有在一类体裁中把一个作者的诗作分为相隔离的两个部分的。且其依体裁分类，不曾把乐府与非乐府分割开来。

二 《文选》诗"乐府"类所录诗作分析

《文选》诗乐府类录诗作41首，其中无名氏古辞4首，另注明作

---

① 或曰《罗敷艳歌》。

者九人 37 首，以下依次叙之。

其一，古辞四首。

《六臣注文选》所录比《文选》李善注本多一篇，此即《君子行》。

《君子行》《长歌行》有一个共同的特点，即叙说某种通俗的哲理。《君子行》，分为两部分，先称"君子防未然，不处嫌疑间"，然后举例说"瓜田不纳履，李下不正冠；嫂叔不亲授，长幼不比肩"，有充分的民间格言意味。以下又称"劳谦得其柄，和光甚独难"，又举例说"周公下白屋，吐哺不及餐；一沐三握发，后世称圣贤"，① 也带有充分的教诲意味。《长歌行》云：

> 青青园中葵，朝露待日晞。
> 阳春布德泽，万物生光晖。
> 常恐秋节至，焜黄华叶衰。
> 百川东到海，河②时复西归。
> 少壮不努力，老大徒伤悲。③

由两种自然现象得出某种具有教育意义的结论，自然贴切，这结论后来也成为成语。

《饮马长城窟行》与《伤歌行》写离别相思，酷肖《古诗十九首》的篇章，所以或称为蔡邕、曹叡之作，或称为拟古之作。清初陈祚明《采菽堂古诗选》称《饮马长城窟行》云：

> 此篇流宕曲折，转掉极灵，抒写复快，兼乐府、古诗之长，

---

① 萧统撰，六臣注：《六臣注文选》，中华书局 1987 年影印本，第 512 页上。
② 当为"何"。
③ 萧统撰，六臣注：《六臣注文选》，中华书局 1987 年影印本，第 512 页。

最宜熟诵。子桓兄弟拟古，全用此法。①

清初吴淇《六朝选诗定论》称《伤歌行》"从古诗《明月何皎皎》翻出"②。此二人的评赏都指出了此二首诗的文人气。

何谓"古辞"，吕延济注曰：

> 名字磨灭，不知其作者，故称古辞。③

李善注曰：

> 言古诗，不知作者姓名，他皆类此。④

这几首诗都似是文人所作，虽说是汉代俗曲，但不能表现汉代俗曲的典型特点。汉代俗曲的最大特色是《汉书·艺文志》所言"感于哀乐，缘事而发"，⑤ 一是现实性，二是叙事性，以叙事的方式来反映尖锐的社会问题。这四首诗当然也反映了社会问题，但表现不出其叙事性。那么，《文选》之所以选录这四首诗作为汉代俗曲的代表，当然显示出编选者的志趣。

其二，班婕妤《怨歌行》。

钟嵘《诗品》列之为上品，曰：

> 《团扇》短章，辞旨清捷，怨深文绮，得匹妇之致。侏儒一节，可以知其工矣。⑥

---

① 陈祚明评选，李金松点校：《采菽堂古诗选》，上海古籍出版社2008年版，第102页。
② 吴淇撰，汪俊、黄进德点校：《六朝选诗定论》，广陵书社2009年版，第95页。
③ 萧统撰，六臣注：《六臣注文选》，中华书局1987年影印本，第511页上。
④ 同上。
⑤ 班固撰，唐颜师古注：《汉书》，中华书局1962年版，第1756页。
⑥ 钟嵘撰，曹旭集注：《诗品集注》，上海古籍出版社1994年版，第94页。

其三，曹操乐府二首。

曹操今存作品全为乐府，《三国志·魏书·武帝纪》注引《魏书》说他"登高必赋，及造新诗，被之管弦，皆成乐章"。① 他的乐府作品或反映社会动乱的现实，或表现统一天下的雄心壮志，这里所选《苦寒行》与《短歌行》，正好反映了这两个方面。刘勰《文心雕龙·乐府》拈出《苦寒行》为例来叙说建安乐府，可见其代表性。

其四，曹丕乐府二首。

其《燕歌行》历来被视为曹丕的代表作，一是此诗为古代诗史上尚存的第一首完整的七言之作，二是此诗细腻委婉地写出思妇缠绵悱恻的相思之情。刘勰《文心雕龙·乐府》亦举此诗为例叙说建安乐府。沈德潜称：

> 子桓诗有文士气，一变乃父悲壮之习矣。要其便娟婉约，能移人情。②

此诗可为标志。

其《善哉行》，《宋书·乐志》所载相和歌辞瑟调全为《善哉行》，共八首，首列曹丕三首，以下依次为魏武帝、魏明帝各二首，古词一首。《善哉行》一题，或为魏时人们所看重。

《文选》诗乐府类共收曹操、曹丕诗各二首，二人各有一首被刘勰《文心雕龙·乐府》作为例子举出以说明建安时代的作品，而刘勰也就仅列了这二首。这是刘勰与萧统观念一致之处。

其五，曹植乐府四首。

---

① 陈寿：《三国志》，中华书局1959年版，第54页。
② 沈德潜：《古诗源》，中华书局1963年版，第107页。

第四章 乐府类次与《文选》

刘勰《文心雕龙·乐府》称：

> 子建、士衡，咸有佳篇，并无诏伶人，故事谢丝管，俗称乖调，盖未思也。①

黄侃《文心雕龙札记》称：

> 案子建诗用入乐府者，惟《置酒》（《大曲·野田黄雀行》）《明月》（《楚调怨诗》）及《鞞舞歌》五篇而已，其余皆无诏伶人。②

乐府类录曹植作品首录《空侯引》，即《置酒》，与前曹操、曹丕的作品同为入乐之作，以下《名都》《美女》《白马》三篇均为"无诏伶人"者。胡应麟《诗薮·内编》称此三篇"词采华茂"：

> 子建《名都》《白马》《美女》诸篇，辞极赡丽，然句颇尚工，语多致饰，视东、西京乐府，天然古质，殊自不同。③

胡应麟所举之例恰恰全是《文选》诗乐府类所录，其印象可能出自读《文选》。另外，此三篇都是以人物为核心来铺叙篇章的，此即《名都篇》的京洛少年、《美女篇》的美女、《白马篇》的幽并游侠儿，自与两汉乐府的单纯叙事有所不同。从以上三点看，此三篇确可为曹植乐府的代表作。

其六，石崇《王明君辞》。

此篇也是以人物为核心来铺叙篇章，通篇为代言，这是继曹植之

---

① 刘勰撰，詹锳义证：《文心雕龙义证》，上海古籍出版社1989年版，第259—260页。
② 黄侃：《文心雕龙札记》，华东师范大学出版社1996年版，第53页。
③ 胡应麟：《诗薮》内编卷2，上海古籍出版社1979年版，第29页。

作叙写人物的变本加厉。曹诗还是虚构之作，主人公非我即我，即我非我；此作吟咏真人真事。

其七，陆机乐府十七首。

西晋时期的乐府诗大作家，所作凡数十篇，一为傅玄，沈德潜《古诗源》称之"大约长于乐府而短于古诗"①；另一即陆机。陆机又是当时的拟古大家，他有《拟古诗》十二首，载《文选》诗杂拟类上。其实，陆机所作的乐府诗也是拟古之作。这里的原因或是由乐府诗作创作的特性决定的。乐府诗作的创作本要遵循因袭曲调的原则，即依曲调而作词。另外，魏世创作乐府，大抵是借古题而叙时事，而晋人用古题则咏古事或咏与原事相类似之事，这成为一个传统，此即《唐子西语录》载强幼安语所说：

  古乐府命题皆有主意，后之文人用乐府为题者，直当代其人而措词，如《公无渡河》，须作妻止其夫之词。②

以下我们来看一下陆机这些乐府的具体情况。

《猛虎行》，此为拟古辞"游子为谁骄"而阐发扩展，《乐府诗集》卷三十一引《乐府解题》称，"晋陆机云'渴不饮盗泉水'，言从远役，犹耿介，不以艰险改节也"③，而魏文帝曹丕之作或咏雨中双桐，或咏"与君媾新欢"，与古辞无关系。

《君子行》，古辞咏"君子防未然"与"劳谦""和光"；陆机之作咏"人道险而难"，篇末亦落实至"君子防未然"。

《从军行》，魏王粲、左延年有作，《乐府诗集》卷三十二引《乐

---

① 沈德潜：《古诗源》，中华书局1963年版，第150页。
② 何文焕辑：《历代诗话》，中华书局1981年版，第443页。
③ 郭茂倩编：《乐府诗集》，中华书局1979年版，第463页。

府解题》称，"《从军行》皆军旅苦辛之辞"①，陆机之作同。

《豫章行》，古辞伤离别，陆机之作亦是。而曹植二首，一咏"穷达难豫图"，未见承袭之意，一咏"骨肉天性然"，有模拟之意。

《苦寒行》，曹操之作备言冰雪溪谷之苦，陆机之作同。

《饮马长城窟行》，古辞以妇人思念远道行人出之；或切题，谓征戍之客至长城而饮其马之情状，魏陈琳之作即是。于是晋时模拟之作也有两种，一为傅玄拟古辞，而陆机之作则切题。

《门有车马客行》，《乐府诗集》卷四十解题曰：

　　《古今乐录》曰："王僧虔《技录》云：'《门有车马客行》歌东阿王《置酒》一篇。'"《乐府解题》曰："曹植等《门有车马客行》皆言问讯其客，或得故旧乡里，或驾自京师，备叙市朝迁谢、亲友凋丧之意也。"②

陆机之作为后者。

《君子有所思行》，据《乐府诗集》，为陆机首作。

《齐讴行》，据《乐府诗集》，为陆机首作。

《日出东南隅行》，古辞题名为《陌上桑》，魏武帝之作为求仙，魏文帝之作为从军，陆机模拟古辞，全写美女。

《长安有狭邪行》，首数句模拟古辞，后数句抒发怀抱。

《前缓声歌》，古辞言立下志意当有可实现之事，陆机之作为慕神仙之游。

《长歌行》，古辞有二，一为述"少壮不努力，老大徒伤悲"，一为求仙；陆机之作拟前者，述时光短促。

---

① 郭茂倩编：《乐府诗集》，中华书局1979年版，第475页。
② 同上书，第585页。

《吴趋行》，陆机首作。

《塘上行》，有古辞，或称甄皇后作，《乐府诗集》卷三十五解题引《乐府解题》称陆机之作"言妇人衰老失宠，行于塘上而为此歌，与古辞同意"。①

《悲哉行》，有魏明帝作，不存；此即为陆机首作。

《短歌行》，曹操首作，陆机之作切"对酒当歌，人生几何"之意。

综括上述陆机之作，可分为如下五种情况：

第一，本有古辞，建安诗人自创新意，而陆机拟古辞，如其《猛虎行》《豫章行》《门有车马客行》《日出东南隅行》（《陌上桑》）。

第二，本无古辞，陆机径拟建安诗人之作，如《从军行》《苦寒行》《短歌行》。

第三，本有古辞，无建安诗人之作，陆机径拟古辞，如《君子行》《长安有狭邪行》《长歌行》《塘上行》。

第四，陆机首作；或可能有古辞或建安诗人之作，但已不存，亦即视为陆机首作，此有《君子有所思行》《齐讴行》《吴趋行》《悲哉行》。

第，情况不明者，《饮马长城窟行》不明何为古辞，陆机之作切题。又有《前缓声歌》。

从上述情况可知，凡有模拟对象的，陆机必模拟之；且必模拟时代较早者，此即凡有古辞的，陆机必模拟古辞。乐府古辞的诗题大都与内容相合，陆机的模拟古辞也就是切题模拟。他的主要目的就是确立乐府之作的体式规范，他认为这种体式规范即在于古辞或早期作品之中。

其八，谢灵运乐府一首。

---

① 郭茂倩编：《乐府诗集》，中华书局1979年版，第522页。

第四章　乐府类次与《文选》

此即《会吟行》，《乐府诗集》卷六十四《会吟行》解题引《乐府解题》曰：

> 《会吟行》，其致与《吴趋》同。会谓会稽，谢灵运《会吟行》曰："咸共聆会吟。"①

这与陆机《吴趋行》《齐讴行》一样，都是根据地方民歌而作。

其九，鲍照乐府八首。

鲍照是陆机之后又一乐府诗大家。

《东武行》，又称《东武吟行》，《乐府诗集》卷四十一《东武吟行》解题引左思《齐都赋》注云：

> 《东武》《泰山》，皆齐之土风，弦歌讴吟之曲名也。②

今存陆机首作，似有求仙之意，鲍照之作写一老兵经历。

《出自蓟北门行》，解题引曹植《艳歌行》云：

> 出自蓟北门，遥望胡地桑。
> 枝枝自相值，叶叶自相当。③

鲍诗繁衍首句，言燕蓟风物，有土风之意，又言突骑勇悍，则与《从军行》意致相同。

《结客少年场行》，《乐府诗集》卷六十六解题称"曹植《结客篇》曰：'结客少年场，抱怨洛北邙'"④。鲍诗繁衍此二句，写游侠。

《东门行》，《乐府诗集》卷三十七《东门行》解题引《乐府解

---

① 郭茂倩编：《乐府诗集》，中华书局1979年版，第935页。
② 同上书，第608页。
③ 同上书，第891页。
④ 同上书，第948页。

题》称其古辞"言士有贫不安其居者,拔剑将去,妻子牵衣留之,愿共铺糜,不求富贵"云云;① 鲍诗伤离别,即渲染首数句所云"出东门,不顾归,来入门,怅欲悲"之意。

《苦热行》,曹植《苦热行》今仅存四句,云:

行游到日南,经历交趾乡。
苦热但曝露,越夷水中藏。②

鲍诗繁衍之。

《白头吟》,有古辞,或称古辞为西汉卓文君所作,似不可信。《乐府诗集》解题引《乐府解题》曰:

古辞云:"皑如山上雪,皎若云间月。"又云:"愿得一心人,白头不相离。"始言良人有两意,故来与之相决绝。次言别于沟水之上,叙其本情。终言男儿重意气,何用于钱刀。若宋鲍照"直如朱丝绳",陈张正见"平生怀直道",唐虞世南"气如幽径兰",皆自伤清直芬馥,而遭铄金玷玉之谤,君恩似薄,与古文近焉。③

此即指出了鲍诗的繁衍之意。

《放歌行》,古辞《孤子生行》,一曰《孤儿行》,又称《放歌行》,诗中述孤儿备受兄嫂折磨,难以这久居,鲍诗述旷士难与小人同居当今之世,用古辞之一点而繁衍。

《升天行》,曹植之作写游仙,鲍诗亦写求仙,但注重交代原因,或称"倦见物兴衰,骤睹俗屯平",或称"穷途悔短计,晚志重长生"。④

---

① 郭茂倩编:《乐府诗集》,中华书局1979年版,第550页。
② 同上书,第937页。
③ 同上书,第599—600页。
④ 萧统撰,六臣注:《六臣注文选》,中华书局1987年影印本,第532页下。

鲍照借鉴前辈乐府某一点而繁衍之，以突出自我志意情感，这种做法的先声即陆机《长安有狭邪行》。但陆机在乐府诗创作上的贡献主要是确立体式规范，保存乐府诗的传统，使乐府诗确实像乐府诗；而鲍照的贡献则是在确立的体式规程之下自抒其情。

其十，谢朓乐府一首。

此即《鼓吹曲》。《乐府诗集》卷二十《齐随王鼓吹曲》解题曰：

> 齐永明八年，谢朓奉镇西随王教于荆州道中作：一曰《元会曲》，二曰《郊祀曲》，三曰《钧天曲》，四曰《入朝曲》，五曰《出藩曲》，六曰《校猎曲》，七曰《从戎曲》，八曰《送远曲》，九曰《登山曲》，十曰《泛水曲》。《钧天》已上三曲颂帝功，《校猎》已上三曲颂藩德。①

《文选》所录《鼓吹曲》即为《入朝曲》，诗云：

> 江南佳丽地，金陵帝王州。
> 逶迤带渌水，迢递起朱楼。
> 飞甍夹驰道，垂杨荫御沟。
> 凝笳翼高盖，叠鼓送华辀。
> 献纳云台表，功名良可收。②

钟惺《古诗归》称谢朓"以山水作都邑诗，非唯不堕清寒，愈见旷逸"③，这首诗是明证。

---

① 郭茂倩编：《乐府诗集》，中华书局1979年版，第293页。
② 萧统撰，六臣注：《六臣注文选》，中华书局1987年版，第533页上。
③ 北京大学中国文学史教研室选注：《魏晋南北朝文学史参考资料》，中华书局1962年版，第548页。

三 从《文选》乐府诗的类别看萧统的传统观念

南宋时郭茂倩搜辑汉魏以迄唐、五代的乐府歌辞,总成一书,题作《乐府诗集》,其中有入乐的诗歌,又有不合乐以及模拟之作。《四库全书总目》之《乐府诗集》"提要"称:

> 每题以古词居前,拟作居后,使同一曲调而诸格毕备,不相沿袭,可以药剽窃形似之失。其古词多前列本词,后列入乐所改,得以考知孰为侧,孰为趋,孰为艳,孰为增字减字。其声词合写、不可训诂者,亦皆题下注明,尤可以药摹拟聱牙之弊。①

每一首曲调前又有解题,考辨源流、叙述内容。

《乐府诗集》据乐府歌辞来源与用途的不同,分乐府为12类。现依此为比照对象来看《文选》所录乐府的分类。

第一类,郊庙歌辞,祭祀用的歌辞,《文选》诗郊庙类录有两首,即颜延之《宋郊祀歌》二首。

第二类,燕射歌辞,朝廷享宴用的歌辞,《文选》未录。

第三类,鼓吹曲辞,原是军乐的歌辞,后常用于朝会、道路等,《文选》诗乐府类录有一首,即谢朓《鼓吹曲》。

第四类,横吹曲辞,军乐的歌辞,《文选》未录。

第五类,相和歌辞,原是汉代街陌谣讴,魏晋文人乐府大都用此类,《文选》所录最多,军戎、乐府、挽歌诸类均有。

第六类,清商曲辞,东晋南朝时期流行的新声歌辞,《文选》未录。

---

① 永瑢等:《四库全书总目》,中华书局1965年影印本,第1696页。

第七类，舞曲歌辞，配合舞曲的歌辞，《文选》未录。

第八类，琴曲歌辞，配合琴曲的歌辞，《文选》诗杂歌类录两首，即《荆轲歌》《汉高祖歌》。

第九类，杂曲歌辞，上述诸曲外，未被乐府所采撷或后世不详其声调而不能明确分类的歌辞，《文选》所录最多，乐府、杂歌诸类均有。

第十类，近代曲辞，隋唐时代的杂曲歌辞。《文选》当然未录。

第十一类，杂歌谣辞，历代歌谣等，《文选》诗杂歌类录两首，即刘琨《扶风歌》、陆韩卿《中山王孺子妾歌》。

第十二类，新乐府辞，唐代诗人的新题乐府，《文选》当然未录。

《文选》诗乐府类共录诗作 41 首，其中入相和歌辞者 26 首，入杂曲歌辞者 14 首，入鼓吹曲辞者 1 首。入相和歌辞者自然是汉魏旧曲或拟汉魏旧曲者；入杂曲歌辞者，其中古辞与汉、魏、西晋所作者自然是旧曲，其中谢灵运与鲍照所作亦是旧曲。谢灵运《会吟行》与鲍照《出自蓟北门行》《结客少年场行》，即《乐府诗集·杂曲歌辞》解题中所说"复有不见古辞，而后人继有拟述，可以概见其义者"，[①] 其中所举就有上述三诗；鲍照《苦热行》《升天行》，曹植都曾有作，可见也是旧曲。由上可知，从《文选》所录乐府作品来看，萧统是偏向于录汉、魏旧曲的，观念是较传统的。当日的新兴乐曲是清商曲辞，《文选》一首未录，由此亦可见萧统的传统观念。《南齐书·文学传论》称鲍照为当时三体之一，曰：

> 次则发唱惊挺，操调险急，雕藻淫艳，倾炫心魂。亦犹五色

[①] 郭茂倩编：《乐府诗集》，中华书局 1979 年版，第 885 页。

之有红紫，八音之有郑卫。斯鲍照之遗烈也。①

这主要是指鲍照所创造的清商曲辞而言，但萧统全然未录鲍照的清商曲辞。

第三节 《文选》诗郊庙类

一 "郊庙"分为"郊乐"与"庙乐"

《文选》诗有郊庙类，"郊庙"当分为"郊乐"与"庙乐"两种。《乐府诗集》有"郊庙歌辞"类，全为祭祀所用的歌辞，即分为两种：一是用于祭祀天地神祇，称郊乐，《郊庙歌辞》解题曰：

> 郊乐者，《易》所谓"先王以作乐崇德，殷荐上帝"。②

二是用于祭祀祖先宗庙，称庙乐，《郊庙歌辞》解题曰：

> 宗庙乐者，《虞书》所谓"琴瑟以咏，祖考来格"。《诗》云"肃肃和鸣，先祖是听"也。③

郊庙歌，在《诗经》中属《颂》，《周颂》大都是周初的作品，《鲁颂》《商颂》是春秋时代的作品，三《颂》的内容，是对天地神祇

---

① 萧子显：《南齐书》，中华书局1972年版，第908页。
② 郭茂倩编：《乐府诗集》，中华书局1979年版，第1页。
③ 同上。

与祖先宗庙的祈祷与歌颂。《郊庙歌辞》解题称周代的祭祀之歌说：

> 《周颂·昊天有成命》，郊祀天地之乐歌也；《清庙》，祀太庙之乐歌也；《我将》，祀明堂之乐歌也，《载芟》《良耜》，藉田社稷之乐歌也。①

这是追溯乐府郊庙类的渊源。

二　汉时的郊乐

新的时代需要新的祭祀所用的乐歌，汉时大规模扩展乐府机关，是因为祭祀需要祈祷与歌颂神灵与祖先的乐歌，于是有组织的活动开始了。《汉书·佞幸·李延年传》载：

> 延年善歌，为新变声。是时上方兴天地诸祠，欲造乐，令司马相如等作诗颂。延年辄承意弦歌所造诗，为之新声曲。②

《汉书·礼乐志》曰：

> 至武帝定郊祀之礼……以李延年为协律都尉，多举司马相如等数十人造为诗赋，略论律吕，以合八音之调，作十九章之歌。③

所说"十九章之歌"即《郊祀歌》19章，今存。其中一部分为祭祀诸神之歌，首尾《练时日》《赤蛟》为迎神送神之曲，《帝临》祀中央之帝，《青阳》《朱明》《西颢》《玄冥》分祀春、夏、秋、冬及东、南、西、北，《惟泰元》祀泰一神，《天地》祀天地，《日出入》祀日

---

① 郭茂倩编：《乐府诗集》，中华书局1979年版，第1页。
② 班固：《汉书》，中华书局1962年版，第3725页。
③ 同上书，第1045页。

神,《天门》表达对众神的希冀,《后皇》祭后土,《华烨烨》为祭祀后渡黄河之作,《五神》为见太一之作。另一部分是颂扬瑞应,《天马》《景星》《齐房》《朝陇首》《象载瑜》,分咏获天马、得宝鼎、产灵芝、获白麟、获赤雁,这也是在咏某种神灵现象。

吟颂祭祀神灵本是《楚辞》的传统,比如 19 章之《天地》中有称:

千童罗舞成八溢,合好效欢虞泰一,《九歌》毕奏斐然殊,鸣琴竽瑟会轩朱。①

此处明言《九歌》,可见其对后世的影响。

对《郊祀歌》19 章,人们一般最为欣赏《练时日》《日出入》二章。前者先写迎神的准备及急切心情,次写神乘车降临,再写如何以歌舞、酒食待神,层层铺叙,描写出迎神的整个过程。后者祭日神,从"日出入安穷,时世不与人同"入笔,② 把日之循环无限与人之年寿有限相对比来写,因此有乘龙上升之想。

颂扬瑞应一类,《诗经》《楚辞》中俱无。汉时,以自然界的变化来象征人事,是董仲舒最为擅长的,《汉书·礼乐志》载董仲舒对策所言"王者欲有所为,宜求其端于天"。③ 本来,《春秋》中就记载了大量的天象变化与自然灾害,但只是一种记载,人们并非有意识地要把它们说成是兆应什么人事,但董仲舒则不然,他鼓吹天是要体现自己的意志的,尤其是在人违背了天的意志时,天的震怒就表现在各种灾异上,以示谴告与惩罚。董仲舒《春秋繁露·必仁且知》曰:

---

① 班固:《汉书》,中华书局 1962 年版,第 1058 页。
② 同上书,第 1059 页。
③ 同上书,第 1031 页。

> 天地之物有不常之变者,谓之异,小者谓之灾。灾常先至而异乃随之。灾者,天之谴也;异者,天之威也。谴之而不知,乃畏之以威……凡灾异之本,尽生于国家之失。国家之失乃始萌芽,而天出灾害以谴告之。谴告之而不知变,乃见怪异以惊骇之。惊骇之尚不知畏恐,其殃咎乃至,以此见天意之仁而不欲陷人也。①

司马迁《史记》有具体记载,其《天官书》用天文现象来解释历史:

> 秦始皇之时,十五年彗星四见,久者八十日,长或竟天。其后秦遂以兵灭六王,并中国,外攘四夷,死人如乱麻,因以张楚并起,三十年之间兵相骀藉,不可胜数。自蚩尤以来,未尝若斯也。②

《汉书》亦是如此,其《天文志》在举例一些不常见的天文、气象时说:

> 此皆阴阳之精,其本在地,而上发于天者也。政失于此,则变见于彼,犹景之象形,乡(响)之应声。③

其《五行志》对"天人感应"的记载就更为详尽。有反就有正,瑞应之事也就盛行起来,即把自然界的某些变异来象征人世间的瑞祥。

汉时的"郊乐"的曲调为"新变声""新声曲",是当时的社会流行曲,《郊祀歌》中《天地》也说"发梁扬羽申以商,造兹新音永久

---

① 董仲舒:《春秋繁露》,诸子百家丛书,上海古籍出版社 1989 年影印本,第 54 页上。
② 司马迁:《史记》,中华书局 1982 年版,第 1348 页。
③ 班固:《汉书》,中华书局 1962 年版,第 1273 页。

长"。其文辞典雅凝重，但又深奥诘屈，故《史记·乐书》称：

> 至今上即位，作十九章，令侍中李延年次序其声，拜为协律都尉。通一经之士不能独知其辞，皆集会《五经》家，相与共讲习读之，乃能通知其意，多尔雅之文。①

据《汉书·礼乐志》记载，祭祀之时演唱的气氛甚为肃穆庄严，且伴随神秘现象出现：

> 以正月上辛用事甘泉圜丘，使童男女七十人俱歌。昏祠至明。夜常有神光如流星止集于祠坛。天子自竹宫而望拜，百官侍祠者数百人皆肃然动心焉。②

晋时有郊祀歌，自宋起始，南朝郊祀歌大盛，且名目繁多，篇章也比较多。

三 汉时的庙乐

《汉书·礼乐志》说：

> 高祖时，叔孙通因秦乐人制宗庙乐……又有《房中祠乐》，高祖唐山夫人所作也。周有《房中乐》，至秦名曰《寿人》。凡乐，乐其所生，礼不忘本。高祖乐楚声，故《房中乐》楚声也。孝惠二年，使乐府令夏侯宽备其箫管，更名曰《安世乐》。③

这就是《安世房中歌》17章。

---

① 司马迁：《史记》，中华书局1982年版，第1177页。
② 班固：《汉书》，中华书局1962年版，第1045页。
③ 同上书，第1043页。

但又有认为《安世房中歌》17 章是出于武帝时司马相如等文人之手的。北宋人陈旸云：

> 汉高帝时，叔孙通制宗庙礼，有《房中祠乐》，其声则楚也。孝惠更名为《安世》，文、景之朝无所增损。至武帝定郊祀礼，令司马相如等造为《安世曲》，合八音之调，《安世房中歌》有十七章存焉。①

编纂《乐府诗集》的郭茂倩云：

> 武帝时，诏司马相如等造《郊祀歌》诗十九章，五郊互奏之；又作《安世歌》诗十七章，荐之宗庙。②

但《乐府诗集》卷八《汉安世房中歌十七首》题解，仍引用上述《汉书·礼乐志》的文字。

诗中大倡孝德，反复吟诵，如"大孝备矣""大矣孝熙""皇帝孝德""孝奏天仪""孝道随世""呜呼孝哉"，总共六处。沈德潜称：

> 首言"大孝备矣"，以下反反复复，屡称孝德，汉朝数百年家法，自此开出。累代庙号，首冠以孝，有以也。③

这 17 章述说皇帝立庙尊亲，以孝治天下，在如此国策的指引下，于是平定东北内乱，安抚四方外邦；这就是承受天意施德于民。从内容上看，述写的是当日现实生活，但又多迎神送神及与神相往来的情况，一片喜庆融融的景象。全诗有《楚辞·九歌》之风，如首章中写

---

① 陈旸：《乐书》，《四库全书》第 211 册，第 745 页。
② 《郊庙歌辞》题解，《乐府诗集》，中华书局 1979 年版，第 1 页。
③ 沈德潜：《古诗源》，中华书局 1963 年版，第 38 页。

"高张四县，乐充宫庭。芬树羽林，云景杳冥。金支秀华，庶旄翠旌"的场面①；第二章中写"《七始华始》，肃倡和声。神来宴娭，庶几是听。粥粥音送，细齐人情。忽乘青玄，熙事备成。清思眑眑，经纬冥冥"的气氛烘托，② 都与《九歌》相仿佛。

西晋、东晋及南朝，庙乐都比较兴盛，作品比较多。

四　颜延之《宋郊祀歌》二首

《文选》诗郊庙类录诗二首，此即颜延之《宋郊祀歌》二首；也就是说，只录了"郊乐"而未录"庙乐"。《宋书·乐志》载：

> 元嘉十八年九月，有司奏："二郊宜奏登哥。"又议宗庙舞事，录尚书江夏王义恭等十二人立议同，未及列奏，值军兴事寝。二十二年，南郊，始设登哥，诏御史中丞颜延之造哥诗，庙舞犹阙。③

《宋书·乐志二》所录颜延之作《宋南郊雅乐登歌》三篇，分别为《天地郊夕牲歌》《天地郊迎送神歌》《天地飨神歌》，《文选》诗郊庙类所录《宋郊祀歌》为此前二首。

全诗写得雍容雅丽。首先，诗中多吟诵先帝与当今皇帝。其一重在敬祭先帝，因为先帝受天命之赐称皇称帝，建立了朝廷，建立了国家，四邦来贡，所以才能敬祀；其二重在歌颂当今，这是因为天子遵奉"圣、孝"之道，能继承皇业以流传下去。在诗中，天命已是十分虚化而没有实质内容，所谓"德"也仅是"降德在民"一句略提及而

---

① 班固：《汉书》，中华书局1962年版，第1046页。
② 同上。
③ 沈约：《宋书》，中华书局1974年版，第541页。

已。其次，诗中重视的是祭祀这件事本身。其一以祖先立意，起首即称"夤威宝命，严恭帝祖"，提出了祭祀的对象；末后切"夕牲"之意，祭祀前查看放置祭品的用具，"有牷在涤，有絜在俎。荐飨王衷，以答神祜"，提出了祭祀形式与祭祀目的。其二从当前祭祀立意，全写祭祀之事，这里的祭祀场面是实实在在的，非神仙往来的，也不是神秘缥缈的，所谓"金枝中树，广乐四陈"，"奔精昭夜，高燎炀晨。阴阳浮烁，沈紫深沦"。末四句"月御按节，星驱扶轮。遥兴远驾，耀耀振振"，是对星空作神灵化的想象，切迎送神之意。

《宋书·乐志》称汉郊祀歌的特点说：

> 汉武帝虽颇造新哥，然不以光扬祖考、崇述正德为先，但多咏祭祀见事及其祥瑞而已。商、周《雅》《颂》之体阙焉。①

这就是颜延之《宋郊祀歌》与汉郊祀歌的区别：汉时作品以祭祀时神灵往来景象与神秘气氛为描摹的主要对象，而颜延之之作在描摹祭祀场面时较为写实，无多少神秘气息；汉时作品对祖先不涉歌颂之词，而颜作则以之为先；汉时作品多述祥瑞，而颜作已无此类色彩。

刘熙载《诗概》称"延年诗长于廊庙之体"②，一派典雅气象，这从颜作与《宋书·乐志》所载傅玄所作《晋郊祀歌》相比即可看出。傅玄《祠天地五郊夕牲歌》：

> 天命有晋，穆穆明明。我其夙夜，祇事上灵。常于时假，迄用有成。于荐玄牡，进夕其牲。崇德作乐，神祇是听。③

---

① 沈约：《宋书》，中华书局 1974 年版，第 550 页。
② 郭绍虞编选，富寿荪整理：《清诗话续编》，上海古籍出版社 1983 年版，第 2423 页。
③ 沈约：《宋书》，中华书局 1974 年版，第 565 页。

其《祠天地五郊迎送神歌》：

> 宣文蒸哉，日靖四方。永言保之，夙夜匪康。光天之命，上帝是皇。嘉乐殷荐，灵祚景祥。神祇降假，享福无疆。①

此二首，一是缺乏对祖宗具体"称皇""做主"的歌颂，二是缺乏对当今皇帝的歌颂；三是缺乏对祭礼场面的描摹；因此也显不出那种富贵堂皇、雍容典雅的气魄。

另外，《文选》为什么未录颜作其三《天地飨神歌》呢？可能是这样的原因：一来此篇为三言，而前二者则同为四言；二来此篇多为描摹迎送神场面与祭祀场面，而歌颂祖德内容只略提及而已。

第四节 《文选》诗挽歌类

一 何谓"挽歌"

所谓挽歌，即送葬时执绋挽拉丧车者所唱悼念死者之歌。《文选》诗挽歌类李善注挽歌的起源引前人之说曰：

> 谯周《法训》曰：挽歌者，高帝召田横，至尸乡自杀，从者不敢哭，而不胜哀，故为此歌以寄哀音焉。②

---

① 沈约：《宋书》，中华书局1974年版，第565页。
② 萧统撰，六臣注：《六臣注文选》，中华书局1987年影印本，第533页下。

其起源或更早，《乐府诗集》卷二十七引《乐府解题》曰：

> 《左传》云："齐将与吴战于艾陵，公孙夏命其徒歌《虞殡》。"杜预云："送死《薤露》歌即丧歌，不自田横始也。"①

南宋王应麟《困学纪闻·评诗》亦称：

> 《左传》有《虞殡》，《庄子》有《绋讴》，挽歌非始于田横之客。②

从上述材料我们亦知，挽歌具有以歌寄哀的情感抒发性质与情感基调，此即谯周所说"为此歌以寄哀音焉"。

挽歌在汉魏晋时颇为盛行。先是在汉武帝时盛行起来，当时是出于实际的运用。《晋书·礼中》载：

> 汉魏故事，大丧及大臣之丧，执绋者挽歌。新礼以为挽歌出于汉武帝役人之劳歌，声哀切，遂以为送终之礼。③

汉武帝本人即作过挽歌，据载：

> 《汉武帝集》曰：奉车子侯暴病，一日死，上甚悼之，乃自为歌诗。④

刘勰《文心雕龙·哀吊》亦称：

---

① 郭茂倩编：《乐府诗集》，中华书局1979年版，第396页。
② 王应麟著，翁元圻等注，栾保群等点校：《困学纪闻》，上海古籍出版社2008年版，第1921页。
③ 房玄龄：《晋书》，中华书局1974年版，第626页。
④ 李昉等：《太平御览》卷592，中华书局1960年影印本，第2667页下。

暨汉武封禅，而霍嬗暴亡，帝伤而作诗，亦哀辞之类矣。①

这首诗今已不存，但从前人的记载，可能是五言诗，此即《文心雕龙·哀吊》所载：

汝阳王亡，崔瑗哀辞……又卒章五言，颇似歌谣，亦仿佛乎汉武也。②

汉武帝时又有乐人专门定制挽歌，《乐府诗集》卷二十七引晋崔豹《古今注》载：

《薤露》《蒿里》，泣丧歌也，本出田横门人。横自杀，门人伤之，为作悲歌。言人命奄忽，如薤上之露，易晞灭也。亦谓人死魂魄归于蒿里。至汉武帝时，李延年分为二曲，《薤露》送王公贵人，《蒿里》送士大夫庶人。使挽柩者歌之，亦谓之挽歌。③

又李周翰注《文选》诗挽歌类曰：

……为悲歌以寄其情，后广之为《薤露》《蒿里》，歌以送丧也。至李延年分为二等，《薤露》送王公贵人，《蒿里》送士大夫庶人，使挽柩者歌之，因呼为挽歌。④

经西汉李延年的订制，两类挽歌的分工明确了，也就是说挽歌的性质更明确了，这为挽歌的盛行准备了条件。

挽歌的盛行，或是出于文学欣赏的需要。《北堂书钞》卷九十

---

① 刘勰撰，詹锳义证：《文心雕龙义证》，上海古籍出版社1989年版，第467页。
② 同上。
③ 郭茂倩编：《乐府诗集》，中华书局1979年版，第396页。
④ 萧统撰，六臣注：《六臣注文选》，中华书局1987年版，第533页。

二·挽歌三十三引《续汉书》载：

> 大将军梁商三月上巳日会洛水，倡乐毕，极终以《薤露》之歌，坐中流泪。①

《薤露》为送葬歌，但此处歌《薤露》，便具有文学欣赏的意味。又如《后汉书·五行一》"灵帝数游戏于西园中"，南朝梁刘昭（生卒年不详）注称：

> 《风俗通》曰："时京师宾婚嘉会，皆作《魁㯏》，酒酣之后，续以挽歌。"②

"宾婚嘉会"的"酒酣"之后唱挽歌，当然是一种娱乐活动了。又《北堂书钞》卷九十二引《续晋阳秋》载：

> 武陵王（司马）晞为挽歌，自摇大铃，左右唱和，新安人歌舞离别之声，甚酸悲也。③

这说的是东晋之事。《续晋阳秋》又载：

> 袁山松善音乐，作《行路难》，辞句婉切，酒酣从而歌之，听者莫不流涕。初，吴昙善唱乐，桓氏能挽歌，及松以《行路难》配之，号为三绝也。④

这也是东晋之事。又《北堂书钞》卷九十二引《语林》载：

---

① 虞世南：《北堂书钞》，中国书店1989年影印本，第351页下。
② 范晔：《后汉书》，中华书局1965年版，第3273页。
③ 虞世南：《北堂书钞》，中国书店1989年影印本，第351页下。
④ 同上。

张湛好于斋前种松柏、养鸲鹆,袁山松出游,好令左右挽歌,作《行路难》辞,时人谓张屋下陈尸,袁道上行殡。①

东晋时创作挽歌、欣赏挽歌已成为时尚。

二 《薤露》《蒿里》古辞与曹操的改制

《薤露》古辞为:

> 薤上露,何易晞。
> 露晞明朝更复落,
> 人死一去何时归。②

这是对人命短促与生命一去不复返的咏叹。《蒿里》古辞为:

> 蒿里谁家地,
> 聚敛魂魄无贤愚。
> 鬼伯一何相催促,
> 人命不得少踟蹰。③

这是对生命逝去后的归所的咏叹,也是对生命飞快逝去的咏叹,又是对所有的生命都会飞快逝去的咏叹。

从这二首诗的古辞可以看出,诗中咏叹的是一种概括化的人生现象,并不指向具体事例与个别人物。或许当人们吟唱《薤露》《蒿里》的古辞时是指向某些具体化的人物或事件的,如秦末田横门人之类,但诗句并未表现出来。

---

① 虞世南:《北堂书钞》,中国书店 1989 年影印本,第 351 页下。
② 郭茂倩编:《乐府诗集》,中华书局 1979 年版,第 396 页。
③ 同上书,第 398 页。

钟惺《古诗归》卷七对曹操《薤露行》有"汉末实录"之称，写汉末执掌国柄的何进为无能之辈，引董卓入京；董卓"杀主灭宇京"，此已有哀君之意；诗末写"瞻彼洛城郭，微子为哀伤"，诗人以周朝微子自比抒发其哀伤他人之意。其《蒿里行》，写汉末关东各州郡诸侯起兵讨伐董卓，但各有打算，徘徊不前甚至火并，争着做皇帝，致使遍地哀鸿，诗末以"念之断人肠"抒发内心的不尽哀伤。

此二首都是叙说了时事，又抒发了哀悼他人的情感，且依古题而来，既有原乐曲的音乐性，又是抒情表达哀悼，故方东树《昭昧詹言》卷二称：

> 魏武帝《薤露》，此用乐府题，叙汉末时事。所以然者，以所咏丧亡之哀，足当挽歌也。而《薤露》哀君，《蒿里》哀臣，亦有次第，前人未有言之者。①

此二诗突出的是对哀悼对象死亡原因的叙述，这种内容不是诗题或小序附加上去的，而完全是从诗中的叙述表现出来的。但是，曹操的这种叙述不是挽歌古辞的写法，也不是之后挽歌的写法。

三 《文选》诗挽歌类分析

《文选》诗挽歌类录三人五首《挽歌诗》。

缪袭《挽歌诗》与古辞及曹操之作迥然不同，全诗如下：

> 生时游国都，死没弃中野。
> 朝发高堂上，暮宿黄泉下。
> 白日入虞渊，悬车息驷马。

---

① 方东树撰，汪绍楹校点：《昭昧詹言》，人民文学出版社1961年版，第67页。

> 造化虽神明，安能复存我？
> 形容稍歇灭，齿发行当堕。
> 自古皆有然，谁能离此者？①

前四句写昔生今死，五、六句以日入喻人死，七、八句以主人公第一人称点明自我的死，九、十句以"形容""齿发"写具体的死，末二句写概括的死。值得注意的有两点：一是以自我第一人称的口吻吟咏自我死亡；二是未对死亡原因作具体叙写，而只叙述死亡安葬以引出对死亡现象的思索。这样，既与曹操诗作的叙事性抒情不同，又与自辞仅作概括性抒情不同；而最大的不同则在述自我死亡。

陆机《挽歌诗》共三首，为组诗形式。首先，先写卜择葬地与出丧；然后点出"中闱且勿欢，听我《薤露》诗"，是歌者之言；再写亲属相送，又写到死者"饮饯觞莫举，出宿归无期"，这是他人眼中的死者，是送者之言。其次，客观叙述出丧赴墓地的情况，这是歌者之言。最后，为死者之言，全写死者安葬入土后的感觉与离开人世的痛苦。②虽说陆机这三首诗有歌者之言、送者之言、死者之言，但总的来说又可视为歌者代这几种人立言，因此，"中闱且勿欢，听我《薤露》诗"以前可视为序诗，以下一部分才为正诗。而在这三者之言中，无疑，死者之言是诗的主体部分，这也是陆作与缪作相同之处。另外，从死者之言来看，陆作与缪作在写法上颇有相似性，即叙写死亡安葬与对死亡的思索。

陶渊明《挽歌诗》，本集有三首，此处选的是其三，全诗以死者

---

① 萧统撰，六臣注：《六臣注文选》，中华书局1987年影印本，第533页下。
② 萧统撰，六臣注：《六臣注文选》，中华书局1987年影印本，第524—525页。胡克家刻本李善注《文选》，其二与其三的位置是颠倒的。(李善注《文选》，中华书局1977年影印本，第406—407页)

口吻述出，先写"严霜九月中，送我出远郊"的出丧①，多以景物的凄凉表现情感，再写出丧结束后，"亲戚或余悲，他人亦已歌；死去何所道，托体同山阿"②，是死者的感觉，从中可以想见死者对人世炎凉的看法，其内心痛苦是沉重的。陶渊明另两首《挽歌诗》也是叙写死者之言，是对死后感想的叙写。

从上述三人的《挽歌诗》可知，《挽歌诗》最重要的是叙写对自我死亡的感想，为了表现这种感想，诗中或虚拟出丧场面，或以墓场景物衬托情感，不管怎样，诗人是虚拟化地叙写自己死亡被安葬，抒写自我对死亡的看法。而之所以有如此的虚拟描摹自我死亡安葬及情感，则是乐府这种文体本身具有的虚拟化描摹事件、人物的特点决定的。

四　未收入《文选》的中古"挽歌"

傅玄《挽歌》，诗中称"欲悲泪已竭，欲辞不能言。存亡自远近，长夜何漫漫"云云，③ 是从死者角度立言，亦可视之为死者自我抒情的口吻。

现存陆机挽歌类作品最多。其《庶人挽歌辞》，既称"庶人"，当是"送士大夫庶人"的《蒿里》之歌。全诗写丧礼过程，末四句云：

念彼平生时，延宾陟此帏。
宾阶有邻迹，我降无登辉。④

"彼"当指死者，"我"是指挽歌辞作者。陆机又有《士庶挽歌

---

① 萧统撰，六臣注：《六臣注文选》，中华书局 1987 年影印本，第 535 页下。
② 同上书，第 536 页上。
③ 逯钦立辑校：《先秦汉魏晋南北朝诗》，中华书局 1983 年版，第 565 页。
④ 陆机撰，金声涛点校：《陆机集》，中华书局 1982 年版，第 161 页。

辞》，其中说：

> 陶犬不知吠，瓦鸡焉能鸣。
> 安寝重丘下，仰闻板筑声。①

这是从死者角度立言。陆机又有《王侯挽歌辞》②，显然是承接《薤露》而来，诗中提到"孤魂虽有识，良接难为符"，亦有代死者之言的意味。陆机还有《挽歌辞》，诗称：

> 在昔良可悲，魂往一何戚，
> 念我平生时，人道多拘役。③

是以死者第一人称来写的。陆机这几首"挽歌"多是残篇，但从中亦可看出，从死者角度立言是诗作的主要写法。

颜延之《挽歌》写出丧过程，无甚特点。

以上所述傅玄、陆机与颜延之的作品不出自《乐府诗集》。以下依《乐府诗集·相和歌辞》挽歌类系列的次序叙述。

《薤露》系列，有古辞与曹操之作。又有曹植所作，《乐府诗集》卷二十七引《乐府解题》称之为"曹植拟《薤露行》为《天地》"，诗中称"天地无穷极，阴阳转相因。人居一世间，忽若风吹尘"④，仅此是对死亡题材的继承，以下述报君立功之意。又有晋人张骏之作，承曹操之作述西晋末时事，当然也有哀悼之意，但意味不浓。

《惟汉行》，曹操《薤露》首句为"惟汉二十二世"⑤，曹植之作

---

① 陆机撰，金声涛点校：《陆机集》，中华书局1982年版，第161页。
② 同上书，第162页。
③ 同上。
④ 郭茂倩编：《乐府诗集》，中华书局1979年版，第397页。
⑤ 同上书，第396页。

以之为题，述立功之意。傅玄之作演绎题目，述鸿门宴故事。

《蒿里》，有古辞与曹操之作。又有鲍照之作，其本集作《代蒿里行》。全诗如下：

> 同尽无贵贱，殊愿有穷伸。
> 驰波催永夜，零露逼短晨。
> 结我幽山驾，去此满堂亲。
> 虚容遗剑佩，美貌戢衣巾。
> 斗酒安可酌，尺书谁复陈？
> 年代稍推远，怀抱日幽沦。
> 人生良自剧，天道与何人？
> 赍我长恨意，归为狐兔尘。①

诗作以死者第一人称口吻出之，全含愤激之意，这不仅仅是诗末"赍我长恨意，归为狐兔尘"表现出来的，其他如诗首"同尽无贵贱，殊愿有穷伸"，抒其人生志愿不曾实现："人生良自剧，天道与何人"，本《老子》"天道无亲，常与善人"之语而反用之②。但从另一方面来看，诗中的愤激之意尚无具体指向。

下又有唐僧贯休之作，但已不含死者自我抒情的意味。

《挽歌》，录缪袭一首与陆机三首，此同《文选》；录陶渊明三首，其本集题作《拟挽歌辞》，③《文选》只录其一。其二、其三亦全以死者第一人称出之，如其二称"娇儿索父啼，良友抚我哭"，其三称"肴案盈我前，亲戚哭我傍。欲语口无音，欲视眼无光"，即死者自述

---

① 郭茂倩编：《乐府诗集》，中华书局1979年版，第399页。
② 任继愈：《老子新译》第79章，上海古籍出版社1978年版，第129页。
③ 郭茂倩编：《乐府诗集》，中华书局1979年版，第401页。

口吻。在情感抒发上，诗称人生在世与不在世本无所谓，只有饮酒与否关系重大，如其一称"但恨在世时，饮酒恒不足"，认为这才是人活一世的遗憾；而其二称"在昔无酒饮，今但湛空觞。春醪生浮蚁，何时更能尝"，认为这才是死后的遗憾。

鲍照《挽歌》，其本集作《代挽歌》，全集如下：

> 独处重冥下，忆昔登高台。
> 傲岸平生中，不为物所裁。
> 埏门只复闭，白蚁相将来。
> 生时芳兰体，小虫今为灾。
> 玄鬓无复根，枯髅依青苔。
> 忆昔好饮酒，素盘进青梅。
> 彭韩及廉蔺，畴昔已成灰。
> 壮士皆死尽，余人安在哉。①

也是以死者第一人称出之的愤激之语，但此诗的愤激已有了具体指向："傲岸平生中，不为物所裁"，写出死者的倔强性格，这当然是诗人自身的写照，朱熹《朱子语类》称其《代东武吟》说出了鲍照"倔强不肯甘心意"，这里亦是。又如"壮士皆死尽，余人安在哉"，分明自许壮士，蔑视俗士。鲍照出于寒族，一生不得重用，内心的愤激呼喊在其诗文中屡屡有所表现，此诗亦为其代表之一。

北齐祖孝徵《挽歌》，② 写今日出丧与昔日谒帝的不同，突出"荣华与歌笑，万事尽成空"的感慨，亦有第一人称口吻的意味。以下又有唐代数人的作品，则不含死者第一人称自我抒情意味，风气已经改变。

---

① 郭茂倩编：《乐府诗集》，中华书局1979年版，第401页。
② 同上书，第401、402页。

北朝后期的挽歌出现了新的体式，即专为某人所作，既非乐府作品，又非虚拟性地为自己而作。此类作品以卢思道为代表，其《彭城王挽歌》：

> 旭旦禁门开，隐隐灵舆发。
> 才看凤楼迥，稍视龙山没。
> 犹陈五营骑，尚聚三河卒。
> 容卫俨未归，空山照秋月。①

写护送灵柩出葬的场面。卢思道又有《乐平长公主挽歌》：

> 妆楼对驰道，吹台临景舍。
> 风入上春朝，月满凉秋夜。
> 未言歌笑毕，已觉生荣谢。
> 何时洛水湄，芝田解龙驾。②

言公主"歌笑"生活的短促，一下子"荣谢"；又盼公主魂灵有回归的一日。王褒《送观宁侯葬诗》《送刘中书葬诗》，已纯为悼念他人，且已不用"挽歌"之名。

五　挽歌类诗作发展的四个阶段

《薤露》《蒿里》的古辞是对死亡现象的一种概括性吟咏，这是挽歌类作品发展的第一阶段。

汉代因定制乐曲使挽歌类作品盛行起来，但这些作品多无流传。这是挽歌类的作品发展的第二阶段。

---

① 逯钦立辑校：《先秦汉魏晋南北朝诗》，中华书局1983年版，第2636页。
② 同上。

汉末建安时曹操以乐府古题述时事，挽歌类作品由概括性吟咏转向社会性吟咏，这是挽歌类作品发展的第三阶段。

晋宋时期标明《挽歌》的作品多以死者第一人称口吻出之；起初这仅仅具有一种形式上的意义，但优秀诗人努力使这种形式具有内容上的意义，陶渊明之作已露端倪，鲍照之作更是抒发自我人生感慨，这种感慨既是因死亡而引发的，又是与死亡无多大关系的。这是挽歌类作品发展的第四阶段，亦是其成就最高峰。

此后的挽歌作品专为某人而作，已归一般化的哀伤作品。

我们这样称说挽歌类典型的作品：《薤露》送王公贵人，《蒿里》送士大夫庶人，《挽歌》送自己。而《挽歌》送自己，则是陆机的创造，颜之推《颜氏家训·文章》批评陆机说：

> 挽歌辞者，或云古者《虞殡》之歌，或云出自田横之客，皆为生者悼往告哀之意。陆平原多为死人自叹之言，诗格既无此例，又乖制作本意。[①]

话是从批评方面说的，但点出了其创新之功。

六　与《文选》诗哀伤类比较

《文选》诗哀伤类收诗 13 首，前 6 首叙写为人生、社会而哀伤，后 7 首叙写为某人死亡而哀伤。此中哀人生之作与挽歌类的写死者自述作品有相类似之处，但这些哀人生之作并未涉及死亡。此中为某人死亡而哀伤的作品，突出具体性与真实性，具体讲述在何时何地哀悼何人，何人的事迹如何，突出的是自我与死者的情感联系；而《挽

---

① 颜之推撰，王利器集解：《颜氏家训集解》，上海古籍出版社 1980 年版，第 264 页。

歌》则表现出虚拟性与概括性，且突出叙写的是诗人自我的生平及由死亡引发的情感。

第五节 《文选》诗杂歌类

一 "歌"的意味

《文选》诗杂歌类收作品四篇，这四篇作品有一个共同点，即诗人吟咏自己所创作的第一人称的诗作，以下依次述之。

《荆轲歌》，从题目即可理解为荆轲所唱的歌，且这歌本来就是荆轲所创作的，《战国策》《史记》亦明载是荆轲唱自己所创作的歌"风萧萧兮易水寒，壮士一去兮不复还"，亦可视为是第一人称的。此歌在《乐府诗集》中称《渡易水》，以歌的创作背景与内容起名。

《汉高祖歌》，汉高祖刘邦唱的歌，这歌是他自己创作的，《史记》《汉书》明载这个情况。从"大风起兮云飞扬，威加海内兮归故乡，安得猛士兮守四方"，可知是第一人称口吻。《乐府诗集》称此歌为《大风起》，亦有称《大风歌》的，是以首句首二字为名。《史记·乐书》称"高祖过沛诗《三侯之章》"，唐司马贞《史记索隐》解释说：

> 过沛诗即《大风歌》也。……侯，语辞也。《诗》曰"侯其祎而"者是也。兮亦语辞也。沛诗有三"兮"，故云"三侯"也。[1]

---

[1] 司马迁：《史记》，中华书局1982年版，第1177页。

这是以诗中衬字为歌名。《扶风歌》，刘良注曰：

> 扶风，地名，盖古曲也。琨拟而自喻也。①

此为乐府古题。扶风，地名，在今陕西，此歌原初当为该地的曲调，后只是赋土风而已。称刘琨"拟而自喻"，当然是刘琨自己创作，是以第一人称吟咏自我之事。

《中山王孺子妾歌》，此歌是南朝宋时陆厥所作，其本意是代人立言，故可视作吟咏自己创作的第一人称之作。但陆厥有一个失误，他把数人混为一人了，《乐府诗集》卷八十四解题指出来了：

> 《汉书》曰："诏赐中山靖王子哙及孺子、妾冰、未央才人歌诗四篇。"如淳曰："孺子，幼少称孺子。妾，宫人也。"颜师古曰："孺子，王妾之有品号者。妾，王之众妾也。冰，其名。才子，天子内官。"按，此谓以歌诗赐中山王及孺子、妾、未央才人等尔，累言之，故云及也。而陆厥作歌，乃谓之中山孺子妾，失之远矣。《艺文志》又曰："临江王及愁思节士歌诗四篇，李夫人及幸贵人歌诗三篇。"亦皆累辞也。②

二 《汉书·艺文志》"歌""诗"合称

《汉书·艺文志》"诗赋略"（五）为"歌诗"，录28家作品314篇，名目如下：

《高祖歌诗》二篇。

---

① 萧统撰，六臣注：《六臣注文选》，中华书局1987年影印本，第536页下。
② 郭茂倩编：《乐府诗集》，中华书局1979年版，第1183页。

第四章 乐府类次与《文选》

《泰一杂甘泉寿宫歌诗》十四篇。

《宗庙歌诗》五篇。

《汉兴以来兵所诛灭歌诗》十四篇。

《出行巡狩及游歌诗》十篇。

《临江王及愁思节士歌诗》四篇。

《李夫人及幸贵人歌诗》三篇。

《诏赐中山靖王子哙及孺子妾冰未央材人歌诗》四篇。

《吴楚汝南歌诗》十五篇。

《燕代讴雁门云中陇西歌诗》九篇。

《邯郸河间歌诗》四篇。

《齐郑歌诗》四篇。

《淮南歌诗》四篇。

《左冯翊秦歌诗》三篇。

《京兆尹秦歌诗》五篇。

《河东蒲反歌诗》一篇。

《黄门倡车忠等歌诗》十五篇。

《杂各有主名歌诗》十篇。

《杂歌诗》九篇。

《雒阳歌诗》四篇。

《河南周歌诗》七篇。

《河南周歌声曲折》七篇。①

《周谣歌诗》七十五篇。

《周谣歌诗声曲折》七十五篇。

---

① 疑"歌"下缺"诗"字。

《诸神歌诗》三篇。

《送迎灵颂歌诗》三篇。

《周歌诗》二篇。

《南郡歌诗》五篇。①

篇数前皆称为"歌诗"或"歌诗声曲折","声曲折"之义,近人王先谦《汉书补注》、姚振宗《汉书条理》都认为是乐谱;那么"歌诗"是对这类体裁的称呼。

三 《汉书》具体记述时"歌""诗"分称

《汉书》具体记述时人的创作时,是"歌""诗"分称的。称"歌曰"者,有郊庙乐,是文人作词乐府配乐演唱的;又有诸如项羽、刘邦、汉戚夫人、汉赵幽王刘友、汉城景阳王刘章、汉武帝刘彻、李延年、汉燕剌王刘旦、华容夫人、李陵、汉广川王刘去、汉广陵厉王刘胥、汉乌孙公主刘细君等人之作,据《汉书》的记载来看,都是主人公当场创作并自己歌唱的,其中有歌咏自身的,也有歌咏他人的。称"作诗"者,有诸如汉武帝、韦孟、杨恽、韦玄成等人之作;或称"著",如汉息夫躬"著《绝命辞》",《汉书》未点明这些作品创作时具体场景,可见不是当场创作或自己当场歌唱的。以下一段材料最可显示称"歌"称"诗"在吟咏方式上的不同,此即《汉书·外戚传》所载:

上思念李夫人不已,方士齐人少翁言能致其神。乃夜张灯烛,设帷帐,陈酒肉,而令上居他帐,遥望见好女如李夫人之貌,还

---

① 班固:《汉书》,中华书局1962年版,第1753—1755页。

幄坐而步。又不得就视，上愈益相思悲感，为作诗曰："是邪，非邪？立而望之，偏何姗姗其来迟！"令乐府诸音家人弦歌之。①

"歌"是能唱的，"诗"则不能唱或未在具体环境中演唱或吟诵。

四　"歌"行为的转移

《汉书·张良传》载刘邦对戚夫人说"吾为若楚歌"云云，②《汉书·礼乐志》称"高祖乐楚声"，③ 在如此氛围及影响下，前汉中的这些"歌"大致属于楚歌系统。后汉时已较为少见文人当场创作并自己吟诵或歌唱的情况，仅有几例，一是《后汉书·皇后纪下》载汉少帝刘辩与唐姬被董卓逼杀时的"悲歌曰"与"歌曰"，这确实是当场创作并自己歌唱的。另一例是《乐府诗集》引崔豹《古今注》载：

《武溪深》，马援南征之所作也。援门生爰寄生善吹笛，援作歌，令寄生吹笛以和之。名曰《武溪深》。④

另有西汉梁鸿《五噫之歌》，《后汉书·梁鸿传》仅载作《五噫之歌》而已，不闻是否"歌曰"云云。但是，当场创作并自己吟诵或歌唱的情形深深地触动着文人们，他们在时代流行的散文体裁中往往系之以"歌"，在文学作品的末尾系以歌是较为普通的，而以文学作品中人物之口"作歌"是最为典型的。例如，张衡《舞赋》载舞者"展清声而长歌"之歌，⑤ 蔡邕《释诲》载"胡老乃扬衡含笑，援琴而歌"

---

① 班固：《汉书》，中华书局1962年版，第3952页。
② 同上书，第2036页。
③ 同上书，第1043页。
④ 郭茂倩编：《乐府诗集》，中华书局1979年版，第1048页。
⑤ 严可均校辑：《全上古三代秦汉三国六朝文》，中华书局1958年影印本，第769页下。

之歌;① 更有赵壹《刺世疾邪赋》载"有秦客者,乃为诗曰"之诗与"鲁生闻此辞,系而作歌曰"之歌。② 这里的"歌"已不是一种实际行为,而只是一种文化行为。

魏晋南北朝时也有文人们当场创作并自己歌唱的情形,歌亦被记载下来,尤其在北方少数民族那里。但更多的虽标名为"歌"的作品却并非当场歌唱的或自己不歌唱而是交给乐府机关演唱,只是依乐曲填歌而已,刘琨《扶风歌》与陆厥《中山王孺子妾歌》均是如此。陆厥除此首作品外,还有《左冯翊歌》《京兆歌》《李夫人及贵人歌》《临江王节士歌》等,均为仿《汉书·艺文志》"歌诗"目录所为,为代言体,代他人作歌。

五 《文选》其他题名为"歌"的作品

《文选》诗郊庙类有颜延之《宋郊祀歌》。汉时就有此类祭祀之歌,一般是文人们创作歌辞,由乐府机关配乐后在祭祀场合演唱的,历代延续不变,并非当场创作并自己歌唱的,颜作亦是。

挽歌类的作品在目录中均题名为"歌",而在正文中则称为"挽歌诗",这是视"挽歌"为诗的意思。本来,挽歌是要唱的,此即李周翰注缪袭《挽歌》时所称"为悲歌以寄其情""以送丧也","使挽柩者歌之,因呼为挽歌"。但所录缪袭、陆机、陶渊明的《挽歌》可能是不能唱的,这也就是称之"挽歌诗"的原因吧!

《文选》骚类有《九歌》四首与《九歌》二首,均为屈原所作,张铣注曰:

---

① 严可均校辑:《全上古三代秦汉三国六朝文》,中华书局1958年影印本,第873页下。

② 同上书,第915页下。

第四章 乐府类次与《文选》

楚南郡之邑，沅湘之间，其俗信鬼好祠，作鼓舞以乐诸神。（屈）原既遭放逐，含怀忧患，见俗人祭祀之礼，歌舞之乐，其辞鄙陋，因为作《九歌》之曲，上言事神之歌，下寄见黜之情，以讽焉。九者，阳数之极，自谓否极，取为歌名矣。①

那么，这本来是能唱的，但并非当场创作。

---

① 萧统撰，六臣注：《六臣注文选》，中华书局1987年影印本，第616页上。

第五章 乐府与宫体诗推原

人们讲《国风》的情况，民歌即所谓"多出于里巷歌谣之作，所谓男女相与咏歌、各言其情者也"①，汉乐府虽然反映的生活面较广，但仍是以"男女相与咏歌、各言其情者"为多。中古时期有过两次民间乐府兴起的高潮，为汉乐府与南北朝乐府，其对"男女相与咏歌、各言其情"的叙写各有不同。中古时期的文人创作，也有一次叙写"男女相与"之情的高潮，此即所谓宫体诗的创作。此章论证汉乐府、南北朝乐府对"男女相与咏歌、各言其情"的叙写，与宫体诗创作的异同与联系。

第一节 汉乐府民歌妇女形象
——从汉代的采风政策与董仲舒家庭观考察

汉乐府民歌为"汉世街陌谣讴"②，其中歌咏的妇女形象多为特殊境遇中自主自立、敢作敢为之人，她们的所作所为也多可称得上奇行

---

① 朱熹：《诗集传》序，上海古籍出版社1980年版，第2页。
② 沈约：《宋书·乐志》，中华书局1974年版，第549页。

异事，诗作对她们也多为赞扬。以下来看看具体情况。

《陌上桑》，一名《日出东南隅行》，一作《艳歌行》，一作《采桑》，一作《艳歌罗敷行》，叙写罗敷女情事。《古今注》曰：

> 《陌上桑》者，出秦氏女子。秦氏，邯郸人有女名罗敷，为邑人千乘王仁妻。王仁后为赵王家令。罗敷出采桑于陌上，赵王登台见而悦之，因置酒欲夺焉。罗敷巧弹筝，乃作《陌上桑》之歌以自明。赵王乃止。①

《乐府解题》曰：

> 古辞言罗敷采桑，为使君所邀，盛夸其夫婿为侍中郎以拒之。②

无论其本事，诗中罗敷之坚贞果断与机智是肯定的，面对使君的纠缠，她是胜利者。

《相逢行》，写大户人家中妇女的气派，先述家中"兄弟两三人"，又述家中妇女：

> 大妇织绮罗，中妇织流黄。
> 小妇无所为，挟瑟上高堂。
> 丈人且安坐，调丝方未央。③

也是赞叹其各有所安，更刻画出小妇的潇洒倜傥。

《陇西行》，《乐府解题》称曰：

---

① 郭茂倩编：《乐府诗集》引，中华书局1979年版，第410页。
② 同上。
③ 郭茂倩编：《乐府诗集》，中华书局1979年版，第508页。

> 始言妇有容色，能应门承宾；次言善于主馈，末言送迎有礼。①

其诗末言"健妇持门户，胜一大丈夫"，是对女子健妇的赞颂。

《东门行》，在丈夫"拔剑东门去"的紧急关头，妻子也能表达自己的看法：

> 他家但愿富贵，贱妾与君共铺糜。
> 上用仓浪天故，下当用此黄口儿。今非！②

《妇病行》，妇人临死前嘱托丈夫照管怜爱孩子，歌咏为人之母的慈爱，令人感动，这是特殊境遇中的妇女形象。

《艳歌行》（其一），写女主人对客人的照顾，其丈夫见而有疑心，反衬出女主人的心地善良与光明磊落。

《白头吟》，《乐府解题》曰：

> 古辞云："皑如山上雪，皎若云间月。"又云："愿得一心人，白头不相离。"始言良人有两意，故来与之相决绝。次言别于沟水之上，叙其本情。③

写女子面对被抛弃的命运时的从容镇定与自有主意，她对负心男子的责备，有对男性界嘲讽的意味，旧假托为卓文君责司马相如之辞。张玉穀称赞她说：

> 真能使曾着犊鼻裈者（指司马相如）汗出如浆，不果娶妾，宜哉！④

---

① 郭茂倩编：《乐府诗集》引，中华书局1979年版，第542页。
② 郭茂倩编：《乐府诗集》，中华书局1979年版，第550页。
③ 郭茂倩编：《乐府诗集》引，中华书局1979年版，第599页。
④ 张玉穀著，许逸民点校：《古诗赏析》，中华书局2000年版，第83页。

第五章 乐府与宫体诗推原

这些是"相和歌辞"中的例子,"杂曲歌辞"中也有汉时民间创作。其中《焦仲卿妻》,或名《古诗为焦仲卿妻作》,或名《孔雀东南飞》,全诗歌咏对封建礼教的反抗,与男主人公相比,诗中女主人公冷静而有主意,坚强而勇于反抗,形象熠熠生光。

"鼓吹曲辞"中的古辞亦大多为汉时民歌,其中《有所思》《上邪》两首当为姊妹篇,前者写女子欲与情人断绝又难断绝,后者写女子自誓,真挚且坚决。

以上就是汉乐府民歌中的妇女形象的基本情况,她们刚强、机智、自主自立,敢作敢为,后世那种叙写女子软弱且依附男子的情况基本不见;或者说汉乐府民歌中的妇女形象大都具有一种不寻常性,她们做出的多为奇行异事。但同时要提出的是,这些妇女形象是真正女性化的,所作所为并不是本该男子所为的,而是妇女特有的,如罗敷女的美貌是诗作着意所在,其拒绝方式,只有女性才做得出、说得出;《相逢行》中的"小妇"是女性的潇洒;《东门行》《病妇行》中的妻子考虑问题的方式是贤妻良母型的;《艳歌行》表现的是女性的热心肠与光明磊落;《白头吟》中的女子决绝时还讲出自己"愿得一心人,白头不相离"的婚姻愿望;刘兰芝的女功及对爱情的忠贞,是诗中重笔所在;《有所思》《上邪》的女主人公本来就是为爱情而抒情。这表明,汉乐府民歌虽然表现的是奇行异事,但强调的是女性的奇行异事,是可以有普遍意义的。从文学手法上来说,为了显现女性形象的特殊性,就越是显现女性本身特征;而显现了女性本身特征,就越使女性形象的特殊性得以突出与强调。

汉乐府民歌显然对女子容貌的描摹未予注重,甚或在有必要描摹容貌的场合也不予描摹,如《陌上桑》写罗敷女容貌打动了众人,但具体是怎样的容貌却不予描摹,虽然可以说这是一种以效果写美的手法，但未描摹女色却是实实在在的。比较宫体诗的情况，我们说汉乐府妇女形象的特点是重行为而不重容色。唯一的例外是《焦仲卿妻》，其中描摹刘兰芝的容貌很有浓墨重彩之处，如"足下蹑丝履，头上玳瑁光，腰若流纨素，耳著明月珰。指如削葱根，口如含朱丹，纤纤作细步，精妙世无双"云云①，但此诗是首见于宫体诗盛行的年代时的《玉台新咏》，难说没有后人之增笔。

或者说，汉乐府妇女形象重在其奇行异事的刻画，亦有文体依据。汉乐府的特点是叙事，明徐祯卿《谈艺录》说：

乐府往往叙事，故与诗殊。②

余冠英《乐府诗选·前言》亦称：

假如把最能见汉乐府特色的叙事诗单提出来说，像《陌上桑》《陇西行》《孤儿行》《孔雀东南飞》那样，相应着社会人事和一般传说文学的发展而发展起来的曲折淋漓的诗篇，当然更不是诗经时代所能有。③

选取奇行异事来叙述，这恐怕是一般叙事者的共同愿望；加之汉乐府的叙事往往是截取生活的一个戏剧性场面来叙写，除《孔雀东南飞》外，很少有头有尾地叙写一个完整故事，因此，在比较小的篇幅中重人物行为特别是奇行异事来叙写该是理所当然的。

汉乐府民歌选取妇女的奇行异事以叙写其与当时的朝廷政策与官方观念的关系。从朝廷政策方面来考察，汉代采集民歌时特别关注特

---

① 郭茂倩编：《乐府诗集》，中华书局1979年版，第1034—1038页。
② 徐祯卿：《谈艺录》，何文焕辑《历代诗话》，中华书局1981年版，第769页。
③ 余冠英：《乐府诗选》，中华书局2012年版，第12页。

殊人物与特殊事件。

《汉书·艺文志》曰：

> 自孝武立乐府而采歌谣，于是有赵代之讴，秦楚之风，皆感于哀乐，缘事而发，亦可以观风俗，知薄厚云。①

西汉、东汉都有如此的"采歌谣""观风俗"的事，如《汉书·武帝纪》记元狩六年遣博士"循行天下"之事②。又如，《汉书·宣帝纪》载汉宣帝事：

> （元康四年）遣大中大夫彊等十二人循行天下，存问鳏寡，览观风俗，察吏治得失，举茂材异伦之士。③

又如，《汉书·元帝纪》载汉元帝事：

> （初元元年）临遣光禄大夫褒等十二人循行天下，存问耆老鳏寡孤独困乏失职之民，延登贤俊，招显侧陋，因览风俗之化。④

汉元帝建昭四年又有"临遣谏大夫博士""循行天下"之事⑤。《汉书·成帝纪》载成帝永始三年"循行天下"之事⑥。《汉书·王莽传》载元始四年遣官员"分行天下，览观风俗"之事⑦。《汉书·谷永传》载谷永建议朝廷"立春，遣使者循行风俗"之事⑧。又有地方官

---

① 班固：《汉书》，中华书局1962年版，第1756页。
② 同上书，第180页。
③ 同上书，第258页。
④ 同上书，第279页。
⑤ 同上书，第295页。
⑥ 同上书，第307页。
⑦ 同上书，第4066页。
⑧ 同上书，第3471页。

员自行此事，《汉书·韩延寿传》载韩"历召郡中长老为乡里所信向者数十人"，"人人问以谣俗"之事，颜师古注曰："谣俗谓闾里歌谣，政教善恶也。"① 东汉时亦如此，《后汉书》中多有记载，《顺帝纪》载汉安元年遣官员"分行州郡，班宣风化"②。《李郃传》载和帝时"分遣使者""观采歌谣"③，《循吏列传》载光武帝时"观纳风谣"之事④，《独行列传·雷义》载顺帝时"行风俗"之事⑤。萧涤非征引这些材料总结说：

> 所谓"使行风俗""循行风俗"，盖即古者"听于民谣"之意，亦即延寿所云"人人问以谣俗"是也。⑥

"循行天下""循行风俗"的目的是了解各地情况，即《汉书·宣帝纪》所述，其中"存问鳏寡""察吏治得失""举茂材异伦之士"三者，其具体内容是一目了然的，而"览观风俗"的意思该为览观各地区的特殊之处，或人物或事件，或正面或反面。所谓"风俗"即指某种特别之处，《汉书·地理志序》称：

> 凡民函五常之性，而其刚柔缓急，音声不同，系水土之风气，故谓之风；好恶取舍，动静亡常，随君上之情欲，故谓之俗。⑦

而《毛诗序》称"先王以是（指诗）……移风俗"，⑧ 即指要使

---

① 班固：《汉书》，中华书局1962年版，第3210、3211页。
② 范晔：《后汉书》，中华书局1965年版，第272页。
③ 同上书，第2717页。
④ 同上书，第2457页。
⑤ 同上书，第2688页。
⑥ 萧涤非：《汉魏六朝乐府文学史》，人民文学出版社1984年版，第73页。
⑦ 班固：《汉书》，中华书局1962年版，第1640页。
⑧ 萧统撰，六臣注：《六臣注文选》，中华书局1987年影印本，第853页下。

不同风俗统一。《史记·乐书》称"州异国殊，情习不同"，①也是指出各地自有特殊之处。风俗，既指相沿积久而成的风气、习俗，也指现今流行的风气、习俗，蕴含历史与现实二者，对于"览观风俗"来说，当然对现今流行的风俗更为关注，对历史风俗的关注也因现实而引起。各地风俗的不同之处，可以概括言之，此即班固《汉书·地理志》的做法，也可以具体言之，那就要靠事例来体现。因此，就乐府民歌而言，既然是要"采歌谣"来"观风俗"，观各地不同的风气、习俗，那么，"采歌谣"时注重各地特殊事件与特殊人物则是理所当然的，这特殊事件与特殊人物有些是有关妇女的，那么，汉乐府中的妇女形象大都具有某种特殊品行也是理所当然的，可以想见的。

采集来的民谣要上报朝廷，这是史书中明言的，即所谓"举谣言"或"谣言奏事"。《后汉书·刘陶传》载：

> 光和五年（182），诏公卿以谣言举刺史、二千石为民蠹害者。（注云：谣言谓听百姓风谣善恶而黜陟之也。）②

又《后汉书·蔡邕传》载蔡邕"上封事"中称：

> 五年（176）制书，议遣八使，又令三公谣言奏事，（注云：《汉官仪》曰："三公听采长史臧否，人所疾苦，条奏之。"是为举谣言者也。）③

这些民谣成为制定某些政策、处理某些事务的依据或证据，在某些场合也成为人们欣赏的对象，崔豹《古今注》曰："汉乐有黄门鼓

---

① 司马迁：《史记》，中华书局1982年版，第1175页。
② 范晔：《后汉书》，中华书局1965年版，第1851页。
③ 同上书，第1996页。

吹，天子所以宴乐群臣"，① 王运熙称黄门鼓吹"主要的内容是相和歌和杂舞曲"，"专门演唱俗乐"。② 那么，叙写特殊人物的特殊事件的诗歌，想必更能引起朝廷的关注，想必也更能引起欣赏者的关注。

东汉文人乐府诗的妇女形象，或有如同上述乐府民歌也叙写妇女的奇行异事，如辛延年《羽林郎》，似是《陌上桑》主题的更为明确化，叙写胡姬抗拒豪奴的欺侮，绘声绘色地摹写出一位奇女子的凛然不可侵犯。如此描摹妇女形象延续了相当一段时间，如魏时左延年《秦女休行》叙写一位女子"为宗行报仇，左执白杨刃，右据宛鲁矛。仇家便东南，仆僵秦女休"③，在受审将被处死时赦书下达。袁宏《后汉纪》卷二十五载汉顺帝阳嘉年间陈留外黄女子缑玉"为父报仇，杀夫之从母兄，姑怒执玉送史"，当时有人"以为玉之节义，历代未有"，请求赦免她，她也终于得到"减死一等"的赦令④。此女子可谓有奇行壮举，左延年当也是"以为玉之节义，历代未有"而作此乐府诗的吧！又，《后汉书·列女传》载庞清母赵娥为父报仇杀人而又遇赦之事，此亦为特殊女子的特殊事件，魏晋之际的傅玄作乐府诗以咏之。左延年与傅玄当是学习乐府民歌吟咏特殊妇女的特殊事件而作如此的诗的。上述事例也可以作为旁证，说明汉乐府民歌中的妇女形象的奇行异事化是被世人所认可进而所学习的。

其实，文人五言诗也有如此叙写特殊妇女的特殊事件的倾向，比

---

① 郭茂倩编：《乐府诗集》引，中华书局1979年版，第224页。
② 王运熙：《说黄门鼓吹乐》，《乐府诗述论》，上海古籍出版社1996年版，第211—217页。
③ 郭茂倩编：《乐府诗集》，中华书局1979年版，第886页。
④ 袁宏撰，周天游校注：《后汉纪校注》，天津古籍出版社1987年版，第712—713页。葛晓音认为《秦女休行》此诗本事为《后汉纪》载大女缑玉事，见其《左延年〈秦女休行〉本事新探》，《苏州大学学报》1984年第4期。事出汉顺帝阳嘉年间，此为严可均说，《全后汉文》申屠蟠《奏记外黄令梁配》注言。

如班固《歌诗》①，叙写一位父亲获罪下狱，自恨无男儿可用，其小女儿缇萦提出要代父受刑，最后感动了汉文帝。诗中末二句写"百男何愦愦，不如一缇萦"，明确提出要表彰女子的奇行壮举。

汉乐府民间妇女形象的奇行异事化与汉代家庭观念有很大关系。对家庭问题的关注本是汉代统治思想的核心之一②，视"齐家"为"治国"的基础，或视"齐家"为"治国"的思想出发点，如《汉书·谷永传》载谷永上书中言：

> 夫妻之际，王事纲纪，安危之机，圣王之所致慎也……未有闺门治而天下乱者也。③

又如《汉书·翟方进传》载汉成帝称赞翟方进"忧国如家"；④又如王符《潜夫论·救边》称：

> 是以圣王养民，爱之知子，忧之如家。⑤

对家庭的重视，本之于《礼记·大学》"欲治其国者，先齐其家"。⑥汉武帝时，董仲舒以阴阳五行说来推崇与宣扬儒术，其中对家庭的理解是汉代所特有的，《春秋繁露·基义》称：

> 凡物必有合，合，必有上，必有下，必有左，必有右，必有

---

① 《文选·王元长〈永明九年版策秀才文〉》，李善注引，萧统撰，六臣注《六臣注文选》，1987年影印本，第676页。
② 这是学术界的共识，如《八代诗史》说："在秦代未受重视的《大学》《中庸》，此时被奉为经典，所谓'欲治其国者，先齐其家'，'上老老而民兴孝，上长长而民兴弟，上恤孤而民不倍'的观点成为汉代统治思想的核心"（葛晓音：《八代诗史》，陕西人民出版社1989年版，第3—4页）。
③ 班固：《汉书》，中华书局1962年版，第3446页。
④ 同上书，第3423页。
⑤ 王符著，汪继培笺，彭铎校正：《潜夫论笺》，中华书局1979年版，第266页。
⑥ 《礼记正义》，《十三经注疏》，上海古籍出版社1997年影印本，第1673页上。

前，必有后，必有表，必有里。有美必有恶，有顺必有逆，有喜必有怒，有寒必有暑，有昼必有夜，此皆其合也。①

他认为事物都是由矛盾二者构成的，而具体到家庭与国家，所谓"阴者阳之合，妻者夫之合，子者父之合，臣者君之合，物莫无合"，所谓"阳兼于阴，阴兼于阳；夫兼于妻，妻兼于夫；父兼于子，子兼于父"。② 他指出家庭是由夫、妻二者组成的，对家庭问题的重视，对女子的作用的认识，使社会不能不对妇女问题有所重视。

于是，当时人们对妇女尤其是具有特殊性的妇女有所特别的关注。如刘向编《古列女传》，该是此观念下的产物，曾巩《古列女传目录序》曰：

　　初，汉承秦之敝风，风俗已大坏矣，而成帝后宫赵、卫之属尤自放，向以谓王政必自内始，故列古女善恶所以致兴亡者，以戒天子。此向述作之大意也。③

所谓"列女"，特指有节操的女子，泛指具有某些特殊性的女子。此书一至六卷分别为母仪传、贤明传、仁智传、贞顺传、节义传、辩通传，大都是表彰女子的行为，小则支持了家庭，大则支持了国家。第七卷为孽嬖传，是妇女界的反面人物。《后汉书》亦有《列女传》，其序称所记载的是"贤妃助国君之政，哲妇隆家人之道，高士弘清淳之风，贞女亮明白之节"，④ 这些"贤妃""哲妇""高士""贞女"，

---

① 董仲舒：《春秋繁露》，诸子百家丛书，上海古籍出版社 1989 年影印本，第 73 页下。
② 同上。
③ 刘向：《古列女传》，丛书集成初编，中华书局 1985 年版，第 2 页。
④ 范晔：《后汉书》，中华书局 1965 年版，第 2781 页。

第五章 乐府与宫体诗推原

当是妇女中的特殊人物。

虽然董仲舒的家庭观承认家庭中男女双方都具地位，强调女子对家庭、对国家的支持作用。但董仲舒的说法更强调"阳尊阴卑"，提出"阳之出也，常悬于前而任事；阴之出也，常悬于后而守空处"①，提出君为臣纲，父为子纲，夫为妻纲，提出以妻辅夫以及妻的从属地位。这种观念在汉时文人创作的乐府诗中的集中体现，就是表现妻子在家庭中或在男女交往中的从属者地位，因为地位是从属的，进而表现出个性是柔弱的与处世的结果是失败的。如张衡《同声歌》，拟新妇向其夫自陈之辞，历叙自己要克尽妇职，表述的完全是妇女对自己附属地位的认可与怎么去做。又如"相如歌辞"的《饮马长城窟行》，《玉台新咏》题为蔡邕所作，写女子思念久征的丈夫及得到丈夫的来信时的情形；《怨歌行》，梁陈人以为班婕妤所作，全诗以扇咏人，写妇女恐怕一旦色衰会像秋日之扇而被抛弃，都表现出妇女难以自主自立的附属地位。这两首诗或为古辞，前者《文选》以为古辞，后者李善注《文选》引"歌录"曰古辞，或许这两首诗本无主名，而之所以题名为蔡邕、班婕妤就因为梁陈人认为此二诗太不像民间创作了。

文人歌辞表现出汉代妇女的柔弱、难以自主自己的命运及渴望依托男性，汉乐府民歌则不同，其歌咏的汉代妇女，其地位仍旧是从属的，是"夫为妻纲"的，但其个性则不见得是软弱而是显示出刚强，在面临不利于自己的事件时，由于她们的自主行为，使自己不致忍气吞声而彻头彻尾地失败，她们在某种意义上有着相当的主动反击性，并取得了一定的胜利。如《陌上桑》中的罗敷女本面临《诗·七月》所说"殆及公子同归"的命运，但她凭借自己的努力使其不能实现；

---

① 董仲舒:《春秋繁露》，诸子百家丛书，上海古籍出版社1989年影印本，第73页下。

《白头吟》中的女子被抛弃了，但她高吟"男儿重意气，何用钱刀为"，"点明男子贪色之非"①，并不是人人都有如此是非观的；《陇西行》中的妇人虽然不曾对外而只是主持家政，真可"胜一大丈夫"了；《东门行》中的妻子表达自己的看法，她并不总是唯唯诺诺的；刘兰芝虽然投水而死，但她以之维护了自己的人格尊严，她与焦仲卿在另一世界结成婚姻，等等。

这就是汉乐府民歌在时代观念的制约下提供给读者的积极意义，这也是同在时代观念制约之下汉乐府民歌与文人乐府的差异。这也说明汉乐府民歌在总体上并未超越时代，还是家庭关系中以妻为丈夫之辅、以女子为男子之辅的实践体现，但是诗歌女主人公的行为或使自己的命运发生了某些改变，或使自己的女性自主意志得以表现。

第二节 南朝乐府与宫体诗

一 问题的提出

刘师培《中国中古文学史》称：

> 梁代宫体，别为新变也。宫体之名，虽始于梁，然侧艳之词，起源自晋。

> 晋、宋乐府，如《桃叶歌》《碧玉歌》《白纻词》《白铜鞮歌》，均以淫艳哀音，被于江左。迄于萧齐，流风益盛。其以此体

---

① 张玉穀著，许逸民点校：《古诗赏析》，上海古籍出版社2000年版，第83页。

第五章　乐府与宫体诗推原

施于五言诗者，亦始晋、宋之间，后有鲍照，前有惠休。特至于梁代，其体尤昌。①

宫体诗与南朝乐府的关系本就是一个引人注目的问题，但人们的探讨大都语焉不详。

郭茂倩《乐府诗集》卷六十一"杂曲歌辞"题解论南朝乐府的特点说：

> 自晋迁江左，下逮隋、唐，德泽寝微，风化不竞，去圣逾远，繁音日滋。
>
> 艳曲兴于南朝，胡音生于北俗。哀淫靡曼之辞，迭作并起，流而忘返，以至陵夷。原其所由，盖不能制雅乐以相变，大抵多溺于郑、卫，由是新声炽而雅言废矣……虽沿情之作，或出一时，而声辞浅迫，少复近古。②

所谓"南朝"，当指建立于江左的东晋、宋、齐、梁、陈五代，郭茂倩称此时"新声"为"艳曲"，又是"哀淫靡曼之辞""溺于郑、卫"，可知是认为南朝乐府以情歌为著，这亦是世之公认。以情歌为著，是南朝时代风气使然，《南史·循吏传》载其时歌舞之风：

> 凡百户之乡，有市之邑，歌谣舞蹈，触处成群，盖宋世之极盛也……永明继运……都邑之盛，士女昌逸，歌声舞节，袨服华妆。桃花渌水之间，秋月春风之下，无往非适。③

此风气之下产生以情歌为著的民歌，自然而然。

---

① 刘师培：《中国中古文学史》，人民文学出版社1959年版，第90页。
② 郭茂倩编：《乐府诗集》，中华书局1979年版，第884页。
③ 李延寿：《南史》，中华书局1975年版，第1696—1697页。

有此社会风气，文士创作宫体诗，亦是当然。宫体诗定名于梁代，但其肇始起码可溯至刘宋，《周书·王褒庾信传论》述庾信诗风时就这样说：

> 然则子山之文，发源于宋末，盛行于梁季。其体以淫放为本，其词以轻险为宗。故能夸目侈于红紫，荡心逾于郑、卫。①

宫体诗的典型特征是叙写女色与男女交往，文士们的如此创作与同时代称为"艳曲"的南朝乐府的关系如何？二者之间是否相互影响？二者在表现手法上有何异同？二者在什么情况下什么时候又相互融合？本文拟就这些问题做进一步探讨，以求教于大方之家。

二　文士对南朝乐府的接受

萧涤非《汉魏六朝乐府文学史》称说南朝乐府发展的两大阶段：

> （南朝乐府）就其发生时代之后先与作者之不同，大致可分为两期：（一）前期民间歌谣。（二）后期文士拟作。②

一般来说，一种乐曲都经历过这样两个阶段，先是起自民间，再是进入朝廷音乐机关并有文士拟作，有的还应该有第三阶段，即文士创制阶段，这是另话，下文再说。

南朝乐府的创始作品，大都本是民谣，也有些是文士所创，但后者也可认为是起自民间。一来"其歌词却不一定是他们的创作，其中有许多是被他们采撷修改了的民歌"，有些"虽非由民歌发展而成，

---

① 令狐德棻等：《周书》，中华书局1971年版，第744页。
② 萧涤非：《汉魏六朝乐府文学史》，人民文学出版社1984年版，第197页。

第五章 乐府与宫体诗推原

但也受到民歌的深重影响"①。史书有明文记载的如:《石城乐》,是宋人臧质"尝为竟陵郡,于城上眺瞩,见群少年歌谣通畅,因作此曲"②。《襄阳乐》,是宋随王诞"始为襄阳郡,元嘉二十六年仍为雍州刺史,夜闻诸女歌谣,因而作之,所以歌和中有'襄阳来夜乐'之语也"③。而其他从风格、体制上可考出是受民歌影响而成的文人所创,则不用说就是起自民间的。二来文士受民歌影响创制出曲辞,这些曲辞在民间广泛流行并衍生出许多民间作品,当然可以视其起自民间。如:《碧玉歌》,或题名孙绰作,或题名宋汝南王作,但留存今日的作品,还有以女性口吻出之的无名氏之作,题名王献之创始的《桃叶歌》亦有如此情况。甚或有些曲目,文士的创始作品没有留存下来,留存下来的倒是民间作品,如沈充所创《前溪歌》,刘义庆所创《乌夜啼》,都是如此情况,故《唐书·乐府》称《乌夜啼》"今所传歌辞,似非义庆本旨"④。又如《西乌夜飞》,是宋荆州刺史沈攸之举兵"未败之前,思归京师,所以歌"⑤,而今存作品为以民间女子口吻吟唱的。

这些起自民间的乐曲后来进入朝廷音乐机关,此即《晋书·乐志》所称:

> 吴歌杂曲,并出江南,东晋已来,稍有增广。其始皆徒歌,既而被之管弦。⑥

---

① 王运熙:《吴声西曲的产生时代》,《六朝乐府与民歌》,中华书局上海编辑所1961年版,第8页。
② 《唐书·乐志》,《乐府诗集》卷四十七引,中华书局1979年版,第689页。
③ 《古今乐录》,《乐府诗集》卷四十八引,中华书局1979年版,第703页。
④ 郭茂倩编:《乐府诗集》卷四十七引,中华书局1979年版,第690页。
⑤ 《古今乐录》,《乐府诗集》卷四十九引,中华书局1979年版,第722页。
⑥ 郭茂倩编:《乐府诗集》卷四十四引,中华书局1979年版,第639—640页。

《宋书·乐志一》称：

> 随王诞在襄阳，造《襄阳乐》；南平穆王为豫州，造《寿阳乐》；荆州刺史沈攸之又造《西乌飞歌曲》，并列于乐官。歌词多淫哇不典正。①

此是西曲。吴歌与西曲是南朝乐府的主体部分，史书所称"被之弦管""列于乐官"，即被朝廷乐官收集并整理，进入了朝廷音乐机关。

文士们偶或创作民间乐曲，这只是个体私下里的行为；民间乐曲进入朝廷音乐机关，或许只意味着采诗以"观风俗，知厚薄"②，或许只是仅供欣赏而已，这些并不等于上层统治阶级就可以堂而皇之地把演唱、创作民间乐曲视为文士自我群体的正统行为。对民间乐曲，某些文士是持批评态度的，如《晋书·王恭传》载：

> 道子尝集朝士，置酒于东府，尚书令谢石因醉为委巷之歌。恭正色曰："居端右之重，集藩王之第，而肆淫声，欲令群下何所取则？"③

这是东晋的事，对民间乐曲虽可有所喜好，但在正统场合不能演唱。刘宋时，颜延之对学习吴歌而创作诗歌的惠休、鲍照颇有微词，《南史·颜延之传》载：

> （颜）延之每薄汤惠休诗，谓人曰："惠休制作，委巷中歌谣

---

① 沈约：《宋书》，中华书局1974年版，第552页。
② 班固：《汉书·艺文志》，中华书局1962年版，第1756页。
③ 房玄龄等：《晋书》，中华书局1974年版，第2184页。

耳，方当误后生。"①

《诗品》"齐惠休上人"条载颜延之"立休、鲍之论"②，即上述批评也是针对鲍照的。《南齐书·王僧虔传》载齐时"民间竞造新声杂曲"，于是僧虔上表抨击"家竞新哇，人尚谣俗""喧丑之制，日盛于廛里；风味之响，独尽于衣冠"的现象。③ 但从他所抨击的来看，正反映出民歌在文士中越来越流行的情况。随着这一进程，上层社会开始彻底接受民间乐曲了。《南史·王俭传》载：

（齐高帝）后幸华林宴集，使各效伎艺。褚彦回弹琵琶，王僧虔、柳世隆弹琴，沈文季歌《子夜来》，张敬儿舞。④

可以堂而皇之地歌唱民歌了。《南史·徐勉传》载：

普通末，（梁）武帝自算择后宫《吴声》《西曲》女妓各一部，并华少，赉（徐）勉，因此颇好声酒。⑤

南朝乐府的代表吴歌、西曲已成为朝廷音乐，并作为礼物相赠。

以上所述是讲文士们从曲调、从演唱民间流行之作上对南朝乐府的接受，文士们接受南朝乐府的另一表现是拟作的大量产生，即依曲调而填词。拟作的盛行在梁朝，以梁武帝萧衍、王金珠为最。

萧衍有《子夜四时歌七首》，与民歌《子夜》系列的作品惟妙惟肖，如《春歌》：

---

① 李延寿：《南史》，中华书局1975年版，第881页。
② 钟嵘撰，曹旭集注：《诗品集注》，上海古籍出版社1994年版，第421页。
③ 萧子显：《南齐书》，中华书局1972年版，第594—595页。
④ 李延寿：《南史》，中华书局1975年版，第593页。
⑤ 同上书，第1485页。

> 兰叶始满地，梅花已落枝。
> 持此可怜意，摘以寄心知。①

一是紧切季节景色，二是选用有民俗深意的意象，以梅落花结子暗示男子求偶的及时，三是歌唱爱情，四是五言四句短章，全是民歌风光。又如《夏歌》：

> 江南莲花开，红光复碧水。
> 色同心复同，藕异心无异。②

此诗又有语意双关的特点，"莲"与怜谐音相通；"藕"与偶谐音相通；又以"红"表达爱情的炽烈、透彻。萧衍还有《团扇郎》，紧切题意吟咏，与原作全出一辙。

王金珠，梁时人，拟吴歌而创作的诗歌最多，全为原汁原调的民歌风味，其《子夜四时歌八首》《子夜变歌一首》自不待言，其所作《上声歌》《欢闻歌》《阿子歌》《丁督护》等亦是。如《欢闻歌》，民歌为：

> 遥遥天无柱，流漂萍无根。
> 单身如萤火，持底报郎恩。③

王作为：

> 艳艳金楼女，心如玉池莲。
> 持底报郎恩，俱期游梵天。④

---

① 郭茂倩编：《乐府诗集》，中华书局1979年版，第649页。
② 同上。
③ 同上书，第656页。
④ 同上。

前两句相对应。王作第三句用原作第四句。虽嫌模拟过甚,但保持原作风味。

上述萧衍与王金珠之作是文士拟作的典型,力争与原作惟妙惟肖、全出一辙是其基本特征。

三 文人宫体诗

文士们并非仅满足于惟妙惟肖地模拟,他们渴望建立起自己的"侧艳之词"传统,渴望形成自己的"侧艳之词"系统,这从萧子显在《南齐书·文学传论》中的论述可以看出来。萧子显把宋齐诗歌分为三类,一是以谢灵运"迂回""疏慢""酷不入情"为标志的作品,二是以傅咸、应璩"缉事比类,非对不发""崎岖牵引"为标志的作品,三是以鲍照为标志的作品,称之为:

次则发唱惊挺,操调险急,雕藻淫艳,倾炫心魂。亦犹五色之有红紫,八音之有郑、卫。斯鲍照之遗烈也。[①]

此即刘师培所谓的以民歌的淫艳哀音"施于五言诗者"的鲍照,此即颜延之批评的制作"委巷中歌谣"的鲍照。萧子显并不是不满意"侧艳之词",他可是个宫体诗大家,今存诗歌作品不足二十首,多数被《玉台新咏》所录,卷八有"萧子显乐府二首",卷九有"萧子显杂诗七首"与"萧子显乌栖曲一首",卷十有"萧子显诗二首"与"萧子显诗五首",《玉台新咏》是公认的"艳歌"集,专录叙写男女之情的作品。萧子显既多写男女之情而又不满意鲍照,显然他是不满意鲍照表达男女之情的写法,而所谓鲍照表达男女之情的写法,就是

---

① 萧子显:《南齐书》,中华书局1972年版,第908页。

■■■中古乐府广义

鲍照学习民歌表达男女之情的写法。萧子显自有其诗歌准则，此即《南齐书·文学传论》所表达的：

> 三体之外，请试妄谈。若夫委自天机，参之史传，应思悱来，勿先构聚。言尚易了，文憎过意，吐石含金，滋润婉切。杂以风谣，轻唇利吻，不雅不俗，独中胸怀。①

"言尚易了，文憎过意"云云，显然是针对谢灵运、傅咸应璩二体而言，又是"不雅不俗"之"不雅"的意思；"杂以风谣"而又要"不俗"，即指要学习并结合民歌风谣，又要超出民歌风谣而独成一格，这也是指既叙写男女之情，但又要超出民歌风谣的叙写男女之情；"吐石含金，滋润婉切""轻唇利吻"是指音律上的问题，这是对永明体的继承；批评他人诗作"酷不入情"而又要求"独中胸怀"，广义来说是强调抒情，但狭义来说那时的"情"多有男女感情之意，即"杂以风谣"的特色。总的来说，即要求诗歌创作在永明体的基础上加强与民歌结合，以突出抒情。沈玉成《宫体诗与玉台新咏》一文给宫体诗下定义曰：

> 一，声韵、格律，在永明体的基础上踵事增华，要求更为精致。二，风格，由永明时期的轻绮而变本加厉为秾丽，下者则流入淫靡。三，内容，较之永明时期更加狭窄，以艳情为多，其他大都是咏物和吟风月、狎池苑的作品。②

这是对宫体诗的普遍性的理解。对照来看，《南齐书·文学传论》所言不啻是一篇宫体诗宣言。而本来，人们就认为宫体诗是在永明体

---

① 萧子显：《南齐书》，中华书局1972年版，第908—909页。
② 沈玉成：《宫体诗与玉台新咏》，《文学遗产》1988年第6期。

第五章 乐府与宫体诗推原

的基础上发展起来的,如《梁书·文学·庾肩吾传》称:

> 齐永明中,文士王融、谢朓、沈约文章始用四声,以为新变,至是(指萧纲立为太子)转拘声韵,弥尚丽靡,复逾于往时。①

当萧子显发表宣言之时,文士"侧艳之词"已经粗具规模,其形成、演进有两条路线。一是以拟古形式来写男女交往,或拟汉魏旧曲,如谢灵运《燕歌行》与曹丕之作相似,又有刘铄《三妇艳》、汤惠休《怨诗行》与《楚明妃曲》、刘义恭《艳歌行》,还有鲍照拟《陌上桑》的《采桑》,等等。这些是刘宋时的情况,至齐、梁时仍有延续。或拟前代文士之作,尤其是多拟"古诗十九首"系列,刘宋时如王微《杂诗》二首与谢惠连《代古》,刘铄的拟古之作写夫妇相思,何偃《冉冉孤生竹》,从意味上与"古诗十九首"为同一类别;谢惠连《七月七日夜咏牛女》与刘铄《七夕咏牛女》、刘骏《七夕诗》二首、颜延之《为织女赠牵牛》、王僧达《七夕月下诗》、谢庄《七夕夜咏牛女应制诗》、鲍照《和王义兴七夕》等,都是拟"古诗十九首"的《迢迢牵牛星》。又有颜竣《淫思古意》、鲍照《绍古辞七首》《学古》,全为拟古名义下的男女情爱之辞,齐、梁时这种拟古写男女之情的作品仍有延续。

二是由咏物带出吟咏女性。齐时诗歌咏物为最新时尚,咏物又以诸人聚会唱和同咏最为引人注目,如王融、虞炎、柳恽、谢朓《同咏坐上所见一物》,沈约、谢朓《同咏坐上器玩》,王融、沈约、谢朓《同咏乐器》等,这些诗作大都由吟咏器物当前的形态、特征与状况带出对人物活动或思想感情的吟咏,这些人物基本上是女性。其继续

---

① 姚思廉:《梁书》,中华书局1973年版,第690页。

发展即咏女性成分逐渐增加，直到对女性的吟咏由附属进入主导，到梁代则直接冠诗题名为吟咏女性。①

可以这么说，以拟古来写男女交往，解决了新时代摹写男女交往的观念问题，即让世人认可；而以咏物进而咏女色，解决了新时代摹写女色的途径与方法。

四 叙写女性时纪实与虚拟的不同

文士宫体诗与南朝乐府属两大系统，至梁朝后期，时人仍是这样看的，如徐陵编《玉台新咏》，即把南朝文士的宫体诗系统列入卷四至卷八，以时代先后为序排列；而把吴歌、西曲系统列入卷九、卷十，文士是自觉地把自己的宫体诗与吴歌、西曲区分开来的。文士宫体诗与南朝乐府渊源不同，二者诸表现方法上亦多有不同，除入乐与否的不同、多为五言八句至十四句与多为五言四句的不同、多为直笔描摹与多用比兴双关的不同外，以下再列出几点以示例。

一为追求纪实与虚拟的不同。

相当一部分宫体诗有某种纪实性，这种一人或一事一咏的特点从其题目上即可看出，题目上标明是为特定事、特定人而作。现在以《玉台新咏》② 所录梁代宫体诗为例做一说明。

卷五，其中可视作为特定事、特定人而作的诗歌有：沈约《少年新婚为之咏》《六忆诗四首》《梦见美人》《悼往》（一作《悼亡》），范靖妇《戏萧娘》，何逊《看新妇》《嘲刘咨议孝绰》，后者称孝绰沉湎温柔乡中而误了早朝，据《梁书·刘孝绰传》载，刘孝绰"为廷尉

---

① 所谓文"侧艳之词"形成、演进的两条路线，详见拙文《试论南朝宫体诗的历程》，《文学评论》1998年第4期。

② 此处用徐陵编，吴兆宜注、程琰删补，穆克宏点校《玉台新咏笺注》，中华书局1985年版。

卿，携妾入官府"，有人弹劾，"坐免官"①，诗落实了"携妾入官府"之事；王枢《至乌林村见采桑者聊以赠之》，庾丹《夜梦还家》，范云《思归》，江淹《咏美人春游》。

卷五中的其他诗作有这么几种情况：一是拟作，如江淹《古体四首》等；二是应酬之作，如丘迟《敬酬柳仆射征怨》《答徐侍中为人赠妇》等；三为乐府的或相和歌辞或杂曲歌辞之作；四是咏物之作；五是泛咏，有沈约《登高望春》《初春》《秋夜》，柳恽《捣衣诗一首》《杂诗》，江洪《咏歌姬》《咏舞女》，何逊《咏舞妓》《咏倡家》，王枢《徐尚书座赋得可怜》，庾丹《秋闺有望》，范云《送别》。此中或有咏特定对象之作，只是题目今天看起来是泛咏罢了，《玉台新咏》卷六、卷七、卷八亦有这五类作品，此处不述，单录就特定事、特定人而作的诗歌。

卷六中就特定对象而发的诗作有：王僧孺《月夜咏陈南康新有所纳》《见贵者初迎盛姬聊为之咏》《与司马治书同闻邻妇夜织》《为人述梦》《为人伤近而不见》《为何库部旧姬拟蘼芜之句》《为人有赠》《何生姬人有怨》《为人宠妾有怨》《为姬人自伤》；徐悱《赠内》《对房前桃树咏佳期赠内》；费昶《华观省中夜闻城外捣衣》《春郊望美人》；徐悱妻刘令娴《答外诗二首》；何思澄《南苑逢美人》，等。

卷七中就特定对象而发的诗作有：萧纲《和徐录事见内人作卧具》《戏赠丽人》《从顿暂还城》《咏人弃妾》《美人晨妆》《咏美人观画》《听夜妓》《咏内人昼眠》《春夜看妓》；萧纶《车中见美人》《代旧姬有怨》；萧绎《登颜园故阁》《夜游柏斋》；萧纪《同萧长史看妓》；等等。

---

① 姚思廉：《梁书》，中华书局1973年版，第480—481页。

卷八中就特定对象而发的诗作有：刘孝绰《遥见邻舟主人投一物众姬争之有客请余为咏》《淇上戏荡子妇示行事》；庾肩吾《咏美人自看画应令》《南苑还看人》《送别于建兴苑相逢》；刘孝威《郡县遇见人织率尔寄妇》；徐君倩《共内人夜坐守岁》《初春携内人行戏》；鲍泉《南苑看游者》《落日看还》；刘邈《万山见采桑人》《见人织聊为之咏》；徐孝穆《和王舍人送客未还闺中有望》《为羊兖州家人答饷镜》；阴铿《侯司空咏妓》《和樊晋侯伤妾》；等等。

梁代宫体诗具有相当数量的就特定对象而发的诗作这一事实表明，文士们并不满足于就题材而题材地创作摹写男女交往或攀写女色的诗作，他们追求诗作的纪实性，表明他们急切地希望在诗中确定所咏对象，那么也就确立了自己与所咏对象的关系，那样，或许能更深切地表现自我吧！

而南朝乐府，除本辞是与特定对象联系在一起外，其他之作或者是在依曲调而衍化本辞故事，或者是拟作就他人他事抒发情感，或者是民间百姓借以吟咏其自我经历但没有点明，或可能是作品流行传唱过程中作者元素、时间元素的淡化或丧失，而普世性的情感因素有所增强而得到了凸显。总之，与文士群体或文士个体的情感抒发没有什么关系。

五 男性口吻与女性口吻的不同

二为以男性口吻吟咏与以女性口吻吟咏的不同。

与前述宫体诗的纪实性相关，那些就特定对象而发的诗作，一般都是诗人自我的口吻，而那个时代的诗人一般是男性占绝大多数，因此，宫体诗的绝大多数是以男性的口吻来写男女、写男女交往，当然是以男性为中心的。如萧纶《车中见美人》：

> 关情出眉眼，软媚著腰肢。
> 语笑能妖媖，行步绝逶迤。
> 空中自迷惑，渠傍会不知。
> 悬念犹如此，得时应若为。①

完全是从一个男子角度对所见女子的欣赏和想入非非。

南朝乐府一般是以女性口吻吟出的。一来某些吴歌、西曲的本辞就是女子吟出的，如吴歌：《子夜》系列，包括《子夜歌》《子夜四时歌》以及"曲之变"的《大子夜歌》《子夜警歌》《子夜变歌》，都起源于一个名叫子夜的女子的吟咏，此即《宋书·乐志一》所说：

> 《子夜哥》者，有女子名子夜，造此声。②

又有《丁督护歌》，或作《督护哥》。《宋书·乐志一》称人们是因宋高祖长女的叹息声而成，所谓"后人因其声，广其曲焉"。③《团扇郎歌》，或作《团扇哥》，《宋书·乐志一》称是晋中书令王珉的嫂婢谢芳姿所歌。《懊侬歌》，《古今乐录》称其起源为晋石崇妾绿珠所作，④ 即"丝布涩难缝"一曲。《华山畿》，《古今乐录》载，一男子为一女子相恋相思而死，此女子在其棺木从门前过时歌唱道：

> 华山畿，君既为侬死，独活为谁施？欢若见怜时，棺木为侬开。⑤

---

① 徐陵编，吴兆宜注，程琰删补，穆克宏点校：《玉台新咏笺注》，中华书局1985年版，第303页。
② 沈约：《宋书》，中华书局1974年版，第549页。
③ 同上书，第550页。
④ 郭茂倩编：《乐府诗集》，中华书局1979年版，第667页。
⑤ 同上书，第669页。

这就是《华山畿》二十五首最前的那一首，于是"棺应声开，女透入棺，家人叩打，无如之何，乃合葬，呼曰神女冢"。①

又如西曲：《莫愁乐》，《唐书·乐志》称"出于石城乐。石城有女子名莫愁，善歌谣，石城乐和中复有忘愁声，因有此歌"②。《襄阳乐》，《古今乐录》称是宋随王诞"夜闻诸女歌谣，因而作之"③，因此本源亦为女子口吻的歌谣。

二来有些曲调虽然本为男子首创，但流行至民间后产生的作品亦为女子口吻。如《前溪歌》，《宋书·乐志一》称为晋车骑将军沈充所作，④ 但留存下来的不是沈充所作，而是女子口吻，如其一：

忧思出门倚，

逢郎前溪度。

莫作流水心，

引新都舍故。⑤

其他诸曲亦是。《碧玉歌》，或称宋汝南王所作，或称孙绰所作，为《情人碧玉歌》⑥。而流传下来的歌曲有女子口吻的，如"感郎千金意，惭无倾城色"云云⑦。《桃叶歌》，《古今乐录》称晋王子敬为其妾桃叶而作，⑧ 但现存民间之曲其一为：

---

① 《古今乐录》，《乐府诗集》引，中华书局1979年版，第669页。
② 郭茂倩编：《乐府诗集》引，中华书局1979年版，第698页。
③ 同上书，第703页。
④ 沈约：《宋书》，中华书局1974年版，第549页。
⑤ 郭茂倩编：《乐府诗集》，中华书局1979年版，第658页。
⑥ 参见郭茂倩编《乐府诗集》引，《乐苑》称宋汝南王所作，中华书局1979年版，第663页。
⑦ 郭茂倩编：《乐府诗集》，中华书局1979年版，第664页。
⑧ 郭茂倩编：《乐府诗集》引，中华书局1979年版，第664页。

第五章　乐府与宫体诗推原

桃叶映红花，

无风自婀娜。

春花映何限，

感郎独采我。①

是女子口吻。又如《西乌夜飞》，《古今乐录》称是宋元徽五年荆州刺史沈攸之所作，为发兵出征思归京师之歌②，但民间之曲衍化为爱情之曲。《乌夜啼》，《唐书·乐志》称宋刘义庆所作，相传歌曲为演唱爱情，故《唐书·乐志》又称"今所传歌辞，似非义庆本旨"③。

三来有些歌曲本不为男女交往而作，但在民间流行过程中衍化为以女子口吻吟咏男女交往，如《读曲歌》（其二）：

念子情难有，

已恶动罗裙，

听侬入怀不？④

这是典型的女子口吻，《读曲歌》其余之作大致如此，但《宋书·乐志一》却载此曲本源是"民间为彭城王义康所作也。其哥云'死罪刘领军，误杀刘第四'是也"。⑤

社会风气使时代多为吟唱男女情爱，文士们创宫体诗，以南朝乐府以女子口吻的吟唱为对立面，突出以男子口吻吟唱男女情爱，显示出诗人自身在诗歌中的自主性和以男性为中心，强调了在吟唱男女之

---

① 郭茂倩编：《乐府诗集》，中华书局 1979 年版，第 664 页。
② 郭茂倩编：《乐府诗集》引，中华书局 1979 年版，第 722 页。
③ 同上书，第 690 页。
④ 郭茂倩编：《乐府诗集》，中华书局 1979 年版，第 671 页。
⑤ 沈约：《宋书》，中华书局 1974 年版，第 550 页。

情时自我的自主性和以男性为中心，实际上亦强调诗人自我在社会上实际进行的男女交往中的自主性和以男性自我为中心。

六　风格的不同

三为故作矜持与热烈奔放的不同。

宫体诗的故作矜持，可从一个小小的故事看出。《乐府诗集》卷四十六"吴歌"《读曲歌》解题：

> 南齐时，朱硕仙善歌吴声《读曲》。武帝出游钟山，幸何美人墓。硕仙歌曰："一忆所欢时，缘山破荕茈。山神感侬意，磐石锐锋动。"帝神色不悦，曰："小人不逊，弄我。"时朱子尚亦善歌，复为一曲云："暖暖日欲冥，观骑立踟蹰。太阳犹尚可，且愿停须臾。"于是俱蒙厚赉。①

朱硕仙所歌直叙幸何美人墓时的情感行为，故武帝神色不悦，而朱子尚所歌以在何美人墓前的流连忘返含蓄地表达了情感，赢得武帝的欢心。此处虽说是模拟民歌，但亦可显示出文士的欣赏趣尚。

南朝乐府民歌在情感抒发上热烈奔放，有"忆子腹糜烂，肝肠尺寸断"的痛彻肺腑②，有"乘月采芙蓉，夜夜得莲子"的狂热相恋③，有"经霜不堕地，岁寒无异心"的忠贞④，与"没命成灰土，终不罢相怜"的誓言⑤，这些就是王金珠拟作所说的"情来不可限"⑥。

---

① 郭茂倩编：《乐府诗集》，中华书局1979年版，第671页。
② 《子夜歌》，《乐府诗集》，中华书局1979年版，第642页。
③ 《子夜四时歌·夏歌》，《乐府诗集》，中华书局1979年版，第646页。
④ 同上书，第649页。
⑤ 《欢闻变歌》，《乐府诗集》，中华书局1979年版，第657页。
⑥ 《子夜四时歌·春歌》，《乐府诗集》，中华书局1979年版，第651页。

第五章　乐府与宫体诗推原

文士宫体诗叙写男女交往或有引向床帏之间，但欣赏的却是女子娇羞的神态，如萧纲《美人晨妆》所谓"娇羞不肯出，犹言妆未成"①，沈约《六忆》（其三）"欲坐复羞坐，欲食复羞食"②。又欣赏其半遮半掩的容饰，如江洪《咏歌姬》所谓"不持全示人，半用轻纱掩"③，范靖妇《戏萧娘》"因风时暂举，想像见芳姿"④。此处再举一个例子，萧绎《戏作艳诗》：

> 入堂值小妇，出门逢故夫。
> 含辞未及吐，绞袖且踟蹰。
> 摇兹扇似月，掩此泪如珠。
> 今怀固无已，故情今有余。⑤

全诗是依古诗《上山采蘼芜》而来，古诗中那位妇女有话直问对方，而此处这位妇女则"含辞"不吐，"掩泪"不前，连眼泪也不肯痛快地畅流，这就是文士所欣赏的妇女神态。

文士宫体诗中，虽说是以男性为主体叙写男女之情，但诗中的男性时或故作矜持。持如萧纲《咏内人昼眠》，全篇在细腻地描摹了其妻昼眠的神态后，又称"夫婿恒相伴，莫误是倡家"，⑥用写娼妓的笔法写妻子，又生怕别人有所误解，而要说明，故作矜持。又如何思澄《南苑逢美人》：

---

① 徐陵编，吴兆宜注，程琰删补，穆克宏点校：《玉台新咏笺注》，中华书局1985年版，第299页。
② 同上书，第191页。
③ 同上书，第203页。
④ 同上书，第208页。
⑤ 同上书，第305页。
⑥ 同上书，第314页。

洛浦疑回雪，巫山似旦云。
倾城今始见，倾国昔曾闻。
媚眼随羞合，丹唇逐笑分。
风卷葡萄带，日照石榴裙。
自有狂夫在，空持劳使君。①

想入非非，但又顾虑重重，只好自我解嘲。

即便是写床帏之间，南朝乐府民歌与宫体诗也绝不相同。民歌是直叙，如：

揽枕北窗卧，郎来就侬嬉。
小喜多唐突，相怜能几时。②
四周芙蓉池，朱堂敞无壁。
珍簟镂玉床，缱绻任怀适。③
开窗秋月光，灭烛解罗裳。
含笑帷幌里，举体兰蕙香。④

而宫体诗则要写出扭捏娇羞，如沈约《六忆》（其四）：

解罗不待劝，就枕更须牵。
复恐傍人见，娇羞在烛前。⑤

---

① 徐陵编，吴兆宜注，程琰删补，穆克宏点校：《玉台新咏笺注》，中华书局1985年版，第257页。
② 《子夜歌》，《乐府诗集》，中华书局1979年版，第642页。
③ 《子夜四时歌·夏歌》，《乐府诗集》，中华书局1979年版，第646页。
④ 同上书，第647页。
⑤ 徐陵撰，吴兆宜注，程琰删补，穆克宏点校：《玉台新咏笺注》，中华书局1985年版，第191页。

萧纲《率尔成咏》：

谁知日欲暮，含羞不自陈。①

七　叙写方式的不同

四为全面描摹与细节刻画的不同。

宫体诗要描摹女性容貌，正如《南史·张贵妃传》记载陈后主与文学宾客聚会时创作的诗作，"大抵所归，皆美张贵妃、孔贵嫔之容色"。② 宫体诗来源之一是咏物诗，许多宫体诗直接题名为"咏美人"之类，因此，宫体诗的描摹女性容貌是完全可以想见的。但是，宫体诗又不仅仅是描摹女性容貌，而是以之为核心全面描摹女性并导向于男女交往。即便是"咏美人"之类单纯咏人的作品，在描摹女性的同时，还要描摹出符合此女性身份的动作、情感及交往，如何逊《咏舞妓》，整首诗有歌舞背景，诗末还有"日暮留嘉客，相看爱此时"③，此诸语即是对以后交往的暗示。

有的宫体诗题目上标明是咏女性的某件事的，如江淹《咏美人春游》、刘孝绰《遥见邻舟主人投一物众姬争之有客请余为咏》之类，那么就是对女性"春游""众姬争物"这些事的全面描摹并导向男女交往，而不仅仅是描摹女性容貌，尽管这是诗作的核心部分。有的宫体诗，即便是题名为咏某件事，但也是以描摹女性容貌为核心来展开对女性的全面描摹的，如萧绎《登颜园故阁》：

---

① 徐陵撰，吴兆宜注，程琰删补，穆克宏点校：《玉台新咏笺注》，中华书局1985年版，第299页。
② 李延寿：《南史》，中华书局1975年版，第348页。
③ 徐陵编，吴兆宜注，程琰删补，穆克宏点校：《玉台新咏笺注》，中华书局1985年版，第215页。

高楼三五夜,流影入丹墀。

先时留上客,夫婿美容姿。

妆成理蝉鬓,笑罢敛蛾眉。

衣香知步近,钏动觉行迟。

如何舞馆乐,翻见歌梁悲。

犹悬北窗幌,未卷南轩帷。

寂寂空郊暮,非复少年时。①

此诗记叙了"登颜园故阁"的经历,先叙登楼,次写夫婿,接着描摹女性容貌,写动作行为,最后述情感。

南朝乐府民歌则更注重于对男女交往中某一片段的刻画,实际上是对细节的描摹,是对动作与状态的叙写,这些细节、这些片段中的动作、状态各不相同,构成了五彩斑斓的民歌整体,其组合成为男女交往的整体或整个过程。此仅举《子夜歌》前五曲为例:

落日出前门,瞻瞩见子度。冶容多姿鬓,芳香已盈路。(其一)
芳是香所为,冶容不敢当。天不夺人愿,故使侬见郎。(其二)
宿昔不梳头,丝发被两肩。婉伸郎膝上,何处不可怜。(其三)
自从别欢来,奁器了不开。头乱不敢理,粉拂生黄衣。(其四)
崎岖相怨慕,始获风云通。玉林语石阙,悲思两心同。(其五)②

此五曲的意象各不相同,只有一点相同,即都叙写了一个细节或动作或状态,以之来抒发情感。

---

① 徐陵编,吴兆宜注,程琰删补,穆克宏点校:《玉台新咏笺注》,中华书局1985年版,第304页。
② 郭茂倩编:《乐府诗集》,中华书局1979年版,第641页。

八　改制旧辞与自创新曲

文士们难道只能依曲填词？文士们难道只能模拟式地依曲填词？他们希望在曲与辞两方面都有自主性体现。文士们不希望自己的宫体诗作品永远不能入乐演唱，朝廷乐官也不希望永远不给文士宫体诗谱曲。上述愿望在逐步实现中，起步正在梁武帝时。我们来看这样一段经梁武帝同意对旧辞的改造的记载，《古今乐录》曰：

> 《三洲歌》者，商客数游巴陵三江口往还，因共作此歌。其旧辞云："啼将别共来。"梁天监十一年，武帝于乐寿殿道义竟留十大德法师设乐，敕人人有问，引经奉答。次问法云："闻法师善解音律，此歌何如？"法云奉答："天乐绝妙，非肤浅所闻。愚谓古辞过质，未审可改以不？"敕云："如法师语音。"法云曰："应欢会而有别离，啼将别可改为欢将乐，故歌。"歌和云："三洲断江口，水从窈窕河傍流。欢将乐，共来长相思。"①

此是对旧辞的"过质"不满意而加以改制。

又有对曲与辞都加以改制的，如《隋书·乐志》载梁武帝对《襄阳铜蹄》的改制：

> 梁武帝之在雍镇，有童谣云："襄阳白铜蹄，反缚扬州儿。"识者言："白铜蹄，谓金蹄，为马也。白，金色也。"及义师之兴，实以铁骑。扬州之士皆面缚，果如谣言。故即位之后，更造新声，帝自为之词三曲。又令沈约为三曲，以被管弦。②

---

① 郭茂倩编：《乐府诗集》，中华书局1979年版，第707页。
② 郭茂倩编：《乐府诗集》引，中华书局1979年版，第708页。

虽说是改辞或"更造新声""自为之词",但仍是民歌风味,如《三洲歌》只是将"啼将别"改为"欢将乐"。改制后的《襄阳铜蹄》,有的具有情歌性质,但抒情方法及用语、意象还是民歌风味,如其一:

> 陌头征人去,闺中女下机。
> 含情不能言,送别沾罗衣。①

倒是非情歌部分有了文士色彩,如沈约所作其二、其三:

二

> 生长宛水上,从事襄阳城。
> 一朝遇神武,奋翼起先鸣。

三

> 蹀鞚飞尘起,左右自生光。
> 男儿得富贵,何必在归乡。②

这些表明,文士在改制民歌时已自觉不自觉地使之具有了文士色彩,但情歌方面似乎民歌的势力太大了,尚未大出其笼罩。

情况起着变化。《古今乐录》记载"梁天监十一年冬,武帝改西曲,制《江南上云乐》十四曲,《江南弄》七曲",③ 此七曲为:《江南弄》《龙笛曲》《采莲曲》《凤笙曲》《采菱曲》《游女曲》《朝云曲》,全为叙写男女情爱,今存尚有梁简文帝萧纲《江南弄》三首,

---

① 郭茂倩编:《乐府诗集》,中华书局1979年版,第708页。
② 同上。
③ 郭茂倩编:《乐府诗集》引,中华书局1979年版,第726页。

亦为叙写男女情爱。这些《江南弄》或部分脱离民歌风味，如萧衍《江南弄》其二《龙笛曲》：

> 美人绵眇在云堂。
> 雕金镂竹眠玉床。
> 婉爱寥亮绕红梁。
> 绕红梁，流月台。
> 驻狂风，郁徘徊。①

又如，萧纲《江南弄》其三《采莲曲》：

> 桂楫兰桡浮碧水。
> 江花玉面两相似。
> 莲疏藕折香风起。
> 香风起，白日低。
> 采莲曲，使君迷。②

摹男女交往中的某一片段、动作、细节；是文绉绉的文士情感表达，而不是热烈奔放的民歌表达情感；语言典雅华丽。但这些诗作与宫体诗的区别也是明显的，一是不为特定人、特定事而作，而是泛咏，这是乐府诗的特性；二是不似宫体诗那样全面描摹女性，而是有所集中；三是情感表达是较为泛化的矜持，不似宫体诗特为某些特定事而矜持。

南朝陈时，自创曲与自创辞相结合来吟咏女色成为人们的自觉，而曲为南朝流行曲，辞为宫体诗。《南史·张贵妃传》载：

---

① 郭茂倩编：《乐府诗集》，中华书局1979年版，第727页。
② 同上书，第729页。

（后主）以宫人有文学者袁大舍等为女学士。后主每引宾客，对贵妃等游宴，则使诸贵人及女学士与狎客共赋新诗，互相赠答。采其尤艳丽者，以为曲调，被以新声。选宫女有容色者以千百数，令习而歌之，分部迭进，持以相乐。其曲有《玉树后庭花》《临春乐》等。其略云："璧月夜夜满，琼树朝朝新。"大抵所归，皆美张贵妃、孔贵嫔之容色也。①

诗为特定人而作，先有诗的写女色之"尤艳丽者"，再谱曲以演唱，这种"新声"当然是时代所流行的音乐，这就是让自己创作的宫体诗能够唱起来。《唐书·乐志》载：

《春江花月夜》《玉树后庭花》《堂堂》并陈后主所作。后主常与宫中女学士及朝臣相和为诗，太乐令何胥又善于文咏，采其尤艳丽者，以为此曲。②

这也是说先有词后为谱曲，这是至为重要的，它与模拟民歌作品时先有曲而填词完全不同了。又据《隋书·音乐志（上）》载：

（后主）尤重声乐，遣宫女习北方箫鼓，谓之《代北》，酒酣则奏之。又于清乐中造《黄鹂留》及《玉树后庭花》《金钗两臂垂》等曲，与幸臣等制其歌词，绮艳相高，极于轻薄。男女唱和，其音甚哀。③

此处明确了陈后主所造为"清乐"，即南朝流行乐系统。

今歌词存者，仅陈后主《玉树后庭花》一曲，歌词如下：

---

① 李延寿：《南史》，中华书局1975年版，第348页。
② 郭茂倩编：《乐府诗集》引，中华书局1979年版，第678页。
③ 魏徵等：《隋书》，中华书局1973年版，第309页。

第五章 乐府与宫体诗推原

> 丽宇芳林对高阁,新妆艳质本倾城。
> 映户凝娇乍不进,出帷含态笑相迎。
> 妖姬脸似花含露,玉树流光照后庭。①

诗作是用欣赏女性的口吻出之,先叙写背景,然后全力描摹容貌、神态,诗末以比喻结束。全诗叙写此女子"乍不进",又是"出帷""笑相迎",足见其故作矜持之态。诗是"美张贵妃、孔贵嫔之容色也",是为特定人而作。

又有江总《内殿赋新诗》,属杂曲歌辞,疑本为清商新声而失其曲调,诗题名"内殿赋新诗",与前述陈后主在内殿集"诸贵人及女学士与狎客共赋新诗"之事相符,江总本为陈后主"狎客","日与后主游宴后庭"②。诗曰:

> 兔影脉脉照金铺,虬水滴滴写玉壶。
> 绮翼雕甍迩清汉,虹梁柴柱丽黄图。
> 风高暗绿凋残柳,雨驶芳红湿晚芙。
> 三五二八佳年少,百万千金买歌笑。
> 偏羞故人织素诗,愿奏秦声采莲调。
> 织女今夕渡银河,当见清秋停玉梭。③

其内容、风格、体制、口吻与《玉树后庭花》都极为相近。

隋炀帝继陈后主之后,创制了大量相似的曲调与歌辞,《隋书·音乐志(下)》载:

---

① 郭茂倩编:《乐府诗集》引,中华书局1979年版,第680—681页。
② 姚思廉:《陈书·江总传》,中华书局1972年版,第347页。
③ 郭茂倩编:《乐府诗集》,中华书局1979年版,第1047页。

■■ 中古乐府广义

  （炀帝）大制艳篇，辞极淫绮。令乐正白明达造新声，创《万岁乐》《藏钩乐》《七夕相逢乐》《投壶乐》《舞席同心髻》《玉女行觞》《神仙留客》《掷砖续命》《斗鸡子》《斗百草》《泛龙舟》《还旧宫》《长乐花》及《十二时》等曲，掩抑摧藏，哀音断绝。①

  此是为"辞极淫绮"的"艳篇"造新声。

  陈、隋时，宫体诗与南朝乐府完成融合，本来就有词的淫靡放荡，此刻又加上正统观念所认为的曲的淫靡放荡，宫体诗走入了穷途末路，而南朝乐府也因脱离了民间，走向了末声。

第三节 《玉台新咏》所录《燕歌行》考述

一 《燕歌行》在《玉台新咏》中的载录及历代载录

  《玉台新咏》收录有《燕歌行》。《玉台新咏》在流传时有明人滥增部分，现存《玉台新咏》版本较能保持原貌的是南宋陈玉父刻本，今文学古籍刊行社影印的明赵均小宛堂覆宋刻本即依此而来。② 而吴兆宜注、程琰删补的《玉台新咏笺注》，③ 其原文据明赵均小宛堂覆宋刻本，且把每卷中明人滥增部分退归每卷之末，注明"已下诸诗，宋刻不收"。这样，《玉台新咏》所录《燕歌行》就有两大块，一是宋刻

---

① 魏徵等：《隋书》，中华书局1973年版，第379页。
② 徐陵：《玉台新咏》，明小宛堂覆宋本，人民文学出版社2010年影印本。
③ 徐陵编，吴兆宜注，程琰删补，穆克宏点校：《玉台新咏笺注》，中华书局1985年版。

所见，即卷九所录魏文帝乐府《燕歌行》二首、陆机乐府《燕歌行》一首、萧子显《燕歌行》；此外，又有所谓"宋刻不收"的梁元帝萧绎《燕歌行》、庾信《燕歌行》。此处拟从《玉台新咏》宋刻本所录《燕歌行》，探索《燕歌行》的发展历程，并臆测《玉台新咏》的录文意图；又拟从《玉台新咏》"宋刻不收"的《燕歌行》作品，臆测明人滥增的原因，这也是与《燕歌行》的发展历程有关的。又有《玉台新咏》未收录的《燕歌行》，为了配合整体阐述，此处亦有论述。

最早载录《燕歌行》的是《宋书》，其《乐三》有"清商三调歌诗"，注明为"荀勖撰旧词施用者"，① 其中的"平调"录有曹丕《燕歌行》二首，前首"七解"，后首"六解"。其后《文选》录《燕歌行》魏文帝曹丕二首，李善注曰："七言。《歌录》曰：燕，地名，犹楚、宛之类。此不言古辞，起自此也，他皆类此。"② 那么也就是说，《燕歌行》是曹丕创始的。《文选》之后有《玉台新咏》录《燕歌行》。其后唐人芮挺章《国秀集》录有屈同仙《燕歌行》一首。宋人郭茂倩《乐府诗集》卷三十二《相和歌辞·平调曲》录有《燕歌行》系列，计魏文帝曹丕二首，魏明帝曹睿、陆机、谢灵运、谢惠连、梁元帝萧绎、萧子显、王褒、庾信以及唐代高适、贾至、陶翰各一首。不知何故《乐府诗集》未录屈同仙《燕歌行》，此诗最早见于唐人芮挺章所选唐诗集《国秀集》，《国秀集》录诗的下限为天宝初年。高适卒于大历元年（766），贾至卒于大历七年（772），陶翰生卒年不详，在玄宗开元十八年（730）中进士，那么，此四位《燕歌行》作者的年辈差不多，而屈同仙之作《乐府诗集》未录，可能是《乐府诗集》自古代乐书录文，而屈同仙《燕歌行》则始终未入古代乐书。

---

① 沈约：《宋书》，中华书局1974年版，第608页。
② 萧统编，李善注：《文选》，中华书局1977年影印本，第391页上。

《乐府诗集》录《燕歌行》系列有题解，其曰："《乐府解题》曰：'晋乐奏魏文帝"秋风""别日"二曲，言时序迁换，行役不归，妇人怨旷无所诉也。'《广题》曰：'燕，地名也，言良人从役于燕，而为此曲。'"① 朱乾《乐府正义》曰："《燕歌行》与《齐讴行》《吴趋行》《会吟行》俱以各地声音为主。后世声音失传，于是但赋风土。而燕自汉末魏初辽东、西为慕容所居，地远势偏，征戍不绝，故为此者往往作离别之辞，与《齐讴行》又自不同，庾信所谓'燕歌远别，悲不自胜'者也。"② 汉末三国所谓燕地以北的辽东、辽西被鲜卑慕容氏所据，地势偏远，征戍不断，那么"赋风土"就是多作"离别之辞"。但是，把从曹丕起至唐代的《燕歌行》仅仅说成是叙写"行役不归，妇人怨旷无所诉""言良人从役于燕而为此曲""往往作离别之辞"的"闺怨"，这还是不够的，此处讨论《玉台新咏》所录《燕歌行》，就多注重其抒情范围以及抒情模式。③

二 从"秋风萧瑟"到"初春丽日"
——兼述《玉台新咏》的录文意图

我们先来看宋刻《玉台新咏》所录的作品。创始者曹丕《燕歌行》（其一）云：

秋风萧瑟天气凉，

---

① 郭茂倩编：《乐府诗集》卷32，中华书局1979年版，第469页。
② 朱乾：《乐府正义》，乾隆五十四年香堂刻本。
③ 关于《燕歌行》的主题演变，多有人论述，如江艳华《论乐府古题〈燕歌行〉的发展演变》（《云南师范大学学报》1997年版第4期）、杨艳娟《〈燕歌行〉浅说》（《桂林师范高等专科学校学报》第18卷第2期，2004年），本文有所借鉴，特此感谢，而"有同乎旧谈者，非雷同也，势自不可异也；有异乎前论者，非苟异也，理自不可同也"，前贤之语，并作借鉴。

第五章 乐府与宫体诗推原

草木摇落露为霜。
群燕辞归雁南翔,
念君客游多思肠。
慊慊思归恋故乡,
君为淹留寄他方。
贱妾茕茕守空房,
忧来思君不敢忘。
不觉泪下沾衣裳。
援琴鸣弦发清商。
短歌微吟不能长,
明月皎皎照我床。
星汉西流夜未央。
牵牛织女遥相望,
尔独何辜限河梁?①

诗作是写女子在秋夜思念远方的丈夫,全诗十五句,《乐府诗集》分为七解,前面每两句各为一解,最后三句为一解,这是以音乐相分;但从内容上来看,可分为五个层次,每层次三句。"秋风"三句写秋景,一幅秋景图。"秋"的时间意味是一年将尽,也是各种飞禽辞归回乡之时;而"秋"的情感基调就是悲,宋玉《九辩》所谓"悲哉秋之为气也!萧瑟兮草木摇落而变衰"②,就定下了这个基调;"秋"的时间意味与情感基调构成女子思念的背景。"念君"三句写丈夫,你在外地也思恋家乡,那么为什么还要淹留他方不即刻回家呢?从对方

---

① 徐陵编,吴兆宜注,程琰删补,穆克宏点校:《玉台新咏笺注》,中华书局1985年版,第396页。
② 洪兴祖撰,白化文等点校:《楚辞补注》,中华书局1983年版,第302—303页。

着眼写自己的哀怨。"贱妾"三句直写女子自己的哀伤情形，泪水涟涟落实到"忧来思君不敢忘"。"援琴"三句写女子欲以弹琴解忧而不得，说的是忧伤之深。末三句以牛郎织女的神话故事作比来表达自己的情感，有质问，又有疑惑。如此五部分相互配合，清代王夫之《古诗评选》称之为"倾情倾度，倾色倾声"①。全诗情致委婉、缠绵含蓄，完全是女子心理的刻画，之所以可称得上为思念交响曲，是因为诗作从各个角度、用各种方式组构出思念的乐章，虽然是吟咏个人情感，但触发到整个社会，气势恢宏。

曹丕《燕歌行》（其二）云：

别日何易会日难，
山川悠远路漫漫。
郁陶思君未敢言，
寄声浮云往不还。
涕零雨面毁容颜，
谁能怀忧独不叹。
展诗清歌聊自宽，
乐往哀来摧肺肝。
耿耿伏枕不能眠。
披衣出户步东西，
仰看星月观云间。
飞鸧晨鸣声可怜，
留连顾怀不能存。②

---

① 王夫之评选，张国星点校：《古诗评选》，文化艺术出版社1997年版，第19页。
② 徐陵编，吴兆宜注，程琰删补，穆克宏点校：《玉台新咏笺注》，中华书局1985年版，第398页。

此作的意思与上一首基本相同，反复叙写女子的思念，但不及上一首来得丰富曲折、跌宕起伏；其光辉完全被上一首所遮蔽，有了"秋风萧瑟天气凉"这一首，谁还回来再来关注这"别日何易会日难"呢！

曹丕《燕歌行》二首"离别之辞"，完全是女性口吻，成为奠定"闺怨"基础的作品，人称"开千古妙境"。① 《燕歌行》重在描摹女子"怨旷无所诉"心理的抒情模式，在很长一段时间内占据统治地位。《玉台新咏》所录西晋陆机《燕歌行》，就是模拟多创新少，写景抒情继承曹丕而来，与曹丕之作如出一辙。其云：

> 四时代序逝不追，寒风习习落叶飞。
> 蟋蟀在堂露盈阶，念君远游恒苦悲。
> 君何缅然久不归，贱妾悠悠心无违。
> 白日既没明灯辉，寒禽赴林匹鸟栖。
> 双鸠关关宿河湄，忧来感物涕不晞。
> 非君之念思为谁？别日何早会何迟！②

抒情模式与曹丕相比，有同有变。前三句都写秋日气候，时序变迁引得心绪不宁；次三句都写丈夫在外地也思恋家乡，那么为什么还要淹留他方不即刻回家呢？以上两个层次是模拟曹丕而来，第三层次有所变化，陆机之作以林禽的双飞双宿来比照思妇当前的孤独；第四层次又都强调女子的悲伤。比起曹丕之作，此首少了末一层次的三句，可能是以神话故事作比来表达自己的情感不太容易实现。陆机之作显

---

① 胡应麟：《诗薮·内编》卷3，上海古籍出版社1979年版，第43页。
② 徐陵编，吴兆宜注，程琰删补，穆克宏点校：《玉台新咏笺注》，中华书局1985年版，第410页。

示了对曹丕之作的学习，其结构、层次、情感抒发都一模一样，只是意象在同一大类型中的不一样，如引出"念君"之情的秋日动物，只不过有蟋蟀、秋蝉、野雁的不同。陆机的乐府诗，本来就多模拟前人，这首作品模拟曹丕的气息也很重，没有新意。表明曹丕《燕歌行》在后代的程式化。自出新意更会得到后人赞赏，但自出新意的时机还未到。

《玉台新咏》卷所录萧子显《燕歌行》是新时代的自出新意之作。诗作突出三个场景中的思妇活动，诗云：

> 风光迟舞出青苹，兰条翠鸟鸣发春。
> 洛阳梨花落如雪，河边细草细如茵。
> 桐生井底叶交枝，今看无端双燕离。
> 五重飞楼入河汉，九华阁道暗清池。
> 遥看白马津上吏，传道黄龙征戍儿。
> 明月金光徒照妾，浮云玉叶君不知。
> 思君昔去柳依依，至今八月避暑归。
> 明珠蚕茧勉登机，郁金香花特香衣。
> 洛阳城头鸡欲曙，丞相府中乌未飞。
> 夜梦征人缝狐貉，私怜织妇裁锦绯。
> 吴刀郑绵络，寒闺夜被薄。
> 芳年海上水中凫，日暮寒夜空城雀。[①]

前八句写明媚的春景，"秋风萧瑟"改变成为"初春丽日"，春光中百无聊赖，"桐生井底叶交枝，今看无端双燕离"，凸显出分离之

[①] 徐陵编，吴兆宜注，程琰删补，穆克宏点校：《玉台新咏笺注》，中华书局1985年版，第434—435页。

意；于是飞楼迷蒙、阁道暗然。"遥看"以下六句直写春日里思妇的思念，一开始直叙丈夫出征之地，接着写思妇自己的思念，而丈夫却始终未归。"明珠"以下十句，写思念不已，却先描摹一下美女，所谓"明珠蚕茧勉登机，郁金香花特香衣"；接着写寒夜里思妇只有织锦以寄托相思。全诗围绕思妇展开，虽然从根本上看，思妇的视角、内地的视角都没有改变，但场景与人物形象的叙写有所变化，一是秋风秋夜改变为春风春花；二是点出丈夫形象及活动的"遥看白马津上吏，传道黄龙征戍儿"；三是思妇形象及活动的"明珠蚕茧勉登机，郁金香花特香衣"云云。场景与人物形象叙写的变化带来语言风格的变化，由凄冷平白而为明媚华丽。

总的看来，《玉台新咏》所录作品的写法，刚好展示了《燕歌行》发展有三个阶段，即创始期、继承模拟期与革新期。从上述作品亦可知《玉台新咏》的录文意图，就是通过选录此三首作品的方式把《燕歌行》的三个不同类型表现出来。

《玉台新咏》未录的《燕歌行》作品，在萧子显前有曹叡、谢灵运、谢惠连的作品，都是模拟曹丕之作。魏明帝曹叡《燕歌行》为思妇之词，似乎并不完整，重在体会游子漂泊，虽然大致是曹丕作品的意象，但也有新颖之处，第一层次在时间意味上，背景不但是一年将尽设置，而且是一日将尽，思妇在日头西下的特定时间思念丈夫，直接以"霜露惨凄"叙述当前季节，一语双关，"惨凄"之状，既是景物的，又是人心的；第二层次以"秋草卷叶摧枝茎"铺垫，引出"飞蓬常独征"这一秋季特有的景象来比拟游子漂泊"不安宁"。思妇在一年将尽又一日将尽之时，为"游子"那种"飞蓬常独征"的漂泊而感到痛苦，这是从对面着笔写思念，显示出自己思念的无私性。刘宋谢灵运与谢惠连之作，与曹丕相比，有同有变，同大于变。前两个层次是模拟曹丕而来，写秋日气候及时序变迁引得心绪不宁，写丈夫淹留他方不即刻回家。第三层次有所变化，谢灵运之作则仍是模拟曹丕的欲以弹琴解忧而不得，谢惠连之作以林禽的双飞双宿来比照自己当前的孤独。第四层次又都强调女子的悲伤。此类诗又都只有十二句，没有后三句。两谢之诗模拟曹丕，亦步亦趋，似乎是模拟、学习的功课，只是改变一下意象而已，显示出抒情模式的程序化。

于是，我们就更应特别注意萧子显《燕歌行》的自出新意，他是以宫体诗翻新吟唱《燕歌行》的，非常重视对女性行为活动的叙写，对女性心理的揣摩与描摹也更深入化了，且诗作都用浓彩重笔描摹人物、景物，或者说，用华艳的笔调写华艳的女性。概括来说，就是这些诗作的叙写模式，以地理区域的跨度所展示出的景物特色来刻画思妇心理，又喜写美景，以笔下明媚景物、绚烂画面、华艳色泽来衬托思妇，让人们对这些妇女的艳丽华美更感兴趣，这些都是宫体诗的典型特征。以宫体诗翻新吟唱《燕歌行》，古老的《燕歌行》有了新意，这是梁时宫体诗兴起对《燕歌行》影响所致，这些变化似乎也预示着《燕歌行》的进一步变化发展会有更大的空间。

三 思妇的视角与将军的视角
——《燕歌行》并列两位主人公

现在再来看所谓"宋刻不收"的《燕歌行》，即元帝《燕歌行》、庾信《燕歌行》。《燕歌行》在南朝时比较盛行，如梁时朝廷与诸王文学集团经常组织一些集体文学创作活动，其中萧绎组织的一次集体文学创作活动就是唱和《燕歌行》。《周书·王褒传》载："（王）褒曾作《燕歌行》，妙尽关塞寒苦之状，（梁）元帝及诸文士并和之，而竞为凄切之词。"① 这次赋诗活动，由王褒首作，众人和之。留存后世的作品，王褒、元帝、庾信之作就是那次活动所作。又说后来王褒等败亡入北，果然应了"关塞寒苦之状"，人称此诗则为诗谶。

这几首《燕歌行》应该在《玉台新咏》编撰之后，理由如下。关于《玉台新咏》的编撰，粗说起来，大致有两种说法，即陈代说与梁代说。持陈代说者，从《玉台新咏序》所称撰书者的女性身份出发，认为该书"出于陈后主妃子张丽华之手"②；或从《玉台新咏》未录徐陵之父徐摛作品出发，认为该书成于徐摛文集失落之时③。持梁代说者，或持《大唐新语·公直》的记载："梁简文帝为太子，好作艳诗，境内化之，浸以成俗，谓之宫体。晚年改作，追之不及，乃令徐陵撰《玉台集》，以大其体。"④ 如果《玉台新咏》撰于梁代，则梁元帝这次文学聚会的作品就不会录入。《周书·王褒传》载："及侯景渡江，建业扰乱，褒辑宁所部，见称于时。梁元帝承制，转智武将军、南平内史。及嗣位于江陵，欲待褒以不次之位。褒时犹在郡，敕王僧辩以礼发遣。褒乃将家西上。元帝与褒有旧，相得甚欢。拜侍中，累迁吏部尚书、左仆射。褒既世胄名家，文学优赡，当时咸相推挹，故旬月之间，位升端右。"⑤ 王褒作《燕歌行》，梁元帝及诸文士并和之在什么时候？人们一般认为是萧绎招王褒至江陵后的事，王褒的名声是其至江陵后建立起来的，官位也是此时升起来的，而"元帝与褒有旧"之时，王褒恐没有那么大的权威，以自己的一首诗让"元帝及诸文士并和之"。

---

① 令狐德棻等：《周书》，中华书局1971年版，第731页。
② 章培恒：《〈玉台新咏〉为张丽华所"撰录"考》，《文学评论》2004年版第2期。
③ 刘跃进《玉台新咏研究》（中华书局2000年版）其中有"《玉台新咏》成书于梁代的推测"一节。
④ 刘肃撰，许德楠、李鼎霞点校：《大唐新语》，中华书局1984年版，第42页。
⑤ 令狐德棻等：《周书》，中华书局1971年版，第729—730页。

■■■中古乐府广义

这几首《燕歌行》又有新面貌。我们先来看梁元帝萧绎《燕歌行》，诗云：

燕赵佳人本自多，辽东少妇学春歌。
黄龙戍北花如锦，玄菟城前月似蛾。
如何此时别夫婿，金羁翠珥往交河。
还闻入汉去燕营，怨妾心中百恨生。
漫漫悠悠天未晓，遥遥夜夜听寒更。
自从异县同心别，偏恨同时成异节。
横波满脸万行啼，翠眉暂敛千重结。
并海连天合不开，那堪春日上春台。
唯见远舟如落叶，复看遥舸似行杯。
沙汀野鹤啸羁雌，妾心无趣坐伤离。
翻嗟汉使音尘断，空伤贱妾燕南陲。①

萧绎翻唱《燕歌行》，颇有新意，"黄龙戍北花如锦，玄菟城前月似蛾"，诗人引入边塞春光，这是思妇想象中的，诗作把离别时光安排在明媚灿烂的春光之下，内地与边塞都是繁花似锦的春天，诗人要以明媚灿烂来反比思妇的痛苦哀愁，而曹丕之作是以秋色衬托离情的。"还闻"以下八句为第二层次，极写思念带来的痛苦，写"怨"写"愁"又写"恨"，又写因思念而觉夜长，而且夜夜如此，又写在各种节日时思念尤其痛彻肺腑，于是整日泡在苦水中。但以"横波满脸""翠眉暂敛"描摹女性，已是宫体格调。"并海"四句写思念之极而登台遥望，所望所见无不令人心酸，完全是用动作写心情。末四句翻进一层，不说难见丈

---

① 徐陵编，吴兆宜注，程琰删补，穆克宏点校：《玉台新咏笺注》，中华书局1985年版，第456—457页。

344

夫之面，而说连使节之面也难以见到，于是更加伤心。

此次唱和诸文士中还有庾信，他有在萧绎府中任职的经历，《北史·文苑·庾信传》载："侯景作乱，梁简文帝命信率宫中文武千余人，营于朱雀航。及景至，信以众先退。台城陷后，信奔于江陵。梁元帝承制，除御史中丞。及即位，转右卫将军，封武康县侯，加散骑常侍。"① 他的《燕歌行》之作展现了辽阔天地，大笔纵横。诗云：

> 代北云气昼昏昏，千里飞蓬无复根。
> 寒雁嗈嗈渡辽水，桑叶纷纷落蓟门。
> 晋阳山头无箭竹，疏勒城中乏水源。
> 属国征戍久离居，阳关音信绝能疏。
> 原得鲁连飞一箭，持寄思归燕将书。
> 渡辽本自有将军，寒风萧萧生水纹。
> 妾惊甘泉足烽火，君讶渔阳少阵云。
> 自从将军出细柳，荡子空床难独守。
> 盘龙明镜饷秦嘉，辟恶生香寄韩寿。
> 春分燕来能几日，二月蚕眠不复久。
> 洛阳游丝百丈连，黄河春冰千片穿。
> 桃花颜色好如马，榆荚新开巧似钱。
> 蒲萄一杯千日醉，无事九转学神仙。
> 定取金丹作几服，能令华表得千年。②

首先，诗作与前述之作意象运用有较大不同，诗的起首十句不写

---

① 李延寿：《北史》，中华书局1974年版，第2793页。
② 徐陵编，吴兆宜注，程琰删补，穆克宏点校：《玉台新咏笺注》，中华书局1985年版，第462—464页。

思妇而直接进入写边塞景物与事件，辽阔万里，苍茫凄凉，末一句点出将士"思归"情怀，有点"怨"的意味，承上启下。"渡辽"以下十句写思妇的思念，用秦嘉、韩寿得到女性关怀的典故写思妇的愿望。"洛阳"以下八句写内地春日艳阳，似乎是写思妇，又似乎是宫体诗的写妖女，也许是概括写当前城市生活，使诗作甩脱具体事物、具体情感的束缚，进入某个更广阔的天地。但是庾信不知道这个更广阔的天地是什么，进入学仙的虚无缥缈之中，只是隐隐有些人生感慨而已，有点白白辜负了其矫健的笔力。庾信《哀江南赋序》有""《燕歌》远别，悲不自胜"之句，说明他对《燕歌行》的重视。

同时之作当然还有王褒之作，只不过《玉台新咏》未录，其云：

> 初春丽日莺欲娇，桃花流水没河桥。
> 蔷薇花开百重叶，杨柳拂地散千条。
> 陇西将军号都护，楼兰校尉称骠姚。
> 自从昔别春燕分，经年一去不相闻。
> 无复汉地长安月，唯有漠北蓟城云。
> 淮南桂中明月影，流黄机上织成文。
> 充国行军屡筑营，阳史讨虏陷平城。
> 城下风多能却阵，沙中雪浅讵停兵。
> 属国少妇犹年少，羽林轻骑数征行。
> 遥闻陌头采桑曲，犹胜边地胡笳声。
> 胡笳向暮使人泣，还使闺中空伫立。
> 桃花落，杏花舒，桐生井底寒叶疏。
> 试为来看上林雁，必有遥寄陇头书。[①]

---

① 郭茂倩编：《乐府诗集》，中华书局1979年版，第472页。

诗人把思妇安排在初春季节里思念，这是思妇的活动场所，于是诗作一开始就描摹春意盎然的景物，这是前四句，完全是宫体格调。"陇西将军"以下八句，则是写丈夫在春天里的出征，那么，思妇当下的活动场所又有另外一番意味，而诗作又突出思妇所在"汉地长安月"与丈夫所在"漠北蓟城云"的对比，既写出战地边塞景物，又称要把家乡景物织入采锦寄给丈夫，此处是借用前秦窦滔妻苏氏织锦为璇玑图之事。"充国"以下十句，想象丈夫在边塞的生活，既有丈夫风雪中的奋战，又有丈夫倾听边郡采桑曲而思念家中亲人，能够猜测到丈夫也在思念家中亲人，这是"属国少妇犹年少"的思妇的最大欣慰。末四句回应起首，写已是季春落花时节，思妇在幻想是否能得到丈夫的一点点信息，此处用苏武在匈奴之事。全诗极尽能事刻画思妇的心理，春日赏景引起思念，织送采锦寄托思念，设想丈夫的边塞战争生活与闲暇生活以想象丈夫对家乡的思念，最后幻想得到丈夫消息。总观全诗，王褒《燕歌行》的特点是重在景物衬托中的思妇心理刻画，思妇与将军是交替出现的。

　　此次唱和数人的《燕歌行》，虽说抒情指向仍是刻画描摹思妇心理，也合乎原作的基本意向，但其创作模式，已与曹丕系列的作品有明显的不同，表面上看，视角有所改变，思妇"怨旷"的背景从"初春丽日"改变为凄寒边塞，把内地的旖旎风光与边塞凄寒对立起来；实际上则有尽情摹写旖旎风光中美妙女子的渴望。虽说梁代萧子显翻唱《燕歌行》，显示出宫体盛行时的时代风气，但我们更应注意到，萧绎、庾信、王褒的《燕歌行》，笔力的重心已不在思妇上，而是战场战争，王褒之作，"充国行军屡筑营，阳史讨虏陷平城。城下风多能却阵，沙中雪浅讵停兵。"庾信之作，"晋阳山头无箭竹，疏勒城中乏水源"，直接写到战场苦况；又把视角指向泛化了的人生感慨。

又，人们还盛赞梁时《燕歌行》的音调协畅，"《燕歌》初起魏文，实祖《柏梁》体，《白苎词》因之，皆平韵也。至梁元帝'燕赵佳人本自多，辽东少妇学春歌。黄龙戍北花如锦，玄菟城前月似蛾'，音调始协。"① 自曹丕以《燕歌行》开创七言体，一句一韵，感觉急促，其后经诸人《燕歌行》，婉其节制，文其音韵，《燕歌行》的声调始觉协畅，但这是个大问题，此处难以尽言。

至此，我们可以理解明人为什么要把梁元帝、庾信的《燕歌行》作品滥入《玉台新咏》了，他们感到这是《燕歌行》发展的一个新阶段，不收不足以表现唐前《玉台新咏》的全貌。

至于明人滥增者为什么只收了梁元帝、庾信的作品而未录活动的创始者王褒之作，或许是因为梁元帝、庾信名气更大一些，已经可以代表《燕歌行》发展新阶段了，滥增者并未理会那次文学聚会之事或未记得有那么一回事。宋刻已有梁元帝、庾信的作品，增加几首也非常方便。

另外，这里还有问题须辨正。王褒、梁元帝、庾信《燕歌行》是同时唱和之作，但梁代作《燕歌行》还有萧子显，却不是同时所作，萧子显卒于大同三年（537），而王褒、梁元帝、庾信唱和之作是侯景之乱后的创作。

四 尾声：唐代《燕歌行》从"闺怨"到"士怨"

《燕歌行》，曹丕之作与战争无关，萧子显之作，提到征戍，没有写战场状况；而后萧绎、王褒、庾信的《燕歌行》，以华丽的笔调叙写艳丽的女性，但"闺怨"专利的《燕歌行》，已经在不知不觉中改

---

① 胡震亨：《唐音癸签》，上海古籍出版社1981年版，第88页。

变了发展方向,"怨"的意味渐渐减少,女性的妖艳已经占了诗歌的主体部分;此数人之作还颇多写战场战争,有了将士的形象,尤其是庾信之作,并有概括写人生、写社会之意,有感慨之意。这就是唐前《燕歌行》的发展轨迹。

《燕歌行》至王褒、梁元帝、庾信,本已达高峰,不想至唐代,更有高峰上的高峰,这就是高适《燕歌行》。诗前有《序》曰:"开元二十六年,客有从御史大夫张公出塞而还者,作《燕歌行》以示,适感征戍之事,因而和焉。"① 御史大夫张公即河北节度副大使张守珪,开元二十三年(735)他与契丹作战有功受赏;其后他的部将又败于契丹余部,张守珪不据实上报,还设法掩盖。诗不见得一定就写这个史实,但"感征戍之事"却是实实在在的,笔力重在写战争的艰苦,写将士间的苦乐悬殊,并讽刺将军的不体恤战士,写征人与少妇的相互思念。于是我们看到,曹丕原本单一的思妇之词转变为如此多方面叙写战场战争、征人与少妇双方,原本单一的"闺怨"转变为透露着深切"士怨"的战场情景的叙写,并落实到"君不见沙场征战苦,至今犹忆李将军"。如此综合、全面的叙写,岂不正适合《燕歌行》这样的长篇。《国秀集》中屈同仙《燕歌行》也如高适之作,浓笔重墨是战争,美人只是陪衬。以后虽然同在唐代,但诸人《燕歌行》渐显消沉。如贾至《燕歌行》,诗的前半段写"我唐"边塞战争的赫赫胜利,后半段以"隋家"的失利为对比歌颂"我唐"。读了高适《燕歌行》对战场战争种种现象的揭示,就会感到此诗淡如白水,仅是歌功颂德而已。又如陶翰《燕歌行》,虽然有鲍照《东武吟》为老兵说话的意味,但浅得多了。既然已经从语言格式上改变了《燕歌行》的风

---

① 中国社会科学院文学研究所编:《唐诗选》,人民文学出版社 1978 年版,第 193 页。

韵，那么《燕歌行》固有的神采也荡然无存了，《燕歌行》至此消失了，其实应该说，高适以后就没有《燕歌行》了。

第四节　注重典故与场面化叙写
——论北朝乐府描摹女性之作

东晋南迁后十六国混战，使黄河流域文化几乎被破坏殆尽，文学尤其如此。从北魏孝文帝迁洛起，北方文学渐有复苏，但只是单纯地模仿南朝；自东、西魏分裂至隋统一北方，北方文学兴盛并显示出自己的风貌。这是北方文学发展的一般情况，北方描摹妇女生活的诗作，大致也是如此，先是保持传统写法，但又极力追摹南方，其风气较南方稍慢一拍。或许恰是这稍慢一拍，使北朝这些诗歌有了根据自身的条件创造风格与形成特色的机会，这种机会或许就是北朝文学特有的风气也将作用于南方文学，或许就预示着描摹女性诗作继续发展下去所要产生的改变。

此处所说的北朝，包括十六国至隋。隋原也是北朝，后统一天下，存在时间较短，其时文人，或是北方原有的，或是由南入北的，隋朝自己培养的诗人，或许只有隋炀帝一人，当我们论述到他时，会指出这一点的。

一　北朝乐府民歌的描摹女性之作

首先要指出的是，北朝乐府民歌在叙写男女交往上呈现与南朝乐府民歌及南朝文人诗歌截然不同的面貌。当南朝叙写女性生活的诗歌沉浸在委婉、缠绵、欲说还休的扭捏之中时，北朝民歌则体现出直率、干脆、大胆、直抒胸臆的特点。这可以从以下几方面来论证。

其一,述及男女相悦则直接谈婚论嫁,如《捉搦歌》云:

> 谁家女子能行步,反着夹禅后裙露。
> 天生男女共一处,愿得两个成翁妪。①

而令女性难过的不是爱情失意而是未能嫁人,《地驱歌乐辞》称"老女不嫁,蹋天唤地"②,《折杨柳枝歌》中有"阿婆不嫁女,那得儿孙抱","阿婆许嫁女,今年无消息"③,其难过之处总之离不开一个"嫁"字。

其二,述及男女交往则直叙亲热动作,如《地驱歌乐辞》:

> 侧侧力力,念君无极。
> 枕郎左臂,随郎转侧。(其三)
> 摩挱郎须,看郎颜色。
> 郎不念女,不可与力。(其四)④

又如,《折杨柳歌辞》:

> 腹中愁不乐,愿作郎马鞭。
> 出入擐郎臂,蹀坐郎膝边。⑤

其三,心中有什么怨恨,便以豪放、昂扬的口吻表达出来,如对方失约,则称"月明光光星欲堕,欲来不来早语我";⑥ 不满他人婚

---

① 郭茂倩编:《乐府诗集》,中华书局 1979 年版,第 369 页。
② 同上书,第 366 页。
③ 同上书,第 370 页。
④ 同上书,第 366—367 页。
⑤ 同上书,第 369 页。
⑥ 《地驱乐歌》,《乐府诗集》,中华书局 1979 年版,第 367 页。

姻，则称"童男娶寡妇，壮女笑杀人"；① 与对方有阻隔，则称"百媚在城中，千媚在中央。但使心相念，高城何所妨"。②

即便是用比喻，也有浓烈的北方色彩，如《慕容家自鲁企由谷歌》：

> 郎在十重楼，女在九重阁。
> 郎非黄鹄飞，那得云中雀。③

北朝描摹女性生活最令人难忘与惊叹的是其尚武精神。著名的《木兰诗》，叙写女子代父从军的故事。以往的诗作写战争，无论写建功立业或思恋故乡，还是写黄沙战场或边塞苦寒，诗中的主人公都是男性。此诗以女性为战争的主角，已是奇异，且诗中又紧紧围绕"木兰是女郎"来展示其风姿，塑造了一位女英雄的形象。又有《李波小妹歌》：

> 李波小妹字雍容，
> 褰裙逐马如卷蓬，
> 左射右射必叠双。
> 妇女尚如此，
> 男子安可逢。④

诗作也是既突出其女性特征，又写出其豪侠英武。仅写其豪侠英武而不突出其女性特征，这只能说女子男性化了，而此二诗两方面都写到，就显示出女性也是英雄、也是豪侠的北方女子风貌。

---

① 《紫骝马歌辞》，《乐府诗集》，中华书局1979年版，第365页。
② 《淳于王歌》，《乐府诗集》，中华书局1979年版，第369页。
③ 郭茂倩编：《乐府诗集》，中华书局1979年版，第371页。
④ 魏收：《魏书》，中华书局1974年版，第1176—1177页。

二 注重古语成句与典故的运用

尽管北朝乐府歌咏了大漠草原女子的风韵，但北方文人诗歌没有学习这种描摹方式，而倾向于南方文人描摹女性诗歌的方式。如北魏孝明帝时的胡太后作过一首与南方民歌几乎无异的诗歌，即此载《乐府诗集》"杂曲歌辞"的《杨白花》：

> 阳春二三月，杨柳齐作花。
> 春风一夜入闺闼，杨花飘荡落南家。
> 含情出户脚无力，拾得杨花泪沾臆。
> 秋去春还双燕子，愿衔杨花入窠里。①

据《梁书·杨华传》载，杨华是北魏名将杨大眼之子，"少有勇力，容貌雄伟。魏胡太后逼通之，华惧及祸，乃率其部曲来降。胡太后追思之不能已，为作《杨白华歌辞》，使宫人昼夜连臂蹋足歌之，辞甚凄婉焉"②。《魏书·宣武灵皇后传》载，胡太后多才艺，尝幸华林园，自己赋七言诗，又令王公以下各赋七言诗，③ 可证她是喜欢诗歌并有能力创作这首《杨白花》的。《杨白花》全诗句句双关，风格缠绵旖旎。从此诗可以猜想，南朝乐府民歌对北朝文人也有着相当的影响。文人起初是不屑于模拟民间乐曲的，但他们要欣赏民间乐曲。从创作上讲，胡太后之作只是一个例外，但"使宫人昼夜连臂蹋足歌之"，又分明是一种以欣赏为主的形式。

南朝诗歌对北朝的影响，是从拟汉魏乐府的作品出发的。汉魏乐

---

① 郭茂倩编：《乐府诗集》，中华书局 1979 年版，第 1040 页。
② 姚思廉：《梁书》，中华书局 1973 年版，556—557 页。
③ 魏收：《魏书》，中华书局 1974 年版，第 338 页。

▆▆▆中古乐府广义

府旧曲中有描摹女性生活的内容,南北朝诗人都在模拟,而北朝诗人在模拟的同时,也似乎有意要有所变化,如高允《罗敷行》:

邑中有好女,姓秦字罗敷。
巧笑美回盼,鬒发复凝肤。
脚着花文履,耳穿明月珠。
头作堕马髻,倒枕象牙梳。
姗姗善趋步,襜襜曳长裙。
王侯为之顾,驷马自踟蹰。①

只是复述汉乐府《陌上桑》上半首梗概,描摹罗敷的装束,但诗人似乎不满足于复述,诗中"姗姗善趋步",当是学《陌上桑》"盈盈公府步,冉冉府中趋"而来,但这本是写男性的,看来,高允是要把所有写姿态美的词句集中到一起来歌咏女性。高允处于北朝文学开始复苏时期,其描摹可以称得上稍稍自出新意,但显得非常幼稚简单。

北魏祖叔辨有《千里思》,诗云:

细君辞汉宇,王嫱即房衢。
寂寂人径阻,迢迢天路殊。
忧来似悬斾,泪下若连珠。
无因上林雁,但见边城芜。②

其中多用典故,"细君"用汉元封(前110—前105)年间江都王建女细君嫁乌孙王之事;"王嫱"句用汉竟宁元年(前33)王昭君出塞入匈奴之事;"无因"句用汉武帝假借上林雁捎回苏武之书以使苏

---

① 郭茂倩编:《乐府诗集》,中华书局1979年版,第419页。
② 同上书,第995页。

武回汉之事。这三件事都是与"千里思"有关的。《乐府诗集》之《长相思》题解称《长相思》是写绵绵相思之意,称"又有《千里思》,与此相类"。①《长相思》是宋、梁时人所作,没有运用典故的作法,都是直述情、事、景,而《千里思》注重用典,可视作北朝诗人的兴趣及创意所在。

庾信在南朝时是宫体诗大家,由南入北后仍创作宫体诗,但写法又有不同,即多用古语成句与典故。我们来看其《奉和赵王美人春日诗》,其首二句"直将刘碧玉,来过阴丽华"与末二句"今年逐春处,先向石崇家",都是用古人之事。其《和赵王看伎诗》,首二句"绿珠歌扇薄,飞燕舞袖长",②以石崇妾绿珠与赵飞燕比拟歌女舞伎。

北朝诗人为什么多用古语成句与典故呢?一开始自然是由于模拟所致,但以后却另有原因,我们通过分析魏收的一首诗来说明这一问题。魏收有《美女篇》两首,③其一是概括《洛神赋》故事,这也可说是古人古事。其二云:

擅宠无论贱,入爱不嫌微。
智琼非俗物,罗敷本自稀。
居然陋西子,定可比南威。
新吴何为误,旧郑果难依。
甘言诚易污,得失定因机。
无憎药英妒,心赏易侵违。

---

① 郭茂倩编:《乐府诗集》,中华书局1979年版,第991页。
② 此处庾信的作品,从题目上看,肯定是在北方创作的,有些难以确定是在北方所作,故此处不录。
③ 郭茂倩编:《乐府诗集》,中华书局1979年版,第914页。

诗中用了诸多古人古事，这是明眼人一下就可看出的；他运用了那么多典故，其本意是什么？魏收生活时代相当于南朝梁末陈初，当时南朝也有人创作《美女篇》，萧纲之作首二句以"佳丽尽关情，风流最有名"总括，以下八句全为描摹美女容貌神态，其中"衫薄拟蝉轻"也是为摹写肌肤而设，"朱颜半已醉，微笑隐香屏"是宫体诗惯用的诱惑式写法。① 而魏收运用典故的本意不在描摹女性美貌，只是借前代美人来讨论女性"擅宠"方面的"得失定因机"，其《美女篇》另有立意。联系其《美女篇》（其一）末二句"可言不可见，言是复言非"，亦可领悟他本意不在概括《洛神赋》的故事，而是要讲一个道理。

还有一个例子。卢思道《有所思》之作亦多用典故，诗云：

> 长门与长信，忧思并难任。
> 洞房明月下，空庭绿草深。
> 怨歌裁洁素，能赋受黄金。
> 复闻隔湘水，犹言限桂林。
> 凄凄日已暮，谁见此时心。②

据《隋书》本传载，作者遭到免职后，"尝于蓟北怅然感慨，为五言诗以见意，人以为工"③。《隋书》说的未必是此诗，但此诗为作者泄愤之作，大致不会有疑问④。《有所思》为汉乐府旧题，南朝人的拟作都以题目为意衍化之，大都直接抒情写景，很少用典故，卢思道实现了以典故来达到自己的作诗目的。

典型的宫体诗是追求纪实性，其旨向是男女交往，一般多为直述

---

① 郭茂倩编：《乐府诗集》，中华书局1979年版，第913页。
② 同上书，第254页。
③ 魏徵等：《隋书》，中华书局1973年版，第1398页。
④ 详见曹道衡、沈玉成《南北朝文学史》，人民文学出版社1991年版，第493页。

而少用典故，或许因典故运用会引起人们对当前事件人物的不真切感，或许因典故运用会引起人们对弦外之音的追寻。而北人在追摹南人风气时运用典故，一方面可能是当前没有那么多真切的人物、事件可供摹写，但为了写宫体诗便多用前代固有的男女之事来充实自己的作品；另一方面，运用典故确实为有所寄托或抒发其他意旨提供了方便。

而南朝宫体诗追求纪实性的特点，在北朝则多在非乐府系统的悼念女性之作中出现。西晋时在描摹女性生活时或有强调政治伦理之作，最著名的如成公绥《中宫诗二首》，其他还有在乐府诗作中的片段吟咏。这些诗作吟咏的对象，一般为概括化的女性，无所谓特指。北朝也有吟咏女性时以政治伦理为出发点的，但吟咏对象已成为个别的、具体的女性，而且多是去世的女性。如北魏孝文帝时高允所作《咏贞女彭城刘氏诗八章》，《魏书·列女传》载此诗的创作背景：

> 渤海封卓妻，彭城刘氏女也。成婚一夕，卓官于京师，后以事伏法。刘氏在家，忽然梦想，知卓已死，哀泣不辍。诸嫂喻之不止，经旬，凶问果至，遂愤叹而死。时人比之秦嘉妻。中书令高允念其义高而名不著，为之诗。①

这是表彰为夫守节而死的贞妇，诗中既从大处述"两仪正位，人伦肇甄"，又称"毕志守穷，誓不二醮。何以验之，殒身是效"。诗中虽有夫妇二人"情以趣谐"的吟咏及"应如影响"的赞叹，以及对其"翳翳孤丘"的哀悼，但比起"贞妇"的吟咏来都显得分量较轻。高允的时代相当于南朝刘宋时期，这时代南朝文人一般已不从道德伦理方面来歌咏与悼念女性，高允却还停留在继承前朝的传统上。

---

① 魏收：《魏书》，中华书局1974年版，第1978—1979页。

北齐时，风气有了转变，卢询祖《赵郡王配郑氏挽词》，诗云：

> 君王盛海内，伉俪尽寰中。
> 女仪掩郑国，嫔容映赵宫。
> 春艳桃花水，秋度桂枝风。
> 遂使丛台夜，明月满床空。①

诗中先盛赞赵郡王伉俪相配与恩爱为寰中第一，接着赞扬郑氏仪容，五、六句过渡，既是与上文郑氏风度美貌比拟，又是与下文悼情的景物对比。全诗以写郑氏仪容为突出点，联系卢询祖创作此诗的时代相当于南朝梁初，描摹女色早已蔚然成风，那么，卢诗注重女性容貌的描摹并配以美景，表明他已经在模拟与学习南朝宫体诗写女性的风气了。

与卢询祖同时代的卢思道有《乐平长公主挽歌》，诗云：

> 妆楼对驰道，吹台临景舍。
> 风入上春朝，月满凉秋夜。
> 未言歌笑毕，已觉生荣谢。
> 何时洛水湄，芝田解龙驾。②

着力描写女子生前曾经身临其境的美景，以此让人感受美人逝世的遗憾，末二句又以期盼神灵在美妙的境界出现煞尾。从这些对女性逝者的悼念之作，可以看出人们究竟注重描写女性的哪些方面。

---

① 李百药：《北齐书》，中华书局1972年版，第321页。
② 逯钦立辑校：《先秦汉魏晋南北朝诗》，中华书局1983年版，第2636页。

三 对场面化的追求

北朝诗人有的诗作，与宫体诗的写法已无二致，如：卢思道《棹歌行》写越女，《采莲曲》写妖姬；辛德源《芙蓉花》写洛神、文君难比的美女，辛德源《东飞伯劳歌》吟咏道：

> 合欢芳树连理枝，荆王神女乍相随。
> 谁家妖艳荡轻舟，含娇转眄骋风流。
> 犀柂兰桡翠羽盖，云罗雾縠莲花带。
> 女儿年几十六七，玉面新妆映朝日。
> 落花从风俄度春，空留可怜何处新。①

殷英童《采莲曲》写采莲女，这些诗作与南朝民歌五言四句不同，写法也不同，但又都有江南水乡民歌风味。又有丁六娘《十索四首》与李月素《赠情人》，完全是南朝民歌风味，也可能是这两位就是民间女子。

隋时被人抨击有宫体倾向的乐府类诗作以隋炀帝所作为著名，如《春江花月夜》二首，此歌原为陈后主所创，歌词已佚，但从隋炀帝这两首来看，境界已显宏大，算不得什么宫体诗。他又有《喜春游歌》二首，诗中"步缓知无力，脸曼动馀娇"二句②，有宫体诗情调。其《江陵女歌》，有南朝民歌风味；又有《四时白纻歌》二首，有女性描写。总的来说，他的诗作如《隋书·文学传》对他的评价，"虽意在骄淫，而词无浮荡"③。其侧艳诗风还多属曲调因素，即《隋书·

---

① 郭茂倩编：《乐府诗集》，中华书局1979年版，第979页。
② 同上书，第1087页。
③ 魏徵等：《隋书》，中华书局1973年版，第1730页。

音乐志下》所称：

> （炀帝）大制艳篇，辞极淫绮。令乐正白明达造新声……掩抑摧藏，哀音断绝。帝悦之无已，谓幸臣曰："多弹曲者，如人多读书。读书多则能撰书，弹曲多即能造曲，此理之然也。"①

北朝撰写有宫体倾向的诗作也有一个过程，有慢南朝人一拍的模拟，如生活时代相当于梁代的北齐作家邢劭的《思公子》：

> 绮罗日减带，桃李无颜色。
> 思君君未归，归来岂相识。②

但一读就知是模拟齐时谢朓的作品，《北齐书·魏收传》载，魏收攻击邢劭"常于《沈约集》中做贼"③，当非空穴来风。也有跟得上宫体诗步伐的作品，如魏收《永世乐》，《乐府诗集》题解引《隋书·乐志》曰："后魏太武平河西，得西凉乐，其歌曲有《永世乐》。"诗曰：

> 绮窗斜影入，上客酒须添。
> 翠羽方开美，铅华汗不沾。
> 关门今可下，落珥不相嫌。④

依西凉乐来，也完全是宫体诗的情调与写法。学习宫体诗很像样的魏收，其《挟瑟歌》在"春风宛转入曲房，兼送小苑百花香"的叙写后，也还有"白马金鞍去未返，红妆玉箸下成行"的抒情。⑤

---

① 魏徵等：《隋书》，中华书局1973年版，第379页。
② 郭茂倩编：《乐府诗集》，中华书局1979年版，第1051页。
③ 李百药：《北齐书》，中华书局1972年版，第492页。
④ 郭茂倩编：《乐府诗集》，中华书局1979年版，第1064页。
⑤ 同上书，第1209页。

第五章　乐府与宫体诗推原

但北人学写宫体之类的作品，抑或有自己的一些特色，或保留某种传统，如抒情性的注重。如北魏王德《春词》：

春花绮绣色，春鸟弦歌声。
春风复荡漾，春女亦多情。
爱将莺作友，怜傍锦为屏。
回头语夫婿，莫负艳阳征。①

整首诗概括地叙写出一个春日场景，而后两句那淡淡的哀愁，使其与典型的宫体诗叙写单个的男欢女爱事件也稍有不同。非乐府系统的亦是如此，如北魏周南《晚妆诗》，前四句写女子当窗晚妆，脂粉味颇重，后四句则笔锋逆转为抒发哀情：

舞罢鸾自羞，妆成泪仍滑。
愿托嫦娥影，寻郎纵燕越。②

但北朝诗歌叙写女性的特色一篇篇显示出来了。我们先来看北魏王容《大堤女》：

宝髻耀明珰，香罗鸣玉佩。
大堤诸女儿，一一皆春态。
入花花不见，穿柳柳阴碎。
东风拂面来，由来亦相爱。③

一方面有显著的南朝民歌特点，但另一方面，又与南朝民歌或宫

---

① 逯钦立辑校：《先秦汉魏晋南北朝诗》，中华书局1983年版，第2225页。
② 同上。
③ 同上书，第2224页。

体诗注重写个体女性或与某个女性有关的事件不同,此诗写的是一个女性群体的场面,还注重抒情。

我们再来看隋薛道衡《昔昔盐》,①《乐府诗集》题解云:

> 隋薛吏部有《昔昔盐》,唐赵嘏广之为二十章。《乐苑》曰:"《昔昔盐》,羽调曲,唐亦为舞曲。"

这是薛道衡自创之题。诗云:

> 垂柳覆金堤,蘼芜叶复齐。
> 水溢芙蓉沼,花飞桃李蹊。
> 采桑秦氏女,织锦窦家妻。
> 关山别荡子,风月守空闺。
> 恒敛千金笑,长垂双玉啼。
> 盘龙随镜隐,彩凤逐帷低。
> 飞魂同夜鹊,倦寝忆晨鸡。
> 暗牖悬蛛网,空梁落燕泥。
> 前年过代北,今岁往辽西。
> 一去无消息,那能惜马蹄。

这是一首写离别相思传统题材的作品。诗作同样是铺排场面,先是景物,再是相思,最后是大跨度的空间场面。诗作同样是虚实相间,写的不是个体而是群体,地域也是虚拟的,只有情感是真实的。诗作同样是夸耀气象,前四句的艳丽景色场面不是离别场所或居住场所,只是女性的烘托;"前年"二句,既是时间的夸耀,又是地点的夸耀。

---

① 郭茂倩编:《乐府诗集》,中华书局1979年版,第1109页。

读此诗,甚或有不觉其离别的悲伤,而只觉是在用各种场面夸耀离别本身:离别相思是在这样的环境下发生着,女性是如此相思,相思又是如此无望。

薛道衡还有《豫章行》:

> 江南地远接闽瓯,山东英妙屡经游。
> 前瞻叠障千重阻,却带惊湍万里流。
> 枫叶朝飞向京洛,文鱼夜过历吴洲。
> 君行远度茱萸岭,妾住长依明月楼。
> 楼中愁思不开颜,始复临窗望早春。
> 鸳鸯水上萍初合,鸣鹤园中花并新。
> 空忆常时角枕处,无复前日画眉人。
> 照骨金环谁用许,见胆明镜自生尘。
> 荡子从来好留滞,况复关山远迢递。
> 当学织女嫁牵牛,莫作姮娥叛夫婿。
> 偏讶思君无限极,欲罢欲忘还复忆。
> 愿作王母三青鸟,飞去飞来传消息。
> 丰城双剑昔曾离,经年累月复相随。
> 不畏将军成久别,只恐封侯心更移。①

全诗三大场面,一是地域远隔;二是叙述女性在怎样的环境下相思,相思是难以场面化的,而环境则可以;三是以数个典故抒情,抒情是难以场面化的,而典故则可以。比起《昔昔盐》来更纵肆铺排、超逸清亮。读了薛道衡的这两首诗,似乎觉得北朝人写男女之间,重

---

① 郭茂倩编:《乐府诗集》,中华书局1979年版,第504页。

离别而不重交往；重场面的铺排而不重事件的直叙；重气象阔大而不重温柔细语。

北朝人写男女交往重在场面铺排且多写相思离别，或许受到王褒《燕歌行》的影响，其诗写相思离别，先写早春景物与亲人远征，写出征塞北的各种情形，后写相思行动，全是场面化的描写，而不注重具体事件的发展过程。

与之同步，北朝诗人非乐府系统的作品撰写宫体诗倾向的作品也具有场面铺排的特色了，这就是，由前述单个场面向多个场面发展。我们先来看卢思道的《后园宴诗》，这是一首很有宫体气息的作品，诗云：

> 常闻昆阆有神仙，云冠羽佩得长年。
> 秋夕风动三珠树，春朝露湿九芝田。
> 不如邺城佳丽所，玉楼银阁与天连。
> 太液回波千丈映，上林花树百枝然。
> 流风续洛渚，行云在南楚。
> 可怜白水神，可念青楼女。
> 便妍不羞涩，妖艳工言语。
> 池苑正芳菲，得戏不知归。
> 媚眼临歌扇，娇香出舞衣。
> 纤腰如欲断，侧髻似能飞。
> 南楼日已暮，长檐乌应度。
> 竹殿遥闻凤管声，虹桥别有羊车路。
> 携手傍花丛，徐步入房栊。
> 欲眠衣先解，半醉脸逾红。
> 日日相看转难厌，千娇万态不知穷。

第五章　乐府与宫体诗推原

欲知妾心无剧已，明月流光满帐中。①

全诗可分为三部分，第一部分是"邺城佳丽所"的场面，以天上仙界作比，气象阔大，既华艳富盛，又恢宏高远；第二部分是描写女性的画面，最后一部分是以"明月流光满帐中"煞尾，物小而景大，慷慨而含蓄。与南朝宫体诗相比，尽管其描摹女性与叙写男女活动是一致的，但也很容易看出其特点。一是虚实相间，南朝宫体诗追求实写人物与事件，全诗线性发展，而此处是概括化地写女性群体与男女相会，全诗以场面或画面的铺排来推衍；尽管个别词句的笔墨是实写的，但总体来看似乎是虚拟。二是夸耀气象，南朝宫体诗追求的是细节真切的男女交往，其环境无论怎样豪华，也只是现实生活中的，而此处则有天上人间的比拟，即便是现实环境，如"南楼""长檐""竹殿""虹桥"等，诗作也在着力烘托一种可望而不可即的氛围；诗中的人物包含了群体和个体，只求其艳丽而不求其真实；而且，场面或画面的交替推进，也利于夸耀的运用。因此，读此诗就与读南朝宫体诗的感觉不一样，后者是叙写一件实实在在的男女交往的事件，而此诗是夸耀这件事的背景、氛围、人物，而事件本身被淹没了，不足以令人关注了。

薛道衡写女性活动且重场面铺排的诗作还有《和许给事善心戏场转韵诗》，②写"佳丽俨成行，相携入戏场"的表演，要写表演，以场面铺排来实施描摹是很自然的，而铺排又自然展示出一种宏大的氛围。

北朝人对场面铺排的注重，表明他们对男女交往的事件本身已不

---

① 逯钦立辑校：《先秦汉魏晋南北朝诗》，中华书局 1983 年版，第 2636—2637 页。
② 同上书，第 2684—2685 页。

大感兴趣，而多少有点要以离别相思下的男女之情来展示自己对空间跨度、诸种人生画面、相对固定场景下情感抒发的兴趣。由此亦知，所谓典故的运用，也是为了场面化的需要，而不是为了叙事的需要。而且，场面化的叙写就要允许跳跃存在，而跳跃式的诗歌线索，会为诗歌的叙写与抒情留下更广阔的天地。以上这些或许就为日后描摹女性生活诗歌的发展预设了前景，或吹响了前奏。

第五节　宫体诗写作模式新趋向

一　"美张贵妃、孔贵嫔之容色"的宫体诗

《南史·张贵妃传》载：

> 以宫人有文学者袁大舍等为女学士。后主每引宾客，对贵妃等游宴，则使诸贵人及女学士与狎客共赋新诗，互相赠答。采其尤艳丽者，以为曲调，被以新声。选宫女有容色者以千百数，令习而歌之，分部迭进，持以相乐。其曲有《玉树后庭花》《临春乐》等。其略云："璧月夜夜满，琼树朝朝新。"大抵所归，皆美张贵妃、孔贵嫔之容色。[①]

所谓"大抵所归，皆美张贵妃、孔贵嫔之容色"，就是指诗作的内容。

[①] 李延寿：《南史》，中华书局 1975 年版，第 348 页。

第五章 乐府与宫体诗推原

《玉台新咏》录徐陵《杂曲》一首,[①] 但吴兆宜注为"宋刻不收"。[②]《乐府诗集》卷七十七"杂曲歌辞"十七录傅縡《杂曲》一首、徐陵《杂曲》一首、江总《杂曲》三首。徐陵、江总之作提及所咏为"张姓"美人,一般来说,人们认为这五首《杂曲》是当时"美张贵妃之容色"的诗作。

傅縡《杂曲》:

> 新人新宠住兰堂,翠帐金屏玳瑁床。
> 丛星不如珠帘色,度月还如粉壁光。
> 从来著名推赵子,复有丹唇发皓齿。
> 一娇一态本难逢,如画如花定相似。
> 楼台宛转曲皆通,弦管逶迤彻下风。
> 此殿笑语恒长共,傍省欢娱不复同。
> 讶许人情太厚薄,分恩赋念能斟酌。
> 多作绣被为鸳鸯,长弄绮琴憎别鹤。
> 人今投宠要须坚,会使岁寒恒度前。
> 共耳辰星作心抱,无转无移千万年。[③]

[①] 曹道衡怀疑徐陵不在《杂曲》作者之列,其《魏晋南北朝文学史札记》"徐陵《杂曲》"条云:"但据《陈书·徐陵传》,徐陵卒于陈后主至德元年(583),不在江总等'狎客'之列。再看诗中有'宫中本造鸳鸯殿,为谁新起凤凰楼'之句,似指《陈书·皇后传》所载至德二年(584)'于光照殿前起临春、结绮、望仙三阁'而言。此显系徐陵身后之事,不可能出现徐陵集中,恐是后人误将江总等'狎客'所作误为徐陵作品。南北朝人的集子原本大抵早已亡佚,今所见者均系后人搜辑而成。这些集子中误将某甲诗文编入某乙名下的例子数见不鲜。《徐孝穆集》确有一些作品存在争论,如《别庾正员》一诗,亦作张正见诗,即其一例。"(曹道衡:《中古文学史论文集》,中华书局1986年版,第453页)此处存疑。

[②]《玉台新咏》今已不能见到原貌,最为接近原貌者,是赵均小宛堂覆宋本,该刻本1955年版由文学古籍刊行社影印出版。此本不录徐陵《杂曲》。

[③] 郭茂倩编:《乐府诗集》,中华书局1979年版,第1090页。

傅縡，字宜事，北地灵州人，《陈书·傅縡传》载，傅縡"为文典丽，性又敏速"，"甚为后主所重"。① 《陈书·姚察传》载，"于时济阳江总、吴国顾野王、陆琼、从弟瑜、河南褚玠、北地傅縡等，皆以才学之美，晨夕娱侍"。② 后以进谏被后主赐死。傅縡是陈后主"狎客"之一，《南史·陈本纪下》载："后主愈骄，不虞外难，荒于酒色，不恤政事，左右嬖佞珥貂者五十人，妇人美貌丽服巧态以从者千余人。常使张贵妃、孔贵人等八人夹坐，江总、孔范等十人预宴，号曰'狎客'。先令八妇人襞采笺，制五言诗，十客一时继和，迟则罚酒。君臣酣饮，从夕达旦，以此为常。"③ 陈后主所作多以"赋得"为名的诗"赋得"，即是以某物或古人诗句、某古人事迹、某乐曲等为题。陈后主的此类作品，往往在诗下注明在座有某某等几人，如其《立春日泛舟玄圃各赋一字六韵成篇》诗，诗题下注："座有张式、陆琼、顾野王、谢伸、褚玠、王瑳、傅縡、陆瑜、姚察等九人上。"④ 傅縡名在其中。傅縡有《采桑》，繁衍汉乐府对罗敷女的描摹。

傅縡这首《杂曲》，首四句写"新人新宠住兰堂"的兰堂之美；次四句写"新人"之美，以色比赵之美女领起，写"丹唇""皓齿"的容貌，写"一娇一态"，以"如画如花"相比。"楼台"四句写美妙楼台中的欢乐；"讶许"四句写欢乐中的情感表态；末四句强化前述的情感表态。

徐陵《杂曲》：

倾城得意已无俦，洞房连阁未消愁。

---

① 姚思廉：《陈书》，中华书局1972年版，第405页。
② 同上书，第349页。
③ 李延寿：《南史》，中华书局1975年版，第306页。
④ 逯钦立辑校：《先秦汉魏晋南北朝诗》，中华书局1983年版，第2514页。

宫中本造鸳鸯殿，为谁新起凤凰楼。
绿黛红颜两相发，千娇百念情无歇。
舞衫回袖胜春风，歌扇当窗似秋月。
碧玉宫妓自翩妍，绛树新声自可怜。
张星旧在天河上，从来张姓本连天。
二八年时不忧度，傍边得宠谁应妒。
立春历日自当新，正月春幡底须故。
流苏锦帐挂香囊，织成罗幌隐灯光。
只应私将琥珀枕，暝暝来上珊瑚床。①

首四句说为"倾城得意""新起凤凰楼"，次四句写美人楼中歌舞；"碧玉"四句落实到歌吟的是张姓美人；"二八"四句写美人的春日得宠；末四句写美人的楼中得宠。整首诗围绕张姓美人在楼中来叙写。

江总《杂曲》三首：

一

行行春径蘼芜绿，织素那复解琴心。
乍惬南阶悲绿草，谁堪东陌怨黄金。
红颜素月俱三五，夫婿何在今追虏。
关山陇月春雪冰，谁见人啼花照户。

二

殿内一处起金房，并胜余人白玉堂。

---

① 郭茂倩编：《乐府诗集》，中华书局1979年版，第1090—1091页。

珊瑚挂镜临网户，芙蓉作帐照雕梁。
房栊宛转垂翠幕，佳丽逶迤隐珠箔。
风前花管飔难留，舞处花钿低不落。
阳台通梦太非真，洛浦凌波复不新。
曲中唯闻张女曲，定有同姓可怜人。
但愿私情赐斜领，不愿傍人相比并。
妾门逢春自可荣，君面未秋何意冷。

三

泰山言应可转移，新宠不信更参差。
合欢锦带鸳鸯鸟，同心绮袖连理枝。
皎皎秋明月开，早露飞萤暗里来。
鲸灯落花殊未尽，虬水银箭莫相催。
非是神女期河汉，别有仙姬入吹台。
未眠解著同心结，欲醉那堪连理杯。
后宫不惬茉萸芳，夜夜争开苏合房。
宝钗翠鬟还相似，朱唇玉面非一行。
新人未语言如涩，新宠无前判不臧。
愿奉更衣兰麝气，恐君马到自惊香。①

江总，字总持，济阳考城人，与陈后主关系密切，《陈书·江总传》载："与太子为长夜之饮，养良娣陈氏为女，太子微行（江）总舍""好学，能属文，于五言七言尤善；然伤于浮艳，故为后主所爱幸。多有侧篇，好事者相传讽玩，于今不绝。后主之世，（江）总当

---

① 郭茂倩编：《乐府诗集》，中华书局1979年版，第1091—1092页。

第五章　乐府与宫体诗推原

权宰，不持政务，但日与后主游宴后庭，共陈暄、孔范、王瑳等十余人，当时谓之狎客。"[①] 江总的诗歌作品留存很多，其宫体诗代表作有《东飞伯劳歌》《杂曲三首》《宛转歌》《秋日新宠美人应令》《新入姬人应令》等。江总的三首，第一首铺垫，写社会上广大男女的相离相思。第二首进入正题，首八句写高楼与楼中歌舞；"阳台"四句引出张姓美女；末四句写美人的宠幸愿望，就第三首来说，仍是铺垫。第三首，首四句写合欢同心情似鸳鸯鸟连理枝；"皎皎"写夜晚景色；"非是"四句写在美好的夜晚里相会；"后宫"四句写千万宠爱；末四句写宠爱只在一身。

二　《杂曲》本事——张贵妃其人其事

这几首《杂曲》"皆美"张贵妃之"容色"，有以下三种本事可述。

其一，《杂曲》中有直述其姓称扬恭维张贵妃，所谓"张星旧在天河上，从来张姓本连天"。张，星名，二十八宿之一，朱雀七宿的第五宿，有星六颗，在长蛇座内。《史记·天官书》："张，素，为厨，主觞客。"司马贞索隐："素，嗉也。《尔雅》云：'鸟张嗉。'郭璞云：'嗉，鸟受食之处也。'"张守节正义："张六星，六为嗉，主天厨食饮赏赉觞客。"[②] 汉应劭《风俗通义·佚文》："张、王、李、赵，皆黄帝之后也。"[③] 而"张姓本连天"又有当朝事例，高祖陈霸先的母亲为张姓。据《陈书·高祖本纪上》：太平二年（）"丁卯，诏赠高祖祖侍中、太常卿，谥曰孝。追封高祖祖母许氏吴郡嘉兴县君，谥曰敬；妣

[①] 姚思廉：《陈书》，中华书局 1972 年版，第 345、347 页。
[②] 司马迁：《史记》，中华书局 1982 年版，第 1303 页。
[③] 应劭撰，吴树平校释：《风俗通义校释》，天津人民出版社 1980 年版，第 484 页。

张氏义兴国太夫人，谥曰宣"。① 因为"后主张贵妃名丽华，兵家女也。家贫，父兄以织席为事"，② 所以要特别点出"张星旧在天河上，从来张姓本连天"来阿谀之。又有所谓"曲中唯闻《张女曲》，定有同姓可怜人"，《文选·潘岳〈笙赋〉》："辍《张女》之哀弹，流《广陵》之名散。"张铣注："《张女弹》，曲名也，其声哀。"③《文选·陆机〈拟今日良宴会〉》："齐僮《梁甫吟》，秦娥《张女弹》。"李周翰注："《梁甫吟》《张女弹》，皆乐府曲名。"④ 于是引申出《张女曲》中"定有同姓可怜人"之张贵妃。

其二，几首《杂曲》都述及美人入住新起楼殿，如称"新人新宠住兰堂""宫中本造鸳鸯殿，为谁新起凤凰楼""殿内一处起金房，并胜余人白玉堂"等。此有史实为证。《陈书·皇后传》载：

> 至德二年，乃于光照殿前起临春、结绮、望仙三阁。阁高数丈，并数十间，其窗牖、壁带、悬楣、栏槛之类，并以沈檀香木为之，又饰以金玉，间以珠翠，外施珠帘，内有宝床、宝帐、其服玩之属，瑰奇珍丽，近古所未有。每微风暂至，香闻数里，朝日初照，光映后庭。其下积石为山，引水为池，植以奇树，杂以花药。后主自居临春阁，张贵妃居结绮阁，龚、孔二贵嫔居望仙阁，并复道交相往来。又有王、李二美人、张、薛二淑媛、袁昭仪、何婕妤、江修容等七人，并有宠，递代以游其上。⑤

---

① 姚思廉：《陈书》，中华书局1972年版，第12页。
② 同上书，第131页。
③ 萧统撰，六臣注：《六臣注文选》，中华书局1987年版，第341页上。
④ 同上书，第575页下。
⑤ 姚思廉：《陈书》，中华书局1972年版，第131—132页。

第五章　乐府与宫体诗推原

前述"使诸贵人及女学士与狎客共赋新诗,互相赠答",当就在此三阁之中。

其三,《陈书·皇后·张贵妃传》述张贵妃生平:

> 后主张贵妃名丽华,兵家女也。家贫,父兄以织席为事。后主为太子,以选入宫。是时龚贵嫔为良娣,贵妃年十岁,为之给使,后主见而说焉,因得幸,遂有娠,生太子深。后主即位,拜为贵妃。性聪惠,甚被宠遇。后主每引贵妃与宾客游宴,贵妃荐诸宫女预焉,后宫等咸德之,竞言贵妃之善,由是爱倾后宫。又好厌魅之术,假鬼道以惑后主,置淫祀于宫中,聚诸妖巫使之鼓舞。因参访外事,人间有一言一事,妃必先知之,以白后主。由是益重妃,内外宗族,多被引用。及隋军陷台城,妃与后主俱入于井,隋军出之,晋王广命斩贵妃,榜于青溪中桥。①

从张贵妃其人,可知宫体诗实在就是叙写女性美貌,《陈书·皇后传》卷末"史臣侍中郑国公魏徵考览记书,参详故老",对张贵妃做出如下描述:

> 张贵妃发长七尺,鬓黑如漆,其光可鉴。特聪惠,有神采,进止闲暇,容色端丽。每瞻视眄睐,光采溢目,照映左右。常于阁上靓妆,临于轩槛,宫中遥望,飘若神仙。②

魏徵对张贵妃的干预朝政、扰乱朝政更有批评:

> (张贵妃)才辩强记,善候人主颜色。是时,后主怠于政事,

---

① 姚思廉:《陈书》,中华书局1972年版,第131页。
② 同上书,第132页。

百司启奏，并因宦者蔡脱儿、李善度进请，后主置张贵妃于膝上共决之。李、蔡所不能记者，贵妃并为条疏，无所遗脱。由是益加宠异，冠绝后庭。而后宫之家，不遵法度，有挂于理者，但求哀于贵妃，贵妃则令李、蔡先启其事，而后从容为言之。大臣有不从者，亦因而谮之，所言无不听。于是张、孔之势，薰灼四方，大臣执政，亦从风而靡。阉宦便佞之徒，内外交结，转相引进，贿赂公行，赏罚无常，纲纪瞀乱矣。①

于是《南史·后妃传下》史臣论称"后主嗣业，实败于椒房"②，强调陈后主的荒淫与张贵妃的扰乱朝政，而且后人还常常把有关他们的诗歌本事与亡国联系起来，把宫体诗与亡国之音联系起来，这就是唐代诗人杜牧《泊秦淮》：

烟笼寒水月笼沙，夜泊秦淮近酒家。
商女不知亡国恨，隔江犹唱后庭花。③

三 《杂曲》在南朝宫体诗发展的链条中

追溯宫体诗的发展，早先有代人作赠妻之诗，如《玉台新咏》卷四陆机《为顾彦先赠妇二首》《（为）周夫人赠车骑》、陆云《为顾彦先赠妇往反四首》、鲍令晖《代葛沙门妻郭小玉诗》，卷五丘迟《答徐侍中为人赠妇》、卷七梁武帝《代苏属国妻》等。就创作本义而言，是代人立言，以他人口吻而作；就创作主体而言，难免有这是叙写他人之妻的顾虑。又有吟咏他人的夫妻生活的诗作，如《玉台新咏》卷

---

① 姚思廉：《陈书》，中华书局1972年版，第132页。
② 李延寿：《南史》，中华书局1975年版，第350页。
③ 文学所编：《唐诗选》，人民文学出版社1978年版，第224页。

四谢宣城《咏邯郸故才人嫁为厮养卒妇》、卷五沈约《少年新婚为之咏》《拟三妇》，卷六王僧孺《月夜咏陈南康新有所纳》《见贵者初迎盛姬聊为之咏》和萧纲《咏人弃妾》等。至梁代后期宫体诗发展出现新动向，即叙写自己与妻妾的生活及活动，如萧纲《咏内人昼眠》与《和徐录事见内人作卧具》、徐君倩《共内人夜坐守岁》与《初春携内人行戏》等。先前的宫体诗，叙写自己眼中的歌女、舞姬，那么就要摹写女性主动表现出来的带有挑逗性的娇羞，摹写男女活动最终引向床帷之间等。如今吟咏自己与妻子的生活，对象的转换使叙写方式也有所变化，如点明夫妻之间的庄重，写夫妻相会的精神愉悦，即使写床帷之间也是引向夫妻恩爱。①

　　正是有这样叙写夫妻生活及活动的宫体诗，陈代出现吟咏他人妻妾的宫体诗也就是顺理成章的，其着意刻画特定对象就是张贵妃。如此刻画、叙写特定对象、具体人物的宫体诗，焦点集中在陈后主张贵妃身上。从自己与妻妾的生活及活动到吟咏他人妻妾，对象的转换使叙写方式也应该有所变化，以下从三个方面来看《杂曲》的具体叙写。

　　其一，变以事件表现人物为以铺叙手法再现人物。例如，傅縡之作"新人新宠住兰堂，翠帐金屏玳瑁床。丛星不如珠帘色，度月还如粉壁光"对楼殿景物的铺叙。又如，徐陵之作"绿黛红颜两相发，千娇百念情无歇，舞衫回袖胜春风，歌扇当窗似秋月"对女性美貌及活动的铺叙，而江总之作更多的是人物活动、动作的铺叙。当具体事件在宫体诗中的地位没那么突出时，宫体诗特有的叙写男女之间的意味也会削弱。

---

① 详见拙文《试论南朝宫体诗的历程》，《文学评论》1998 年版第 4 期。

其二，对更为广阔的女性活动背景的注重。由于这些诗作又都是从梁代叙写自己与妻子的生活事件发展而来，《杂曲》诸作在铺叙人物时又往往结合场景场面，所谓铺叙人物总要有一个背景。例如，江总之作把对楼殿景物的铺叙与对女性美貌及活动的铺叙交织在一起，而人物从事的又是歌舞之类的艺术活动，《杂曲》之作就是以铺叙人物在楼殿中的艺术活动，完成对张贵妃阿谀奉承式的夸赞。人物是在楼殿的富丽堂皇中活动而显示出光艳炫目的，诗作于是也充满了光艳炫目、富丽堂皇。这些诗作人物存在特定场合下的特定关系，男女之间关系叙写是以美女受到宠幸来实现的。这样又完成了对陈后主的张贵妃的叙写描摹。突出了富丽堂皇的场面背景与美女受到宠幸情感背景，尤其是后者使得床帷之间的导向被弱化了，因为已经不需要以床帷之间的导向来巩固所谓情感关系了。楼堂馆所背景的进一步广阔，就是大地天空、自然山水，这就为诗歌走向更广阔的天地提供了条件。

其三，与铺叙人物在楼殿场景中活动的写作方法相对应，就是七言的运用及篇幅的增长，达到了纵肆扬厉的效果。如果除开这数首《杂曲》当时对陈后主荒淫亡国起了推波助澜作用不谈，仅就其写作特点而言，我们把这数首《杂曲》与北朝描摹女性及女性生活的卢思道《后园宴诗》、薛道衡《昔昔盐》及《豫章行》相比，其共同之处就是略于具体事件而注重排比场面。这样就为诗歌的叙写与抒情留出了非常广阔的空间，而当诗人在叙写女性时把眼光投向广阔的宇宙空间、悠长的历史时间时，这样大场面的叙写就成为借鉴的榜样。

第六节　唐初乐府宫体诗的新变

一　问题的提出

闻一多《宫体诗的自赎》称：

> 宫体诗就是宫廷的或以宫廷为中心的艳情诗，它是个有历史性的名词，所以严格地讲，宫体诗又当指以梁简文帝为太子时的东宫及陈后主、隋炀帝、唐太宗等几个宫廷为中心的艳情诗。①

他认为在唐初依旧有宫体艳情诗。刘大杰说：

> 李唐建国初年，文物制度基本上继承陈、隋旧业。当日文士诗人……的作品，仍然表现着陈、隋宫体的余风，无论诗的格调与内容，还是齐梁一派的影子。②

此处所说的唐初实际上就指太宗朝，那时确实有一些这类作品，但并不多，乔象钟、陈铁民主编《唐代文学史》说：

> （太宗朝）宫体艳情诗并不多，今存不过十余首……③

唐初承继陈、隋余风的艳情诗作，能否可以简单、直接地称为宫

---

① 《闻一多全集》第 3 册，开明书店 1948 年版，第 11 页。
② 刘大杰：《中国文学发展史（中）》，上海古籍出版社 1982 年版，第 409 页。
③ 乔象钟、陈铁民主编：《唐代文学史》，人民文学出版社 1995 年版，第 88 页。

体诗呢？宫体诗是一个特定的名词，梁陈时是指以太子萧纲为首的一派诗人的作品，以后特指梁陈描摹女性及女性生活的诗作，这是世所公认的，并不是所有的艳情诗都可称为宫体诗的。虽说把唐初的这类作品称为有宫体艳情倾向的作品最切合实际，但是，既然诸前辈及一些著作已约定俗成把唐初这类诗作直接称为宫体诗，那么，我们为了方便起见，也把它们称为"宫体诗"。

闻一多《宫体诗的自赎》又说：

> 说唐初宫体诗的内容和简文帝时完全一样，也不对。因为除了搬出僵尸"横陈"二字外，他们在诗里并没有讲出什么。①

那么，他们在诗里究竟讲出了些什么，即是此处要探讨的问题。

二 唐初乐府系列的宫体作品

唐初可称为宫体诗的作品可分为两大类，一是乐府作品，一是非乐府作品，我们主要论前者。其中拟前代乐府的作品，如虞世南有《怨歌行》，②拟汉乐府，全诗叙写"宠移恩稍薄，情疏恨转深"之意，诗中有"紫殿秋风冷，雕甍白日沉""阶上绿苔侵"之类的景物点染，仅有"镜前红粉歇"一句的容貌描摹。全诗大量以典故叙写宠移恩薄、情疏恨深，如"裁纨悽断曲""谁言掩歌扇"用汉班婕妤《怨歌行》之意之词；"掖庭羞改画，长门不惜金"，分别用王昭君与汉武帝的陈皇后故事；"翻作《白头吟》"，用卓文君故事；"织素别离心"，用《古诗为焦仲卿妻作》"十三能织素"；"弦断凤凰琴"，用司马相如

---

① 《闻一多全集》第3册，开明书店1948年版，第14页。
② 郭茂倩编：《乐府诗集》，中华书局1979年版，第619页。

与卓文君。虞世南又有《中妇织流黄》，① 是拟汉乐府《长安有狭邪行》，晋时就有人模拟，尤为梁陈人模拟为甚；刘宋时又有取此诗后部分模拟，题名为《三妇艳》，有更多人因之，陈后主就有 11 首，梁简文帝之作题名为《中妇织流黄》，后有徐陵、卢绚因之。《中妇织流黄》切"织"字，与《三妇艳》纯为摹写"三妇艳"不同，虞诗中"衣香逐举袖，钏动应鸣梭"写到女性容饰。李百药有《妾薄命》，此题最先是曹植之作，后梁简文帝有作，"伤良人不返，王嫱远聘，卢姬嫁迟也。"② 李诗是依此而来，全诗云：

> 团扇秋风起，长门夜月明。
> 羞闻拊背人，恨说舞腰轻。
> 太常应已醉，刘君恒带醒。
> 横陈每虚设，吉梦竟何成。③

"团扇""长门"二句分别用班婕妤、陈皇后之事，"羞闻拊背人"用简文帝诗中"生离谁拊背"之意，"恨说舞腰轻"用身轻如燕的汉人赵飞燕受宠之事，"太常""刘君"二句用山涛与刘伶善饮的典故，④指男人重酒而不重女性。以上三首都为拟汉魏旧曲而作，诗人似乎因其是拟作而更多以前人之作内容来填塞之；在女性摹写方面，诗人注重的是服饰与环境，而不是肌肤、肉体，当然，本来汉魏乐府的女色摹写就不是很多的。

---

① 郭茂倩编：《乐府诗集》，中华书局 1979 年版，第 521 页。
② 《乐府解题》语，《乐府诗集》，中华书局 1979 年版，第 902 页。
③ 郭茂倩编：《乐府诗集》，中华书局 1979 年版，第 904 页。
④ 太常，指山涛，《晋书·山涛传》载，晋武帝除山涛太常卿，山涛"以疾不就"，但武帝仍称之"山太常"；山涛善饮，"饮酒至八斗方醉"。刘君，指刘伶，《晋书·刘伶传》称其善饮。

我们再来看唐初人拟陈时乐府有艳情色彩的作品。李义府有《堂堂》二首，诗云：

> 镂月成歌扇，裁云作舞衣。自怜回雪影，好取洛川归。（其一）
> 懒正鸳鸯被，羞褰玳瑁床。春风别有意，密处也寻香。（其二）①

首先是夸赞歌舞女美妙姿态，以"好取洛川归"表示与男性相会。其次写女性收拾闺房床铺，"春风"二句暗示他人对女子的向往，即所谓"寻香"。

陈时宫体诗与梁时宫体诗比较，则是在梁时宫体诗淫靡内容上再加以曲调的淫靡。《南史·张贵妃传》载，陈后主与诸宾客对贵妃等游宴，"则使诸贵人及女学士与狎客共赋新诗，互相赠答。采其尤艳丽者，以为曲调，被以新声"②，其曲有《玉树后庭花》《临春乐》等。又据《隋书·音乐传上》载，陈后主"尤重声乐"，"又于清乐中造《黄鹂留》及《玉树后庭花》《金钗两垂臂》等曲，与幸臣等制其歌词，绮艳相高，极于轻薄"③。或先作诗，再配以曲；或先作曲，再配以诗。《堂堂》本陈后主所作④，因此，李义府的诗作有那样的描摹与暗示是不奇怪的。陈时宫体诗的曲调，至唐时已渐渐亡佚，杜佑《通典》（卷一四六）称："清乐遭梁陈亡乱，所存盖鲜，隋室以来，日益漏缺。"他统计了"通前为四十四曲存焉"，这四十四曲唐初人有继而作之的仅《堂堂》一首。⑤ 因此，拟陈、隋时的乐府作品亦不成为唐初有宫体倾向诗作的主流。

---

① 郭茂倩编：《乐府诗集》，中华书局1979年版，第1117页。
② 李延寿：《南史》，中华书局1975年版，第348页。
③ 魏徵：《隋书》，中华书局1973年版，第309页。
④ 《堂堂二首》解题，《乐府诗集》，中华书局1979年版，第1117页。
⑤ 杜佑：《通典》，浙江古籍出版社1988年版，第761页上。

我们重点来看唐初诗人自创乐府作品中有宫体诗倾向的乐府诗作。李百药有《火凤辞》二首，其云：

一

歌声扇里出，妆影镜中轻。
未能令掩笑，何处欲障声。
知音自不惑，得念是分明。
莫见双嚬敛，疑人含笑情。

二

佳人靓晚妆，清唱动兰房。
影出含风扇，声飞照日梁。
娇嚬眉际敛，逸韵口中香。
自有横陈分，应怜秋夜长。①

两首诗都是写佳人的容饰、歌舞及观者眼中佳人的情感；后一首末尾由歌舞欣赏引入"横陈会"，虽说整个作品未见其他过分的肉体摹写，也未见诱惑性有所突出，但与梁陈宫体诗相比，也同样是格调低下的。

李百药的这二首诗属燕乐，《乐府诗集》卷八十称：

《乐苑》曰：《火凤》，羽调曲也，又有《真火凤》。《唐会要》曰："贞观中，有裴神符者，妙解琵琶。初唯作《胜蛮奴》《火凤》《倾杯乐》三曲，声度清美，太宗深爱之。"则《火凤》盖贞观已前曲也。②

---

① 郭茂倩编：《乐府诗集》，中华书局1979年版，第1136页。
② 同上。

《乐府诗集》列《火凤》入"近代曲辞",其"近代曲辞"解题称"以其出于隋、唐之世,故曰近代曲辞也",郭茂倩在解释隋新置之曲后,又解释唐新置之曲,称:

> 其著令者十部:一曰燕乐,二曰清商,三曰西凉,四曰天竺,五曰高丽,六曰龟兹,七曰安国,八曰疏勒,九曰高昌,十曰康国,而总谓之燕乐。声辞繁杂,不可胜纪,凡燕乐诸曲,始于武德、贞观,盛于开元、天宝。其著录者十四调二百二十二曲。[1]

可见《火凤》是属于唐代燕乐系统,曲调上是与陈时清乐不同的,当然不能以陈时淫靡曲调称之。但李百药的这两首诗,尤其是后一首又有着宫体诗显著的标记。这表明,传统诗风仍在延续,就如李百药,七岁能属文,隋文帝开皇(581—600)初,授东宫学士,兼太子舍人,炀帝时,为桂州司马。旧时代的诗风给这位旧朝遗民留下深刻的印象,新时代的诗歌形式虽说赋以其创新的可能,但其诗作描摹女性与女性生活时,延续了老路子。

长孙无忌有《新曲》二首,其云:

一

家住朝歌下,早传名。
结伴来游淇水上,旧长情。
玉佩金钿随步动,云罗雾縠逐风轻。
转目机心悬自许,何须更待听琴声。

---

[1] 郭茂倩编:《乐府诗集》,中华书局1979年版,第1107页。

二

> 回雪凌波游洛浦，遇陈王。
> 婉约娉婷工语笑，侍兰房。
> 芙蓉绮帐还开掩，翡翠珠被烂齐光。
> 长愿今宵奉颜色，不爱吹箫逐凤凰。①

两首诗各写了一次郊游中的艳遇，摹写女性艳丽的容饰，代女性立言，表达对男性的爱慕之情，后一首还写到"今宵奉颜色"的男女结合愿望。这两首诗或用代称，如"朝歌""淇水"即为男女相会的固定名词；或用典故，如"听琴声"为卓文君与司马相如之事，"游洛浦""遇陈王"为曹植《洛神赋》之事，"吹箫逐凤凰"为萧史与弄玉之事。与梁陈宫体诗相比，其突出的特点是以女性口吻述出，这是南朝乐府民歌的特点，而梁陈文人宫体诗则是男性的口吻与眼光。这两首诗虽不涉肉体肌肤描摹，可都有对女性姿容服饰的描摹，那充满爱慕欣赏的口吻，似乎又是男性的眼光，诗人交替使用了不同的观察角度，这又是创新之处。

长孙无忌《新曲》，《乐府诗集》列入"新乐府辞"，郭茂倩解释"新乐府辞"说：

> 新乐府者，皆唐世之新歌也。以其辞实乐府，而未常被于声，故曰新乐府也。②

那么，《新曲》不入乐，其曲调是否淫靡则无从谈起，但诗作继承陈、隋诗作的传统写法又有所改进或创新是肯定的。

---

① 郭茂倩编：《乐府诗集》，中华书局1979年版，第1263页。
② 同上书，第1262页。

三 与梁陈宫体诗不同

梁陈宫体诗之所以称为色情、格调卑下，其重要的一点即多摹写女性身体并指向男女结合甚至床笫之间。这一点在唐初宫体诗中也有所表现，但其形式与梁陈宫体诗大不一样。首先，从上述的例子中，唐初这些诗作，我们可以看到在女性姿容的叙写上着力并不多，其着力处在女性的服饰、物品与居所环境上，无不是富丽堂皇、美艳耀目，但又几乎没有什么赤裸裸的肌肤描摹。其次，唐初这些诗作的指向也是男女结合甚或床笫之间，但其表现形式是暗示而不是具体记述，着力于叙写期待，以不能实现的结合或尚未实现而有可能实现来叙写期待。这个特点在诸首分析时已有指出，此处重复再次说明。例如，李百药《妾薄命》以"横陈每虚设，吉梦竟何成"写床笫之间难以实现；李义府《堂堂》（其一）"自怜回雪影，好取洛川归"是期待，（其二）"春风别有意，密处也寻香"是暗示二情相寻；李百药《火凤辞》（其二）"自有横陈会，应怜秋夜长"是对床笫之间的憧憬；长孙无忌《新曲》（其一）"转目机心悬自许，何须更待听琴声"，写出虽然未有结合的行为，但两心已相许，（其二）"长愿今宵奉颜色"写出床笫之间的愿望。最后，这些诗作因为没有真实的床笫之间的描摹与叙写，因此也就没有什么相牵、解衣、吹灯之类的描摹或女性在此时此刻的娇羞，缺少了一些挑逗性。梁陈宫体诗与唐初有此倾向的作品二者相比，前者是实实在在地做某些事，后者则似乎只是夸张地叙说这些事，最多也是暗示要去做这些事，直接叙写床笫之间或仅有暗示，这该是梁陈宫体诗与唐初这类诗作的一大区别。富丽堂皇的环境、美艳耀目的服饰，加上含蓄的暗示，诗人认为这些叙写已足以显现出以后将要发生的一切了。打一个不知是否恰当的比方，梁陈宫体诗竭力要突出的是婚礼后洞房中的事情，而唐初某些诗作是全面叙写婚礼上的繁文缛节，以后要发生的事只是有所暗示罢了；梁陈宫体诗是小家碧玉的过日子，唐初诗作是皇家贵妇的摆排场，尤其是上官仪的作品，最为显著地表现出这个特点。他描摹的是一种概括化的富丽堂皇中的妖冶美艳的女子，他叙述的是一种理念化的豪华仪式中的男女相会，这是一种可望而不见的真实存在的境界。而如此概括化、理念化又恰恰与上官仪创建"六对""八对"等对仗规则特别吻合。

唐初文坛，对梁陈诗风尤其是描摹女性的诗风是持抨击态度的，最典型的言论就是魏徵在《隋书·经籍志》"集部总论"中所说：

> 梁简文之在东宫，亦好篇什，清辞巧制，止乎衽席之间，彫琢蔓藻，思极闺闱之内。后生好事，递相放习，朝野纷纷，号为"宫体"。流宕不已，讫于丧亡。陈氏因之，未能全变。①

他实际抨击的是宫体诗以及其社会影响与社会效果。唐初不仅理论上是这样说，在实践中则是抑制、抨击宫体诗的创作的。《新唐书·虞世南传》载，"帝（太宗）尝作宫体诗，使虞世南赓和"，虞世南说："圣作诚工，然体非雅正，上有所好，下必有甚者。臣恐此诗一传，天下风靡，不敢奉诏。"唐太宗于是掩饰说："朕试卿耳。"② 这条材料《大唐新语》《唐诗纪事》亦有记载。

但是，唐太宗又是十分欣赏南朝文化艺术的，他重用江南文士，为政之暇与他们"高谈典籍，杂以文咏，间以玄言"③，其诗歌创作也每每向虞世南等人请教，对"庾信体"心仪不已并创作不少类似之

---

① 魏徵：《隋书》，中华书局1973年版，第1090页。
② 欧阳修、宋祁：《新唐书·虞世南传》，中华书局1975年版，第3972页。
③ 刘昫等：《旧唐书·李百药传》，中华书局1975年版，第2576页。

作，后人苏轼就说：

> 唐太宗作诗至多，亦有徐庾风气，世不传，独于《初学记》时时见之。①

另外，唐初理论界还有一种合南北文风的长处以创造新文风的主张，如李延寿《北史·文苑传》称：

> 江左宫商发越，贵于清绮；河朔词义贞刚，重乎气质。气质则理胜其词，清绮则文过其意。理深者便于时用，文华者宜于咏歌。此其南北词人得失之大较也。若能掇彼清音，简兹累句，各去所短，合其两长，则文质彬彬，尽美尽善矣。②

唐初诗坛有改变南朝淫艳诗风的急切要求，又在理论上有承续南朝诗风的愿望与在创作上承续南朝诗风的巨大惯性，或许正是此二者的作用，使唐初的艳情诗作变肌肤描摹为服饰、环境描摹，变实实在在的床笫之间的男女相会为暗示、含蓄、期待中的尚未实现的男女相会，变切实指向的男女相会事件为大而化之的堂皇仪式叙写。今天我们看来，这样的艳情之作仍未脱离宫体诗的窠臼，仍是"止乎衽席之间""思极闺闱之内"，后人仍可称之为宫体诗，但毕竟迈出了改变宫体诗的第一步。

前面我们探讨了唐初改变前代宫体诗的背景，现在我们再来探讨唐初诗人创作了如此诗作时的心态。我们说，陈代宫体诗人是以一种放浪的吟咏方式来创作宫体诗的，是一种浑浑噩噩的享受追求，而唐初诗人创作此类诗作时是处在一种充满自信的状态下，这从唐太宗认

---

① 洪迈：《东坡题潭帖》，《容斋随笔》下册，上海古籍出版社1978年版，第726页。
② 李延寿：《北史》，中华书局1974年版，第2781—2782页。

为政治归政治、音乐归音乐的观点可以看出。《贞观政要》"礼乐"篇载太宗君臣论乐，御史大夫杜淹称"前代兴亡，实由于乐"，并称陈《玉树后庭花》、齐《伴侣》诸曲是"亡国之音""行路闻之，莫不悲泣"。太宗不同意这种意见，说："不然……今《玉树》《伴侣》之曲，其声俱存，朕能为公奏之，知公必不悲耳。"[①] 唐太宗认为，凭靠自己的军事力量与政治手段得来的统治并不是几支曲子的演奏就可以推翻的。他的基本论点就是音乐的意味并非一成不变的，他还要实验给大臣看。他如此看待与梁陈宫体诗有紧密联系但已时过境迁后的音乐，那么，他视经过改造的宫体诗并不能使国家灭亡的自信也是可以想见的，况且宫体诗也不是唐初诗歌的唯一。

或许正是这种自信再加上对梁陈宫体诗实施的重环境、重仪式的摹写也促进唐诗完成了闻一多所说的"宫体诗的自赎"，卢照邻《长安古意》、刘希夷《代白头翁》、张若虚《春江花月夜》，都是从概括化、仪式化的男女交往关系出发的华艳描摹中又跨出一大步，在叙写男女关系时放眼宇宙、反省人生、激扬诗韵，成为与宫体诗有某些形似而精神境界则有天壤之别的佳作。因此可以说，唐初宫体诗的某些新变，其意义不只是宫体诗形式、内容上的一点变化，更是整个诗歌革新浪潮来临前的一个前奏，是宫体诗结束、一个崭新的诗歌创作时代来临的前奏。唐初诗作在宫体诗的富丽堂皇中再向前跨一大步，在富丽堂皇中咏叹宇宙、感慨人生，于是唐诗进入"初唐四杰"阶段。在这个历程中，唐初宫体诗的新变与突破窠臼，也成为百川归大海趋势中的小小一股水流，或者说唐初宫体诗的现存面目是不值得留恋的、不值得欣赏的，但唐初宫体诗之所以演变成这种面目的过程是值得思

---

① 吴兢撰，谢保成集校：《贞观政要集校》，中华书局2003年版，第417页。

索的，也是值得总结的。新建王朝的宏大胸怀、蓬勃气象更易促使唐初称得上宫体诗的作品发生变化，即变具体描摹为概括叙写，变碧玉出嫁式的轻艳华美为皇家婚仪般的富丽堂皇，如同汉大赋的产生，在奢侈豪华生活的摹写中显示泱泱大国的雄伟与进取。唐初宫体诗那奢侈豪华的摹写也为唐诗最终突破男女关系摹写的限制而迈向广阔宇宙、时代、命运、人生提供了舞台。

本书篇章来源说明

本书篇章陆陆续续在学术刊物上发表，或收入某些专著，兹说明如下。

第一章 "乐府学"理统

第一节：论中古乐府歌辞的原生态状况，前四部分原载《广西师范学院学报》2011年第4期，《人大复印资料·中国古代、近代文学研究》2012年第3期全文转载。

第二节：原题《论沈约的"乐学"》，原载《乐府学》第5辑，学苑出版社2010年版。

第二章 乐府诗人本色

第一节：建安诗人对乐府民歌的改制与曹植的贡献，原载《文学遗产》1990年第3期。

第二节：原题为《傅玄五题》，原载《宁夏教育学院学报》1985年第2期。

第三节：前部分原题为《从系统论看鲍照诗歌的艺术风格》，原载《广西师范大学学报》1987年第2期，《人大复印资料·中国古代、近代文学研究》1987年第12期全文转载；后部分原题为《论鲍照"俊逸"风格构成的客观因素》，原载《固原师专学报》1993年第3期。

第四节：原题为《从鲍照到沈约》，原载《中国诗学研究》第8辑，安徽大学出版社2011年版。又以原题《风格的改进：南朝"俗文学"走向主流》，载《中国社会科学报》2013年1月25日。

第三章　乐府歌辞探故

第一节：原题为《从武力崇尚到武功表演》，原载《井冈山学院学报》2005年第3期。

第二节：原题为《中古"从军"诗作的叙写模式》，原载《柳州师专学报》2008年第4期。

第三节：原题为《中古纪实性战争诗》，原载《古典文学知识》1997年第5期。

第四节：原题为《从〈焦氏易林〉占辞看"公无渡河"的早期影响及原型》，原载《广西师范大学学报》2008年第3期。

第五节：原题为《曹植〈野田黄雀行〉本事说》，原载《文献》2009年第3期。又以原题《曹植〈野田黄雀行〉原型》，载《中国社会科学报》2011年12月20日第19版。

第六节：原题为《〈白马篇〉：侠文化的转向》，原载《湖南文理学院学报》2007年第1期。

第七节：原题为《和亲篇》，原载《金戈铁马　诗里乾坤——汉魏晋南北朝军事战争诗研究》，中国社会科学出版社2010年版。

第四章　乐府类次与〈文选〉诗

第二节：乐府类，原载《文选诗研究》，广西师范大学出版社

2000年版。

第三节：郊庙类，原载《文选诗研究》，广西师范大学出版社2000年版。

第四节：挽歌类，原载《文选诗研究》，广西师范大学出版社2000年版。

第五节：杂歌类，原载《文选诗研究》，广西师范大学出版社2000年版。

第五章　乐府与宫体推原

第一节：原题为《从汉代采风政策与董仲舒的家庭观看汉乐府民歌的妇女形象》，原载《玉林师院学报》2002年第2期。

第二节：《南朝乐府与宫体诗》，原载《文学遗产》2001年第6期，《人大复印资料·中国古代、近代文学研究》2002年第3期全文转载。

第三节：原题为《〈玉台新咏〉所录〈燕歌行〉考述》，原载《贺州学院学报》2008年第4期。

第四节：注重典故与场面化叙写，原载《厦门教育学院学报》2003年第2期。

第五节：原题为《杂曲歌辞——宫体诗写作模式新趋向》，原载《闽江学院学报》2009年第4期。

第六节：唐初乐府宫体诗的新变，原载《文学评论丛刊》第7卷第1期，南京大学出版社2004年版。

上述诸文，在录入本书时，或有增删。

主要引用书目

（汉）司马迁：《史记》，中华书局 1982 年版。

（汉）班固：《汉书》，中华书局 1962 年版。

（南朝宋）范晔：《后汉书》，中华书局 1965 年版。

（晋）陈寿：《三国志》，中华书局 1959 年版。

（唐）房玄龄等：《晋书》，中华书局 1974 年版。

（南朝梁）沈约：《宋书》，中华书局 1974 年版。

（南朝梁）萧子显：《南齐书》，中华书局 1972 年版。

（唐）姚思廉：《梁书》，中华书局 1973 年版。

（唐）姚思廉：《陈书》，中华书局 1972 年版。

（北齐）魏收：《魏书》，中华书局 1974 年版。

（唐）李百药：《北齐书》，中华书局 1972 年版。

（唐）令狐德棻等：《周书》，中华书局 1971 年版。

（唐）魏徵等：《隋书》，中华书局 1973 年版。

（唐）李延寿：《南史》，中华书局 1975 年版。

（唐）李延寿：《北史》，中华书局 1974 年版。

（宋）郭茂倩：《乐府诗集》，中华书局 1979 年版。

（南朝宋）刘义庆撰，（南朝梁）刘孝标注，余嘉锡笺疏：《世说新语笺疏》，中华书局1983年版。

（南朝齐）刘勰撰，詹锳义证：《文心雕龙义证》，上海古籍出版社1979年版。

（南朝梁）钟嵘撰，曹旭集注：《诗品集注》，上海古籍出版社1994年版。

（南朝梁）萧统编，（唐）李善注：《文选》，中华书局影印本1979年版。

（南朝梁）萧统编，（唐）六臣注：《六臣注文选》，中华书局1987年影印涵芬楼宋刊本。

（南朝陈）徐陵：《玉台新咏》，明小宛堂覆宋本，人民文学出版社2010年版。

（南朝陈）徐陵编，（清）吴兆宜注，（清）程琰删补，穆克宏点校：《玉台新咏笺注》，中华书局1985年版。

逯钦立辑校：《先秦汉魏晋南北朝诗》，中华书局1983年版。

（清）朱乾：《乐府正义》，乾隆五十四年（1789）秬香堂刻本。

（清）何文焕辑：《历代诗话》，中华书局1981年版。

丁福保辑：《历代诗话续编》，中华书局1983年版。

丁福保辑：《清诗话》，中华书局上海编辑所1963年版。

郭绍虞编选，富寿荪校点：《清诗话续编》，上海古籍出版社1983年版。

萧涤非：《汉魏六朝乐府文学史》，人民文学出版社1984年版。

王运熙：《乐府诗论丛》，中华书局1962年版。

王运熙：《六朝乐府与民歌》，中华书局上海编辑所1961年版。

王运熙、王国安：《汉魏六朝乐府诗》，上海古籍出版社1986年版。

孙尚勇：《乐府文学文献研究》，人民文学出版社 2007 年版。

赵幼文：《曹植集校注》，人民文学出版社 1984 年版。

钱仲联增补集校注：《鲍参军集注》，上海古籍出版社 1980 年版。

陈庆元校笺：《沈约集校笺》，浙江古籍出版社 1995 年版。

［日］遍照金刚撰，王利器校注：《文镜秘府论校注》，中国社会科学出版社 1983 年版。

（唐）虞世南：《北堂书钞》，中国书店 1989 年影印本。

（唐）欧阳询：《艺文类聚》，上海古籍出版社 1982 年版。

（唐）徐坚等：《初学记》，中华书局 1962 年版。

（宋）李昉：《太平御览》，中华书局 1960 年影印本。